AF525853

Nele Hansen ist das Pseudonym des am 10.07.1980 in Reinbek geboren Hörspielautors Thomas Tippner, der für mehrere Hörspiellabels aktiv ist. Unteranderem schrieb er die bei Maritim erscheinenden Sci-Fi Serie *Captain Future*. Für ZYX schrieb er Literaturklassiker wie Falladas *Jeder stirbt für sich allein*. Im Martin Kelter Verlag erschienen die Romane *Du hast mich nie gewollt* und *Urlaubsküsse, immer wieder Mallorca*. Für den Blitz-Verlag schrieb er die Reihen *Sherlock Holmes*, *Amerikas Wilder Westen* oder *Edgar Wallace*.

NELE HANSEN

Herzklopfen
UND MEERSALZ

ROMAN

Überarbeitete Neuausgabe März 2022

Made in Stuttgart with ♥

Herzklopfen und Meersalz

ISBN 978-3-98637-548-5
E-Book-ISBN 978-3-98637-543-0
Hörbuch-ISBN 978-3-98637-584-3

Dies ist eine überarbeitete Neuausgabe des bereits 2021 bei dp Verlag, ein Imprint der dp DIGITAL PUBLISHERS GmbH erschienenen Titels Seeluftliebe (ISBN: 978-3-96817-457-0).

Covergestaltung: ARTC.ore Design
Umschlaggestaltung: ARTC.ore Design
Unter Verwendung von Abbildungen von shutterstock.com: © SF photo, © Wolfgang Zwanzger, © Pawel Kazmierczak, © IndustryAndTravel, © PIXEL to the PEOPLE, © Letyi

Lektorat: KoLibri Lektorat
Satz: dp DIGITAL PUBLISHERS GmbH
Druck und Bindung: Books on Demand GmbH, Norderstedt

Kapitel 1

Unheil

Herbert von Karajan hatte einmal gesagt: „Wer all seine Ziele erreicht hat, hat sie sich als zu niedrig ausgewählt“, und traf mit seinen Worten Emma Sommer mitten ins Herz. Sie, die immer für alles in ihrem Leben hatte kämpfen müssen, fand, dass Herbert von Karajan mit ihr viel zu hart ins Gericht ging und sie damit an eine Wand stellte, vor der sie gar nicht stehen wollte.

Was sie aber noch mehr wunderte, war, dass sie gerade jetzt in diesem Augenblick an diesen einen Satz denken musste, den sie damals aus der Zeitung aufgeschnappt und innerlich in einer ihrer gedanklichen Schubladen abgelegt hatte mit dem eigenen Vermerk, ihn noch einmal gebrauchen zu müssen.

Dass jetzt der Moment gekommen war, wäre ihr nicht im Traum eingefallen.

Sie hatte alles erreicht, was sie wollte; hatte Hindernisse ebenso aus dem Weg geräumt, Konkurrenten hinter sich gelassen und das geschafft, was viele wollten.

Vom Schreiben leben können.

Der innere Beweis, dass sie alles schaffen konnte, wenn sie nur daran glaubte und sich nicht beirren ließ.

Was wäre aus ihr geworden, wenn sie auf ihre Mutter gehört hätte, die zu ihr gesagt hatte: „Woher willst du das Talent haben? Niemand von uns ist so. Niemand war jemals so. Wir waren immer solide!“

Solide ...

Wenn sie das schon hörte.

Wer wollte solide sein, wenn er seinen eigenen Träumen nachgehen und sich das Leben aufbauen konnte, das man für sich selbst am lebenswertesten fand?

Und eben, weil ihre eigene Mutter nicht an sie geglaubt hatte, und sie sich den Satz um die Ohren hatte feuern lassen müssen, hatte sie sich die ganze Zeit über, seitdem sie wusste, dass sie zu der Gala eingeladen worden war, auf eben diesen einen Abend gefreut. Sie hatte ihm mit solch einer stolzgeschwellten Brust entgegengefiebert, dass es ihr wehtat, gerade jetzt diesen Satz von Karajan innerlich hören zu müssen.

Das war nicht fair.

Ganz und gar nicht.

Ihre Ziele waren niemals niedrig gesteckt gewesen. Sie hatte sich niemals mit dem zufriedengegeben, was sie erreicht hatte. Ihr innerer Motor war, wenn man es so wollte, ihr Ehrgeiz gewesen, endlich von dem leben zu können, was sie tat.

Emma Sommer hatte es geschafft.

Mit sechsunddreißig!

Wer konnte das sonst noch von sich behaupten?

So gut wie niemand – auf jeden Fall niemand aus ihrer Branche. Natürlich, sie hatte damals, als sie anfing, ihren Traum zu leben, viele Niederlagen einstecken müssen. Persönliche, berufliche und auch finanzielle. Niemand hatte damals auf eine gerade einmal neunzehnjährige junge Frau gewartet, deren schulische Leistungen überschaubar gewesen waren, und die nichts anderes im Kopf hatte, als ihre große Leidenschaft zum Beruf zu machen.

Ihre Leidenschaft – das Schreiben.

Und gerade jetzt, wo Walter Marquart, der Organisator der „Schreibfeder-Stiftung“, vor ihr stand, sie aufmunternd anlächelte und meinte: „Sie sind eine Schriftstellerin, die es schafft, mit einfachen, klaren Sätzen ganz vielen kleinen Details ihre würdige Größe zu verleihen“, kam ihr der verfluchte Satz eines österreichischen Dirigenten in den Sinn, der ihr all ihren Erfolg madig machen wollte.

„Sie ist nicht nur erfolgreich“, meinte Rüdiger Oller, ein hochgewachsener, grauhaariger, magerer Mann, dessen Lächeln aus unendlich vielen Zähnen zu bestehen schien. Ein Mann, wie sie immer wieder feststellte, der etwas Unwirkliches, etwas aufgesetzt Künstliches besaß, das ihr unangenehm war. Bisher hatte sich überwiegend Mark, ihr Agent, mit Oller unterhalten und zusammengesetzt. Aber heute, an diesem Abend, an dem sie für ihren Bestseller „Wasserherz“ geehrt wurde, hatte es sich der Filmschaffende nicht nehmen lassen, ihr seine Aufwartung zu machen.

Er wollte ihr zeigen, und das mit einem laschen Händedruck und einem aufgesetzten Lächeln, wie sehr er sich für sie und ihre Arbeit interessierte. Dass er es mochte, wie sie vorging und er sich nichts anderes mehr vorstellen konnte, als ihr Buch in einen Film zu verwandeln.

Es schauderte sie, als sie ihn reden hörte und mitbekam, wie er seinen eben begonnenen Satz weiter ausführte und sagte: „Sie ist auch eine gebildete und eine gewissenhafte Frau. So etwas gibt es nicht mehr oft.“

Und Menschen wie Sie gibt es leider noch viel zu viele, dachte sie bitter bei sich und ärgerte sich darüber, dass sie freundlich nicken, dankbar lächeln und säuselnd sagen musste: „Danke für das Kompliment.“

„Die Wahrheit muss man sagen.“ Oller nickte. „Das hat meine Mutter schon immer gemeint.“

„Und genau deshalb wird Frau Sommer ja auch der Preis unserer Stiftung verliehen. Weil sie Außergewöhnliches in kurzer Zeit geleistet hat. Stolz sollten wir auf sie sein."

Emma lächelte knapp.

Wenn die Männer nur wüssten.

Sie seufzte innerlich, als sie den anschwellenden Schmerz in ihrer Brust spürte, als sie die Worte „Stolz" und „Außergewöhnliches" vernahm.

Das war sie nie gewesen – auf jeden Fall nicht in den Augen ihrer Mutter.

Da war sie das kleine, ungezogene Mädchen, das sich lieber auf Dinge konzentrieren sollte, von denen es mehr Ahnung hatte als vom Büchertippen.

Kamen ihr deshalb Karajans Worte in den Sinn?

„Ausgezeichnet. Sehr erfreulich." Oller nickte erneut und fügte etwas hinzu, das seinen wahren Charakter offenlegte. „Solch eine Auszeichnung lässt sich doch wunderbar vermarkten. Hach, ich sehe schon das Kinoplakat vor mir!"

Emma seufzte und war ganz froh, dass Marquart sie plötzlich am Oberarm berührte, hinauf auf die Bühne zeigte und sagte: „Ich werde Ihre Laudatio jetzt gleich halten und freue mich auf ein weiteres Gespräch nach dem offiziellen Teil."

„Ich mich auch", wich sie aus, ohne unfreundlich wirken zu wollen.

Sie mochte Marquart. Besonders deshalb, weil er sich anders verhielt als die anderen Anwesenden hier. Natürlich, er war anfangs etwas steif gewesen, hatte versucht, sie mit seiner Position zu beeindrucken. Aber nach dem dritten Telefonat und der vierten oder fünften E-Mail waren sie beide zu einem freundschaftlichen Sie übergegangen, das immer öfter von einem Du abgelöst wurde. Im Laufe der Zeit war er zu einem normalen Menschen ohne Hintergedanken geworden.

Er hatte nicht vor, sie zu vermarkten oder sich mit ihr sehen zu lassen. Erst gestern, als sie den Ablauf des heutigen Abends besprochen hatten, war er ihr so freundschaftlich nahe gekommen, dass sie es nicht bedenklich fand, zu erzählen, dass ihre Mutter heute Abend nicht hierher kommen würde. Dass sie beide schon seit drei Jahren kaum mehr miteinander sprachen.

Ihr Vater, verschüchtert und ängstlich von dem ganzen Rummel, der um seine Tochter gemacht wurde, war zwar hier, hielt sich aber die meiste Zeit in der fast menschenleeren Lobby auf und trank nippend sein Bier.

Dabei hätte sie ihn gerne hier an ihrer Seite gehabt.

Emma musste lächeln, als sie ihn da am Eingang stehen sah; sein Bier in der Hand, den festen Entschluss gefasst, seinen jetzt eingenommenen Platz nicht mehr zu verlassen und sich erst dann wieder in Bewegung zu setzen, wenn es losging, und er von dort aus den größten aller Höhepunkte von Emmas Karriere verfolgen konnte.

Sie hatte Marquart sogar von damals erzählt, wie es ihr ergangen war und wie ihre Mutter ihr den fürchterlichsten aller Sätze an den Kopf geschleudert hatte, den sie jemals aus ihrem Mund gehört hatte.

„Warum hat sie das nur gesagt?“, hatte Marquart wissen wollen und sah dabei so betreten aus, als habe er gerade die Abfuhr von der Liebe seines Lebens bekommen. „Ich meine, sie sind eine begnadete Schriftstellerin.“

Emma zuckte nur mit den Schultern und wollte gar nicht mehr weiter darüber reden. Und sie hatte nicht mehr daran denken wollen, wie sie damals an ihrer Adler Compacta 600 gesessen hatte und wie verrückt auf die Tasten einhämmerte, um ihre Gedanken auf das in die Schreibmaschine eingespannte Papier fließen zu lassen. Eine alberne Abenteuergeschichte, wie sie heute wusste, die sie damals schrieb. Abgeguckt aus diversen Abenteuerfilmen der Achtziger und Neunziger. Für sie damals aber der Inbegriff neuer, der Welt zur Verfügung stehender Literatur.

Und gerade in dem Moment, wo Beatrice Royal sich in die Arme von Benedikt von Heldenstein fallen ließ, weil er sie vor dem T-Rex gerettet hatte, war ihre Mutter ins Zimmer gekommen und hatte ihr unmissverständlich klargemacht: „Hör jetzt auf. Schlaf jetzt. Morgen ist wieder Schule."

„Nur noch zwei Seiten", hatte sie gebettelt und dabei gespürt wie der Fluss, in dem sie sich eben noch befunden hatte, zu versiegen drohte.

Es war ihr gewesen, als tauchte sie nach einem unendlich langen Traum wieder in die Wirklichkeit ein.

Und dann war der verhängnisvolle, den emotionalen Bruch herbeiführende Satz gefallen, den Emma bis heute wieder und wieder hörte. Immer von Neuem, wenn sie sich an den PC setzte und anfing zu schreiben.

Sie schüttelte den Kopf und merkte dann erst, als Oller sie erwartungsvoll anschaute, dass er etwas von ihr erwartete.

„Bitte?", fragte sie verwirrt und schenkte dem Filmproduzenten ein freundliches, wenn auch verunsichertes Lächeln.

„Ich wollte wissen", überging er ihren Fauxpas mit einem stoischen, kummergewohnten Lächeln, „ob ich Ihnen die Tage den ersten Rohentwurf unseres Treatments vorbeibringen soll? Wir können bei einem Kaffee gerne einmal über Änderungswünsche, Korrekturen und Charakterskizzierungen sprechen."

„Das wäre wundervoll", wich sie ihm erneut aus und hasste ihre immer stärker werdenden Bauchschmerzen.

Sie begann, Karajan für seine Worte zu verabscheuen.

Und ich bin dämlich, dachte sie ärgerlich bei sich.

Sie hatte sich in den letzten Jahren nie etwas daraus gemacht, was andere über sie sagten oder dachten. Selbst die anfänglichen Rezensionen ihres ersten Buches „Feuermädchen", die alles andere als positiv ausgefallen waren, hatte sie mit einem wegwischenden Gleichmut ertragen, und war der festen Überzeugung, dass Worte ihr gar nichts mehr anhaben konnten.

Und jetzt war alles anders?

Wegen eines Zitats, das sie vor Jahren in einer Zeitung gelesen hatte?

Das war nicht ihre Art. War es nie gewesen.

Es sei denn, du beziehst den Spruch gar nicht auf das Schreiben, Emma, sondern auf ...

Sie versuchte, ihre Gedanken gar nicht erst weiter zu Wort kommen zu lassen. Schon immer hatten ihre eigenen, inneren Worte dazu geführt, sie unruhig werden zu lassen, oder über Dinge nachzudenken, die sie für abgeschlossen gehalten hatte. Da musste sie nur an eben ihre Mutter denken, die vor drei Jahren überraschend ihren Mann nach über fünfunddreißigjähriger Beziehung verlassen hatte und in Emma eine seelische Lawine auslöste, die sie an den Rand einer persönlichen Krise gebracht hatte.

Da waren plötzlich Bilder und Gedanken in ihrem Kopf aufgetaucht, die sie so niemals gehabt hatte. Die ihr nicht einmal im Traum eingefallen wären. Aber in dem Augenblick, als sie das Telefon an ihr Ohr hielt, ihren Blick auf den PC gerichtet, weil sie gerade dabei gewesen war, das zweite Kapitel ihres heute so hochgefeierten Romans „Wasserherz" zu bearbeiten, und sie die Stimme ihres fassungslosen Vaters vernahm, waren ihr Bilder und Szenen aus ihrer Vergangenheit in den Sinn gekommen, die sie niemals mit der Trennung ihrer Eltern in Verbindung gebracht hätte. Damals aber, als sie plötzlich das Gefühl hatte, ihr habe jemand mit voller Wucht in den Bauch geschlagen, hatte sie sich wieder im Heide Park Soltau gesehen, wie sie mit den Füßen aufstampfte, zeterte und schrie, sie wolle noch einmal mit den Mexikanerhüten fahren.

Sie hatte sich im Original gesehen, mit den zu einem Zopf geflochtenen Haaren, dem weißen, geblümten Kleid und mit den schwarzen Lackschuhen, die sie dazu getragen hatte. Ein kleines schwarzhaariges Mädchen, dessen Zähne schief gewachsen waren und durch eine Spange wieder begradigt werden mussten.

Ein Mädchen, das schimpfte, weil die Mutter ihr die Fahrt verboten hatte und ihr Vater, milde und sanft, wie er nun einmal war, meinte, dass eine weitere Fahrt doch nicht schaden konnte.

Und eben als er ihr erklärte, dass ihre Mutter sich von ihm getrennt hatte, hatte sie wieder ihre Worte im Ohr: „Dass du mir auch immer in den Rücken fallen musst. Warum kann ein ‚Nein' von mir nicht einfach mal ein ‚Nein' bleiben?"

So albern und absurd es auch war, Emma hatte die Bilder der sonnigen Tage sofort wieder im Kopf gehabt und war sich sicher gewesen, dass ihr Verhalten damals dazu beitrug, dass die Beziehung ihrer Eltern vor drei Jahren auseinandergegangen war.

Sie musste bitter schlucken bei den Erinnerungen und begriff jetzt erst, als sie ihren Platz suchte, der ihr zugewiesen worden war, dass sie von dem ganzen Drumherum gar nichts mitbekam, das ihretwegen veranstaltet wurde.

Sie nahm weder die ihr zunickenden Menschen wahr noch die Komplimente, die man ihr zurief.

Alles in ihr drehte sich.

Und als sie dann endlich ihren Stuhl gefunden hatte, der in der ersten Reihe stand, welcher schon flankiert war von ihrer besten Freundin und Mark Seiler, ließ sie sich mit einem erleichtert klingenden Seufzen auf ihn fallen und merkte jetzt erst, dass die Menschen klatschten und dass Marquart anfing, seine Rede zu halten.

Emma war viel zu sehr mit sich und ihren verfluchten Gedanken beschäftigt, als dass sie ihre eigene Ehrung genießen konnte.

So wie mit dem Gedanken an den Streit mit ihrem Vater, weil er sie nicht ins Stadion hatte gehen lassen wollen.

Was viele mit dem Volkspark des Hamburger Sport Vereins gleichsetzen würden, weil alle meinten, Emma käme aus der Stadt an der Elbe. Das Stadion aber, das sie meinte, war ein kleiner Versammlungsort für Jugendliche gewesen, wo nur die coolsten und die gefragtesten Kids hatten hingehen dürfen. Und als Michael Gabler sie aufforderte, mit ihr zu gehen, war sie gleich Feuer und Flamme dafür gewesen.

Himmel, sie hätte ins Stadion gedurft!

Nur ihr Vater hatte nicht mitgespielt.

Er hatte gemeint, dass eine Zwölfjährige an solch einem Ort nichts zu suchen hatte und dass er fand, dass ein Mädchen sich nicht in Begleitung eines vergnügungssüchtigen Raufboldes dort blicken lassen sollte.

Was wiederum dazu geführt hatte, dass ihre Mutter meinte: „Schatz, lass sie sich doch ausprobieren. Wie soll sie denn sonst lernen, wohin sie gehört und wo sie sich wohlfühlt?“

„Aber doch nicht im Stadion!“

„Mir gefällt es auch nicht“, war die ehrliche Meinung ihrer Mutter gewesen, die sie aber mit Leichtigkeit überspielen konnte, wenn es darum ging, dass Emma ihre Erfahrungen machen sollte. „ABER, sie muss ihre eigenen Lehren aus ihrem Tun ziehen. Oder etwa nicht?“

„Sie geht nicht ins Stadion. Basta!“

Das waren seine letzten Worte zu dem Thema gewesen und eine von vielen Meinungsverschiedenheiten mit seiner Frau. Und wie eben, als sie sich mit Marquart und Oller unterhielt, meinte sie auch jetzt, erneut in die Vergangenheit abzutauchen.

Sie sah sich wieder am Telefon stehen, den Hörer in der Hand und genau das Streitgespräch im Ohr, das ihr so sehr zusetzte, dass sie alles um sich herum zu vergessen begann.

Selbst ihr Schreibprojekt, das sie damals angefangen hatte, war in Vergessenheit geraten. Es war plötzlich nicht mehr in ihrem Kopf gewesen, obwohl sie Feuer und Flamme dafür gewesen war. An nichts anderes hatte sie mehr denken können als an ihre Protagonistin Helena König und ihren kometenhaften Aufstieg in der Meeresbiologie, ihrer verheißungsvollen Liebe und an den ebenso rasanten Absturz, der auf ihren Erfolg folgen musste.

Es war ihr undenkbar gewesen, dass sie auch nur eine Sekunde davon abweichen würde, die Geschichte schreiben zu können.

Bis ihre Familie kam ...

Es hatte beinahe zwei Monate gedauert, bis sie wieder genug Energie und Kraft gefunden hatte, um ihre kreative Ader ausleben zu können. Zwei Monate, die sie so viel Kraft gekostet hatten, dass sie zwischendurch der Meinung gewesen war, niemals wieder auch nur ein Sterbenswörtchen auf das virtuelle Papier ihres Schreibprogramms bringen zu können.

Ihre ganze Aufmerksamkeit hatte ihrem Vater gegolten.

Und wie damals vor drei Jahren fühlte sie sich auch jetzt wieder.

Hilflos, allein und von sich selbst überrumpelt.

Emma schaffte es nicht, obwohl alle Aufmerksamkeit hier auf sie gerichtet war, sich auf das Wesentliche zu konzentrieren. Immer wieder versuchte ihr verfluchter Gedanke, sich in den Vordergrund zu schieben, damit sie ihn zu Ende denken konnte.

Es sei denn, du beziehst den Spruch gar nicht auf das Schreiben, Emma, sondern auf ...

Sie schluckte bitter, schüttelte den Kopf und ermahnte sich selbst zur Ruhe. Ein Geschmack, wie sie ihn meistens nur nach dem Aufstehen auf der Zunge schmeckte, stieg unaufhaltsam aus ihrem Rachen auf, und ließ sie sehnsüchtig an ein Kaugummi denken.

Sie wollte nichts anderes mehr, als den Saal zu verlassen, um mit sich und den irre gewordenen Gefühlen, die durch ihre Brust hämmerten, klarzukommen. Eine Methode, wie sie sich beschämt eingestehen musste, die ihr schon immer gut zu Gesicht gestanden hatte.

Weglaufen!

Das beste aller Heilmittel – für den kurzen Moment. Dass man sich seinen Problemen stellen musste, wusste sie und hatte es doch bis jetzt immer erfolgreich geschafft, ihren Kopf aus den emotionalen Schlingen des Lebens ziehen zu können. So war es damals im Heide Park gewesen, als sie sich dazu entschied, so schnell wie möglich ins Kinderparadies zu rennen, um sich dort hinter den mannshohen Maskottchen zu verstecken. Ebenso war sie weggelaufen, als ihr Vater ihr verboten hatte, ins Stadion zu gehen.

Weit war sie nicht gekommen, weil der Nachbar von der Straßenecke ihr entgegenkam. Er hörte sie weinen, bot ihr Trost an und wenn sie wollte, sich das Herz bei ihm auszuschütten.

Und dann gab es da noch Michael ...

... ein Gedanke, den sie sofort wegdrückte und gar nicht zulassen wollte, dass sich ihre gerade angestellten Überlegungen auch nur eine Sekunde mit dem überschnitten, was sie sich ausdachte und ausmalte. Sie wollte nicht noch einmal an das denken, was damals geschehen war und schon gar nicht an ihre daraus entstandene Tortur.

Das, was sie brauchte oder, besser gesagt, was sie denken wollte, war ihre immerwährende Flucht vor unlösbaren Problemen. Nicht, dass sie es gutheißen oder gar jemanden dazu ermutigen könnte, ebenfalls vor seinen Problemen wegzulaufen. Aber manchmal war es ihr einziger Ausweg, um die ihr über den Kopf wachsenden Situationen ertragen zu können.

Wenn danach nicht die ekelhaften Gedanken wären …

„Emma, was ist denn mit dir los?", hörte sie wie aus weiter Ferne die Stimme von Angelika „Angie" Kleinheister an ihre Ohren dringen, und schloss die Augen.

Natürlich …

… Angie merkte immer, wenn es ihr schlecht ging oder Emma sich mit Dingen und Themen beschäftigte, die ihr zusetzten.

„Was?", fragte Emma deshalb, weil sie nicht wollte, dass ihre beste Freundin ihr deutlich machte, was sie beobachtet und gesehen hatte.

Was mit dem Versuch gleichzusetzen war, eine Lawine mit der Kraft der eigenen Gedanken daran zu hindern, ins Tal hinunterzustürzen.

Angie war wie ein auf sein Ziel zurasender Bulldozer.

Niemand würde sich ihr in den Weg stellen.

Niemand konnte das, denn er würde von ihr platt gewalzt werden.

Und es gab keinen Menschen, den Emma kannte, der das erstrebenswert fand. Die einzige Möglichkeit, Angie aufzuhalten, war, sie aus dem Konzept zu bringen. Was Emma bisher nur selten gelungen war. Aber erst kürzlich, als sie zusammen in Hamburg auf dem Hans-Albers-Platz unterwegs gewesen waren, um einmal wieder ordentlich die Sau rauszulassen und zu feiern, als gebe es kein Morgen mehr, war Emma aufgefallen, dass sie Angies schonungslose Beobachtungsgabe dadurch verwirren konnte, indem sie in den unpassendsten Momenten eine Gegenfrage stellte.

So wie jetzt!

Neulich, auf dem Kiez, da hatte Angie angefangen, darüber zu reden, wie sie Emma in letzter Zeit wahrnahm und sie einschätzte. Eine schonungslose Offenlegung von negativen Eigenschaften, wie Emma vermutet hatte, die sie sich nicht antun wollte. So hatte sie fieberhaft nach einem Ausweg gesucht, nachdem Angie sie in den Arm genommen, sie fest an sich gedrückt und mit den Worten zu reden begonnen hatte: „Mir ist da letztens etwas an dir aufgefallen ..."

Jeder Mensch hätte damit geantwortet: „Was denn?", und wäre Angie mit offenen Armen ins blanke Messer gelaufen.

Nicht so Emma.

Sie hatte nur gefragt: „Hast du eigentlich Lust auf Kaffee?"

Es war ein Instinkt gewesen, eine kurze, einer Erleuchtung gleichkommende Eingebung, die Emma den Hals gerettet hatte und ihre Seele vor weiteren erschütternden Erkenntnissen. Deshalb kam ihr auch jetzt, als sie Angies Hand auf der ihren spürte und in die runden, blauen Augen ihrer besten Freundin schaute, die belanglos klingende Erwiderung, „Was?", in den Sinn.

Angie, die, wie Emma vermutete, damit gerechnet hatte, dass ihre Freundin ihr sagen würde, was nicht stimmte, konnte mit der Frage nichts anfangen und stieß ein leises, verwirrt klingendes Lachen aus, um dann wissen zu wollen: „Geht es dir nicht gut? Du siehst aus, als ..."

„Ich habe echt Durst", sagte Emma schnell und zum Rednerpult ging, von dem Marquart einen Schritt zurückmachte, ein Klatschen andeutete und ins

Mikrofon rief: „Und jetzt freue ich mich, die Hauptperson des heutigen Abends zu Wort kommen zu lassen.

Kommen Sie auf die Bühne, Emma Sommer, und genießen Sie Ihren Applaus!"

***

Ich bin eher wie James Dean, dachte Emma trotzig bei sich, während sie Karajans ekelhaft klingenden Satz wieder zu analysieren versuchte und den Tatsachen auf den Grund gehen wollte, warum er ihr ausgerechnet jetzt in den Sinn kam. Denn sie fand, dass die Worte von James Dean um Einiges besser zu ihr passten, der einmal gesagt hatte: *Ich will nicht einfach der Beste sein. Sondern ich will so groß werden, dass niemand an mich heranreicht. Nicht um irgendetwas zu beweisen, sondern nur, um dorthin zu gelangen, wohin man streben sollte, wenn man sein ganzes Leben und sein gesamtes Sein einem einzigen Ziel verschreibt.*

Das war ihr Ansporn gewesen.

Es den Leuten zeigen zu können, dass man seine Träume verwirklichen und leben konnte – wenn man nur den Mut fand, seine eigenen Entscheidungen vertreten zu können.

Und meiner Mutter, die mir gesagt hat, dass ich kein Talent zum Schreiben habe. Dass ich lieber solide werden soll.

So wie sie?

Tag für Tag, Jahr für Jahr, Monat für Monat, ins Krankenhaus zu gehen und Menschen zu pflegen, obwohl man eigentlich seit mehr als zwanzig Jahren gar keine Krankenschwester mehr sein will?

Ich?

Niemals!

Ich kann nicht das machen, was andere von mir verlangen. Ich kann nur das geben, was ich bereit bin zu verlieren.

„Warum stehst du denn hier so allein, Emma?“, drang ihr plötzlich die Stimme von Mark ans Ohr, der ein Sektglas in der Hand hielt, sie aus seinen dunkelbraunen Augen anschaute, und ihr ein Lächeln schenkte, das ihr einen wohligen Schauer der Freude in den Magen jagte. Es fühlte sich an, als streichelte er sanft mit seinen Fingerspitzen über ihren Bauch, um sie kurz erschauern zu lassen. So wie damals, als sie sich das erste Mal in seiner Agentur gegenübersaßen, und er ihr mit der weichen, sonoren Stimme erzählte, dass er in ihrem Debütroman so viel Potenzial sah, dass er sich ohne große Hemmungen an die großen Verlagshäuser wenden wollte, um ihn dort anzubieten.

Sie seufzte leise, als sie Mark anschaute, wie er da in seinem Nadelstreifenanzug vor ihr stand, von dem weichen Licht des Saals beschienen und für sich dachte, er wäre ihr größter Glücksfall im Leben.

Nicht nur, weil er ihr Agent war und ihr zweites Buch zum ersten Mal auf die Bestsellerliste hievte, sondern deshalb, weil er ihr vor drei Jahren sagte, dass er sich in sie verliebt hatte. Dass er sich nicht mehr ein Leben ohne sie vorstellen und deshalb mit ihr zusammen sein wollte.

Und auch jetzt, als er vor ihr stand, ein Lächeln auf den Lippen, die von einem fein gestutzten Bart umgeben waren, und diesem jugendlichen Hauch, den er sich auch mit über vierzig bewahrt hatte, gefiel er ihr ausgesprochen gut. Es war immer ein spöttisches Glitzern in seinen Augen auszumachen, das sie faszinierte und zugleich erschreckte.

Es faszinierte sie einerseits, weil sie selbst viel zu oft dazu neigte, das Leben zu verbissen und ernst zu sehen. Andererseits erschreckte es sie, weil sie nicht wusste, wie sie es deuten sollte. Manchmal fühlte sie sich deshalb wie ein kleines Kind, das vor einem Lehrbeauftragten stand, der ihr etwas beibringen wollte, was sie nicht verstand.

Auch jetzt, wo er leichtfüßig auf sie zukam, meinte sie wieder, den Spott in seinen Augen schimmern zu sehen, während seine Frage in einem ganz anderen Kontext zu hören war.

Es war eine merkwürdige Komponente, die Emma bis heute nicht analysieren konnte.

Da sehnte sie sich manchmal nach der offenen Direktheit Angies, die ohne Umschweife das sagte, was sie dachte und danach handelte, was sie von sich gab.

„Ich brauchte mal etwas Ruhe“, sagte sie mit gleichgültiger Stimme – und hoffte, dass sie wirklich so klang, wie sie es wollte.

„Du bist der Mensch des Abends, Liebling.“ Mark sein jungenhaftes Lächeln, und ließ Emma wieder weiche Knie bekommen. „Du solltest dich im Mittelpunkt einer jeden Unterhaltung befinden.“

„Hmmm ...“

„Du bist immer so bescheiden“, meinte er und knuffte sie, einem kleinen Mädchen gleich, das gut gehört und auswendig gelernt hatte.

„Nun ja.“

„Bist du. Brauchst du dich gar nicht kleiner machen, als du es sowieso schon bist.“

„Charmant wie eh und je“, hörte Emma die Stimme Angies, die in ihrem blauen, hauteng anliegenden Glitzerkleid aussah wie ein über Wolken gehender Engel.

Emma wusste, dass der Vergleich kitschig klang und viel zu weit hergeholt war.

Aber seit dem Tag, an dem sie sich damals an der Gesamtschule von Eckenförde kennengelernt hatten, war die Faszination von Angie niemals gewichen. Damals nicht, als sie in ihrer verrückten Punkphase aussah wie ein Stachelschwein, mit den ganzen Ringen und Dornenarmbändern, und heute schon gar nicht mehr, da Angie eine erfolgreiche Journalistin geworden war, die es ohne Mühe zur stellvertretenden Chefredakteurin gebracht hatte.

In ihrer Nähe fühlte Emma sich wohl, verstanden, von allen Seiten richtig betrachtet.

Deshalb wunderte es sie, dass sie auf Angies Rat, es mit Mark langsam angehen zu lassen, nicht gehört hatte.

Bisher hatte sie immer viel Wert auf Angies Einschätzungen gegeben – oder mindestens einen Teil ihres Rates befolgt.

Vielleicht, und das meinte Emma ehrlich, hatte sie mit dem Versuch, eine Beziehung mit Mark zu führen, eine Grenze zu Angie und ihrer Intuition ziehen können.

Einmal den Versuch unternehmen, eine eigene Entscheidung zu fällen und zu sehen, wohin sie durch ihre Gefühle getrieben wurde.

„Ich gebe mein Bestes", kommentierte Mark, der seine Blicke genüsslich über den schlanken Körper Angies gleiten ließ und sie regelrecht auszuziehen schien. Was Emma verstehen konnte.

Angie war schön anzusehen.

Ihre blonden Locken waren von Natur aus da und umspielten ihr zart geschnittenes, weiches Gesicht und brachten die schmale Nase wie auch die blauen Augen noch mehr zur Geltung. Hinzu kam, dass ihre handgroßen Brüste sich unter dem eng an die Haut schmiegenden, im gedämmten Licht des Saales blau funkelnden Kleides deutlich abzeichneten und einen Blick in den Ausschnitt gewährten, der gebräunte Haut zeigte.

Dazu hatte Angie lange, schlanke Beine, die durch die hochhackigen Schuhe, die sie trug, noch mehr zur Geltung kamen. Eine Tatsache, die durch das zierliche, silberne Kettchen, welches sie sich um den Knöchel gelegt hatte, nur noch mehr unterstrichen wurde.

„Was – wie immer – nicht gut genug ist."

„Wir sind auf der Bestsellerliste", hielt Mark ihr entgegen und erntete ein mitleidiges Lächeln, das Emma wehtat.

Mark lernte es einfach nicht.

Er brauchte es gar nicht erst versuchen, sich mit Angie zu messen.

Er würde immer den Kürzeren ziehen. Trotzdem aber versuchte er immer wieder mit halbgaren Bemerkungen, Angie ihre Schwachstellen aufzuzeigen.

„Und wo ist dein Herz?"

„In meiner Brust!", versicherte er ihr.

„Warum nicht in Emmas Hand?"

„Apropos." Mark plötzlich lachte, der, als habe er nur auf solch ein Stichwort gewartet, einen silbern glänzenden Löffel aus der Hosentasche zog, um ihn dann mit einem schallenden, lauten Echo gegen das Glas zu schlagen.

Die Gespräche, die eben noch geführt worden waren, verstummten.

Die Musik, als wäre es abgesprochen, die eben noch mit ihren sanften Klängen den Saal erfüllt hatte, und der Atmosphäre, in der sie alle schwelgten, unterstrich, verstummte mit einem leisen, letzten Violinenklang.

Emma, die verwirrt zu Mark schaute, bekam es plötzlich mit der Angst zu tun, weil er sich im selben Moment neben sie stellte und ihre Hand nahm, was er sonst nur ausgesprochen selten tat.

Bisher hatte sie in solch einer Situation nie selbst gesteckt.

Sie hatte darüber geschrieben, gelesen und Dutzende Filme gesehen.

Jetzt aber hier zu stehen, von den bewundernden Blicken der anwesenden Menschen bedacht, spürte sie, dass sich etwas um sie herum ereignete, wovon sie schon immer geträumt hatte.

Was du schon einmal geträumt hast, verbesserte sie sich automatisch, und bekam krampfhafte Bauchschmerzen, die sie glauben ließen, hier und jetzt auf die Toilette gehen zu müssen.

„Ich danke Ihnen allen für Ihre Aufmerksamkeit", rief Mark, der Emmas Hand nun so fest hielt, als wollte er verhindern, dass sie weglief und ihn vor den ganzen Leuten allein stehen ließ. „Wie sie wissen, ist Emma nicht nur meine erfolgreichste Autorin, die ich betreue. Nein, ich habe auch das ausgesprochene Glück, sie an meiner Seite zu wissen. Sie inspiriert mich nicht nur dazu, in meiner Agentur das eine oder andere Novum auszuprobieren. Sie schafft es auch mit Leichtigkeit, mir jeden Tag wieder vor Augen zu führen, was für ein Glückspilz ich bin.

Und weil ich eben mein Glück ungerne ungeschmiedet lasse, so will ich dich fragen ..." Nun drehte er sich vor sie, ging langsam in die Knie und genoss sichtlich die von Romantik durchfluteten Seufzer der umstehenden Damen und Herren, und fragte sie die eine Frage, mit der Emma niemals gerechnet hatte, sie einmal hören zu können. „Willst du mich heiraten und meine Frau werden, Emma?"

Was sollte sie sagen?

Wie sich verhalten?

Sie hatte gerade jetzt erst in „Wasserherz", ihrem neuesten Roman, über genau diesen Zwiespalt geschrieben. Hatte sich intensiv damit auseinandergesetzt und sich gefragt, was die Frage in einem Menschen bewirkte. Was sie in einem auslöste und wie sie einen positiv beflügelte und – negativ betrachtet – an einen Menschen kettete.

Und wie in ihrem Roman, so war sie auch wie ihre Protagonistin hin- und hergerissen auf der Welle des Glücks und des Zweifels.

Nur mit dem klitzekleinen Unterschied, dass sie hier keine Bühne hatte, um weglaufen zu können, und sich ins Abenteuer ihres Lebens zu stürzen. Nein, sie stand hier, umgeben von Literaturkritikern, von der Innensenatorin von Hamburg, vielen Menschen aus der Verlagsbranche und eben einer Freundin, die mit offenem Mund dastand und nicht glauben konnte, was sie da eben gehört hatte. Sie schaute zu Mark, und warf dann Angie einen verwirrten Blick zu, der das ganze Chaos ihrer Gefühle in sich trug.

Da war die Angst, dass Emma eine falsche Entscheidung treffen konnte – mal wieder.

Ein Schuss Hoffnungslosigkeit, dass Emma sich an den falschen Mann binden konnte, der auf sie wirkte wie ein Aal, der versuchte, sich den zupackenden Händen des Anglers zu entziehen. So hatte sie es einmal ausgedrückt, als Angie und sie zusammen einen Kaffee in der Mönckeberg Straße getrunken hatten, um die ersten, zögerlich hinter den dichten Wolken versteckten Frühlingstrahlen zu genießen, die sich beinahe scheu zeigten und auf ihre Haut gelegt hatten.

Sie spürte, wie ihr Hals trocken wurde und es tat ihr noch mehr weh, als ihr bewusst wurde, dass ihr Vater sich ganz in ihrer Nähe aufhielt, und sie mit weit aufgerissenen Augen anstarrte und ebenso wenig wie sie zu wissen schien, wie er sich verhalten sollte.

Sie sah ihn da stehen, unbeholfen und allein, nur er und seine eiskalt gekühlte Bierflasche in der Hand, und in seinem Gesicht einen entsetzten Ausdruck, der so viel auszusagen schien wie: „Du bist verrückt, wenn du dich darauf einlässt. Das weißt du. Hast du denn schon vergessen, was nach fünfunddreißig Jahren Beziehung zwischen deiner Mutter und mir passiert ist?"

Andererseits konnte man seinen Gesichtsausdruck auch so interpretieren, dass er geschockt, aber glücklich darüber war, was er hier zu sehen und zu hören bekam. So verrückt und paradox es auch klang, Emma meinte plötzlich, so etwas wie ein liebevolles Schmunzeln in seinem Mundwinkel zu erkennen, das ihr alles Glück der Welt schenken wollte.

Weshalb sie mit einem unsicheren Blick in Marks wissendes Gesicht blickte, der keine andere Antwort als ein beherztes und vor Berührung zitterndes „Ja!" akzeptieren würde.

„Sag was", wisperte Angie ihr entgegen, weil sie nicht wollte, dass das nun schon viel zu lange anhaltende Schweigen noch mehr in die Länge gezogen wurde und nicht deshalb, weil sie wie Mark Emmas „Ja" hören wollte.

„Los!"

Mark lächelte noch immer.

„Ich will", flüsterte Emma und ließ sich den plötzlich in der Hand Marks befindenden Ring auf den Finger stecken.

Applaus brandete auf.

„Hat man so etwas schon gesehen?", hörte sie jemanden rufen, während eine nahe stehende Frau nach der Hand ihres Mannes gegriffen hatte, und flüsterte: „Ist das nicht schön?"

Und in all dem Jubel und Klatschen, den Hochrufen und warmen Worten bekamen Emmas vorhin gedachte Worte: *Es sei denn, du beziehst den Spruch gar nicht auf das Schreiben, Emma, sondern auf ...* einen völlig anderen Klang.

Sie waren nicht mehr auf das Hier und Jetzt bezogen.

Hatten gar nichts mehr mit ihrem Bestseller „Wasserherz" zu tun oder der bevorstehenden Verfilmung.

Nein, sie gruben sich in die Vergangenheit.

Gut siebzehn Jahre zurück, und ließen sie erschreckt denken: *Du bist noch immer verheiratet ...*

***

Der Abend war ... gelinde gesagt ... eine Katastrophe gewesen.

Nicht, weil Emma mit einem Preis über zehntausend Euro ausgezeichnet worden war, Oller bekannt gegeben hatte, dass die Verträge für den Film, der nach dem gleichnamigen Bestseller „Wasserherz" Ende nächsten Jahres in die Kinos kommen sollte, unter Dach und Fach waren, sondern deshalb, weil Emmas Vergangenheit sie eingeholt hatte wie ein hundert-Meter-Sprinter.

Sie hatte noch seine Schritte gehört, um metaphorisch zu bleiben, um ihn dann auch zu spüren, wie er an ihr vorbeizog und sie durch seinen Schwung beinahe von den Füßen riss.

Natürlich hatte sie „Ja" gesagt, hatte die Glückwünsche ebenso entgegengenommen wie die Umarmungen. Sie hatte sich medienwirksam positioniert, hatte sich von den anwesenden Journalisten ablichten und es sich nicht nehmen lassen, in jede Kamera zu blicken und zu erzählen, wie glücklich sie war.

Innerlich aber, von aller Welt verborgen, von niemandem gesehen – abgesehen von Angie vielleicht –, hatte das reinste Chaos getobt.

Du bist verheiratet, verdammt. Du hast damals still und heimlich geheiratet und es niemandem gesagt. Niemandem ... nur der befreundete Standesbeamte von Michael und der alte Pastor wussten davon.

Die und ...

... Michael ...

Emma, die eiligst die Tür des Taxis zuschlug, das sie auf Kosten der Gala nach Hause gefahren hatte, stolperte mehr, als dass sie ging, dem Eingang entgegen, der über sechs schmale Steinstufen zu erreichen war. Kleine Löwen, die die Treppe einfassende Mauer zierten, begrüßten sie mit weit aufgerissenem Maul, und die schlecht gemachten und vom Zahn der Zeit unendlich vielen Regengüsse und steif vom Westen wehenden Winden glatt polierten Statuen erinnerten sie einmal mehr daran, wie albern Menschen sein konnten.

Nicht nur, dass jemand auf die Idee gekommen war, irgendwo im nirgendwo Löwenskulpturen aufstellen zu lassen, die einen Bewohner begrüßten, nein, er war auch noch so dreist gewesen und hatte sie so klein anfertigen lassen, dass sie einem nicht einmal bis zur Hüfte gereicht hätten, wenn sie nicht auf einem Sockel säßen.

Dem ganzen albernen Flair setzte die aus billigem Metall gefertigte Haustür die Krone auf. Der Hauswart hatte sie in einer dunkelroten Folie bekleben lassen, die wirken sollte wie viele der Haustüren Londons, die in den angeseheneren Stadteilen lagen.

Hier aber, am Stadtrand von Hamburg, wo man schneller in Niedersachen war als in der Innenstadt, wirkte es alles andere als modern oder gar vornehm.

Trotzdem aber wohnte Emma hier gerne im Haus.

Denn hatte man die Peinlichkeit der Löwen und der Tür passiert, kam man in ein gemütliches, in dezentem Gelb gehaltenes Treppenhaus, das einen glauben ließ, in die Fünfziger zurückversetzt worden zu sein. Man atmete regelrecht das Flair des Aufbruches in eine neue Zeit. Es war, als strebte alles hier den noch bevorstehenden Erfolgen entgegen.

So war die leicht gewundene Treppe, die in den ersten Stock führte, von einem hölzernen Geländer gesichert, dessen einzelne Streben in kunsthandwerklicher Vollendung gefertigt worden waren. Mal sah man eine Strebe in Form eines Mannes, der aussah wie Atlas, der die Welt auf den Schultern trug, um dann daneben eine junge Frau zu erblicken, die einen Krug auf dem Kopf balancierte und geradewegs hinaufzuschreiten schien zu den oben gelegenen Wohnungen.

Emma verharrte gerne im Treppenhaus und genoss den Anblick des Geländers, der altmodischen, fein verzierten Briefkästen und freute sich darüber, wenn ihr Blick geradeaus auf die Tür fiel, die in den Hinterhof in den Garten führte.

Jetzt aber, wo ihr das Blut in den Ohren rauschte, ihre Gedanken sich unablässig drehten und sie sich kummervoll fragte, ob sie die verfluchte Heiratsurkunde von damals noch besaß, sah sie die ganzen Schönheiten der Handwerkskunst nicht.

Sie eilte die Treppenstufen hinauf, immer zwei auf einmal nehmend.

Als die Tür aufgezogen wurde, und die alte Frau Milko ihren Kopf hinausstreckte und sie mit den Worten begrüßte: „Na, Kindchen, wie ist der Abend gelaufen?“, scherte sie sich nicht darum, dass sie unhöflich war und schroff antwortete: „Wie soll er schon gewesen sein? Wie immer!“

Dabei mochte sie die alte Dame gerne.

Sie liebte es, mit ihr zusammenzusitzen, etwas zu klönen und zu schnacken, dabei einen Tee zu trinken und sich vorzustellen, wie Frau Milko damals als junge Frau wohl gewesen war. Wie sie das Leben sah und wie sie es heute wahrnahm.

Jetzt aber, wo Emmas ganzes Leben plötzlich kopfzustehen schien, eilte sie nur an der alten Dame vorbei, erreichte ihre Wohnung und fluchte leise, als ihr der Türschlüssel aus der Hand rutschte und klimpernd zu Boden fiel.

Erst beim zweiten Zugreifen hielt sie ihn zwischen den zitternden Fingern und schaffte es nicht, ihn ins Schloss zu schieben.

Emma musste die Augen schließen, tief ein- und ausatmen und sich selbst zur Ruhe rufen, bevor es ihr gelang, den Schlüssel langsam und konzentriert in das Loch zu stecken, ihn herumzudrehen und die Tür dann zu öffnen.

Ohne sich in dem vor ihr liegenden Wohnungsflur umzusehen, eilte sie in das sich geräumig erstreckende Wohnzimmer, das in drei Bereiche unterteilt war. Da war das wuchtige Sofa, das hin zum Fernseher – den sie so gut wie nie anschaltete, weil das Programm sie unglaublich anödete – ausgerichtet war, und vor dem der Tisch stand, auf dem sie eine Obstschale platziert hatte sowie die heute Mittag nicht weggeräumten Gläser, aus denen sie mit Angie getrunken hatte.

Der weite Bereich war der mit dem Esszimmertisch, der mit einem in der Mitte entlanglaufenden rötlich schimmernden Tischläufer dekoriert war, auf dem wiederum zwei langstielige Kerzen in einem Kerzenständer standen und bis zur Hälfte niedergebrannt waren. Die an den Wänden hängenden Bilder waren allesamt von scharf sich abgrenzenden Strichen durchzogen, sodass man das Gefühl von Kälte, die jeden befiel, wenn man die Motive betrachtete, nicht abstreifen konnte.

Dazu war der Rest, bis auf das rote Band inmitten des Tisches, in kalt-chromigen Farben gehalten und erzeugte kaum das Gefühl von Gemütlichkeit.

Das alles hatte Emma noch nie interessiert.

So fühle sie sich wohl.

Alles wohlgeordnet. Alles an seinem Platz.

Selbst ihr Arbeitsplatz, der unter dem Fenster stehende Schreibtisch, auf dem ihr Laptop ordentlich zugeklappt lag, wies keinerlei Spur von Unordnung auf. Ihre Notizzettel lagen fein säuberlich sortiert neben dem Laptop, während der Behälter für die Stifte nur gleich lange Kugelschreiber beherbergte.

Das Regal, das neben dem Schreibtisch stand und in dem die sorgsam beschrifteten Ordner Platz fanden, hatte sie sich erst kürzlich liefern lassen, da das alte ihr zu marode geworden war. Oder, besser gesagt, es hatte gewackelt und sie hatte es nicht geschafft, den Grund dafür zu finden, um es wieder zu stabilisieren.

Und einen Papierschnipsel zu nehmen, ihn unter den Fuß zu schieben, damit es wieder sicher stand, kam für Emma Sommer nicht infrage.

So zog sie ihre Schuhe aus, schob sie in den freien Platz im Regal und schlüpfte hastig in die bereitstehenden Hauspuschen. Sie eilte zurück und ließ ihre schwarze von Perlmutt besetzte Handtasche gedankenverloren von der Schulter rutschen, und ging vor den Ordnern in die Knie. Mit über ihre Lippen wehendem, beinahe wie ein Pfeifen klingendem Atem fuhr ihr Finger über die Rückseiten der Ordnerbeschriftungen und verharrte dann an einem, auf den sie vor unendlich langer Zeit, wie es schien, mit Füller draufgeschrieben hatte *„Dokumente, 1999“*. Längst war die Farbe der Tinte verblasst und nur noch schwer lesbar. Ganz anders, als es sonst ihre Art gewesen war, hatte sie hier die Schrift nicht nachgezogen.

Beinahe so, als hoffte sie, dass die Erinnerung an damals in ihrem Kopf im gleichen Maße wie die Schrift verblasste.

Und während sie mit fliegenden Fingern durch die Dokumente blätterte, Zeugnisse umschlug, die Zusage zu ihrem Freiwilligen Sozialen Jahr weiterschob, begann sie, unruhig zu werden, weil der sowieso schon nur mager bestückte Ordner seinen Inhalt mehr und mehr lüftete und das gesuchte Dokument nicht zutage förderte. Dazu kam, dass es plötzlich und unerwartet an der Haustür klingelte.

„Nicht jetzt, Frau Milko", flüsterte sie, und erhob sich nur widerwillig von ihrem Platz, als die Klingel erneut schrillte.

Mit eiligen Schritten ging sie zur Haustür, schaute durch den Spion und hatte schon die Worte: „Ich klingel morgen bei Ihnen", auf der Zunge, als sie sah, dass gar keine Frau Milko vor der Tür stand.

Da war niemand.

Verwirrt bediente sie den Summer.

Wer konnte jetzt noch zu ihr kommen wollen?

Angie, der sie vorhin vor dem Rathauskeller Auf Wiedersehen gesagt hatte, war nicht der Typ dafür, einfach vor ihrer Haustür zu stehen. Auch wenn sie beide sich in- und auswendig kannten, so hatte die explosive Spontaneität, die Angie sonst immer ausstrahlte, zwischen ihnen beiden nie wirklich existiert. Sie waren eher in einem ruhigen, ausgeglichen freundschaftlichem Verhältnis aufeinander eingespielt.

Natürlich, es gab zwischen ihnen auch den einen oder anderen Moment der Spontaneität, der dann aber eher via „WhatsApp" oder „Facebook" stattfand, wenn sie miteinander chatteten. Manchmal, was in letzter Zeit auch immer seltener geworden war, hatten sie beide ihre Flexibilität, was das Leben im Allgemeinen betraf, auch übers Telefon geklärt.

Deshalb blieb sie, verwundert wie sie war, an der Haustür stehen, und trat nervös von einem Fuß auf den anderen, weil sie weiter in ihren Ordnern nachschauen wollte, ob die Urkunde, die von Michaels damals organisiertem Standesbeamten ausgefüllt worden war, sich hier irgendwo finden ließ.

Oder habe ich sie damals auch weggeworfen?, fragte sie sich in einem Anflug eines heißen Schreckens, als sie an den Moment dachte, als sie sich dazu entschloss, ihre Zelte abzubrechen und ein neues, ein unbeschwertes und von soliden Strukturen entferntes Leben zu führen.

Hatte sie?

Emma wusste es nicht!

Alles war damals so emotional gewesen. So überstürzend und nervenzerreibend, dass sie sich zwar an die Tränen, den Schmerz und die innere Leere erinnern konnte, die sie erfüllt hatte, als sie die ihr einst so ans Herz gewachsenen Dinge in die Mülltonne geschüttet hatte. Aber ob eben genau das dabei gewesen war, was sie suchte, wusste sie nicht.

Und so kreisten ihre Gedanken und erfassten die auf der Treppe erklingenden Schritte nur halbherzig.

Erst als sie den dunklen Haarschopf von Mark erkannte, der sich die letzte Treppenwindung hinaufschob, kehrte sie aus der Vergangenheit in die Gegenwart zurück, und stieß ein verwundertes: „Du?“, aus.

„Wer denn sonst?“, wollte er wissen, eine Flasche Tankstellensekt in der Hand, und zwei sauber gespülte Gläser in der anderen, die er von der Gala mitgenommen haben musste. „Hast du jemand anderes erwartet?“

„Nein!“, meinte sie und traute sich nicht zu sagen: *„Ich hatte eigentlich gehofft, dass mich heute niemand mehr stört.“*

„Dann störe ich auch nicht“, stellte Mark fest und blieb vor der Haustür stehen, die Sektflasche triumphierend in die Höhe haltend. „Lässt du mich rein?“

„Äh ...“

„Nicht?“

„Doch, doch.“ Sie nickte eifrig, machte die Tür frei, und wunderte sich darüber, dass sie den ganzen Abend keinen wirklichen Gedanken an ihre wegweisende Entscheidung verloren hatte, sich mit Mark verlobt zu haben.

Gerade jetzt, wo er vor der Tür *ihrer* Wohnung stand, wurde es ihr schmerzlich bewusst, wie nahe, oder besser, fremd sie sich immer gewesen waren. Beinahe so, als konnten beide die Nähe des anderen tagein und tagaus nicht ertragen.

Wir arbeiten beide viel, sagte sie sich selbst und schüttelte den Kopf. *Da ist es besser, wenn man seine Ruhe hat und sich nur dann und wann einmal trifft, um die Stunden, die man dann gemeinsam hat, zu genießen.*

„Du warst so schnell weg", meinte Mark, als er sich an ihr vorbeizwängte und gleich in das dreigeteilte Wohnzimmer ging. „Ich konnte mich gar nicht richtig von dir verabschieden, und fotografieren lassen konnte ich mich auch nicht mehr mit dir."

Emma sagte nichts dazu.

Sie starrte Mark an, und wusste nicht, ob der Tadel, der in seiner Stimme mitschwang, ihrem Verschwinden im Allgemeinen galt, oder der Tatsache, dass sie für weitere Pressefotos nicht zur Verfügung gestanden hatte. Sie war der Meinung, und von der wich sie auch nicht ab, dass die Zeitungen und Magazine genug Fotos von ihr, ihrem Vater und Mark gemacht hatten.

Ihr taten jetzt noch die Augen von den ganzen aufblitzenden Lichtern weh, und sie meinte, die grellen Fotoblitze noch immer zu sehen, wenn sie kurz innehielt und innerlich zur Ruhe kam. Einem Gewitter gleich, wenn man so wollte, das sich mitten im Sommer über einem zusammenbraute und es blitzen und donnern ließ. Nur mit dem Unterschied, dass ein warmer Regenschauer im Sommer angenehm war, während die Tortur, die sie heute Abend durchzustehen gehabt hatte, eher wie ein überraschender Kälteeinbruch gewirkt hatte.

Ihr wuchs alles über den Kopf.

Alles.

Sie wollte keinen Sekt trinken. Nicht noch einmal anstoßen, um dann, worauf es auf jeden Fall hinauslaufen würde, mit Mark ins Bett gehen zu müssen.

Natürlich, sie mochte es, von ihm verwöhnt zu werden. Wenn seine immer warmen Hände ihr über den Rücken strichen, sie massierten und liebkosten, während seine Lippen sanft an ihrem Ohrläppchen zupften und sie merkte, wie die Lust sich mehr und mehr in ihr steigerte, und sie es kaum noch ertragen konnte, nicht von ihm genommen zu werden.

Jetzt aber, wo ihr ganzes Leben kopfstand, war ihr weder nach körperlicher Entspannung noch nach einem Schluck Alkohol, der ihre Gefühle betäuben würde.

„Weißt du“, begann sie, die Hand an die Schläfe gelegt, „eigentlich habe ich jetzt gerade nicht so ...“

„Da!“, meinte Mark, ohne auf sie einzugehen und ihr sein Gehör zu leihen, hielt ihr das Glas unter die Nase, in dem der Sekt schwamm und verführerisch perlte. „Trink. Das hilft immer.“

„Mark ...“

„Auf uns!“, meinte er, stieß auf sie beide an, nippte dann an seinem Glas, und nahm mit zusammengezogenen Augenbrauen wahr, dass Emma mit ihrem Sekt nicht dasselbe tat.

„Nicht auf uns?“, wollte er enttäuscht wissen.

„Doch, doch. Auf uns“, sagte Emma hastig und kippte das halbe Glas in sich hinein.

Das erschütternde Gefühl der Empathie, das sie immer wieder heimsuchte und sie vor schwere Aufgaben stellte, holte sie auch jetzt ein und ließ sie sich in Marks Situation versetzen.

Sie war sich sicher, dass sie in ihm lesen konnte wie in einem Buch und jeden einzelnen Buchstaben, den er gerade aufs Papier schrieb, ohne Umschweife entziffern konnte. Sie las seine Freude über den Deal mit dem

Fernsehen, den Stolz über die Anerkennung seiner zukünftigen Frau und die Verlobung mit ihr.

In ihm musste es zugehen wie in einem Taubenschlag, nur mit der bitteren Erkenntnis, dass die Taube den Liebesbrief, den er erwartete, nicht in den Schlag mitbrachte. Dass er vergebens auf das wartete, worauf er so sehnsuchtsvoll hoffte.

„Ich liebe dich", brachte sie schuldbewusst hervor, und ließ sich von Mark, der sein Glas ohne Untersetzer auf dem Tisch abstellte, in den Arm nehmen und fest an sich drücken.

Er lächelte.

Genau so, wie sie es liebte. So wie damals in der Agentur, als er sich vor sie hingesetzt, und sie das erste Mal so richtig wahrgenommen hatte. Sie als Frau und nicht als Klientin sah. Es war, als würden sie wieder sechs Jahre in die Vergangenheit reisen, und sich in dem heimlich eingerichteten Konferenzraum befinden, in dem die beiden die große Panoramascheibe flankierenden Farne das einfallende Sonnenlicht ein wenig dämpften, und der Geruch eines auf einem Schränkchen stehenden Duftwässerchens sich noch verstärkte.

Sie war wieder ganz klein, ganz unbekannt, von der Hoffnung beseelt, einmal eine erfolgreiche Autorin zu werden, die es schaffte, ihre Leser zu begeistern und von ihrer Arbeit leben konnte.

„Das ist schön!"

„Finde ich auch."

„Wollen wir ins Schlafzimmer?"

„Weißt du ...", wollte sie gerade beginnen zu sagen, als sie wieder dieses unangenehme, dass ihren Magen ausfüllende Reißen spürte, das sie immer dann bekam, wenn sich eine Art Erkenntnis in ihr ausbreitete. Eine neue Perspektive, wenn man so wollte, die sich vor ihr eröffnete, und ihr mitteilte, dass sie das, was von ihr hier und jetzt verlangt wurde, nicht bringen konnte.

Sie hatte wirklich und ehrlich mit dem Gedanken gespielt, Mark zu sagen, dass sie noch verheiratet war. Dass sie ihrem Jugendschwarm von der Gesamtschule damals das Ja-Wort gegeben hatte und sie diese Hochzeit nie hatte annullieren lassen. Obwohl sie es immer vorgehabt hatte.

Wirklich, das hatte sie.

Irgendwann einmal. Am besten dann, wenn die Wohnungssuche beendet, der Umzug vonstattengegangen und die Arbeitssuche beendet war.

Dazu, und das war das Wichtigste, hatte sie noch schreiben müssen.

Ihre Ideen waren nach ihrer *Befreiung* in ihr hochgesprudelt wie in einem Geysir auf Island.

Sie hatte Michael und die damalige Hochzeit schlicht und einfach im Eifer des Gefechts *vergessen*.

So merkwürdig es auch klang.

Die Wahrheit, die ihr auf der Zunge lag, die sie Mark unbedingt sagen wollte, verschwand ebenso schnell, wie sie gekommen war.

Die Angst davor, sie könnte durch ihr Geständnis irgendetwas kaputt machen, hinderte sie daran, den letzten, den entscheidenden Schritt auf ihn zuzumachen und mit offenen Karten zu spielen.

Aber allein der Gedanke daran, dass sie dadurch auf einen ausgeweiteten Skandal zuschippern würde, ließ sie zögern und sich von Mark, der angefangen hatte, ihren Hals zu küssen, sanft wegzudrücken.

„Es geht gerade nicht."

„Wenn du deine Tage hast, können wir auch anders ..."

„Ich habe meine Tage nicht", sagte sie mit einem inneren Gefühl der Verwirrung.

„Dann können wir."

„Nein."

„Ich glaube, hier will jemand verführt werden." Er lächelte sie an, und fuhr mit seinem Zeigefinger über ihre halb geöffneten Lippen, hin zu ihrem Kinn, um dann ein warmes, ein prickelndes Gefühl des Wohlwollens in ihr auszulösen, als er von ihrem Hals über ihr Brustbein hin zu den noch immer vom Kleid verdeckten Brüsten glitt.

Sie merkte, wie die Lust in ihr wuchs, und dass sie es schön finden würde, mit ihm zu schlafen.

Aber das in ihrem Hinterkopf unaufhörlich pochende Gefühl der Hektik ließ sie nicht fallen. Sie konnte es nicht und war gleichzeitig froh darüber, dass sie sein begonnenes Liebesspiel nicht beenden musste.

Marks Handy klingelte ...

... um diese Zeit!

Verwundert darüber, dass er gleich darauf in seine Hosentasche griff, einen Schritt von ihr wegmachte, und die Verbindung herstellte, blinzelte sie verwirrt.

„Hey!", meldete er sich, hob den Zeigefinger, um seiner Verlobten zu zeigen, dass er gleich bei ihr war, und ging dann wie selbstverständlich aus dem Wohnzimmer heraus, ins Schlafzimmer, um die Tür hinter sich zu schließen.

Emma blieb einige Sekunden entrüstet inmitten des Raumes stehen, und zuckte mit den Schultern.

Hatte sie eben mehr Zeit, die verfluchte Heiratsurkunde zu finden ...

***

„Ich weiß nicht, ob das die beste Idee ist, die du jemals hattest", brachte Angie ihre Gefühle – wie immer – gleich auf den Punkt. Ohne Umschweife. Schonungslos. So, wie sie nun einmal war.

Emma, die damit gerechnet hatte, dass ihre Freundin mit ihrer Meinung nicht hinter dem Berg halten würde, genehmigte sich ein Lächeln, auch wenn Angie das nicht sehen konnte. „Anders geht es nicht."

„Wie wäre es, wenn du deinen Anwalt eingeschaltet hättest?"

Die Stimme Angies klang plötzlich verzerrt, so leise, als würde die Telefonverbindung abbrechen. Weshalb Emma vom Gaspedal herunterging, und ihre bereits halsbrecherische Fahrt ein wenig drosselte.

„Damit Michael etwas gegen mich in der Hand hat, um gleich zur Presse zu gehen?"

„Meinst du nicht, dass er Zeitung liest?"

„Hat er nie." Emma winkte in Gedanken ab, die ungewollt an die Zeit zurückdenken musste, als sie noch mit Michael zusammengelebt und sich immer darüber gewundert hatte, dass er sich so für gar nichts interessierte. Abgesehen von seiner Idee, einmal eine Surfschule zu besitzen und ein eigenes kleines Boot, mit dem er Touristen hinaus auf das Meer schippern konnte, um ihnen die Schönheiten der Nordsee zu zeigen.

Was für eine Idee ...

Schon damals hatte sie sie lächerlich gefunden.

Die Konkurrenz war viel zu groß, und es gab kaum jemanden, der darauf wartete, dass ein junger Mann, dessen Kopf in den Wolken steckte, mit solch einer Idee um die Ecke kam.

So wie bei dir, meldete sich eine Stimme in ihr, die sie auf unangenehme Art und Weise an die ihrer Mutter erinnerte.

Mit einem so ekelhaft wissenden oder, besser gesagt, belehrenden Unterton in der Stimme, der Emma schon immer zuwider gewesen war.

Und doch ...

... die vier Worte brachten in Emma etwas in Bewegung, das sie mit aller Vehemenz versuchte abzuwehren.

Ihre Stärke war es noch nie gewesen, einen Fehler schnell und umfassend einzugestehen. Was dazu führte, dass sie eine einmal getroffene Entscheidung mit aller ihr zur Verfügung stehenden Kraft zu verteidigen versuchte.

So auch die Trennung von Michael.

Sie konnte es sich nicht erlauben, nicht hier und nicht jetzt, an ihrer Kompromisslosigkeit zu zweifeln.

Damals hatte sie die richtige Entscheidung getroffen!

Sie war richtig gewesen.

Besonders deshalb, weil sie Michael nicht mehr ertragen hatte.

Sein ganzes Tun, sein ganzes Handeln hatte sie von Tag zu Tag frustriert und dazu geführt, dass sie sich in seiner Nähe nicht mehr wohlfühlen konnte. Dass sie anstatt Liebe eine in ihr aufschäumende Wut verspürte, die dazu geführt hätte – hätte sie nicht vorher die Reißleine gezogen –, ihm etwas anzutun. Ein Schlag ins Gesicht wäre da noch das Geringste gewesen. Ein Tritt zwischen die Beine hingegen ein Engelschor.

Es war zu seinem Schutz gewesen.

Und zu meinem, fügte sie gedanklich noch hinzu, und setzte den Blinker, um einen immer schneller auf sie zukommenden Lkw links zu überholen. *Wäre ich nicht weggegangen, wäre ich zu Hause wohnen geblieben. Ich hätte begonnen, im Kreiskrankenhaus zu arbeiten und wäre heute so frustriert, wie es meine Mutter ist. Nein ... Es war das Beste, was ich machen konnte.*

Das einzig Richtige.

Was sie Angie auch sagte. Nur mit dem Unterschied, dass sie nicht ihre Vergangenheit damit meinte, sondern ihre Entscheidung, die sie getroffen hatte, um die Sache selbst in die Hand zu nehmen, nachdem sie die Heiratsurkunde nicht gefunden hatte.

„Es sind fast zwanzig Jahre vergangen, da ändern sich Menschen“, zerschoss Angie Emmas Theorie davon, dass Michael noch heute keine Zeitung lesen würde.

„Nicht in Eckenförde.“

Angie musste lachen: „Was ist das denn für ein blöder Spruch?“

„Du weißt, wie es hier zugeht“, meinte Emma und hörte ein seufzendes Schnaufen ihrer besten Freundin.

„Wir waren so lange nicht mehr da“, versuchte Angie noch einmal, an Emmas Vernunft zu appellieren. Was Emma auch niedlich, ja, richtig toll fand. So kannte sie ihre beste Freundin. Immer auf den Punkt fokussiert. Das Glück Emmas vor Augen. Jetzt aber, wo Emma diese zielführende Zuneigung ganz und gar nicht gebrauchen konnte, wehrte sie Angies Einwand mit einem entscheidenden: „Niemand ändert sich in Eckenförde“, ab, und fügte daraufhin gleich hinzu: „Der alte Kasper hat jahrelang darüber schwadroniert, wie schrecklich es war, dass die alte Windmühle abgestellt worden ist. Angie, die war schon abgestellt, als ich zur Welt kam. Und er hat noch immer darüber geklagt, als ich dreizehn wurde.“

Angie schwieg.

Treffer! Versenkt!, dachte Emma zufrieden bei sich, und scherte dann wieder rechts ein, als ein noch schnellerer Autofahrer in ihrem Rückspiegel erschien und ihr mit seiner Lichthupe deutlich machte, dass sie die Fahrbahn frei machen sollte.

„Kasper war damals schon beinahe achtzig“, ließ Angie sich nicht abwimmeln, und brachte Emma dazu, genervt auszuatmen. „Natürlich hat er sich darüber aufgeregt. Er hat sein ganzes Leben lang sein Getreide zu der Mühle gebracht oder war mit dem Müller befreundet. Er war fast achtzig, Emma“, wiederholte sie, und schaffte es doch nicht, ihre beste Freundin davon zu überzeugen, ihre einmal vorgefertigte Meinung abzulegen und noch einmal zu überdenken.

„Ich werde Michael finden, ihn zu einem Anwalt schleppen und ihn dazu zwingen, die Scheidungspapiere zu unterschreiben."

„Du weißt doch gar nicht, wo er jetzt wohnt."

„Dafür habe ich ja dich."

Angie lachte: „Wir Journalisten recherchieren, das stimmt. Aber wir Journalisten haben auch unser Fachgebiet und kommen nicht an alle Daten ran, wie du es dir vielleicht vorstellen magst."

„Wo wohnt er?"

„In Eckenförde. Mehr habe ich über ihn nicht in Erfahrung bringen können."

„Siehst du. Er hat Eckenförde nie verlassen. Hat seinen Wohnsitz nie gewechselt und liegt irgendwem noch immer auf der Tasche, und träumt davon, ein bedeutender Tourismusmagnat zu werden!"

All die Bitterkeit, die in ihren Worten mitschwang, hatte sich im Laufe der zurückliegenden Jahre gesammelt und nur darauf gewartet, ausgesprochen zu werden. Beinahe so wie eine Magmakammer bei einem Vulkan. Irgendwann, wenn der Druck zu groß wurde, die Eruptionen der Erde mehr und mehr zunahmen, sackte die Kammer einfach in sich zusammen und entließ einen Strahl heißer, in den Himmel schießender Lava, die dann wiederum Bimsstein und heiße Luft vor sich her trug, die dann verheerend und vernichtend auf die am Hang des Vulkan lebenden Menschen herabregnete, sie unter sich begrub und vernichtete.

So dramatisch, wie sie sich ihre Worte hier ausmalte, waren sie nur bedingt, das wusste sie.

Aber sie trugen so viel Frustration in sich, dass Emma gar nicht anders konnte, als sie so auszuspucken, wie sie es tat.

„Du weißt, was du tust."
„Jetzt ja!"
„Damals auch."
„Damals war ich dumm und naiv." Emma seufzte wieder, und versuchte, nicht daran zu denken, wie Michael ihr in dem einzigen Bistro Eckenfördes einen Antrag machte. Vor sich ein halb gefülltes Colaglas, den Teller mit Pommes gefüllt und von Ketchup verschmiert, während sie vor einem Salatteller gesessen hatte.
Nein, sie wollte die Szenerie nicht noch einmal erleben.
Nicht noch einmal ihr schnell pochendes Herz fühlen, wie es vor Aufregung schlug und ihr wirbelnde Gedanken durch den Kopf schossen, die sie glauben ließ, in dem Film „Die Schöne und das Biest" zu stecken, als der Prinz seine wahren Gefühle für sie entdeckte und ihr versprach, immer für sie dazu sein.
Sie hatte sich selbst immer als Belle gesehen, hatte geglaubt, dass es irgendwo in der Ferne ein Schloss geben würde, auf dem sie nach einem langen Kampf endlich ihren Frieden und ihr Seelenheil finden würde.
Stattdessen hatte sie einen Jugendfreund gefunden, der ihr seine Liebe gestand, und sie aber mit seiner Art einengte.
Damals, als er ihre Hand ergriff, die Musik des gerade aktivierten, an der Wand hängenden Spielautomaten die ganze surreale Situation unterstrich und alles andere als romantisch wirkte, war sie der felsenfesten Überzeugung gewesen, es perfekt getroffen zu haben.
Es hatte sie nicht gestört.
Im Nachhinein, als sie zusammen hinunter an den Strand gegangen waren, und, wie verrückt von ihren Gefühlen überwältigt, bis zu den Knien durchs Wasser sprangen, sich küssten und neckten, hatte sich die erste

Unsicherheit in sie eingeschlichen. Ein nur vages Unwohlsein, das sie nicht deuten konnte.

Sie war der festen Überzeugung gewesen, dass es das Gefühl der Beklemmung war, das sie hatte, weil sie ihren Eltern von der Verlobung mit Michael nichts erzählen wollte. Dass sie sich ausgemalt hatte, dass sie mit ihm durchbrennen würde, um dann ein Leben in Saus und Braus zu führen, wie es viele andere Persönlichkeiten vor ihr auch schon getan hatten. Bonny und Clyde zum Beispiel oder Schauspieler wie Johnny Depp, die ihr Schicksal selbst in die Hand genommen hatten, und sich von keinem vorgegebenen Lebensstil beeinflussen ließen.

Sie würde unabhängig sein.

Hatte sie gedacht.

Jetzt, als sie über die Autobahn fuhr und darüber nachdachte, wurde ihr bewusst, wie lächerlich das alles gewesen war. Kleingeistig und dumm.

Was mich heute in Teufelsküche bringt, dachte sie bitter und wünschte sich noch einmal in die Vergangenheit, in das kleine Bistro, um ihrem jüngeren Ich eine Ohrfeige zu geben und zu sagen: „Lass das. Heirate den Typen nicht. Er wird dich nur noch mehr enttäuschen, als du es sowieso schon bist. Er ist nicht gut für dich. Schöne Augen haben eine Frau noch niemals glücklich gemacht ..."

Wobei ...

... Michaels Augen waren mit das Beste an ihm gewesen. So klar, so herrlich grün, von einem inneren Feuer durchdrungen, das sie fälschlicherweise mit Begeisterungsfähigkeit gleichgesetzt hatte. Ein Feuer, das auf andere übergreifen konnte und sie zu Dingen motivierte, von denen sie vorher nicht einmal angenommen hatten, dass man sie auch nur in Erwägung ziehen konnte.

Das Problem dabei war, dass das angebliche Feuer nichts weiter war als ein kurzes Glimmen der eigenen Lustbefriedigung. Nicht mehr als eine spontane Idee, die ihm das Gefühl gab, etwas ganz Besonderes geschaffen zu haben. Nur um dann eine Woche später den Einfall als dumm, inhaltslos und nicht umsetzbar abzutun.

Sie hatte den Fehler begangen, ihn auf seine Idee anzusprechen, die er damals mit seinem fahrenden Wurstwagen gehabt hatte. Skandinavien, vorzugsweise Schweden, war seine Idee gewesen, mit echten deutschen Würsten zu beliefern.

Er hatte sich alles ausgemalt, wie er den Wagen mieten und mit einer Wurstfabrik einen Deal aushandelte würde, um nur ihre Waren an den schwedischen Mann zu bringen. Selbst über den Ketchup und die Mayonnaise hatte er gesprochen und nachgedacht und sich überlegt, was für Beilagen er zur Wurst noch liefern konnte. Dann aber, als Emma noch immer begeistert von dem Einfall gewesen war – insbesondere deshalb, weil sie das ihr zu eng gewordene Deutschland endlich verlassen konnte –, war sie dem Irrtum verfallen, Michael würde sein Vorhaben wirklich in die Tat umsetzen.

Und so hatte sie sich dann, während er auf der Couch saß, und wieder einmal vor der Spielekonsole hing und Super Mario Brothers spielte, zu ihm gesetzt und gefragt, wie weit er mit der Anleihe des Würstchenwagens sei.

Verwirrt hatte er aufgeschaut, geblinzelt und gefragt: „Was für ein Wagen?"

„Der Wagen, für den Wurstverkauf, oben in Schweden."

„Hä?"

„Du wolltest ...", hatte sie dann stockend angefangen zu reden, in sich das unumstößliche Gefühl der

Enttäuschung spürend, und spätestens dann gewusst, als Michael wieder zum Fernseher schaute und sich darüber ärgerte, dass er mit seiner virtuellen Figur in eine Schlucht gefallen war, dass aus seinem grandiosen Plan nichts werden würde.

So wie seine Idee, auf Mallorca eine Finka zu eröffnen, um sich dort für die Straßenhunde einzusetzen.

Oder die Eingebung, in den USA zu trampen, um sich allein durch das Schicksal irgendwo anspülen zu lassen, wo man heimisch werden konnte.

Sie hatte in der kurzen Zeit ihrer Beziehung zu Michael so viele Luftschlösser gebaut. Heute, wenn sie sich etwas vornahm, war es durchdacht, geplant und von einem eisernen Willen getrieben, ihre selbst gesteckten Ziele auch zu erreichen.

Michael hatte von dem allen nichts gehabt.

Er war ein Märchenonkel.

Ein Scharlatan.

Ein Blender, wie sie mit einem Stich ins Herz feststellen musste.

Er hatte es mit Leichtigkeit geschafft, sie unzählige Male um den Finger zu wickeln und sich jedes Mal von seinem Fieber anstecken zu lassen.

Bis ihr der Kragen geplatzt war.

Das war damals gewesen, der Sommer hatte gerade angefangen und die Nordsee mit ihrem dunklen Blau überzogen, dass sie manchmal glaubte, der Himmel selbst würde aus dem Meer aufsteigen. So albern es auch klang, aber zu jener Zeit, als sie merkte, dass ihre Träume zu zerbröckeln begannen, sie schmerzvoll erfahren musste, dass sie auf das falsche Pferd setzte, waren Träume das einzige, was sie noch hatte. Träume, die anfingen, Gestalt in ihr anzunehmen und sie dazu trieben, sich so schnell wie möglich aus Michaels Griffen zu befreien.

Er tat ihr nicht gut.

Ganz und gar nicht.

Er hatte an ihr gesaugt wie ein Blutegel, und ihr beinahe alle Energien geraubt, die sie im Stande war, aufzubringen, um den eigenen Hoffnungen Gestalt verleihen zu können. Und so war sie dann, von der inneren Erkenntnis erhellt, nur widerwillig mit Michael hinunter zum Strand gegangen.

Seine Worte, so voller Freude, so voller Lust an einem neuen Abenteuer, hatten in ihren Ohren geklungen wie ein rostiges Scharnier, das seit Monaten nicht mehr geölt worden war.

Es war der Moment gewesen, wie sie heute wusste, der ihr deutlich machte, dass sie nicht bei Michael bleiben konnte – nicht bei ihm bleiben wollte. Dass sie ihre in der Nacht zuvor geschmiedeten Pläne in die Tat umsetzen würde.

Ihre Tasche, die sie bei ihm in seiner kleinen Einzimmerwohnung deponiert hatte, war niemals ausgepackt gewesen. Beinahe so, als habe sie immer gewusst, dass sie sie irgendwann greifen und abhauen musste.

„Das wird das Ding“, hatte er ihr damals freudestrahlend erzählt, während er ihre Hand so fest umklammerte, dass es ihr schon wehtat. Und sie heute glauben ließ, dass Michael damals schon ahnte, was in ihr vorging. Dass er sich insgeheim darauf eingestellt hatte, dass ihre gemeinsame Zukunft nur eine durch das Sonnenlicht beschienene Seifenblase war, die bei der kleinsten Erschütterung zu zerplatzen drohte.

Und so war sie ihm mehr hinterher gestolpert als gegangen. Sie hatte versucht, ihre Hand aus der seinen zu ziehen und war überrascht gewesen, als sie die abgelegene Stelle des Strandes erreichten, der von einem künstlich aufgeschütteten Steinwall markiert worden war. Da stand, heruntergekommen und vom Zahn der Zeit deutlich in Mitleidenschaft gezogen, ein alter Bungalow. Das Dach mit einfacher Dachpappe zugenagelt, die

Tür halb herausgebrochen und die Fensterscheiben allesamt eingeworfen. Ein heruntergekommenes Stück Treibholz, wenn man so wollte, dem es besser zu Gesicht gestanden hätte, abgerissen anstatt angehimmelt zu werden.

„Das ist Müll“, war ihr erster Kommentar gewesen.

„Das ist unsere Zukunft.“

„Was?“

„Ja.“ Michael nickte. „Unsere Zukunft. Ich kann den Bungalow und das angrenzende Grundstück hier pachten und später von der Stadt erwerben.“

„Was willst du hier denn machen?“

„Meine Surfschule.“

„Surfschule?“

„Von der ich schon immer geträumt habe.“

„Letzte Woche wollten wir noch in die USA und trampen“, hielt sie ihm entgegen, und konnte sehen, dass das Feuer, das in ihm zu brennen begonnen hatte, durch kein bissig ausgestoßenes Argument gelöscht werden konnte.

„Das hier ist alles, was ich will.“

„Eine Surfschule?“

So viel Skepsis, wie sie damals in ihre Stimme gelegt hatte, hatte sie das letzte Mal benutzt, als Mark zu ihr kam und ihr sagte, dass der Filmproduzent Oller mit ihm wegen der Filmrechte von „Wasserherz“ gesprochen hatte. Und wie damals hatte sie sich wie vor den Kopf geschlagen gefühlt.

Nur mit dem Unterschied, dass sie wusste, dass Mark keine Luftschlösser baute, in die sie nicht einziehen konnte.

Michael hingegen hatte ihr mehr als einmal eindrucksvoll bewiesen, dass sie sich auf sein Wort ebenso wenig verlassen konnte wie auf das Geständnis eines mehrfach verurteilten Lügners, der von nun an versprach, ehrlich zu sein.

„Okay, Mäuschen“, riss Angie sie plötzlich aus ihren Gedanken. „Du musst wissen, was du tust“, und verhinderte für einen kurzen Augenblick, dass Emma sich daran erinnerte, wie sie des Nachts aus dem Bett krabbelte, in das Michael und sie den Abend zuvor gemeinsam hineingeschlüpft waren. Von dem aufkommenden Sommer erwärmt und nicht mehr dazu verdonnert, sich eng aneinanderzuschmiegen, um sich an der eigenen Körperwärme zu erfreuen.

Emma hatte seinen Versuch, mit ihr zu schlafen, abgewehrt. Nicht sehr feinfühlig, das wusste sie. Aber der in ihr aufsteigende Zorn, genährt von der durch das letzte Jahr gewachsenen Enttäuschung über seine Sprunghaftigkeit, hatte sie sagen lassen: „Ich will das nicht, oder geht das nicht in deinen Kopf hinein?“

Verwundert über ihren emotionalen Ausbruch, hatte er sie angeschaut wie ein bestrafter Hund, der nicht wusste, was er falsch gemacht hatte. Und als er sie verdattert fragte, was denn los sein, antwortete sie ihm kühl: „Nichts“, und hatte in dem Moment beschlossen, so schnell wie möglich die Wohnung zu verlassen.

Das Bahnticket, das sie sich an dem frühen Morgen kurz vor fünf Uhr am Bahnhof kaufte, war ihre letzte Tat in Eckenförde gewesen. Weder hatte sie sich von ihren Eltern verabschiedet noch von ihren spärlich gesäten Freunden.

Sie hatte nur noch weggewollt.

Und so war sie von dort weggelaufen, wohin sie jetzt zurückkehrte.

Und wie damals spürte sie auch jetzt drückende Bauchschmerzen.

Wie früher wusste sie nicht, was sie jetzt erwartete, als sie die kleine Ortschaft ausgeschildert auf den Straßenschildern erkennen konnte ...

***

Das Merkwürdige war, fand Emma, als sie die Stadtgrenze überfuhr, dass sich ihre eben noch empfundenen Magenschmerzen aufzulösen begannen. Natürlich, der unangenehme Druck war noch vorhanden. Er machte ihr ordentlich zu schaffen und ließ sie sich verzweifelt fragen, ob sie nicht doch einen Fehler begangen hatte, als sie sich daranmachte, sich ins Auto zu setzen und die Autobahn Richtung Norden nahm.

Aber so schlimm wie vorhin, als sie das Telefonat mit Angie beendete, war es nicht mehr und – für sie völlig verwirrend – es stellte sich eine unterschwellige Neugier bei ihr ein, die ihr zuwisperte: *Was meinst du, gibt es noch Tante Merles kleinen Eckladen? Oder begegnest du vielleicht Oliver Strunz, der dich damals in einen Kuhfladen drücken wollte, weil du ihm dein Pausenbrot nicht geben wolltest? Weißt du noch, wie sauer er war, als du ihm deine Brotdose hingehalten hast, er danach griff und du sie weggezogen hast, und dich dabei fühltest wie der größte Popstar aller Zeiten?*

Hach, was haben deine Klassenkameraden darüber gelacht!

Verwirrt, weil ihr gerade diese Erinnerungen kamen, vergaß sie beinahe, den Blinker zu setzen, um der abknickenden Vorfahrtsstraße zu folgen, die zum Stadtzentrum führte. Dorthin, wo es den kleinen Seehafen gab, wo immer viele Touristen entlang geströmt waren, um einen Blick hinaus auf die vorgelagerten Inseln zu werfen, auf denen der hoch in den Himmel ragende Leuchtturm stand, der für Emma immer etwas faszinierend Umwerfendes besessen hatte.

So albern es auch klang, aber wenn sie damals nicht schlafen konnte, und ihre Gedanken kreisten und sich ausmalten, wie ihre Zukunft einmal aussehen würde, hatte sie sich merkwürdigerweise immer oben auf dem Leuchtturm sitzen sehen, den Blick hinaus aufs Meer gerichtet.

Und was sie noch seltsamer fand, dass sie an Oliver denken musste.

Der Dorfschläger, der dazu noch so schlau wie ein vertrocknetes Toastbrot gewesen war.

Sein einziges Plus war gewesen, dass seinem Vater einer der vor Eckenförde liegenden Bauernhöfe gehörte. Dort wurde alles Mögliche angebaut und unendlich viele Kühe um ihre Milch erleichtert.

Oliver, der alles hatte, hatte immer noch mehr haben wollen.

Warum auch immer, diesen einen Sommer, sie war gerade auf die Gesamtschule gewechselt, hatte der ein Jahr ältere dicke Junge sie auserkoren, gemein zu ihr zu sein. Sie hatte den Schulhof noch gar nicht betreten, da war er schon auf sie zugekommen, und hatte sich vor ihr aufgebaut und sie auffällig boshaft gemustert.

Nur ihrem Vater war es zu verdanken gewesen, dass Oliver nicht gleich hier eine Schlägerei anfing.

Was auch immer ihn an ihr störte, er hatte es den ganzen Sommer und dann auch den ganzen Herbst und Winter mit sich getragen. Bis zu dem Moment, in dem sie es ihm heimzahlte und seine Behäbigkeit ausnutzte.

Emma war nie die beste Sportlerin gewesen.

Aber bei einem Wettlaufen, das sie notgedrungen mit Oliver austragen musste – weil er sie mal wieder vermöbeln wollte –, hatte sie gezeigt, dass sie ihn mit Leichtigkeit abhängen konnte und dass sie seinen zupackenden Händen durch eine einfache Körpertäuschung ausweichen konnte.

Und so war ihr dann die Idee gekommen, ihm zu zeigen, wo der Hammer hing. Was sie anschließend mit einer Tracht Prügel bezahlte, die gar nicht so schlimm war wie immer gefürchtet. Sie wurde zwar von Olivers Spießgesellen festgehalten, und er schlug ihr dreimal dicht aufeinanderfolgend ins Gesicht. Aber danach hatte es sich für ihn erledigt gehabt, und sie konnte sich noch zwei Jahre später damit brüsten, wie sie Oliver vor der ganzen Schule bloßgestellt hatte.

Das, was geblieben war, waren die ihr zugeworfenen Blicke ihrer Nachbarin. Blicke, wie sie jetzt fröstelnd feststellte, die ihr noch immer einen eisigen Schauer des Entsetzens über den Rücken jagten.

Emma schüttelte sich.

Sie versuchte, ihre in ihr aufsteigenden Gedanken wieder fallen zu lassen.

Was ihr kaum gelang.

Warum sie ausgerechnet jetzt an Oliver denken musste?

Weil ich an dem alten Bauernhof vorbeigefahren bin, als ich die Autobahn verließ? Weil ich jemanden auf dem alten, tuckernden Traktor habe sitzen sehen, der von seiner Körpermasse her eindrucksvoll zu Olivers angeschwollenem Leib passen könnte?

Oder war es das leise Glockenspiel des alten Schulturms, das mir unterbewusst ins Ohr gedrungen ist, als ich den Blinker gesetzt habe, um die abknickende Vorfahrtsstraße zu nehmen?

Sie zuckte mit den Schultern und verlor den Gedanken wieder, als sie begriff, als sie auf der schnurgeraden Straße entlangrollte, weil auch in Eckenförde alles zur Tempo-30-Zone umgewandelt worden war, dass sie ihre vorhin aufgestellte These „*Hier ändert sich nichts*“ darin bestätigt sah, als sie die Eisdiele der Familie Hansen erkannte.

Eine in ein Eckhaus eingelassene Wohlfühlzone, in der sie immer gerne eingekehrt war. Am liebsten mit ihrer Mutter, wenn sie gemeinsam durch die Innenstadt geschlendert waren, in den unterschiedlichen Läden bummeln gewesen waren und ihnen danach ordentlich die Füße wehtaten.

So angespannt das Verhältnis zu ihrer Mutter auch schon immer gewesen war, so schön waren die Erinnerungen.

Woran es gelegen hatte, dass ihre Mutter in den Momenten, wenn sie das Haus verließ und mit ihrer Tochter zusammen in die Innenstadt ging, entspannt und ausgeglichen war, hatte Emma nie herausgefunden. Sie wusste nur, dass sie dann mit ihr zusammen Hand in Hand durch die Einkaufspassage schlenderte und sie sich ungezwungen miteinander unterhielten. So, als würde zwischen ihnen weder der Stadionbesuch stehen noch die Wutanfälle im Heidepark Soltau.

Es war für sie immer ein Mysterium geblieben – gepaart mit einem Schuss Hoffnung –, dass sie sich doch noch einmal so verstehen sollten, wie es in den vielen Fernsehserien und Filmen suggeriert wurde.

Es blieb ein Traum, dachte Emma traurig, während sie den Wagen noch weiter abbremste, einen Blick in die immer sauber geputzten Fenster werfen konnte, um sich eine weitere Kindheitserinnerung abholen zu können.

So albern es auch klang, ihre Wohlfühlzone würde erst dann zu einer Wohlfühlzone, wenn sie den dickbäuchigen alten Hansen hinterm Tresen stehen sehen würde, wie er sich über die Eisschalen beugte, und dabei eine Kugel Eis herausschabte, um sie in eine Waffel zu drücken. Dabei redete er dann immer mit seiner dunklen, tiefen Stimme, und machte Scherze mit den Kindern, die bei ihm aßen.

Sie hatte es geliebt, hierher zu gehen.

Allein schon deshalb, weil sie immer eine Kugel Eis mehr bekommen hatte, als bestellt worden war.

„Du darfst zwei Kugeln Eis haben“, sagte ihre Mutter immer, und ließ Emma dann entscheiden, ob es Erdbeer-, Vanille-, Schoko-, Joghurt-, oder Was-sonst-fürein-Eis sein sollte. Und dann, wenn sie sich – wie immer – für Schokolade und Erdbeere entschieden hatte, sagte der alte Hansen: „Und die dritte Kugel ist für dich, weil du so hübsch bist!“

So war es immer gewesen.

Immer.

Und der Kaffee, den ihre Mutter stets bestellte, war mit einem Schaumherzen garniert, während sie ein kleines Käsekuchenstück dazu serviert bekam, weil sie: „... eine so nette Frau sei“, wie Hansen sich immer ausdrückte.

Er war herzallerliebst gewesen.

Und genau deshalb wollte sie ihn jetzt noch einmal sehen.

Nur ganz kurz, einen über ihn schweifenden Blick erhaschen, um das Gefühl der Geborgenheit, das ihr in den letzten Jahren so abhandengekommen war, noch einmal zu fühlen.

Obwohl jemand hinter dem Tresen stand, und auch ein Kind bediente, so musste Emma enttäuscht feststellen, dass es nicht Hansen war. Eine Frau stand da, hochgewachsen und schlank, ihre dichten, braunen Haare zu einem Zopf geflochten. Sie reichte gerade eine Waffel über den Tresen hinweg zu einem Kind, das mit großen Augen die enormen Kugeln betrachtete, und es gar nicht erwarten konnte, sie abzulecken.

Gerade in dem Moment, in dem Emma zu denken begann, dass doch alles gleich blieb, nur winzige Details sich veränderten, trat Hansens Junge von der kleinen Erhöhung herunter, auf die man sich setzen konnte, um dort sein Eis zu genießen.

Eine Veranda, wenn man so wollte, die im Inneren der Eisdiele angebracht worden war, um ein rundum gelungenes Gefühl der Geborgenheit zu vermitteln.

Er war älter geworden, klar.

Dazu stämmiger, obwohl er noch immer genauso athletisch wirkte wie damals, als er anfing, in der Diele seines Vaters zu arbeiten.

Er war gut acht oder zehn Jahre älter als Emma, und hatte immer etwas ausgestrahlt, das sie fasziniert hatte. Keine weltmännische Gelassenheit oder gar die Motivation, etwas Eigenes schaffen zu können. Aber seine Art, die Dinge zu betrachten und nach seiner eigenen Meinung zu handeln, waren etwas, das sie grundlegend beeinflusst hatte.

Sie erinnerte sich noch daran, wie entrüstet ihre Mutter gewesen war, als sie mit Emmas Vater zusammen am Essenstisch saßen, und darüber redeten, dass Rene Hansen es wirklich in Betracht gezogen hatte, die Eisdiele nicht zu übernehmen. Dass er ernsthaft mit dem Gedanken spielte, nach Hamburg oder Hannover zu gehen, um dort eine Ausbildung zu beginnen.

In Hamburg oder Hannover!

Unvorstellbar!

Dazu nicht in die Fußstapfen seines Vaters treten!

Verrückt!

Wenn man die Welt aus der Sicht eines Eckenförderers betrachtete. Aufregend und anders durfte man nicht sein. Es war verpönt, sich verändern zu wollen. Und man wurde mit schrägen Blicken bedacht, wenn man sich auf die Spitze eines Leuchtturms träumte und von ihm aus hinaus aufs Meer blicken wollte ...

Nun ist er doch hier und verkauft Eis an kleine Kinder, dachte sie bedrückt traurig, rollte an der Diele vorbei, und erhaschte einen weiteren Gedanken, der sie aufmunternd lächeln ließ. *Was in den letzten 17 Jahren geschehen ist, weißt du nicht. Vielleicht war er in Hamburg und Hannover und hat dort eine kaufmännische Ausbildung absolviert. Danach noch ein Wirtschaftsstudium begonnen und die Welt mit anderen Augen sehen gelernt.*

Du weißt es nicht.

Du warst die letzten Jahre nicht eine Sekunde hier ...

Eben der Gedanke war es, der sie ein wenig tröstete. Der sie hoffen ließ, dass Rene Hansen doch der Welt entgegengeblickt hatte, anstatt sich nur auf Eckenförde zu konzentrieren.

Das Nächste, was sie verwunderte, als sie durch den Ort rollte, war, dass es Tante Merles Laden noch gab, und noch immer die Ständer vor dem Laden standen, in denen die unterschiedlichsten Süßigkeiten angeboten wurden. Und wie damals luden sie auch heute noch dazu ein, einfach an ihnen vorbeizugehen, hineinzugreifen und sich schnell einen rosa Pilz zu schnappen, einen auf Schaumgummi ruhenden Frosch zu erhaschen oder einen Colakracher zu erbeuten.

Was sie zu einem Lächeln brachte, weil sie sich selbst genau dort stehen sah, unschlüssig, ob sie klauen oder ihre Pfennige, die sie als Taschengeld bekommen hatte, wirklich in Naschereien investieren sollte. Schließlich hatte sie damals – was ganz untypisch für ein Mädchen gewesen war – auf das Abenteuerspiel „HeroQuest" gespart. Es hatte damals 40 oder 50 DM gekostet, und war das begehrteste Brettspiel gewesen, das es zu ihrer damaligen Zeit gegeben hatte.

Deshalb war sie so hin- und hergerissen gewesen.

Eine kurze Befriedigung des Gaumens oder weiter eisern sparen, um das Spiel der Spiele zu besitzen?

Und nur deshalb war ihr der Gedanke an die Kriminalität gekommen.

Nur einmal an den Boxen vorbeigehen, hineingreifen und so unauffällig wie möglich weiterschlendern.

Emma hatte sich für die Laufbahn einer Diebin entschieden und war kläglich gescheitert. Allein der Versuch, auf die Box zuzugehen, war mit solchen inneren Krämpfen verbunden gewesen, dass ihre Masche leicht von jedem Passanten durchschaut wurde, der sich nur kurz mit ihr beschäftigte.

Dazu kam ihr angespanntes Gesicht. Ihre schweißnassen Hände, der in Atemlosigkeit aufgeblähte Brustkorb.

Nein, sie war nicht fürs Stehlen gemacht.

Und so war sie dann insgeheim ganz froh darüber, dass Merle selbst vor dem Laden gestanden hatte, mit einer Kundin klönte, und das auf die Bonbonboxen zutaumelnde Mädchen längst gesehen hatte und mit den Worten begrüßte: „Du willst dich doch nicht unglücklich machen, mein Schatz, oder?"

„Nein!", hatte sie kopfschüttelnd gesagt, als sie die Hand ausstrecken wollte, um in die Colakracher zu greifen.

„Dachte ich es mir doch."

„Ich ..."

„Ein Kracher kostet fünf Pfennig. Hast du fünf Pfennig?"

„Ja."

„Dann nimm dir einen und gib mir das Geld!"

Emma hatte sich nie so klein und dumm gefühlt wie in diesem Augenblick. Und auch jetzt, als sie an dem Laden vorbeifuhr, die Bonbonboxen sah, lief es ihr kalt und beschämend den Rücken herunter. Sie konnte sie sehen, wie sie da stand, die Augen weit aufgerissen, den Hals trockener als die Wüste in Nevada, und mit dem Wunsch beseelt, tief, tief und noch tiefer im Erdboden versinken zu dürfen.

Weshalb sie glücklich war, als habe der Architekt allein wegen dieses Anblicks Eckenförde hier nicht bebaut, damit man hinauf zu dem vor Eckenförde gelegenen Wäldchen schauen konnte, in dem es die „Knutsch-Ecke" gegeben hatte. Wobei das Wäldchen gar kein wirkliches Wäldchen war, sondern vielmehr eine Ansammlung dicht an dicht stehender Bäume, die dazu einen recht großen See umstanden, an den sich Liebespärchen zurückziehen konnten.

Wie sie es damals auch gerne einmal getan hätte ...

... nur hatte es damals keinen Jungen gegeben, der ihren pubertären Wunsch in Erfüllung gehen ließ.

Was sie wiederum dazu brachte, in die kleine Seitengasse zu schauen, in der „Friedrichs Ruh“ zu finden war. Eine kleine Gastwirtschaft, die der zentrale Anlaufpunkt für Feierlichkeiten, runde Geburtstage und Hochzeiten dargestellt hatte – oder es noch immer war. Denn während sie an der Gaststätte vorbeirollte, sah sie, dass sie noch immer geöffnet war, und dass in den Fenstern keine blinkenden Werbetafeln angebracht waren, die dem durstigen Kunden zeigten, dass die Türen offen standen, noch, was für eine Biersorte hier ausgeschenkt wurde.

Wie eh und je stand eine alte, vom Wetter gegerbte Tafel vor der Tür, und pries die heutige Hauptmahlzeit ebenso an wie den Hinweis, dass zurzeit Zimmer frei waren. Dazu spielte ein kleiner Junge auf der Straße, allein und verlassen. Irgendwie darauf bedacht, unauffällig zu sein.

Emma wusste nicht, warum sie das dachte, aber so wie der Junge immer wieder aufschaute, hin zu der Gastwirtschaft, wirkte er so, als wollte er etwas heimlich tun. Etwas mitnehmen, oder sich davonstehlen. Emma konnte es nicht sagen. Denn schon war ihr Wagen an „Friedrichs Ruh“ vorbeigefahren, und ließ sie nur noch aus dem Augenwinkel wahrnehmen, dass der Junge plötzlich zu laufen begann, und hinauf zu dem Wäldchen rannte.

Es ändert sich nichts ...

Nur die Zeit geht dahin.

Emma schüttelte über den eigenen Gedankenimpuls den Kopf, und sah dann, als sie vor der Einkaufspassage abzweigte, den über den Ort herausragenden Kirchenturm der St. Nikolai Kirche, die schon immer etwas oberhalb auf einem extra für den Bau aufgeworfenen Erdhügel stand und sozusagen über ihre Kinder wachte.

Bisher war Emma gar nicht bewusst gewesen, wie sehr die Kirche das Stadtbild prägte, und dass Eckenförde in einem Rund um St. Nikolai gewachsen war.

Sie hatte immer angenommen, dass Eckenförde willkürlich wuchs, und es niemanden gab, der sich Gedanken darüber machte, wie die kleine Gemeinde auszusehen hatte.

Aber gerade jetzt, wo alle Erinnerungen auf sie einfluteten, und sie das Gefühl hatte, immer tiefer in ihre Vergangenheit einzutauchen, meinte sie, den Schatten der aus rotem Backstein gefertigten Kirche mehr und mehr auf sich lasten zu fühlen.

Ein Schatten, der so weit reichte, dass sie ihm gar nicht mehr entwischen konnte.

Während ihres Telefonats mit Angie war ihr der Gedanke gekommen, dass sie genau dort anfangen musste, nach Michael zu suchen.

Deshalb wollte sie hinauf zur Kirche und hoffte, dass der alte Pastor, der sie damals traute, sich noch erinnern konnte, wie der Standesbeamte hieß, der die Heirat offiziell gemacht hatte.

Und so lenkte sie den Wagen dann an der Promenade vorbei, an den Menschen, die sich in der immer stärker wärmenden Sonne aufhielten, die hier ihren Urlaub verbrachten, oder einen Tagesausflug verlebten. Noch waren die Straßen nicht überfüllt, aber man konnte ahnen, irgendwie spüren, dass die Geschäftsleute von Eckenförde heute einen ordentlichen Gewinn machen würden.

So sah Emma, als sie weiter am Meer vorbeifuhr, und das Rauschen der am Strand brandenden Wellen in sich aufsaugte wie ein trockener Schwamm die Feuchtigkeit, eine Familie mit Kindern, die hinunter zum Wasser ging. Eine Familie, wie sie irritiert feststellte, die einen Wunsch in ihr hervorbrachte, den sie die letzten Jahre immer erfolgreich niedergekämpft hatte.

Ob es an dem kleinen, blonden Mädchen lag, das bei ihrem Papa an der Hand hüpfte und unaufhörlich redete, oder an dem cool daneben her schlendernden Jungen, der den Ausführungen seiner Mutter nicht folgen wollte, wusste sie nicht zu sagen.

Das, was sie begriff, war, dass es genau das Kribbeln im Bauch war, das sie immer weggedrückt hatte.

Ein Kribbeln, das so stark wurde, dass es heiß durch ihren Oberkörper flutete, und sich zu einem Seufzen in ihrem Hals formte.

Emma wusste plötzlich, dass sie so etwas auch haben wollte.

Dass sie ebenfalls mit ihren Kindern zum Strand herunter trotten wollte, dabei zusehen, wie ihr Mann die Tochter hielt, und sie versuchte, ein Gespräch mit ihrem wortkargen Jungen zu führen.

Ebenso schnell, wie das Bild gekommen war, verschwand es auch wieder und sie fuhr die Anhöhe zur Kirche hinauf. Dorthin, wo der Friedhof der Gemeinde zu finden war, wie das ansässige Kirchenbüro sowie die Pastorenwohnung und einige – zu Emmas Verwunderung – neu gebaute Häuser.

Vor dem riesenhaften, hölzernen Tor, über dem der Kirchturm mit seiner Glocke errichtet worden war, erkannte sie schon von Weitem, dass dort drei Personen standen. Davon zwei ältere Damen, die wiederum auf eine wild gestikulierende, junge, rothaarige Frau einredeten und Emma glauben ließen, es wäre ein Streitgespräch. Ein Irrtum, wie sie feststellte, als sie auf dem extra vor der Kirche angelegten Parkplatz hielt, und sich aus ihrem Wagen erhob. Es schien eine lustige und ungezwungene Unterhaltung zu sein, die die junge Frau einfach nur gestenreich unterstrich.

Was eine Eigenart von ihr war, wie Emma kurz darauf bemerkte, weil die Frau immer mit ihren Händen redete. Denn als Emma auf die kleine Gruppe zukam, und mit einem kurzen: „Hallo“ die Aufmerksamkeit auf sich zog, drehte sie sich herum, machte eine kreisende Handbewegung und entgegnete ein liebevoll klingendes: „Hi!“

Dazu folgte eine unaufdringliche Musterung und schließlich ein Lächeln auf dem sanft geschnittenen Gesicht. Emma wusste sofort, dass sie es hier mit der Pastorin zu tun hatte. So freundlich, so weltoffen, so herzlich, konnte nur jemand sein, der es sich zur Aufgabe gemacht hatte, eine Gemeinde zu leiten und erfreut darüber war, wenn sich mal ein Fremder hierher verirrte.

Die beiden Damen, die Emma im Gegensatz neugierig, aber auch abschätzend betrachteten, konnte sie nicht einordnen. Sie war sich sicher, sie beide hier schon einmal gesehen zu haben, kam aber nicht darauf, wer sie waren, oder woher sie sie kennen konnte.

Deshalb setzte sie schnell dazu an zu sagen: „Ich will Ihre Unterhaltung nicht lange stören.“

„Tun Sie nicht, tun Sie nicht.“ Die Pastorin winkte ab, und schien überglücklich zu sein, einer gleichaltrigen Frau gegenüberzustehen. „Wir wollten uns sowieso gerade verabschieden, nicht wahr?“

„Wollten wir“, sagte die kleinere der beiden Damen, deren grau gelocktes Haar unter dem Hut, den sie trug, deutlich hervorquoll.

„Und wer sind Sie?“, wollte die andere Dame wissen, deren Haarknoten so fest geschnürt war, dass sich die Haarspangen unter dem festen Zug bogen. „Nicht, dass ich neugierig wäre.“

„Du bist die neugierigste Person, die ich kenne, Edith“, hielt die erste Dame entgegen.

„Ich weiß halt gerne alles.“

Emma musste lachen. Ebenso die Pastorin. Die wieder mit den Händen in der Luft fuchtelnd meinte: „Das geht uns doch gar nichts an, wer sie ist und was sie hier will. Also, ich freue mich auf Sonntag.“

„Wir werden singen wie noch nie zuvor“, versprach die erste Dame und strahlte dabei über ihr faltiges Gesicht. „Das verspreche ich Ihnen, Frau Reinsbach.“

„Worüber ich mich ganz dolle freue.“

„Bis Sonntag!“

„Bis dann!“

Damit wackelten die beiden älteren Damen, Emma noch einmal einen musternden Blick zuwerfend, Richtung Straßenzug, der hinunter in den Ort führte. Frau Reinsbach, noch immer ganz fröhlich und zugewandt, wusste, wie man eine unangenehme Situation überbrücken konnte. Sie sagte: „Es ist schön, wenn die Menschen sich noch für etwas engagieren, das in Vergessenheit zu geraten droht. Einen Gesangsbeitrag der Gemeinde hatten wir schon lange nicht mehr im Gottesdienst“, um dann die gebaute Brücke selbst zu benutzen und Emma zu fragen: „Was kann ich denn Gutes für Sie tun?“

„Ich habe ‘ne Frage“, begann sie und fing an, sich etwas umständlich darüber zu informieren, ob der alte Pastor Teinert noch aufzufinden sei und wenn ja, wo sie ihn denn besuchen könnte.

Als sie den Namen Teinert aussprach, wusste sie sofort, als sich das Gesicht von Pastorin Reinsbach verschloss, dass es keine guten Nachrichten geben würde: „Das tut mir leid, Sie enttäuschen zu müssen. Der Pastor lebt gar nicht mehr.“

„Oh.“

„Und ich habe erst letztes Jahr die Gemeinde hier übernommen. Deshalb bin ich nicht mit allen Menschen hier vertraut, wissen Sie."

Emma wollte schon ein enttäuschtes: „Okay", von sich geben und wieder zurück zu ihrem Cabrio schlendern und die Welt und besonders ihr Glück dafür verfluchen, dass es ihr diesmal nicht zur Seite gestanden hatte, als die Pastorin meinte: „Aber wenn es eine kirchliche Trauung war, dann wird es sicherlich in unserem Archiv vermerkt sein. Aber helfen wird Ihnen das auch nicht. Der Standesbeamte wird da nicht aufgeführt sein."

„Das ist schlecht."

„Kommen Sie trotzdem mit. Vielleicht weiß Frau Melchior mehr als ich."

Unbehagen und Erleichterung stiegen gleichermaßen in Emma auf.

Unbehagen deshalb, weil sie sich nur allzu gut an Frau Melchior erinnern konnte. Schon damals war sie alt gewesen und von einer zerknitterten und unhöflichen Art, wie Emma sie nicht ertragen konnte. Allein der Gedanke daran, der alten Gewitterziege noch einmal gegenüberzutreten, bereitete ihr Magenschmerzen. Was sie wiederum verwunderte, war, dass sich neben ihrem Drücken im Bauch aber auch ein Gefühl der Hoffnung auszubreiten begann. Ein vages, nur angedeutetes Gefühl, aber dennoch von solch einer Stärke, dass sie es bemerkte und sich daran zu klammern begann wie ein Ertrinkender an einen Rettungsring.

So ging sie neben der jungen Frau her, die nicht neugierig war und Themen anschnitt, die Emma kein Unwohlsein bescherten. Es schien für Pastorin Reinsbach nicht im Mittelpunkt zu stehen, dass Emma mit einem Mann verheiratet war und ihn mehr als siebzehn Jahre nicht mehr gesehen hatte.

Es schien für sie nichts anderes zu geben, als sich darüber zu freuen, dass die Sonne schien, dass die Bäume anfingen, in der Blüte ihrer Kraft zu stehen und dass die Menschen die warmen Tage genossen.

Erst als sie das etwas von der Kirche abseits stehende Kirchenbüro erreichten, wurde sie ernster, und ließ Emma den Vortritt, damit diese in den nach altem Papier und abgestandener Luft riechenden Flur treten konnte.

„Warten Sie mal hier. Ich warne Frau Melchior mal vor, dass wir beide kommen."

„Mich braucht keiner vorwarnen", hallte es knarrend und übel gelaunt aus dem kleinen Büro, in dem die Gewitterziege saß und nur darauf zu warten schien, dass eine unsichere Person hereingetreten kam, der sie einmal gehörig den Marsch blasen konnte. „Ich habe sie beide schon längst gehört. Kein Kunststück, wenn man bedenkt, wie laut sie beide sind. Besonders Sie, Frau Pastorin. Ihre Stimme ist so lärmend, dass man mit ihr Tote aufwecken kann!"

Pastorin Reinsbach verdrehte die Augen, ohne ihr Lächeln zu verlieren. Freundlich hob sie die Hand, als die alte Melchior, auf einem Drehstuhl sitzend, aus ihrem Büro herausrollte und mit ihren eiskalten, blauen Augen über den Rand ihrer rahmenlosen Brille schaute und Emma auffallend ausgiebig betrachtete.

„Wer hätte gedacht, dass du mal wieder hierher zurückkommen wirst", begrüßte sie Emma nickend und mit solcher Grabeskälte in der Stimme, dass die erfolgreiche Autorin am liebsten auf dem Absatz herumgedreht hätte, um ihr Heil in der Flucht zu suchen. „Nach dem, was du Michael alles angetan hast."

„Ich ..."

„Er hat gelitten", redete Melchior weiter und schüttelte angewidert den Kopf, „und du hattest nichts

Besseres vor, als Karriere zu machen. Schämen solltest du dich."

„Ich ..."

„Was willst du jetzt hier?", unterbrach die Alte Emmas kläglichen Versuch, sich zu rechtfertigen. „Etwas eintreiben, was dir deiner Meinung nach zusteht? Das Geld abholen, das er dir schuldet? Das würde dir ähnlichsehen."

„Nein, ich bin hier ..."

„Differenzen sollen geklärt werden", sprang Pastorin Reinsbach Emma hilfreich zur Seite, die bemerkt haben musste, wie unwohl sie sich zu fühlen begann. Allein der Blick, mit dem die alte Melchior sie bedachte, war von solch einem Abscheu und Ekel begleitet, dass Emma sich nicht einmal traute, den Rest des faltigen, alten Gesichtes nach Gefühlsregungen zu inspizieren.

„Oh", machte die Sekretärin, ohne dabei ihre ablehnende Haltung aufzugeben. „Reue?"

„Reue?", fragte die Pastorin und warf Emma einen auffordernden Blick zu.

Die schüttelte den Kopf, weil sie sich auf dieses Spiel nicht einlassen wollte, um dann zu merken, dass es noch kälter im Vorraum zu werden drohte, als die Pastorin ihr warnend zuflüsterte: „Reue."

Es kostete Emma Überwindung, das zu sagen, was die Alte hören wollte.

Denn ihr Entschluss, den sie damals gefasst hatte, war heute noch aktuell. Sie war nicht hierhergekommen, um Michael um Verzeihung zu bitten, sondern um von ihm die Scheidung zu verlangen.

Trotzdem aber zwang sie sich dazu zu sagen: „Reue", und hätte sich am liebsten die Zunge abgebissen.

„Was ein Anfang ist", murmelte die Alte, rollte zurück in ihr kleines Büro und meinte: „Wenn du es ehrlich meinst, kannst du wiederkommen. Vorher helfe ich dir nicht."

***

Emma konnte es nicht glauben.

Sie stand da, die Hand nach der Fahrertür ausgestreckt und versuchte, sich klar darüber zu werden, was die alte Melchior ihr da gerade wohlwissend angetan hatte. Sie war nicht böse gewesen, weil Emma zurückgekommen war, sondern weil Emma ihren Schritt, hierher zurückzukommen, nicht bereut hatte.

Und das alles nur, weil Emma damals im wahrsten Sinne des Wortes ihr Heil in der Flucht suchte.

Erst hatte Emma aus einem Impuls heraus mit der Alten streiten wollen. Wollte ihr an den Kopf werfen, dass es im Leben nicht immer nur einen Weg zu beschreiten gab. Dass man eine einmal getroffene Entscheidung wieder zurücknehmen konnte, weil man sich bewusst wurde, dass man einen Fehler begangen hatte.

Dass alles, was ihr auf der Zunge lag, was ihr im Magen brannte und sie glauben ließ, in Flammen zu stehen, niemals zum Vorschein gekommen war. Einerseits, weil Emma fassungslos über das eiskalte, berechnende Verhalten von Frau Melchior gewesen war und andererseits, weil Pastorin Reinsbach hastig meinte: „Gehen Sie lieber."

Emma hatte ihren Rat befolgt. Niedergeschlagen und verletzt.

Hier ändert sich nichts.

Nichts wird vergessen.

Niemals ...

Emma hasste es und wäre am liebsten in Tränen ausgebrochen.

Warum machte die Alte es ihr so schwer?

Was hatte sie davon?

Und was am allerschlimmsten auf Emma zu lasten begann, war der Gedanke daran, was ihr erst widerfahren würde, wenn sie den Menschen gegenübertrat, die geradewegs mit Michael zu tun hatten.

Allein zu wissen, dass sie von jetzt an auf die Verschwiegenheit der Ämter oder kirchlichen Organisation nicht mehr vertrauen konnte, ließ sie glauben, ohnmächtig werden zu müssen.

Ihre Eltern konnte sie nicht fragen.

Sie waren damals gut zwei Jahre, nachdem Emma Eckenförde verlassen hatte, ebenfalls weggezogen. Emmas Mutter hatte in Lübeck an der Universitätsklinik einen Job als leitende Oberschwester gefunden, und ihr Vater hatte sich mit einer neuen Arbeitsstelle im Versicherungssektor einen lang gehegten Traum erfüllt.

Der Rest der Verwandtschaft lebte verstreut über ganz Deutschland. Und die, die ihr helfen könnten, weil sie noch in Eckenförde ansässig waren, waren für sie mehr Fremde als Verwandte.

Deshalb zierte sie sich, ihren Großonkel oder dessen Nachfahren aufzusuchen.

Deshalb und aus dem am schlimmsten wiegenden Grund – sie kannte ihre Namen nicht einmal. Sie erinnerte sich nur vage an die Leute, die ihr bei weit im Voraus geplanten Festlichkeiten mal über den Weg gelaufen waren. Die Kinder, mit denen sie damals gespielt hatte, waren ihr als unangenehm in Erinnerung geblieben. Außerdem, und das berührte sie ebenfalls, konnte sie sich weder an den Namen ihres Großonkels oder die Namen seiner Kinder erinnern.

Hatten sie auch den Nachnamen Sommer getragen?

Nicht, dass sie wüsste.

Und wie genau waren sie noch einmal miteinander verwandt gewesen?

Es waren die Kinder ihres Großonkels gewesen, oder? Der Bruder ihres Opas hatte auch hier im Ort gelebt, und – wie viele? – Kinder gehabt.

Eine Verwandtschaft, wie Emma sich zu erinnern glaubte, die so gut wie nie zur Sprache gekommen war.

Cousins und Cousinen, an deren Namen sie sich nur mit Mühe hatte erinnern können.

Und zu solchen Leuten sollte sie jetzt fahren?

Wenn sie denn noch hier leben, dachte sie niedergeschlagen.

Emma schüttelte den Kopf, und senkte anschließend den Blick, nachdem der lange Seufzer ihren Hals verlassen hatte.

So schlimm es auch war – sie musste wohl oder übel hin zur Gastwirtschaft „Friedrichs Ruh“ und versuchen, dort etwas mehr über Michael in Erfahrung zu bringen.

Allein der Gedanke daran ließ sie glauben, sich übergeben zu müssen.

Und während sie sich dazu zwang, die Wagentür aufzuziehen, um sich hinters Steuer zu setzen, hörte sie hinter sich den leisen, zaghaften Ruf, der sie ganz verwunderte und verwirrte.

Sie nahm an, sich geirrt zu haben. Um dann doch zu begreifen, dass sie mit dem Ruf gemeint war: „Ich habe hier was für Sie, Frau Sommer.“

Emma wandte den Kopf, schaute zu der auf sie zueilenden Pastorin, und fragte verwundert: „Sie?“

„Hier können Sie Herrn Gabler finden. Nicht weit von hier. Da hat er einen kleinen Laden. Direkt am Strand ...“

***

Emma musste lächeln.

Obwohl sie es gar nicht wollte, spürte sie, wie ein wohliges, vertrautes Gefühl in ihr emporstieg, als sie den auf einer Landzunge stehenden Leuchtturm erblickte. Erinnerungen, ähnlich denen, die sie heimgesucht hatten, als sie nach Eckenförde abgebogen war, kamen über sie. Erinnerungen, die ihr Dinge offenbarten, von denen sie angenommen hatte, dass sie an schlechte Eindrücke gekoppelt waren.

Aber genauso wie vorhin, drängten sich ihr auch jetzt Bilder auf, die sie nur allzu gern zuließ. Es waren Eindrücke und Empfindungen, die sie an einen Ort brachten, an dem sie so gern gewesen war. Sie hatte plötzlich das Gefühl, Steine in der Hand zu halten. Kleine Kiesel, die man mit einer schnellen Hüftbewegung mehrere Male über das spiegelglatte Wasser der Nordsee hüpfen lassen konnte.

Sie schmunzelte, als ihr einfiel, wie gern sie die kleine Landzunge erkundet hatte; kahl und unwirtlich wirkte sie nur auf den ersten Blick. Kam man ihr näher, konnte man neben den zahlreichen Felsbrocken auch dicht bewachsene Sträucher aus der Erde ragen sehen.

Zwischen ihnen habe ich gesessen, erinnerte sie sich, als ihre Schritte sie langsam in Richtung Promenade lenkten, und der Parkplatz, auf dem sie ihren Wagen abgestellt hatte, mehr und mehr zurückfiel. Dort habe ich nachgedacht und das Träumen begonnen. Ich habe Bücher gelesen und mir meine ersten Geschichten ausgedacht.

Hier habe ich mir eingestanden, dass Michael ...

Ihre Gedanken brachen abrupt ab.

Sie wollte das alles nicht zulassen. Sie wollte sich nicht wieder hier sitzen sehen, die Beine angewinkelt, die Arme um die Knie geschlungen, den Blick sehnsüchtig auf das Meer gerichtet. Ihr Herz laut vor Aufregung klopfend, während sie sich eingestand, dass sie dabei war, sich in ihn zu verlieben.

Hier bin ich auch immer gewesen, wenn ich mich mit meiner Mutter gestritten habe, dachte sie. Hierher habe ich mich zurückgezogen, um ihr scheußliche und böse Schimpfwörter an den Kopf zu werfen, die ich mich nicht traute, ihr gegenüber laut auszusprechen. Sie musste lachen, als sie daran dachte. Für die ich mich so sehr geschämt habe, dass ich nach Hause lief, mich meiner Mutter an den Hals warf und mich bei ihr dafür entschuldigte, so ungezogene Dinge gedacht zu haben.

Ich war so sauer auf sie. So böse. Wenn mein schlechtes Gewissen nicht gewesen wäre, hätte ich mir stundenlang weitere Schimpfwörter ausdenken können.

„Emma? Emma Sommer?"

Wie vom Blitz getroffen, blieb sie abrupt stehen. War ihr Blick eben noch über die endlos wirkende Nordsee gewandert und hatte ihr dabei das Gefühl von Ruhe verliehen, so kam es ihr jetzt vor, als würde sich eine Glasglocke über sie stülpen. Eine Glasglocke wie jene, die sich damals in ihrem heiß und innig geliebten Hörspiel von Europa über ihren Lieblingshelden He-Man in der Folge Nummer 13 „Skeltors Sieg" gesenkt hatte. Ein Gefängnis, aus dem es kein Entkommen gegeben hatte. Keine Möglichkeit, sich mit einer schnellen Geste zu entziehen, die dem Gegenüber unmissverständlich klarmachte, dass man keine Lust und keine Zeit hatte, mit ihm zu reden. Kein genervtes Augenaufschlagen, kein Seufzer, rein gar nichts blieb ihr, um sich aus dieser Lage zu befreien, in die sie hier hineingeraten war.

Ihre Gedanken rasten wild, während sie verzweifelt versuchte, alles irgendwie in Einklang zu bringen, doch sie merkte schnell, dass es ihr nicht gelang.

Die kurz aufblitzende Erinnerung an ihr Hörspiel, und an das Abenteuer, das der Stärkste der Starken darin zu bewältigen hatte, verlieh ihr einen Funken Sicherheit. Denn in dem Hörspiel, als alles hoffnungslos verloren schien, hatte es doch noch eine Möglichkeit gegeben, die Kuppel zu verlassen, in der He-Man gefangen gewesen war. Seine Freunde, die von der Zauberin gerufen worden waren, schafften es schließlich, das Gefängnis für wenige Sekunden zu öffnen. Dies ermöglichte es He-Man, aus der zugeschnappten Falle zu entkommen.

Auch wenn Emma bezweifelte, dass sie hier von einem Freund gerettet werden würde – sie hatte vor Ort keinen –, glaubte sie doch, einen Ausweg aus ihrem Dilemma gefunden zu haben.

Ignoranz!

Sie musste nur weitergehen und hinunter zur Promenade schlendern, und dort dann geradewegs auf eine bestimmte Hütte zulaufen, um das leidige Thema Heiratsurkunde abhaken zu können.

„Emma?"

Wieder bohrte sich die Stimme mitten in ihr Gehirn.

Eine Stimme, die sie zu kennen glaubte, stellte sie entsetzt fest. Sie war älter geworden, aber dennoch unauslöschlich mit einem Menschen verbunden, den sie in den letzten Jahren vollkommen vergessen hatte. Nur ab und zu, in einem stillen Moment, wenn sie Ruhe fand, und ihr Leben an ihrem inneren Auge vorbeiziehen ließ, war sie aufgetaucht.

Willst du ihn wirklich ignorieren?, meldete sich die, in Emma tief verankerte, vorwurfsvolle Stimme ihrer Mutter zu Wort. Den Mann, der dir damals geholfen hat, das erste Geld zu verdienen?

Komm schon, Kindchen, das kannst du besser, oder? Ich habe dich zur Dankbarkeit und nicht zum Egoismus erzogen.

Emma hätte sich für diese Gedanken am liebsten selbst eine Ohrfeige verpasst. Sie spürte das schlechte Gewissen deutlich und hätte deshalb am liebsten geschrien.

Nicht nur die Tatsache, dass sie immer noch die Stimme ihre Mutter dafür brauchte, um auf eine nicht von der Hand zu weisende Tatsache aufmerksam gemacht zu werden ... nein, diese musste auch noch spöttisch durch ihren Kopf geistern.

Als die Stimme Emma das dritte Mal rief, verharrte sie.

Sie blieb zuerst regungslos stehen, und nachdem sie sich ein freundliches Lächeln auf die Lippen gezaubert hatte, drehte sie sich herum und fragte unschuldig klingend: „Ja?"

Ein hochgewachsener, stark übergewichtiger Mann, dessen Vollbart noch immer so dicht war wie damals, kam nun freudestrahlend auf sie zu. Die Brillengläser waren, wie Emma bemerkte, dicker geworden – ebenso wie der Mann. Auf seinen Lippen und in seinen Augen war allerdings das gleiche Ausmaß an Freundlichkeit zu lesen wie damals, als sie unsicheren Schrittes auf seine Bürotür zugegangen war, zitternd die Hand gehoben und sich gefragt hatte, ob sie wirklich klopfen sollte oder nicht.

Und genauso wie damals, als die Unsicherheit so unfassbar groß in ihr geworden war, war es auch jetzt er, der ihr eine Brücke baute, über die sie sicheren Fußes gehen konnte.

„Du bist es wirklich", sagte er verblüfft und klang dabei genauso wie damals, als er sie in sein Büro gerufen hatte, ohne dass sie klopfen, geschweige denn sich stotternd vorstellen musste. „Ich hätte niemals geglaubt, dich hier noch einmal zu sehen", meinte er lachend und breitete die Arme aus, um sie zu drücken, um dann, als er es tat, hinzuzufügen: „Nach dem was damals alles passiert ist."

„Freiwillig bin ich bestimmt nicht hier", gestand sie ihm nun, und wunderte sich über sich selbst, dass sie sich gar nicht aus seiner Umarmung löste.

Stattdessen breitete sich ein wohliges Gefühl der Vertrautheit in ihr aus. Es war so irritierend und verwirrend, dass sie das Gefühl hatte, in einem falschen Film gefangen zu sein. Sie hatte fest damit gerechnet, dass sie jeden, dem sie hier begegnete und alles, was sie sah, hassen würde, aber wie vorhin, als sie Eckenförde erreicht hatte, und die Erinnerungen sie überflutet hatten, passierte jetzt das Gleiche.

Sie merkte, wie sie sich in den starken Armen des gut riechenden, alten Mannes wohlzufühlen begann, und dass er ihr die Sicherheit gab, die sie so dringend brauchte, um offen mit ihren Gefühlen umgehen zu können.

Nur ein leiser, durch ihren Verstand wabernder Gedanke ließ sie die Stirn in Falten legen: Vergiss nicht, wer er ist, Emma. Nur ein Wort von ihm, und in der Zeitung erscheint ein Artikel mit der Überschrift: *Erfolgreiche Autorin nach siebzehn Jahren in die Heimat zurückgekehrt.*

„Hinnerk“, sagte sie, als er die Umarmung löste, und seine großen Hände auf ihre schmalen Schultern legte. „Ich ... ich ... habe keine Ahnung, was ich sagen soll.“

„Du könntest sagen, dass du dich freust, mich zu sehen. Das wäre ja schon mal ein Anfang.“

Sie schmunzelte.

„Oder tust du es nicht?“

Nun lachte sie auf. Zwar kurz, aber doch mit einer Herzlichkeit, die ihr bewusst werden ließ, wie gut es ihr tat, Hinnerk gegenüberzustehen. Sie holte tief Luft, schaute ihn durchdringend an und schüttelte dann den Kopf.

„Gut siehst du aus“, sagte sie, wobei sie mit einer vertrauensvoll wirkenden Handbewegung über seinen Bauch strich.

„Die Haare sind mir ausgefallen“, gestand er ihr, während er lächelte, „und der Bauch ist noch mehr gewachsen, aber ansonsten bin ich noch ganz der Alte.“

„Bist du immer noch beim ‚Anzeiger‘?“

Hinnerk lächelte, während er sich langsam in Bewegung setzte und ihr mit einer Handbewegung zu verstehen gab, dass sie ein wenig mit ihm zusammen die Promenade hinunterschlendern sollte.

„Schon seit Jahren nicht mehr", erklärte er ihr schließlich, als das Kreischen der Möwen immer lauter und das Rauschen des Meeres vertraut aufzuklingen begann. „Nachdem wir an die Falkgruppe verkauft worden sind und die Redaktion nach Lübeck verlegt wurde, habe ich mir ein neues Betätigungsfeld gesucht."

„Tatsächlich?" Emma schaute Hinnerk verwundert an. „Du warst doch schon immer mit Leib und Seele Redakteur. Immer der erste im Büro, und der letzte, der gegangen ist."

„Ich war nur deshalb immer der letzte, weil du so lange mit deinen Artikeln gebraucht hast", erwiderte er schmunzelnd und blieb dann plötzlich, den Blick hinaus aufs Meer gerichtet, stehen. „Ich hab einfach was Neues machen wollen, ohne dafür die Heimat verlassen zu müssen."

Emma war neben Hinnerk zum Stehen gekommen und wusste nicht, ob seine Worte ein stiller Vorwurf waren, oder nur schlichte Informationen. Obwohl alles in ihr schrie, dass er ihr damit einen Seitenhieb hatte verpassen wollen, entschied sie sich für die zweite Möglichkeit. Weshalb sie lächelnd neben ihn trat und fragte: „Was machst du denn jetzt? Etwa einen Blog?"

Er lachte laut. „Nein, ich habe mich wählen lassen."

„Wozu? Zum Scherzkeks der Nation?"

Er lachte erneut, deutete mit dem Finger auf sie und meinte: „Ich hätte damals wirklich strenger zu dir sein sollen, und nicht gleich Ja sagen sollen, weil du das Geld so dringend gebraucht hast und ich ein wenig Talent in dir gesehen habe." Er ließ es nicht zu, dass sie antwortete, sondern fuhr lachend fort: „Ich bin jetzt Stadtratsvorsitzender. Ich organisiere Stadtfeste, die Kunsttage, das Hafenfest und solche Sachen. Außerdem betreibe ich ein wenig Marketing für das Land. Es macht Spaß und ist etwas vollkommen Neues. Dazu kommen noch die Wahlkämpfe. Spannend, sage ich dir. Ich befinde mich gerade mitten in einem und hoffe, die nötigen Stimmen zu bekommen, um wiedergewählt zu werden. Dieses Mal habe ich Ambitionen, das Rathaus zu erobern."

„Wow", sagte Emma beeindruckt. „Du in der Politik, wer hätte das gedacht? Nicht schlecht. Und du organisierst jetzt also das Stadtfest?"

Er nickte und antwortete lachend: „Nachdem wir uns beide damals über die lahme Nummer so ausführlich ausgelassen haben, musste ich doch allen zeigen, dass es besser geht!"

Emma schmunzelte, obwohl sie nicht wusste, wie es gerade um sie bestellt war.

Sie erinnerte sich noch gut daran, wie sie damals mit Hinnerk in dem kleinen Konferenzraum gesessen hatte, um mit ihm darüber zu diskutieren, was sie von den Ideen des damaligen Stadtrates hielt, der meinte, dass Sackhüpfen, eine schlechte Coverband der Flippers und ein lieblos auf die Weide gestelltes Partyzelt das Stadtfest Eckenförde repräsentieren sollten.

Und genauso, wie sie es in ihrem Artikel prophezeit hatten, war es schließlich gekommen.

Das Partyzelt war nur mäßig gefüllt gewesen, die Leute hatten keinerlei Interesse an Sackhüpfen und die Coverband der Flippers war so schlecht gewesen, dass die gut hundert Besucher schließlich angefangen hatten zu buhen.

„Und du machst es wirklich besser?"

„Das will ich doch hoffen", meinte er grinsend. „Vorletztes Jahr hatten wir über viertausend Besucher. Volle Zelte, gut besuchte Stände und die Schausteller waren auch zufrieden mit ihrem Umsatz."

„Vorletztes Jahr?"

Er nickte. „Wir haben uns dazu entschlossen, nur alle zwei Jahre ein Fest zu organisieren. Das ist einfacher und die Vorfreude bei den Leuten ist dann größer." Er nickte, sich selbst lobend, ohne dabei aber arrogant zu wirken. „Wir haben auch schon was Schönes auf die Beine gestellt, und ich hoffe, dass wir dieses Jahr an die fünftausend Besucher bekommen."

„Das wäre toll."

„Das sage ich dir. In zwei Wochen wissen wir mehr", erklärte er. „Denn dann geht es los. Wir schalten schon fleißig Anzeigen und hängen Plakate auf. Wir geben ein bisschen damit an, dass wir dieses Mal sogar zwei Bühnen haben. Eine mit regionalen Künstlern und Musikern und eine, wo sogar zwei über die Landesgrenzen hinaus bekannte Bands spielen werden. Wenn du willst, kann ich dir die Plakate ja mal zeigen."

„Sehr gern", sagte sie, ohne genau zu wissen, ob sie das wirklich wollte. Eine innere Unruhe breitete sich in ihr aus, die sie kaum ertragen konnte.

Du darfst dich hier nicht willkommen fühlen, sagte sie sich. Du bist hier nicht mehr zu Hause. Schon seit Jahren nicht mehr.

Du bist fortgegangen, weil du dich hier so unwohl gefühlt hast.

Der Ort war wie ein Gefängnis für dich.

Ein enges, dreckiges, nach Unrat riechendes Gefängnis.

Hinnerk ist lieb und nett, ja, das stimmt, aber er gehört auch dazu. Er ist einer von ihnen.

Er ist ein Eckenförderer.

„Du hast es geschafft, nicht wahr?", riss er sie aus ihren Gedanken, während er seine Hand sanft auf ihren Rücken legte, und sie weiter die Promenade zum Strand hinunterführte. „Ich habe einige Interviews und Berichte über dich gelesen. Ich habe dir damals sogar, nach der ersten Veröffentlichung, eine Interviewanfrage geschickt. Aber eine Antwort habe ich nie bekommen."

„Ich hatte sehr viel zu tun", verteidigte sie sich, während ihr der Geruch des Salzwassers ebenso in die Nase stieg wie der von gebratenem Fisch. Hier unten, wo die Promenade endete und der Strand begann, gab es einige kleine Buden, die Spezialitäten der Region anboten.

„Du musst dich nicht entschuldigen. Das habe ich dir niemals krummgenommen. Ich konnte dich sogar verstehen."

„Wirklich?"

Er nickte. „Ich war nie ein Freund davon, vor Problemen davonzulaufen, aber ich habe immer an dich geglaubt, Emma. Immer. Seit dem Tag, als du zu mir gekommen bist. Ich habe dich damals gesehen und sofort gewusst: Aus der wird was, wenn sie den richtigen Lehrer hat."

Emma wollte nicht, dass ihr die Gesichtszüge entgleisten. Sie wollte nicht, dass die Erinnerungen in ihr emporstiegen und sie sich wieder in diesem großen, unendlich weitläufigen Büro stehen sah, in dem sie sich so hoffnungslos verloren gefühlt hatte, und in dem sie stets das unauslöschliche Gefühl des Versagens heimgesucht hatte.

„Es hat zwischen uns einfach gepasst", murmelte sie.

„Du warst so schüchtern damals", erinnerte sich Hinnerk. „Wie ein scheues Reh. Dabei hattest du gar keinen Grund dazu, auch nur eine Sekunde an dir zu zweifeln. Dennoch hast du es getan."

„Ich wusste ja nicht, was du von meinen Arbeitsproben halten würdest."

Er schmunzelte, während er sich mit einer lässigen Geste auf die Brüstung der Promenade setzte, das linke Bein angewinkelt, während das rechte weiterhin auf dem Boden stand. Er schwelgte kurz in Erinnerungen und sagte dann etwas, das Emma verwirrte: „Ich fand sie gut. Sehr gut sogar. Natürlich mussten sie geschliffen werden, so wie bei jedem Anfänger. Aber du hattest solche Angst zu versagen, dass du dich schon wieder umgedreht hast. Erinnerst du dich noch?"

Sie nickte ansatzweise. Die Lockerheit, mit der Hinnerk sprach, irritierte Emma. Alles, was aus seinem Mund drang, jedes einzelne Wort, war mit einem Vorschlaghammer zu vergleichen, der unausweichlich sein Ziel traf.

Natürlich konnte sie sich noch an damals erinnern, und besonders gut an jenen Moment, als sie sich sicher gewesen war, dass alles vorbei war, während er sie über den Rand seiner rahmenlosen Brille angeschaut hatte. Dass er den Stapel Papier auf den Schreibtisch klopfend ordnen würde, um ihr dann zu sagen, dass er sich über ihre Arbeitsprobe gefreut habe, ihr aber mitteilen müsste, dass er ihr leider keinen Job in Aussicht stellen könnte.

Sie erinnerte sich nur zu gut daran, wie ihre Gedanken durch den Kopf gewirbelt waren und sie mit der in ihr aufsteigenden Enttäuschung umzugehen versucht hatte.

Als habe er ihre Gedanken gelesen, sagte Hinnerk plötzlich: „Dann ist Michael dir plötzlich zur Seite gesprungen und hat irgendetwas davon gesagt, dass du die Beste wärst und dass ich einen Fehler machen würde, wenn ich dich nicht einstellen würde. War sehr imposant anzusehen damals."

Ein kalter Schrecken durchfuhr Emma.

An die Szene, wie sie in Hinnerks Büro gestanden hatte und an sich selbst zweifelte, konnte sie sich nur zu gut erinnern. Sie konnte immer noch jeden einzelnen Gedanken im Schlaf aufzählen, der ihr damals durch den Kopf geschossen war und sie hatte glauben lassen, jede ihrer Nervenfasern würde in Flammen stehen.

Dass Michael ihr damals helfend zur Seite gesprungen war, war ihr allerdings komplett entfallen. Es war, als hätte sich über diesen Teil ihrer Erinnerung ein schwarzes Tuch gelegt. Als habe sie ein Stück aus dieser Erinnerung geschnitten, die ihr sonst so unmissverständlich ihre Vergangenheit vor Augen führte.

Es war so, als ruckte plötzlich etwas in ihrem Kopf, ähnlich eines ins Stocken geratenen Films. Es dauerte eine Weile, bis die Spule wieder zu laufen begann, und die herumfliegenden Filmschnipsel in geordneter und fließender Reihenfolge abgespielt werden konnten.

Auf einmal sah sie Michael in Hinnerks Büro stehen. Einen Hauch Unsicherheit auf seinem Gesicht und die Stimme zitternd vor Aufregung, aber doch so voller Zuversicht und Eifer für seine Freundin erfüllt, dass sie jedes von ihm ausgestoßene Wort immer noch fehlerfrei wiedergeben konnte.

„Sie kann das", hatte er gesagt. „Sie kann alles, was Sie wollen. Sie schreibt Geschichten, da fliegt Ihnen der Kopf weg. Wirklich. Sie ist unglaublich begnadet, was das angeht. Ganz ehrlich. Bitte, geben Sie ihr eine Chance. Emma hat es verdient zu schreiben, und sie wird garantiert alles dafür geben, Sie zufriedenzustellen. Das wirst du doch, oder?"

„Äh ... ja, natürlich, das werde ich", hatte sie stammelnd geantwortet und das erste Mal in ihrem Leben so etwas wie Zuversicht gespürt.

Es war nur ein vages, kaum zu beschreibendes Gefühl gewesen, das sie heimgesucht hatte. Aber es war so ehrlich, echt und voller Leben gewesen, dass sie nichts anderes hatte tun können, als zu nicken.

„Ich werde alles tun, um besser zu werden", hatte sie hervorgestoßen und einen Schritt auf Hinnerk zu gemacht, der verdutzt, aber auch erheitert zu Michael schaute, und ihn auffallend lange musterte. So lange, dass es ihrem damaligen Freund ganz unangenehm wurde, er schließlich den Blick senkte, und anfing, nervöse Kreise mit dem Fuß über den Teppichboden zu ziehen.

„Wollen wir doch mal sehen, was wir mit dir anfangen können", waren seine abschließenden Worte gewesen. „Sei morgen um neun Uhr hier. Dann werden wir schauen, wie wir dich am besten im Team integrieren können."

An diesem Tag hatte er sie eingestellt ... mit einem Hungerlohn, der weder zum Leben noch zum Sterben reichte, der ihr aber immerhin so viel einbrachte, dass sie die mit Michael bezogene Wohnung bezahlen konnte, und auch noch ein wenig Essen auf den Tisch bekam.

Michael hat sich für mich eingesetzt, dachte sie. Er war für mich da. Er hatte gewollt, dass ich den Job bekomme ... dass ich das tue, was ich immer schon habe tun wollen: Schreiben.

Er hat an mich ...

... geglaubt.

Das hatte sie vollkommen vergessen – ebenso wie das warm aufsteigende Gefühl, das sie damals verspürt hatte. Ein Gefühl, das sie auch jetzt heimsuchte und sie mit einem Schauer auf dem Rücken denken ließ: Da ist mir bewusst geworden, dass ich ihn liebe. Aufrichtig, ehrlich und unwiderruflich.

***

„Das war ja so klar", entfuhr es Emma frustriert, als sie auf die regenbogenfarbene Tür und das daran angebrachte Schild starrte, auf dem stand: *Bin um sechzehn Uhr wieder da.*

Alle eben noch durch sie hindurch gerasten Eindrücke und die verunsichernden Gefühle waren plötzlich wie weggeblasen. Da war nur noch eine tiefe Verachtung, der sie damit Ausdruck verlieh, dass sie das Schild anhob und es mit Schwung gegen die Tür warf.

Sie lachte bitter auf, weil das so typisch Michael war.

Nicht da zu sein, wenn man ihn brauchte.

Auch wenn es so klang, als ob sie den oben gedachten Satz auf sich münzte, meinte sie ihn doch anders.

Sie brauchte ihren Blick nur über den stark besuchten Strand schweifen lassen, um zu wissen, dass Michael sich kein bisschen geändert hatte.

Er war noch ganz genauso wie früher.

Hauptsache, frei und keine Verpflichtungen eingehen müssen.

Wäre er ein guter Geschäftsmann gewesen, einer, der es witterte, wenn es Geld zu verdienen gab, dann wäre er jetzt um diese Uhrzeit in seinem Laden gewesen.

Ein Laden, wie sie naserümpfend feststellte, der ihren Vorstellungen ebenso entsprach wie ihren Vorurteilen. Die Fassade war weiß gestrichen und hier und da mit kleinen Wellen und Regenbögen bemalt. Dennoch wirkte er ärmlich und heruntergekommen.

Weil Michael keinerlei Sinn für Außendarstellung hat. Das hatte er noch nie. Er hat immer geglaubt, dass sich schon alles von allein regeln wird.

Eine Wand anzustreichen, um einen guten Eindruck zu hinterlassen?

Warum denn? Jeder wusste doch, was er im Inneren des Shops finden würde.

Ein bitterer Zug legte sich um ihren Mund, während sie ihren Blick weiterhin über den Strand gleiten ließ zu einer Gruppe junger, sportlich aussehender Männer, die in ihren Neoprenanzügen auf eine Surfstunde warteten.

An den Volleyballnetzen spielten lachend Leute, und überall konnte man Menschen in Strandkörben sitzen sehen, die sich ausruhten und sich unterhielten.

Ein buntes Treiben schwappte Emma entgegen, als sie sich an die Zeiten erinnerte, als sie mit ihren Freunden hier unterwegs gewesen war, sie sich auf die alten Kaianlagen zurückgezogen, die Urlauber beobachtet und sich spöttisch darüber geäußert hatten, wie albern sie alle da unten aussahen.

Jetzt hingegen sah sie nichts als potenzielle Kunden. Menschen, denen man mit Schnupperkursen das Surfen näherbringen konnte. Leute, denen man es schmackhaft machen konnte, wie schön es war, auf dem Brett zu liegen und darauf zu warten, dass die Wellen kamen, damit man auf ihnen in Richtung Strand gleiten konnte.

Michael hingegen entging das Potenzial, das sich ihr zeigte.

Noch einmal nahm sie das Schild in die Hand, lachte verächtlich und verwarf den eben in ihr aufgestiegenen Gedanken, Michael eine Nachricht zu hinterlassen auf der stand, dass er sich bei ihr melden sollte.

Ich habe schließlich keine Ahnung, wo ich wohnen soll, dachte sie jetzt, als sie das Schild wieder an die Tür zurückwarf und missmutig ihren Rückweg zum Parkplatz antrat.

***

„Friedrichs Ruh“ war immer ein netter und angenehmer Platz gewesen, um sich zu entspannen. Besonders dann, wenn man Emma Sommer hieß, eine Mutter wie die ihre hatte und einen Vater, der es liebte, deftig zu essen, und mit dem Wirt, Herrn Hilbert, über das zurückliegende Fußballwochenende zu diskutieren.

Gerede, wie ihre Mutter und sie es immer genannt hatten, dem sie kein Ohr schenken brauchten.

Während Emmas Vater redete und Herr Hilbert ihre Bestellungen aufnahm, unterhielten Mutter und Tochter sich über dieses und jenes. Sie schauten gelegentlich zu dem in der Ecke hängenden Fernseher und machten sich darüber lustig, wie die Werbefachleute versuchten, ihnen allen möglichen Schwachsinn zu verkaufen.

Das Angenehmste an „Friedrichs Ruh“ war aber, dass man von der Terrasse aus einen phänomenalen Ausblick über das in der kleinen Bucht liegende Eckenförde, den Strand und das Meer hatte. Außerdem konnte man den in der Ferne liegenden Hafen erkennen, der geradewegs ins Landesinnere führte, und seinen Abschluss an der Meereskante fand.

Schon immer hatten dort größere und kleinere Schiffe gelegen. Meistens Boote reicher Leute, die nur hierherkamen, um zur aufzubrechen und ruhige Stunden oder Tage auf dem Wasser zu verbringen. Aber auch die in Eckenförde lebenden Menschen hatten hier ihre Schiffe vor Anker liegen. Jollen oder kleine Segelboote, die zwischen den ganzen Protzgeschossen ganz verloren aussahen, aber dennoch so viel Spaß in sich vereinten, dass Emma gern daran zurückdachte, wie sie mit ihren Großeltern hinaus aufs Meer gesegelt war, und das Schaukeln der Wellen ihr Ruhe und Geborgenheit brachte.

Allein der Gedanke daran, wie sie mit ihrem Großvater rausgefahren war, erfüllte sie mit Freude; ließ sie lächeln und daran denken, wie sie unentwegt plapperte, während ihr Opa milde lächelnd, eine Pfeife rauchend, seinen bis aufs Kinn fallenden, grauen Bart glatt strich und irgendwann meinte: „Willst du auch was aus der Pfanne, mien Deern? Oder lieber was vom Grill?“

„Aus der Pfanne“, rief sie dann immer voller Freude.

„Mien Deern“, meinte Opa dann stets, streichelte ihr über den Kopf und ließ sie den Anker auswerfen. Während das Meer um sie herum leise plätschernd gegen den Rumpf des Bootes schlug, stieg ihr der Geruch von gebratenem Fisch in die Nase und der auffrischende Wind zerrte an ihren Haaren.

Sie hatte das Meer immer geliebt.

Da war eine angenehme, sie mit einem wohligen Gefühl der Zufriedenheit durchströmende Gewissheit in ihr, die ihr zuflüsterte, dass sie am Meer sicher war. Dass sie sich hier, wenn sie es wollte, niederlassen konnte, um in Ruhe all ihre Probleme durchzukauen, zu analysieren und zu beseitigen.

Wann ist mir diese Sicherheit abhandengekommen?, fragte sie sich, und erinnerte sich daran, wie sie am Strand entlangspaziert war, und das warme, sie umspülende Wasser genossen und die am Horizont entlangfahrenden Schiffe als kleine Traumboote empfunden hatte.

Eine Art kleines Signal der Welt an sie, dass sie nur hinausgehen brauchte, um das zu erleben, was sie schon immer hatte erleben wollen.

Jetzt, wo sie darüber nachdachte, und sich als junges Mädchen unten am Strand spazieren gehen sah, die Quallen ebenso faszinierend gefunden hatte wie einen ans Ufer angeschwemmten Algenschwamm, kam sie sich reichlich naiv vor. Allein der Gedanke, zu glauben, dass man sich ohne Weiteres von Schiffen seinen Träumen näherbringen lassen konnte, ließ sie verächtlich schnauben.

Da lebe ich lieber in der Realität und weiß, dass ich durch den Film so unabhängig werden kann, dass ich nicht mehr jedes Jahr ein neues Buch schreiben muss. Keine langen Lesetouren mehr. Nur noch ich, meine Wohnung und ...

Ihre Gedanken rissen abrupt ab.

Sie hatte an Mark denken wollen, und dass sie mit ihm zusammenleben wollte, um sich eine gemeinsame Zukunft mit ihm aufzubauen.

Doch als sie gerade daran denken wollte, überkam sie ein kurzer, intensiver Schauer, der sie schüttelte und sie dazu brachte, das zu betrachten, was gerade vor ihr lag: Eckenförde.

Obwohl der Gasthof ein wenig abseits lag, und gut fünfzehn Minuten vom Zentrum der kleinen Stadt entfernt war, war der Gastraum doch immer gut gefüllt, damals wie heute, wie Emma feststellte, und mit einem überraschten Blick auf die Uhr sah sie, dass es gerade einmal vierzehn Uhr war.

„Hallo“, begrüßte sie eine blonde, hochgewachsene junge Frau, die gerade dabei war, das Teenageralter zu verlassen. Ihre schmalen Gesichtszüge besaßen einen interessanten, schönen Schnitt, den Emma sich merken wollte, um ihn einmal in einer ihrer Geschichten zu verarbeiten. Die spitze Nase und die schmal wirkenden Lippen hatten seltsamerweise nichts Arrogantes oder gar Überhebliches an sich, wie Emma feststellte. Die junge Frau wusste, dass sie hübsch war. Es interessierte sie nur nicht. Aber das war sie.

Was an ihren Augen liegt, dachte Emma jetzt, die sich in dem tiefen Blau ebenso verlieren konnte wie in dem freundlichen, auf den Lippen liegenden Lächeln.

Emma erwiderte die Begrüßung und schob, als sie sich im Schankraum umsah, hinterher: „Ich habe gesehen, dass ihr noch immer Zimmer vermietet.“

„Das tun wir“, versicherte ihr die junge Frau. „Wie lange möchten Sie denn bleiben?“

„Ich hoffe, nur eine Nacht“, gestand sie ihr und sah jetzt in der hinteren Ecke einen Mann sitzen, der sie unwillkürlich zum Schmunzeln brachte. Schon damals war Martin Hoffmann alt gewesen. Sein grauer Bart hatte ihm bis auf die Brust gereicht und sein kahler Schädel war immer von einer blauen Matrosenmütze bedeckt gewesen.

Der Sweater, den er trug, war ebenfalls blau, und aus so grober Wolle gefertigt, dass der Anblick unwillkürlich einen Juckreiz in Emma auslöste.

Und so wie damals, saß er in der hintersten Ecke von „Friedrichs Ruh", paffte an seiner langen Pfeife und schrie immer wieder, wenn einer seiner Tischnachbarn etwas sagte: „Sprich lauter, ich kann dich nicht verstehen!"

„Ein Einzel- oder ein Doppelbettzimmer?"

„Wie breit sind die Betten denn hier?"

„Normal", erwiderte die junge Frau und zuckte mit den Schultern, verlor ihr Lächeln aber nicht und schob hinterher: „Mit ganz fluffigen und flauschigen Bettdecken, harten Matratzen und himmelweichen Kopfkissen. Man versinkt förmlich in den Kissen. Papa will immer nur das Beste für seine Gäste."

„Wie gut für mich", antwortete Emma lächelnd und sagte dann: „Dann nehme ich bitte ein Doppelzimmer."

„Für Sie allein?"

Emma behielt ihre Freundlichkeit bei und füllte den vor ihr liegenden Gästebogen aus.

„Ja."

Das Mädchen lief daraufhin hochrot an, stotterte irgendetwas davon, dass sie nicht unhöflich hatte sein wollen, und dass es ihr leidtäte, dass sie so aufdringlich gewesen sei.

„Das habe ich gar nicht so aufgefasst", meinte Emma, schob den ausgefüllten Bogen hinüber zu der jungen Dame, und wartete dann darauf, dass sie ihr die Zimmerkarte gab.

„Emma?"

Im ersten Moment hatte Emma gedacht, dass es der alte Hilbert war, der sie ansprach, und dass ihre

Hoffnung, dass er das Gasthaus noch immer leitete, in Erfüllung gehen würde. Aber als die junge Dame hinter dem Tresen Emmas Zimmerkarte durch einen Scanner zog, begriff sie, dass die Stimme viel zu hell gewesen war, und nicht den typischen, breiten Klang einer nordirischen Zunge in sich trug.

Neugierig, wer sie angesprochen haben könnte, drehte sie sich langsam herum.

Ihr Blick schweifte noch einmal über den weitläufigen und hell eingerichteten Schankraum. Sie sah die alten, in ein Gespräch vertieften Männer, und die Terrasse, auf der sie früher gern gestanden hatte, um hinaus aufs Meer zu schauen.

Und sie nahm den hochgewachsenen, schlanken Mann wahr, dessen Haare ebenso blond waren wie die von Michael, und dessen Augen ein so angenehmes, weiches Grün besaßen wie die ihres Noch-Ehemannes.

Nur das breitere Kinn und die höhere Stirn ließen sie wissen, dass sie es nicht mit Michael zu tun hatte. Dazu kam noch, dass dieser Mann hier hart für sein Geld arbeitete und aussah, als habe er eine schwere Verantwortung zu tragen.

Was nicht nur an dem Tablett lag, das er in Händen hielt, und darauf mehrere, frisch polierte Gläser balancierte.

Es war sein Lächeln, und seine freundliche und zuvorkommende Art, als er geradewegs auf sie zukam. Das Lächeln, das dem Mädchen hinter dem Tresen galt und das von so einer Herzlichkeit begleitet war, dass Emma selbst schmunzeln musste. Sie hatte in ihren Geschichten immer darüber geschrieben, wie es war, wenn man sofort sehen konnte, wenn ein Mensch einen anderen aus tiefstem Herzen liebte; hatte ihre Sehnsucht mit jedem einzelnen Wort zur Schau gestellt, weil sie selbst auch einmal so empfinden wollte. All die Enttäuschung, über die ihr nicht entgegengebrachte Zuneigung ihrer Mutter, hatte sie versucht, mit solchen Beschreibungen aus sich herauszutreiben.

Vergebens.

Jetzt, wo sie sah, wie der auf sie zukommende Mann das gerade zur Frau heranreifende Mädchen anlächelte, wurde ihr bewusst, wie wenig Zuneigung sie von ihrer Mutter erfahren hatte.

Ihr Hals wurde trocken, als sie noch einmal angesprochen wurde.

„Bist du es wirklich?"

„Ralf?", fragte sie mit bebender, vor Unsicherheit vibrierender Stimme.

„Ja, ich bin es. Was machst du denn hier?"

„Äh ..."

„Nie im Leben hätte ich damit gerechnet, dich jemals wiederzusehen. Also nicht in echt."

„Was machst du denn hier?", fragte sie und wünschte sich nichts sehnlicher, als geradewegs die Flucht nach vorne antreten zu können.

„Na was soll ich hier schon tun? Ich arbeite hier."

„Aber wo ist Hilbert?"

„Der ist in Rente gegangen. Nach Mallorca ausgewandert, der Glückspilz", erwiderte Ralf lachend, stellte das Tablett ab, wischte sich die Hände an einer um seine Taille gewickelten Schürze ab und breitete seine Arme aus, als wolle er Emma darin begraben. „Bei dem Batzen Geld, den ich ihm bezahlt habe, hätte ich wohl das Gleiche getan, wenn ich an seiner Stelle gewesen wäre."

„Batzen Geld? Bezahlt? Du?"

Emma wollte nicht abwertend klingen, sie wollte überhaupt nichts Negatives in Ralfs Richtung verlauten lassen, aber all das, was er ihr sagte, klang so irrwitzig falsch, dass sie meinte, sich verhört haben zu müssen.

„Na klar!“ Er breitete erneut die Arme aus. „Ich habe „Friedrichs Ruh“ gekauft. Das hier ist jetzt mein kleines Hotel, und mein Bruder ist ein gern gesehener Gast hier …“

Kapitel 2

Alte Heimat

Das „Dann sind Sie also DIE Emma Sommer?“, überhörte Emma ebenso, wie sie Hoffmanns „Alte Flüche lösen sich niemals in Luft auf“, ignorierte.

Sie stand nur da, starrte den immer noch mit ausgebreiteten Armen vor ihr stehenden Ralf an, und wünschte sich nichts Sehnlicheres, als so schnell wie möglich von hier zu verschwinden.

Ralf, der ihre Gedanken gelesen haben musste, schüttelte den Kopf und sagte: „Bleib, bitte. Geh nicht.“

„Ich weiß nicht, ob das so eine gute Idee ist, wenn ich ein Zimmer bei dir beziehe.“

„Es ist das Beste, was du tun kannst“, versicherte er ihr.

„Da hat er recht“, warf die junge Dame hinter dem Tresen ein und löste damit das in Emma bohrende Geheimnis.

Sie war eine Gabler.

Eine Gabler, wie sie im Buche stand.

Sie hatte das charmante Aussehen ihres Vaters ebenso geerbt wie das Familienlächeln und die Ausstrahlung, etwas in einem bewegen zu können.

Emma, die einen Schritt zurückmachte, sich die Hand an die Stirn legte und sich überlegte, wie sie am besten wieder aus der ganzen Sache herauskam, hörte die junge Dame sagen: „Ich lese Ihre Bücher total gern. Ich habe sie alle."

„Ich habe ihr natürlich erzählt, dass Michael mal mit dir zusammen war", entschuldigte sich Ralf schulterzuckend, während er ein unschuldiges Gesicht machte. „Es war immer so großartig, sagen zu können, dass ich die Frau kenne, die so spannende Geschichten zu erzählen weiß."

„Es wäre wunderbar, wenn Sie bleiben könnten", sagte das Mädchen.

„Lisa, nicht drängen", bat Ralf seine Tochter, und sagte dann zu Emma: „Ich kann dir ja erst mal ein Zimmer zeigen, wenn du willst. Wenn es dir nicht zusagt, kannst du es ja immer noch stornieren, wenn du möchtest."

„Ich ... ich ... weiß nicht."

„Ist es wegen Michael?"

Emma starrte Ralf an, der wieder entschuldigend die Hände hob. „Tut mir leid. Ich wollte nicht taktlos sein. Echt nicht. Ich weiß gerade auch nicht, wie ich mit der ganzen Situation umgehen soll." Er präsentierte ihr immer noch dieses niedliche schiefe Lächeln, das Emma schon damals an Ralfs Bruder so sehr geliebt hatte.

Mir ist nie aufgefallen, dass Ralf es auch besitzt, dachte sie kurz, um einen Gedanken in ihren Kopf steigen zu lassen, der sie irritierte und zu gleich ärgerte. Kein Wunder, wenn man bedenkt, wie verknallt ich in Michael damals gewesen bin. Hals über Kopf, haben wir damals gesagt.

Und nicht nur das.

Mit Haut und Haar war ich verliebt in ihn.

Mit Haut und Haar ...

Ralfs Räuspern riss sie aus ihren Gedanken. Sie sah, wie er seine Schürze glatt strich: „Machen wir es doch auf die professionelle Art. Lassen Sie sich von dem Glanz, dem Zauber und der Schönheit unseres Hotels faszinieren. Sie finden hier alles, was das Herz begehrt. Egal, ob Sie die Sauna aufsuchen oder den Fitnessbereich. Oder zum Klang des Meeres auf unserer Terrasse frühstücken möchten. Für jeden ist hier etwas vorhanden, das er begehrt."

Obwohl Emma nicht lachen wollte, tat sie es. Auch wenn ihr auf der Zunge ein: „Nein, lass mal", lag und sie entschieden den Kopf schütteln wollte, merkte sie, wie wohl sie sich in Ralfs Nähe fühlte. Lisa, die immer noch über das ganze Gesicht strahlte, weil ihre Lieblingsautorin bei ihr im Hotel absteigen wollte, ließ Emmas Entschluss ins Wanken geraten.

Hin- und hergerissen, ob sie dem verführerisch klingenden Angebot von Ralf Folge leisten sollte, versuchte sie, sich mit einem letzten Gedanken davon abzubringen, in „Friedrichs Ruh" abzusteigen.

Ich habe meine Koffer noch im Wagen. Das ist doch bestimmt ein Zeichen, oder? Ich meine, hätte ich meine Koffer schon hier, würde Ralf mir diese jetzt abnehmen und den Gentleman für mich spielen.

So aber kann ich immer noch sagen, dass ich nicht hierbleiben kann und ich mir lieber eine andere Pension suchen möchte. Eine irgendwo in Hamburg. Dann komme ich halt nächste Woche wieder.

In der Zwischenzeit kann ich alles in Ruhe noch einmal überdenken und dann ...

... Mark über den Weg laufen.

Himmel, nein. Alles, nur das nicht. Ich will Mark auf keinen Fall begegnen und ihm erzählen müssen, was für eine Dummheit ich vor fast zwanzig Jahren begangen habe.

Außerdem, meldete sich jetzt eine versöhnlich klingende Stimme in ihr zu Wort, ist es hier doch sehr schön und wenn Oller wirklich vorbeikommen will, um mit dir zu reden, dann kann er es doch genauso gut hier tun, oder etwa nicht?

Ralf hat bestimmt einen Konferenzraum, den er mir zur Verfügung stellen würde.

Das wäre doch mal was.

Emma war von sich selbst überrascht, dass sie so dachte, und noch mehr überraschte es sie, als sie Lisa fragen hörte: „Wenn Sie hierbleiben, darf ich dann später kurz zu Ihnen kommen, um mir ein Autogramm zu holen?"

Emma lächelte hilflos.

Sie wusste, dass es unfair war, ihre Entscheidung auf die Frage einer jungen Frau abzuwälzen, aber der sich ihr nun bietende Weg, und damit zugleich auch die Vermeidung eines schlechten Gewissens, ließ sie denken: Ich kann so eine Frage doch nicht ignorieren.

Ich meine, wenn sie ein Autogramm haben will, dann sollte sie doch auch eins bekommen, oder etwa nicht?

Wenn ich mir kurz das Zimmer zeigen lasse, damit ich Lisa glücklich mache, dann ist es doch eine Supersache.

Mein Image in Eckenförde wird ein wenig aufpoliert, schob sie einen Gedanken hinterher, der ihr peinlich war und sie ärgerte.

Sie ärgerte sich darüber, dass es ihr überhaupt wichtig war, was die Leute aus ihrer Heimatstadt von ihr dachten. Auch wenn Emma es nicht wollte, wurde ihr jetzt bewusst, dass das Wiedersehen mit Frau Melchior und Hinnerk etwas in ihr in Gang gesetzt hatte, das sie niemals für möglich gehalten hatte.

Die Leute waren enttäuscht von ihr.

Sie traten ihr mit so einer Skepsis gegenüber, dass es schon beinahe körperlich schmerzte.

„Ich gebe dir das Autogramm gern", sagte Emma deshalb hastig, um die in ihr aufsteigenden Gedanken ebenso niederzuringen wie die damit verbundenen Gefühle.

„Echt?" Lisa machte große Augen. „Das würdest du ... äh ... Sie wirklich für mich machen?"

„Na klar."

„Toll. Ich weiß gar nicht, was ich ..."

„Du könntest mir zum Beispiel mal die Zimmerkarte geben und Emma fragen, wo ihr Gepäck ist, damit es auf ihr Zimmer gebracht werden kann", unterbrach Ralf die Unterhaltung, und deutete anschließend einen schmalen Flur herunter, der an einer Wendeltreppe endete und hinauf in die Gäste-Etage führte. „Kommst du?"

Emma nickte.

Sie winkte der vor Freude strahlenden Lisa noch einmal zu, und holte den davoneilenden Ralf ein, der jetzt am Fuß der Treppe aus Antikholz stehen blieb und Emma mit einer eleganten Bewegung bat, vor ihm her zu gehen.

Sie nickte ihm lächelnd zu und merkte, wie sie mehr und mehr die Scheu zu verlieren begann.

„Das ist wirklich lieb von dir", sagte sie zu ihm.

„Ist nicht billig, was ich hier mache", scherzte er und brachte Emma damit zum Lachen.

„Das enttäuscht mich jetzt aber", erwiderte sie schmunzelnd.

„Harte Zeiten und knallharter Geschäftsmann", alberte Ralf weiter herum und erklärte dann: „Wir müssen die Treppe rauf und dann nach links. Dort liegen nämlich die besten Zimmer – zumindest meiner Meinung nach."

„Da bin ich aber gespannt."

Als sie die Treppe hinaufgegangen waren, sah Emma am Ende des rechts entlanglaufenden Flures eine weitere Tür, auf der „Privat" stand. Vor dieser befand sich ein etwa fünfzehnjähriger Junge, dessen Jeans unglaublich zerrissen waren.

Das T-Shirt von der Band AC/DC wollte so gar nicht zu dem schnöseligen Ausdruck auf dessen Gesicht passen. Einzelne Akne-Pickel zeichneten sich deutlich sichtbar auf Wangen, Stirn und Hals ab. Der nur angedeutete Oberlippenbart unterstrich die Peinlichkeit, mit der der Junge zu punkten versuchte.

Die Haare hatte er mit Gel in Form gebracht, und in seinen Augen und auf den Lippen lag ein Ausdruck jugendlicher Überlegenheit.

„Wen hast du denn da? 'ne neue Flamme?", wollte der Junge neugierig wissen, die Hände in den Hosentaschen steckend, einen lässigen Gang einschlagend, mit dem er geradewegs auf Emma zuging.

„Ein neuer Gast", meinte Ralf, „und zugleich eine alte Freundin."

„So alt sieht sie aber gar nicht aus."

Mit einem lässigen Lächeln auf den Lippen kam der Junge näher und musterte Emma auf so eine alberne, gespielt coole Art und Weise, dass sie sich genötigt fühlte, zu sagen: „Aber alt genug, um dir Stubenarrest zu geben."

„Ich mag es, wenn Mädchen etwas zickig sind", konterte der Junge und sorgte dafür, dass Emma verwirrt die Augen aufriss. „Und wenn sie reifer sind, denn dann hat man das Gefühl, noch etwas von ihnen zu lernen."

„Sag mal", entfuhr es Ralf empört. „Geht's noch? Mach gefälligst, dass du wegkommst, und zwar schnell. Vorher entschuldigst du dich noch bei Emma."

„Wofür denn? Dass sie mit mir geflirtet hat?"

„Geekelt würde ich sagen", kommentierte sie belustigt und war in diesem Moment froh, keine eigenen Kinder zu haben. Allein die Tatsache, dass sie in so eine Situation schliddern könnte, ohne abschätzen zu können, wohin das alles führen würde, ließ sie innerlich beten, dass der Spuk gleich vorbei war.

„Das sagen viele Mädchen zu mir, aber sie meinen in Wirklichkeit etwas ganz anderes!"

„Geh jetzt", rief sein Vater, „und das schnell. Lisa braucht unten deine Hilfe. Die alte Herrenbande hat Durst."

„Ich habe Freizeit."

„Die ist gestrichen. Los, ab jetzt. Dalli!"

„So darfst du nicht mit mir reden."

„Ich darf dir aber den Internetzugang und deinen Musikaccount sperren und deine Xbox konfiszieren. Also?"

„Das ist voll gemein von dir. Bist du scheiße!", jammerte der Junge, dessen eben noch zur Schau gestellte Machofassade daraufhin einbrach wie ein mit Dynamit in die Luft gesprengtes Haus. Das jammernde Wehklagen machte ihn ganz klein und verletzlich, sodass Emma frech sagte: „Wenn da jemand in den Arm genommen werden will, muss er schnell zu Mama gehen."

„Wie kann man nur so scheiße sein?", fragte der Junge sichtlich getroffen, was Emma verwirrte. „Das mit Mama war richtig fies."

Emma schaute verwundert zu dem Jungen.

„Sylvester", sagte Ralf mit belegter, um Schlichtung bemühter Stimme. „Sie kann es nicht wissen."

„Trotzdem scheiße von ihr gewesen."

„Ich ... äh ... also ..."

„Sei froh, dass du hübsch bist", fing der Junge sich wieder und ließ seine Blicke über Emma schweifen. „Das rettet dich."

„Es tut mir sehr leid", entgegnete Ralf und schüttelte den Kopf. „Er hat zurzeit das Gefühl, der König der Welt zu sein. Mein Vater hat immer gesagt: Da wachsen ihm zwei Haare am Sack und schon meint er, ein Bär zu sein."

Emma grinste breit.

„Du hast also zwei Kinder?“, fragte sie. „Meinen Respekt.“

„Es sind sogar drei. Lisa, die du gerade kennengelernt hast, Sylvester“, er lächelte schmal, und strich sich eine Haarsträhne aus dem Gesicht, „der Name ist übrigens nicht auf meinem Mist gewachsen, der kam von meiner Frau.“

Als er das sagte, wirkte es, als lege sich ein Schatten über Ralfs Gesicht. Ein kurzer, düsterer Schein, der erst von seinen Lippen und dann auch von seinen Augen Besitz ergriff.

Emma, die noch nie gut darin gewesen war, die Trauer anderer zu ertragen, wollte fragen, was los war, doch dann wich sie zurück, nahm ihre Hand und legte sie ungeschickt auf seinen Arm. Ralf, der die Geste mit einem verwirrten Gesichtsausdruck zur Kenntnis nahm, lächelte schmal und traurig.

Auf einmal wirkte er auf Emma wie ein gebrochener Mann.

Hatte er eben noch ausgesehen, als wäre er das sprühende Leben, und von einem Unternehmergeist beseelt, der dafür sorgte, dass er alles dafür tat, es seinen Kunden recht zu machen, war er jetzt plötzlich ein in sich zusammengesackter, in einer dunklen Ecke stehender Mann, der vor Kummer kaum noch laufen konnte.

Emma sagte stockend: „Gerade hast du von drei Kindern gesprochen.“

„Ja“, hauchte er, schluckte schwer und rang um seine Fassung. Doch plötzlich, als wäre ein Schalter in ihm umgelegt worden, richtete er sich auf und trug wieder sein verschmitztes, Emma noch immer gefallendes Lächeln auf den Lippen. „Es gibt auch noch Sebastian. Mein kleiner Nachzügler“, erzählte Ralf, während er seine Schritte wieder beschleunigte und Emma zu ihrem Zimmer führte, einen breiten, weitläufigen Flur entlang, an dessen Wänden kunstvolle Bilder der Region hingen. Emma nahm sich vor, einmal in Ruhe hier entlangzuschlendern, um in den Fotografien und Malereien versinken zu können. Nur kurz dastehen und das Bild betrachten, auf dem man in die Weiten der Welt blicken konnte, während im Vordergrund eine Möwe auf einem aus dem Wasser ragenden Stein saß, und den Kopf schief gelegt hatte. Nur einmal im Blau des Wassers versinken; in die Tiefen der Augen der Möwe blicken und dabei meinen, die Ferne der Welt sehen zu können, während man begriff, dass man hier zu Hause war.

„Ich habe mir bei den beiden Großen keine Zeit gelassen, also dachte ich mir, Eile mit Weile und elf Jahre nach Lisa kam dann unser Sebastian zur Welt."

„Besser spät als nie."

„Missen will ich den Kleinen nicht. Niemals", erwiderte Ralf lächelnd, erweckte dabei aber in Emma das Gefühl von Verschlossenheit. Obwohl seine Augen vor Freude funkelten und er breit lächelte, war da immer noch etwas, was im Hintergrund von Ralfs Seele zu lauern schien.

Ein dunkles, Emma mit Kummer erfüllendes Geheimnis, dem sie nicht auf die Spur kommen wollte.

Nicht, weil es sie nicht interessierte, sondern weil sie nicht der Grund sein wollte, dass Ralf sich schlechter fühlte.

Noch schlechter, dachte sie, als er sie vor ihre Zimmertür führte und sie den leichten Tränenschleier erkannte, der jetzt in seinen Augen lag. Ein wässriger Film, der kurz davorstand, zur Träne zu werden.

„Da ist es", sagte er heiser, als er die Tür aufstieß, und Emma ein geräumiges Zimmer präsentierte, durch dessen riesengroßes Panoramafenster die Sonne auf ein Bett schien, das Emma noch nie zuvor in ihrem Leben gesehen hatte. Eine Matratze, die bis hoch zu ihrer

Hüfte reichte, lud ebenso dazu ein, sich auf sie zu legen wie die luftigen weichen Bettdecken und großen, flauschig wirkenden Kopfkissen.

Außerdem stand ein geräumiger, altmodisch wirkender Schrank gegenüber vom Bett, dessen Rahmen und Türknäufe mit grazilen Mustern verziert waren, die Emma sich unbedingt näher anschauen wollte, genauso wie die auf dem Flur hängenden Bilder.

Die Maserungen schienen nicht nur aus verschlungenen, ineinanderlaufenden Linien zu bestehen, sondern in filigraner Handarbeit zu Tieren und Landschaften zu werden, wenn man sie nur lange genug betrachtete.

Fasziniert von den auf dem Tisch stehenden Tulpen, machte Emma einen Schritt in das Zimmer hinein und brachte nur ein: „Wow“, hervor, als sie sich zu Ralf herumdrehte.

Der, von der Gewissheit beseelt, alles richtig gemacht zu haben, fragte lächelnd: „Gefällt es dir?“

„Und wie“, sagte Emma beeindruckt. „Es ist wunderschön. Allein der Blick aus dem Fenster!“

„Ich liebe ihn auch“, gestand ihr Ralf, trat ebenfalls in das Zimmer hinein, und deutete auf die Couch in einem kleinen Erker und den davorstehenden Tisch, an dessen gegenüberliegender Wand ein Fernseher hing. „Wenn du dich zurückziehen willst und etwas Entspannung suchst. Das Obst wird jeden Tag frisch aufgefüllt, wenn du magst.“

„So viel esse ich bestimmt nicht“, sagte Emma, als sie die marmorierte Holzschüssel betrachtete, aus der das Ende einer Banane und die Stiele von Äpfeln und Birnen hervorragten.

„Dann sag Lisa Bescheid, wenn du es geschafft hast, alles aufzuessen. Sie füllt die Schale dann sofort wieder auf.“

„Ich danke dir", sagte sie und meinte es ehrlich. „Wirklich. Vielen lieben Dank."

„Das mache ich doch gern. Besonders für dich", gestand er ihr, lächelte sie an und sagte dann leise: „Auch, wenn du es nicht hören willst, aber ich fand es sehr schade, dass es mit Michael und dir damals nicht geklappt hat. Du hast ihn glücklich gemacht."

Emma zwang sich zu einem Lächeln, erwiderte aber nichts.

„Sorry, ich ..."

„Schon gut. Jeder hat seine Meinung zu dem, was damals passiert ist, nicht wahr?"

Ralf nickte, während er die Lippen aufeinanderpresste.

„Ich finde es wirklich faszinierend, dass du mittlerweile drei Kinder hast. Das hätte ich nie im Leben erwartet. Nicht, nachdem ich dich als Hans Dampf in allen Gassen kennengelernt habe", sagte sie lachend, als sie an das Stadion zurückdachte, an all die geheimen Partys und wie ungeniert Ralf mit jedem Mädchen auf der Schule geflirtet hatte, und wie sehr er sich immer auf sein Sonnyboy-Image verlassen und es geschafft hatte, zu jeder Feier mit einem anderen Mädchen zu erscheinen.

Ralf lachte und antwortete: „Menschen ändern sich eben."

„Sieht ganz so aus", murmelte Emma, die die Arme vor der Brust verschränkte, zu dem großen Fenster ging und einen Blick auf das vor ihr liegende Meer warf. Die unbewohnten Inseln der Bucht offenbarten sich schemenhaft in der Ferne. Die Sonne strahlte, stand hoch am Himmel, und ließ das Meer aussehen wie eine lange, blaue Farbenflut, die nur hier und da von weißen Schaumkronen bedeckt war.

Alles war so friedlich und so vertraut.

So, als wäre sie niemals weg gewesen.

„Menschen ändern sich“, murmelte sie und wusste nicht, warum sie plötzlich meinte, nach Hause gekommen zu sein ...

***

Ralf hatte das Zimmer noch gar nicht verlassen, als das Telefon in ihrer Hosentasche zu vibrieren begann. Mit einer ins Fleisch und Blut übergegangenen Bewegung holte sie ihr Smartphone hervor, konnte dabei das laute Klopfen ihres Herzens nicht unterdrücken.

Mark!

Sie sah sein Profilbild auf ihrem Display und überlegte für einen kurzen Augenblick, ob sie rangehen oder den Anruf einfach ignorieren sollte. Gerade als sie dachte, dass der Anruf endete, setzte der Klingelton von Neuem ein und machte ihr klar, dass Mark es wieder und wieder probieren würde.

Also meldete sie sich mit einem zaghaften „Hi“. Im gleichen Augenblick erklang seine verwundert klingende Stimme: „Wo bist du? Ich dachte, du kommst heute ins Büro, um mit mir zusammen essen zu gehen.“

„Äh.“

„Wohl nicht, wie ich annehme“, sagte er und schob direkt hinterher: „Dabei hätte ich dich gerne hiergehabt, um dich zwei Freunden vorzustellen.“

„Freunden?“

Emma merkte, dass ihre Frage abwertend klang und sie Mark damit einen empfindlichen Stich versetzte. Sie hatte ihm schon mehr als einmal gesagt, dass sie es nicht mochte, von ihm vorgeführt zu werden wie eine Puppe, deren einziger Zweck es war, bestaunt zu werden.

„Mögliche Geschäftspartner. Es könnten neue Betätigungsfelder dabei herausspringen, die mir und der

Agentur sehr guttun würden. Was auch dir zugutekommen würde, wenn du verstehst, was ich meine."

„Mark", sagte sie, sich dazu zwingend, höflich zu bleiben. „Ich kann gerade nicht."

„Wieso nicht? Wo steckst du denn? Zu Hause bist du nicht. Im *Emden* auch nicht, das hat mir Frau Michaelis gesagt."

Emma schüttelte den Kopf. Mark telefonierte ihr hinterher, um nicht sagen zu müssen, spionierte. Sie hasste es, wenn er das tat. Und noch mehr verabscheuen tat sie es, wenn er in der Pension anrief, in die sie sich gerne zurückzog, um den Schluss ihrer Geschichten zu schreiben; ungestört, von niemandem belästigt, für niemanden zu sprechen. Mark, der ihren Ärger nicht mitbekam, fragte sie mit abwertend klingender Stimme: „Oder hast du das Telefon wieder auf lautlos gestellt? Ich mag das nicht. Das weißt du. Rangegangen bist du nicht."

„Ich bin in Eckenförde."

„Wo?"

Emma verdrehte die Augen und trat an das Fenster heran, um es zu öffnen und hinaus auf den Balkon zu treten. „Eckenförde, meine Heimat. Dort, wo ich aufgewachsen bin."

„Wo ist denn das?"

„Egal", sagte sie und seufzte innerlich. Sie genoss den ihr plötzlich in die Haare fahrenden Wind. Sie roch das Salz und die frische Meeresbrise und wünschte sich nichts sehnlicher, als nichts anderem mehr lauschen zu müssen als dem Kreischen der Möwen. „Ist das dann alles gewesen?"

„Ich wollte nur wissen, wie es meiner Verlobten geht ..."

„... um mich Geschäftspartnern vorstellen zu können ...", fiel sie ihm missmutig ins Wort.

„... möglichen Geschäftspartnern“, verbesserte er sie, um dann zu sagen: „Und ich wollte wissen, was du gerade machst, und ob du an einem neuen Bestseller schreibst, den wir anschließend verfilmen dürfen.“

„Wie man es nimmt“, sagte sie, dankbar dafür, dass Mark ihr eine Brücke gebaut hatte, auf die sie mühelos – wenn auch enttäuscht – treten konnte. „Ich bin gerade in meiner alten Heimat, um ein wenig zu recherchieren. Ich habe eine Idee gehabt und wollte mich überzeugen, ob es sich auch lohnt, sie weiter zu verfolgen.“

„Braves Mädchen“, schnurrte er durch das Telefon. „Das wollte ich hören. Wann bist du denn wieder zu Hause? Ich könnte heute Abend zu dir kommen ... der Sekt ist noch kalt ... das Bett noch warm und ich so vernarrt in dich wie seit dem ersten Tag, an dem wir uns kennengelernt haben.“

„Ich bin drei Tage weg. Vielleicht sogar vier“, sagte sie kalt.

„So lange?“

Wirklich? So lange?, schoss es ihr durch den Kopf.

Emma war von sich selbst überrascht, dass sie, ohne mit der Wimper zu zucken, plante, so lange hierzubleiben. *Ich bin mal gespannt, ob du das wirklich so lange aushältst, Mäuschen.*

Sie schaute wieder zum Strand hinunter, an dem sich Menschen vergnügten, im Wasser herumtollten, Sport trieben oder einfach nur in der Sonne lagen und sich bräunten.

„Ja, ich muss ... äh ... es gibt hier die eine oder andere Alternative, die ich unbedingt überprüfen muss. Die Idee ist einfach zu gut, um sie fallen zu lassen.“

„Worum soll es denn in der Geschichte gehen?“, wollte Mark neugierig wissen. „Soll ich dir jemanden zur Seite stellen, der dir bei deinen Recherchen hilft?

Wobei in Eckenförde ja wahrscheinlich nicht so viel Spannendes passiert sein wird."

„Deshalb wird auch nichts in irgendeinem Buch oder im Internet stehen. Man muss schon vor Ort sein, und direkt mit den Leuten sprechen, um zu erfahren, was sie bewegt und antreibt."

„Na schön", brummte Mark beleidigt. Sie hörte, wie er das Telefon von einem zum anderen Ohr wechselte, dann flüsterte er irgendetwas, was sie nicht verstand und sagte: „Ich muss jetzt auch wieder Schluss machen. Ich hab noch Arbeit auf dem Tisch liegen. Eine unbekannte Autorin, die aber Talent zu haben scheint. Ich muss mir ihr Werk mal zu Gemüte führen. Die Prüfung ihres Skriptes hat die Lektoren angenehm überrascht und sie haben gemeint, dass etwas daraus werden könnte. Wir hören uns."

„Das machen wir", meinte Emma nickend und war froh, dass sie das Telefonat beenden konnte.

Sie wollte allein sein ...

... allein mit sich, ihren Gedanken und der Hoffnung, endlich etwas Ruhe finden zu können.

***

Der Gang hinunter in den Speisesaal bescherte Emma unwillkürlich Bauchschmerzen. Nach dem Telefonat mit Mark hatte sie sich auf das weiche Bett gelegt, den Kopf auf das Kissen gebettet und gehofft, dass alles irgendwie aufhören würde. Über ihre Grübeleien und der Hoffnung, Michael so schnell wie möglich über den Weg zu laufen, um diese verblödete, beschissene Heiratsurkunde endlich zu bekommen, war sie schließlich eingeschlafen.

Was sie zuerst gar nicht bemerkt hatte.

Erst als es zaghaft an ihrer Tür geklopft, und sie die durch das Holz dringende Stimme von Ralf gehört hatte, hatte sie begriffen, dass sie eingeschlummert war. Sie kam sich vor, als wäre sie aus einem dunklen Tunnel ins Tageslicht gefahren, als sie das Klopfen erst als störend und dann als aufdringlich empfand. Ihr schwer gewordener Kopf, von einem leichten Kopfschmerz begleitet, war nur langsam wieder zum Denken fähig gewesen.

Sie hatte sich so sehr gewünscht, dass sie einfach weiterschlafen konnte.

„Wenn du etwas essen möchtest, kannst du gern hinunterkommen. Ich habe die Küche geöffnet", sagte Ralf und das machte ihr klar, dass sie nicht wieder einschlafen konnte.

Was sie genau geantwortet hatte, wusste sie nicht mehr, auch ob Ralf ihre dahingestotterten Worte verstanden hatte, blieb ein Geheimnis. Das Einzige, was sie wusste, als sie sich aus dem Bett quälte und die Füße auf den Boden stellte, war, dass sie unendlich erschöpft war.

Und hungrig!

Sie war in das strahlend weiße Badezimmer geschlüpft, hatte sich das Gesicht gewaschen und sich dann darangemacht, hinunter in den Speisesaal zu gehen.

Jeder Schritt, der sie näher zu dem Raum brachte, in dem noch andere Gäste saßen, ließ sie zögerlich werden.

Was, wenn ich noch mehr Eckenförderern begegne? Wenn sie mich erkennen und mir ebenso feindselig gegenübertreten wie Frau Melchior?

Was soll ich dann machen?

Lächeln und tapfer sein?

Mich verteidigen?

Versuchen, den Menschen zu erklären, warum ich vor gut zwanzig Jahren aufgegeben und mein Heil in der Flucht gesucht habe?

Das würde nicht gehen. Sie würden mich nicht verstehen.

Und dann der Gedanke an die Presse! Vorhin, als ich mit Hinnerk gesprochen habe, erschien es mir noch absurd, dass sich jemand hier draußen für mich interessieren könnte.

Jetzt weiß ich es besser.

Sie würden sich auf mich stürzen, mich in der Luft zerreißen und mich dann blutend am Boden liegen lassen in der stillen Hoffnung, dass ich noch einmal zucke, damit sie noch mal zutreten können.

Solche und ähnliche Gedanken rasten ihr durch den Kopf, während sie Stufe für Stufe nahm, und dann einen vorsichtigen Blick in den Speisesaal warf, der zum Glück nur spärlich besucht war. In der hintersten Ecke des Saals befand sich ein älteres Ehepaar, das sich schweigend gegenübersaß.

Hoffmann und seine Trinkkumpel hatten sich gar nicht erst hier blicken lassen, und die sechs jungen Leute, die gerade an der Salatbar standen, klönten, lachten und so wie sie sich aufführten, schätzte Emma sie nicht als potenzielle Leser ein.

Sie entspannte sich, zuckte aber zusammen, als Lisa plötzlich, mit einem Buch in der Hand, neben ihr auftauchte.

„Sie haben vorhin, als ich mir mein Autogramm holen wollte, geschlafen. Deshalb wollte ich fragen ..."

„Darf ich zuerst etwas essen?"

In dem Gesicht von Lisa zeichnete sich Enttäuschung ab. Die ihr entgegengebrachte Distanziertheit überraschte Emma selbst. Aber die durch ihren Kopf wabernden Gedanken zogen einen düsteren Schleier der Furcht mit sich, der sie automatisch auf Abstand gehen ließ.

„Ich habe wirklich Hunger."

„Na... Na... Natürlich. Das mit dem Autogramm kann warten."

Und die Fragerunde, warum ich welche Person so und so angelegt habe und nicht so und so. Ja, ich kenne das ganz genau, Kindchen. Du hast garantiert viele Fragen und möchtest alles von mir wissen. Und zu guter Letzt kommst du dann mit der Bitte um die Ecke, ob ich nicht mal einen Blick in ein von dir geschriebenes Manuskript werfen könnte. Was ich natürlich bejahen muss, weil ich mit deinem Onkel verheiratet und bei deinem Vater im Hotel abgestiegen bin.

Emma lächelte schmal, als sie ihren Gedanken lauschte, als er ihr zuraunte: *Sie wird mir eine Geschichte vorlegen, wie ich sie damals am Anfang meiner Karriere geschrieben habe. Wirr, nicht immer nachvollziehbar. Die Figuren noch nicht klar umrissen.*

Sie wird hoffen, DAS Meisterwerk verfasst zu haben – so wie ich damals.

Ich werde dann aber freundlich sagen, dass mir ihre Idee gefallen hat, sie die Geschichte aber noch einmal überarbeiten müsste, da man hier und da noch ein wenig an der Motivation der Protagonisten arbeiten sollte.

Und an der Logik. Himmel, vergiss nicht, dass Logik vorhanden sein muss.

Ohne Logik funktioniert gar nichts.

„Ich wollte nicht zu aufdringlich sein. Entschuldigen Sie bitte. Vielleicht ein anderes Mal."

Mit diesen Worten zog sich Lisa zurück, lächelte noch einmal verlegen, dann senkte sie den Kopf und verschwand in Richtung Rezeption.

Und was tat sie?

Sie kam sich wie eine blöde, eingebildete Ziege vor, die ganz vergessen hatte, wie sie sich damals gefühlt hatte. Wie klein sie gemeint hatte zu sein, als sie bei Hinnerk im Büro des ‚Anzeiger' gestanden hatte, und sich sicher gewesen war, niemals im Leben einen Job als Schreiberin zu bekommen.

„Lisa", rief sie deshalb und sah, wie die junge Frau stehen blieb. Sie drehte sich zu Emma um und schaute sie fragend an. „Ja?"

„Vielleicht hast du ja Lust, dich zu mir setzen. Dann können wir ein wenig plaudern."

„Wirklich?"

„Hätte ich es dir sonst angeboten?", meinte Emma, lächelte und winkte Ralfs Tochter zu sich. Diese kam, mehr hopsend als laufend, auf Emma zu und plapperte aufgeregt: „Das ist wirklich nett von Ihnen. Ich will aber nicht aufdringlich sein. Ich habe auch nur eine kurze Pause, bevor es in einer Stunde hier richtig losgeht. Wir haben nämlich heute eine kleine Gesellschaft zum Essen hier."

„Ach, wirklich?"

„Ja", sagte Lisa und nickte eifrig. „Papa organisiert jedes Jahr ein kleines Kinderfest unten am Strand und hier im Hotel, und heute kommt das Komitee zusammen."

„Das hat aber nichts mit dem Stadtfest zu tun, oder?"

„Ach iwo", erwiderte Lisa und winkte ab, die Emma dabei zusah, wie diese an das Buffet trat, und sich ein wenig Brot, Salat und Nudeln auf einen Teller füllte. „Papa macht das jedes Jahr. Nun ja ... seit Mama ..."

Lisa verstummte, lächelte aber noch immer. Aber wie bei Ralf vorhin war bei ihr eine Dunkelheit ins Gesicht eingezogen, die Emma unwillkürlich Bauchschmerzen verursachte.

„Ich will nicht neugierig erscheinen: Aber was ist mit deiner Mutter?"

Lisa winkte ab. „Ich mag es nicht so gern, darüber zu reden, wissen Sie. Es tut immer noch zu weh, und Sebastian ... nun ja, er soll nicht mitbekommen, dass wir deshalb immer noch traurig sind."

„Okay."

Obwohl Emma mehr darüber erfahren wollte, was mit Sebastian los war, hielt sie sich mit ihren Fragen zurück, denn sie sah, wie schwer es Lisa fiel, über das Thema zu sprechen und wollte nicht, dass die junge Frau ihretwegen womöglich noch anfing zu weinen. Deshalb ließ sie sich Lisa gegenüber auf einem weich gepolsterten Stuhl nieder und wechselte das Thema: „Dein Papa organisiert also das Kinderfest?"

„Jupp, das macht er. Das ist immer ein tolles Ereignis für die Kleinen. Dieses Mal gibt es mehr als fünfzehn Stände, an denen die Kids etwas gewinnen können." Lisa zog eine Schnute, als sie sagte: „Und ich muss wieder den Clown spielen und ein blödes Kostüm anziehen."

„Echt?"

„Ja, jedes Jahr", maulte Lisa und sprang auf, als sie sah, wie Sylvester mit einem großen Bottich Suppe in den Händen durch die Küchentür kam. „Pass auf!"

„Was denn?", wollte er wissen, als er beinahe gegen seinen Vater gelaufen wäre. Dieser blieb abrupt stehen, riss die Arme in die Höhe und rief: „Vorsicht. Vorsicht. Vorsicht."

„Warum erschreckst du mich denn so?", maulte Sylvester seine Schwester an. „Hättest du mich nicht so erschreckt, wäre das gar nicht passiert."

„Würdest du in die richtige Richtung gucken, müsste ich nicht für dich aufpassen!"

Emma, die das ganze Geschehen nicht richtig mitbekommen hatte, weil sie mit dem Rücken zur Küchentür gesessen hatte, begriff, als sie den Kopf drehte, sofort, was Lisa meinte.

An der Salatbar, in nichts weiter als Hotpants gekleidet und einem nur lose übergeworfenen Shirt, stand eine vollbusige, dunkelhaarige Frau, und füllte ihren Teller mit gegrillter Putenbrust und Pilzsoße. Der von seinen Hormonen gesteuerte Sylvester hatte, einem inneren Reflex folgend, seine Augen nicht von ihr nehmen können.

Lisa hatte es gesehen und eins und eins zusammengezählt, als sie ihren Vater durch den Speisesaal-Eingang hatte gehen sehen und sofort reagiert. Dieser hatte das Gesicht immer noch zornig verzogen, kam jetzt geradewegs auf Emma zu und fragte: „Darf ich mich zu dir setzen?"

„Aber immer doch."

„Danke."

Er ließ sich auf dem gegenüberliegenden Stuhl nieder, wischte sich mit der Hand über das Gesicht und fragte: „Soll ich Michael mal anrufen, damit er herkommt? Ich meine, ihr beide habt ja was zu besprechen, oder nicht?"

Emmas Wunsch, sich wieder hinzulegen, wuchs daraufhin ins Unermessliche. Allein der Gedanke daran, jetzt, wo ihr Kopf noch immer leicht pochte, und sie sich alles andere als wohl in ihrer Haut fühlte, mit ihm reden zu müssen, ließ sie innerlich verzweifeln. Sie wollte Michael auf keinen Fall in einem Moment der Schwäche gegenübertreten.

„Ich versuche, morgen alles mit ihm zu klären. In seinem Shop ist er nicht anzutreffen."

„Ich kann es dir leichter machen und einfach seine Nummer wählen."

Emma wusste, wie engstirnig sie war, aber der Gedanke daran, dass sie sich auf die Hilfe eines Mannes verlassen musste, der Michaels Bruder war, sorgte dafür, dass sich ihr der Magen umdrehte.

Außerdem, und das war der wichtigste Punkt bei ihrer Herauszögerungstaktik, wollte sie den Ort und die Zeit einer Begegnung mit ihm selbst bestimmen.

Das damit verbundene Gefühl, alle Zügel immer noch fest in der Hand zu halten, war ihr ebenso wichtig wie die Gewissheit, dass sie Michael dann vorbereitet unter die Augen trat.

Alles, was sie sagte und was sie tat, sollte perfekt einstudiert sein.

„Ich werde einfach morgen früh ..."

„Morgen früh wird er auch nicht im Shop sein", meinte Ralf.

„Und wie verdient er dann sein Geld?", wollte Emma süffisant klingend wissen, und schob sich ein Salatblatt in den Mund.

Ralf lächelte milde, erhob sich von seinem Platz und sagte: „Ich habe schon verstanden. Kein Wort zu ihm ... kein Wort zu niemandem, bis du so weit bist. Lass es dir schmecken."

Sie nickte dankend und seufzte dann innerlich, als Lisa sich sofort wieder zu ihr setzte und sagte: „Jetzt möchte ich aber alles über Sie wissen, Frau Sommer. Wirklich alles. Warum Sie von hier weggegangen sind ... weshalb Sie zurückgekommen sind und an was für einer neuen Buch-Idee Sie gerade arbeiten."

***

Lisas Fragestunde nahm kein Ende.

Egal wie sehr Emma auch versuchte, das Gespräch einschlafen zu lassen, weil sie etwas müde war und sich gern zurückziehen würde, ließ Lisas Enthusiasmus nicht nach. Immer wieder sagte sie: „Ja, ja, das ist jetzt auch meine letzte Frage" oder „Okay, aber nur das eine möchte ich noch wissen."

Erst als Ralf eine Stunde später dazu kam, sich an den Tisch setzte, an dem Emma saß, und sagte: „So, junge Dame, es wird Zeit, dass du nach oben gehst und dir ein bisschen Ruhe gönnst. Die Gesellschaft kommt gleich und der kleine Saal muss vorher noch eingedeckt werden."

„Aber, Papa ..."

„Nichts da. Lass Emma endlich in Ruhe. Sie ist froh, wenn sie mal kein plapperndes Monster vor sich sitzen hat."

„Ich plappere doch nicht. Oder, Frau Sommer? Plappere ich?"

Emma machte ein hilfloses Gesicht und dazu eine Geste, die ihre ganze Ratlosigkeit ausdrückte, indem sie die Schultern zu den Ohren hochzog und die Handflächen von innen nach außen drehte.

Außerdem konnte sie sich immer noch nicht daran gewöhnen, dass Ralf als Papa angesprochen wurde, noch dazu von einem hochgewachsenen, fast erwachsenen Mädchen.

„Ach menno", stieß Lisa hervor, und schob ihren Stuhl zurück. „Reden wir denn morgen weiter?"

„Aber klar doch", erwiderte Emma seufzend, während sie sich ein Lächeln auf die Lippen zauberte. „Das wird ein Spaß."

„Ein riesiger", meinte Lisa erfreut und rief, bevor sie triumphierend in Richtung Wohnung aufbrach: „Es hat mir unglaublich viel Freude gemacht, mit Ihnen zu plaudern."

„Dito", erwiderte Emma und musste sich eingestehen, dass sie Lisa tatsächlich mochte.

Sie war ein aufgewecktes und freundliches Mädchen, das ganz genau zu wissen schien, was sie wollte. Als Emma während ihrer Unterhaltung spitzzüngig eingeworfen hatte, dass sie Fremdmanuskripte nicht sonderlich gern las, hatte Lisa sie vollkommen verständnislos angeschaut, dann gefragt, was Emma mit dieser Bemerkung meinte und schließlich schallend gelacht, als sie erfahren hatte, dass ihre Gesprächspartnerin der festen Überzeugung gewesen war, dass Lisa ihr ein Manuskript unterjubeln wollte, um es begutachten zu lassen.

„Ich kann gar nicht schreiben, ich lese nur", hatte sie lachend erwidert. „Ich interessiere mich mehr für das Meer und seine Struktur. Seine Art und wie es mit dem Klima zusammenhängt und was für unerforschte Gebiete es noch darin zu finden gibt. Wussten Sie, dass Wissenschaftler davon ausgehen, dass der Mensch gerade einmal fünf Prozent der Meere erforscht hat? Fünf Prozent, das müssen Sie sich mal vorstellen. Das heißt, fünfundneunzig Prozent sind noch zu erkunden, zu analysieren und zu entdecken. Was für Möglichkeiten das beinhaltet." Ihre Augen hatten vor Aufregung und Spannung geleuchtet. „Was da noch alles auf uns wartet und aufgespürt werden kann!"

Und so hatte sich das Gespräch mal in die eine und dann wieder in die andere Richtung bewegt. Jedes Mal aber so ausführlich und inhaltsstark, dass Emma nach wenigen gestreiften Themengebieten schon der Kopf zu schwirren begann. So lieb und niedlich Lisa auch war, ihre Sprunghaftigkeit und ihre Begeisterung für alles Mögliche machten es schwer, ihr aufmerksam zu folgen.

Jetzt, wo sie sich verabschiedete und Emma noch einmal zuwinkte, war es eine Erleichterung, dem ruhigen Ralf gegenüberzusitzen, der sich einen Kaffee hatte bringen lassen und in dessen Gesicht die Erschöpfung eines arbeitsreichen Tages zu lesen war. Er umfasste die Tasse, aus der kräuselnd der Dampf des heißen Getränks aufstieg und fragte sie: „Hast du dich ein bisschen ausruhen können?"

„Ich bin gestört worden", meinte sie lächelnd.

Ralf schmunzelte und antwortete: „Ich hatte halt gedacht, dass dir nach der langen Fahrt und den aufrüttelnden Begegnungen nach etwas zu essen zumute wäre."

„Es war wirklich sehr lecker", versicherte sie ihm und hörte jetzt aus dem Gastraum das laute Lachen der beieinandersitzenden alten Männer, die vor gut fünf Minuten Lärmend in die Gastwirtschaft eingekehrt waren.

Hoffmann rief, dass die jungen Leute heutzutage doch alle keinen Saft mehr in den Knochen hatten, und dass man ihnen alles, wirklich alles erklären und in einfachen Sätzen beibringen musste.

Dabei verhaspelte er sich bei dem einen oder anderen falsch eingesetzten Fremdwort und musste den Spott seiner Kollegen über sich ergehen lassen.

„Dann bin ich zufrieden", meinte Ralf und lehnte sich in seinem Stuhl soweit zurück, dass die Lehne knirschte und Emma Angst hatte, dass diese gleich abbrach. „Wenn es nicht albern klingen würde, würde ich dich ja fragen, ob du mit hinauf in meine Wohnung kommen möchtest."

„Nein danke", sagte sie, beugte sich leicht vor und fügte hinzu: „Ich will gleich schlafen gehen."

„Aber?"

Emma lachte leise, als sie Ralf so vor sich sitzen sah. Den Becher Kaffee in der Hand, ein schmales Lächeln auf den Lippen und genau wissend, was als Nächstes auf ihn zukommen würde. Noch bevor sie ihre Frage stellen konnte, nickte er und antwortete: „Er arbeitet wirklich hart."

„Aha."

„Glaub es oder glaub es nicht. Aber Michael hat etwas aus sich gemacht. Er verdient sein eigenes Geld, er hat keine Schulden und ..."

„... ist trotzdem nicht in seinem Laden, um dort Kundschaft zu empfangen", ergänzte sie mit einem abfällig klingenden Tonfall in der Stimme, der noch etwas anderes in sich trug. Erst war es Emma gar nicht bewusst, was sie da gesagt hatte, aber als sie sah, wie Ralf den Mund öffnete, ein seufzendes, fast genervtes

Schnauben ausstieß, begriff sie, dass sie auch ihm mit ihrer Äußerung zu nahe getreten war.

Sie konnte an nichts anderes als an ihre eigenen Vorurteile denken. Sie gestand es Michael nicht zu, sich ebenso entwickelt zu haben, wie sie es getan hatte.

Er war immerhin älter geworden, hatte an Erfahrung gewonnen und Ehrgeiz entwickeln können.

Auch wenn es Emma schwerfiel, das zu glauben, musste sie sich eingestehen, dass sie dabei war, ihre Verbitterung so weit zu treiben, dass sie Gespräche über ihn schon im Keim erstickte.

„Er wird seinen Grund dafür gehabt haben, nicht im Laden gewesen zu sein."

„Faulheit", meinte sie bitter, hob dann aber entschuldigend die Hand, ohne noch etwas zu sagen. Als hinter ihr eine Stimme ertönte, in der ein zorniger Klang mitschwang, ruckte sie erschrocken auf ihrem Stuhl herum. „Nicht allen Leuten fällt das Glück einfach in den Schoß und sie schreiben einen Bestseller nach dem anderen. Einige Leute müssen ihr Geld hart verdienen und deshalb einen Surfshop betreiben und dämliche Touristen hinaus aufs Meer fahren."

***

Emma erhob sich nicht.

Sie warf Ralf einen düsteren Blick zu, bevor sie sich herumdrehte.

Dieser Blick hätte ihn, wenn sie es gekonnt hätte, tot umfallen lassen. Als sie sich von ihm wegdrehte, sah sie, dass ihm sämtliche Farbe aus dem Gesicht gewichen war, und dass er entschuldigend die Hände hob. Er kam nicht dazu, etwas zu seiner Verteidigung zu sagen; für Emma zählte nur noch Michael.

Er stand direkt vor ihr. Die Hände in die schlanken Hüften gestemmt, den Blick seiner grünen Augen auf sie gerichtet. Das damals schon eckige Kinn stach nun noch mehr hervor und war bedeckt mit einem von einigen grauen Haaren durchzogenen Dreitagebart. Was ihr auffiel, als sie ihn musternd betrachtete, war, dass sein Gesicht einen markanten, ihr auf sonderbare Art und Weise gut gefallenden Ausdruck von Strebsamkeit ausstrahlte. Ein Ausdruck, wie sie verwirrt feststellte, den es damals nicht gegeben hatte. Da war immer der Hauch Unsicherheit zu sehen gewesen; eine immerwährende Suche nach einem Versteck, um den Kopf einziehen zu können, wenn jemand etwas von ihm wollte.

Hinzu kam, dass er mit einer Selbstsicherheit auftrat, die Emma beeindruckte. Sie starrte ihn an, hörte noch immer den Klang seiner Stimme im Ohr und hatte keinerlei Schwingungen von sich bedrohter Beklommenheit aus ihnen heraushören können.

Was sie noch mehr beeindruckte, war, dass er ohne jegliche Scheu auf sie zukam und kopfschüttelnd sagte: „Was glaubst du eigentlich, wer du bist?“ Dann blieb er so dicht vor ihr stehen, dass ihr ein angenehmes Gemisch aus Salzwasser, frischer Luft und Sonne in die Nase stieg.

Das Gefühl aber, das in diesem Moment in ihr aufstieg, als sie seine Stimme hörte, war eine lodernd Flamme des Zorns.

Sie spürte, wie ein altes, beklemmendes Gefühl von Verzweiflung in ihr aufkam. Ein Gefühl, das sie so sehr hasste, dass sie wütend aufsprang und zischte: „Ich bin hier, weil ich mit dir reden muss.“

„Ach, und warum so plötzlich? Willst du mir wieder Vorhaltungen machen? Mir sagen, was für ein Idiot ich bin? Oder willst du mir endlich verraten, wo du wohnst, damit ich all die Briefe abschicken kann, die ich dir geschrieben habe?“

„Ich wusste gar nicht, dass du so etwas kannst.“

„Weil nur du mit Worten umgehen kannst?“, wollte Michael bissig wissen, dessen dunkles Haar ihm lockig in die Stirn fiel. Schweißperlen und ein wenig Salz klebten in den dunklen Strähnen und in seinem Bart, und ließen ihn dadurch aussehen wie das Abziehbild eines billigen Matrosen. „Weil du die Einzige bist, die das Privileg hat, schreiben zu können? Mach dich nicht lächerlich. Was willst du hier und wieso suchst du mich?“

„Weil wir etwas zu klären haben.“

„Seit wann denn das?“

„Seit vorgestern.“

„Interessant. Und warum weiß ich dann nichts davon?“

Michael sah aus, als würde er Emma nahe kommen wollen, damit er seine Nase gegen ihre stupsen konnte.

Sie machte einen Schritt zurück.

„Deshalb bin ich ja hier, um es dir zu sagen“, schnauzte sie zurück.

Sie betrachtete ihn noch einmal und fand, dass er nicht nur aussah wie das billige Abziehbild eines verhungerten Matrosen, sondern sich auch so benahm. Wäre sie nicht einen Schritt zurückgewichen und hätte sie ihm nicht die Stirn geboten, hätte er sie am Oberarm gepackt und sie geschüttelt.

Als er hörte, wie sie ihn anfauchte, legte er den Kopf in den Nacken, lachte laut auf und fragte: „Was wolltest du mir denn jetzt sagen? Was denn? Dass du mich einfach so verlassen hast? Dass ich nicht mehr auf dich warten brauche? Dass meine Sorge um dich unbegründet ist, wenn ich den ganzen Tag zu Hause sitze und ganz krank bin, weil ich keinerlei Nachricht von dir bekomme? Dass ich mich lächerlich gemacht habe, als ich zur Polizei gegangen bin und eine Vermisstenanzeige aufgeben wollte? Nur um dann durch einen Zufall zu erfahren, dass du jetzt in Hamburg lebst und ein Buch geschrieben hast? Ist es das, was du mir sagen willst?"

Michael hatte sich so sehr in Rage geredet, dass Emma anfing, daran zu zweifeln, ob er sich noch unter Kontrolle halten konnte oder ob er sie nicht doch packen und schütteln würde. Was ihren Eindruck noch verstärkte, und sie in ein Gefühl der Unsicherheit stürzen ließ, war Ralf, der sich nun von seinem Platz erhoben hatte und sagte: „Bitte beruhigt euch ... beide."

„Mit dir habe ich auch noch zu reden", polterte Michael und zeigte mit dem Finger auf Ralf. „Darauf kannst du Gift nehmen. Alter, du lässt *sie*", er spuckte das Wort förmlich aus, als würde es ihm einen schlechten Geschmack im Mund bereiten, „bei dir wohnen? Geht's noch?"

„Soll ich sie etwa auf der Straße wohnen lassen, oder was?"

„Du hättest mich wenigstens warnen können, dass sie hier ist, bevor ich es von der Melchior erfahre. Ralf, Scheiße, Mann, weißt du, wie ich mich gefühlt habe, als die alte Gewitterhexe vor mir stand und mich spöttisch gefragt hat ..." Er verstellte seine Stimme und klang wie der Abklatsch einer Hexe, von den Märchenkassetten, die Emma früher so gern gehört hatte ... „Na, schon erfahren, wer wieder in der Stadt ist? Und ich Trottel versuch, es noch mit Humor zu nehmen und hab gefragt, ob Jennifer Aniston gefragt hat, ob ich sie auf die Nordsee hinausfahren soll. Kacke man, die Alte hat es mir so richtig unter die Nase gerieben und es genossen!"

„Denkst du, es macht mir Spaß, hier zu sein?", mischte sich Emma ins Gespräch ein und nahm sich vor, sich später bei Ralf für ihren mörderischen Blick, den sie ihm zugeworfen hatte, zu entschuldigen. „Ich würde dich, das Kaff hier und all den Scheiß gern vergessen.

Aber ich kann es nicht, weil du mir mein Leben verpfuschen willst."

„Ich will dir dein Leben verpfuschen? Hörst du dich eigentlich mal selbst reden? Wer von uns beiden ist denn mitten in der Nacht abgehauen und hat den anderen glauben lassen, er wäre entführt worden? Ich war es nicht!"

„Du hast mich erstickt mit deiner Inkompetenz und deiner Luftschlossbauerei. Ich habe es einfach nicht mehr in deiner Nähe ausgehalten. Ich hätte am liebsten gekotzt, wenn ich auch nur an dich gedacht habe."

„Dann haben wir ja jetzt doch was gemeinsam, Emma, denn ich würde jetzt auch gern kotzen!"

Sie lachte unecht und stieß dann ein albern klingendes: „Tu es doch", hervor.

„Werde ich gleich."

„Aufwischen kannst du deinen Dreck dann aber selbst", entgegnete sie und kam sich dabei vor wie ein bockiges kleines Kind, das nicht wusste, wie es sich gegen seinen Kontrahenten durchsetzen konnte.

„Ich mache das auch nicht weg", meldete sich Ralf zu Wort und zuckte zusammen, als einheitlich aus Emmas und Michaels Mund drang: „Klappe!"

„Also?" Michael breitete die Arme aus und schaute auffordernd zu Emma. „Was willst du hier? Meinen Shop? Mein Schiff? Die Hälfte von meinem Vermögen?" Er griff sich in die Hosentaschen, krempelte sie von innen nach außen und schleuderte dabei einen Schlüssel, etwas Kleingeld und zwei Muscheln durch den Speisesaal. „Greif nur zu. Ich werde mich nicht einmal wehren."

„Als ob du Geld hättest", entgegnete sie lachend und versuchte, dabei überheblich zu klingen.

„Wir können ja zur Bank gehen und ich zeige dir meinen Kontoauszug."

Emma lachte. „Hör doch nur, wie du klingst. Ein kleines, trotziges Kind ist gar nichts gegen dich."

Michael leckte sich über die Lippen, lächelte dann geringschätzend und meinte: „Du hörst dich nicht besser an. Man könnte meinen, einer trotzigen Göre zuzuhören, die ihren Willen nicht bekommt.

Emma zuckte kaum merklich zusammen. Sie fühlte sich plötzlich unwohl in ihrer Haut. Der kurze Trost, der sie überkam, als sie zu Michael schaute, war der, dass er ebenso unsicher war wie sie.

Erst als er sich straffte, sich räusperte und seiner Stimme einen seriös klingenden Klang zu verleihen versuchte, begriff Emma, wie albern das hier alles war.

Obwohl ihr Verstand ihr mehr und mehr zuwisperte, dass sie sich wieder wie eine erfolgreiche Autorin verhalten sollte, der es nur darum ging, einen in der Vergangenheit gemachten Fehler zu beseitigen, war da noch etwas anderes in ihr, das keine Ruhe gab.

Ein eingesperrtes, verunsichertes, viel zu lange in der Dunkelheit lebendes Mädchen, das endlich die Chance gefunden hatte, auszubrechen.

Und zwar mit Wut!

Ihr inneres Kind schoss mit so einer Macht aus ihr hervor, dass Emma gar nicht anders konnte, als nachzusetzen und zu sagen: „Was willst du mir denn noch zeigen? Dein Haus? Deine Frau? Deinen tollen, schnittigen Sportwagen? Das alles interessiert mich nicht. Nicht ein kleines bisschen. Ich will nur noch eines von dir."

„Und das wäre?"

Emma lachte glockenhell auf und zischte dann: „Selbst das kannst du dir nicht denken? Nicht eine Sekunde ist es dir möglich, andere Menschen als dich zu sehen. Habe ich damals doch alles richtig gemacht."

„Ich will ja nicht stören, min Deern", meldete sich Hoffmann plötzlich zu Wort, der in den Speisesaal gehumpelt kam, und die vor Michael stehende Emma scharf ins Auge nahm. „Ich habe auch gar nicht viel zu sagen, aber es nervt!“

Emma schaute ihn verwundert an.

Michael, nun seinerseits der festen Überzeugung, genügend Rückendeckung zu bekommen, erwiderte: „Danke, Hoffmänchen. Mir geht sie auch auf die Nerven.“

„Von dir will ich gar nicht erst anfangen, min Jung“, meinte der Alte. „Zu meiner Zeit haben wir so etwas noch ordentlich und sauber gelöst ...“

„Ich habe aber gerade leider keine Pistole zur Hand“, spottete Emma.

„... in einem Hinterzimmer, auf dem Dach, oder in einer Scheune“, ließ Hoffmann sich nicht aus der Ruhe bringen. Er hob die zittrige, alte Hand, und deutete auf Emma, dann auf Michael und dann wieder zu Emma, „und nicht mitten in der Öffentlichkeit, wo man unbescholtene, trinklustige Männer dabei stört, ein Köhm zu trinken und ein wenig Karten zu spielen. Also?“

„Was?“, fragte Michael nach einer kurzen Pause, nachdem keiner von ihnen etwas sagte und auch Hoffmann keinerlei Anstalten machte, noch etwas von sich zu geben.

„Nehmt euch ein Zimmer oder müssen wir uns das Gestreite etwa noch länger anhören?“, wollte Hoffmann daraufhin wissen und machte einen Schritt zurück, als Ralf von seinem Platz aufsprang, während Emma giftig antwortete.

Obwohl sie gar nicht vorgehabt hatte, dass alle hörten, was sie Michael zu sagen hatte und was ihr auf der Seele brannte, schrie das in ihr gefangene Mädchen jetzt jaulend auf, als es die Worte des alten Mannes hörte.

Es brüllte so laut, dass es all ihre Logik, ihre Abgeklärtheit, und alle anderen in ihr pochenden Gedanken übertönte. Sie schrie dermaßen laut, dass Emma sich wie aus weiter Ferne selbst sagen hörte: „Ich will die Scheidung!" Nur um sich im nächsten Augenblick zu fragen: *Was habe ich da gerade gesagt?*

***

„Bitte *was?*", entfuhr es Ralf schockiert, der mit großen Augen zu seinem Bruder schaute.

„Ihr seid verheiratet?", wollte Lisa wissen, die gerade zurück in den Speisesaal gekommen war, nachdem der Lärm immer lauter geworden war. „Wie cool ist das denn?"

„Das schlägt dem Fass ja den Boden aus", kommentierte Hoffmann, während Emma die Knie weich wurden.

Sie spürte, wie sich alles um sie herum zu drehen begann.

Mögliche Schlagzeilen hämmerten ihr ebenso durch den Kopf wie die permanenten Anrufe der Zeitungen, die wissen wollten, ob es wirklich stimmte, dass sie als junges, naives Mädchen den erstbesten Loser geheiratet hatte, der ihr über den Weg gelaufen war. Und um dem Ganzen die Krone aufzusetzen, sah sie Mark vor sich, wie dieser verständnislos vor ihr stand, und sie fragte, ob sie denn noch alle Latten am Zaun habe, und warum sie ihn nicht darüber in Kenntnis gesetzt hatte, und ihm die dunklen Kapitel ihrer Vergangenheit einfach verschwieg.

Hast du auch noch irgendwo ein Kind versteckt, oder eine Oma begraben, die du bestohlen hast?, hörte sie ihn mit seiner sarkastischen, dann so verabscheuungswürdig klingenden Stimme fragen, die sie so sehr hasste, dass sie ihm dafür, wenn er sie benutzte, am liebsten eine Ohrfeige verpasst hätte. Das unweigerlich in ihr aufsteigende Gefühl, ein dummes, naives, die Welt nicht verstehendes Kind zu sein, setzte ihr ebenso zu wie der Eindruck, er sehe in ihr nichts weiter als ein Mädchen, das man an die Hand nehmen und die Welt erklären musste.

Es schüttelte Emma.

All diese Eindrücke und Vorahnungen, die durch sie hindurchjagten, dass ihr schwindelig wurde, fragte Michael sie mit belegter Stimme: „Die Scheidung?“

„Ja“, erwiderte sie nickend, ebenso tonlos und leise.

„In Ordnung.“

Er machte einen Schritt zurück und fixierte Emma mit seinem sie sezierenden Blick. Er musterte sie auf eine unangenehme Art und Weise und ließ das noch immer in ihr tobende Kind erneut kreischen, dass sie ihm noch mehr Dinge an den Kopf werfen sollte. Sie sollte ihm mit Anwälten drohen, ihm mit einer Klage die Luft abschnüren und darauf beharren, dass er ihr keine Steine in den Weg legte.

Aber, als sie dazu ansetzen wollte zu sagen, dass sie keine Zeit zu verlieren hatte und sie keine weiteren Diskussionen mit ihm wünschte, sah sie auf einmal, wie blass Michael geworden war.

Es wirkte so, als hätte ihn diese Nachricht überrascht. Wirklich überrascht. Echt. Als habe sie ihm den imaginären Teppich, auf dem er stand, unter den Füßen weggezogen. Als hätte er nie im Leben damit gerechnet, dass seine Frau fast zwanzig Jahre später zu ihm zurückkommen würde, um etwas von ihm zu verlangen, das er für vollkommen absurd hielt.

Als sie später darüber nachdachte, und ihre Gefühle nicht mehr ganz so sehr in Wallung waren wie eben, fragte sie sich, ob seine Überraschung nicht vielleicht einen ganz anderen Grund hatte.

Was, wenn er es ebenso wie ich vergessen hatte? Was, wenn er sich gar nicht mehr bewusst war, dass wir uns vor Jahrzehnten das Ja-Wort gegeben haben. Dass wir glaubten, ineinander verliebt zu sein und es ernsthaft in Erwägung zogen, uns eine gemeinsame Zukunft aufzubauen.

Das kann doch sein, oder nicht?

Nein, meldete sich eine andere Stimme in ihr zu Wort, die ihr schnippisch sagte: Hätte er sonst erwidert, dass du die Hälfte von seinem Geld, seinem Shop oder seinem Schiff haben kannst? Erinnerst du dich? Das hat er gesagt.

Oder etwa nicht?

Ja, das hatte er!

„Ihr seid verheiratet?", rief Ralf erstaunt und riss Emma aus ihren Gedanken. Sie blinzelte mehrmals, schluckte schwer, und schaute dann zu dem noch immer blassen Michael, der ebenso wenig etwas sagte wie sie. Auch dann nicht, als Ralf noch einmal fragte: „Ihr seid verheiratet?"

„Dann bist du ja meine Tante", rief Lisa erfreut, während Hoffmann in seine Hosentasche griff, die langstielige Pfeife hervorholte und sie zwischen die faltigen Lippen schob.

Als er ein Streichholz entzündete, und es gegen den im Pfeifenkopf steckenden Tabak presste, murmelte er: „Na das ist ja mal ein Ding. Gerechnet habe ich damit nicht, wenn ich ehrlich bin."

„Du hast nie etwas gesagt", klagte Ralf, der jetzt um den Tisch herumgekommen war. „Nicht ein Wort. Alter, kannst du vielleicht mal den Mund aufmachen?"

Michael lächelte schief.

Dann schüttelte er den Kopf, machte einen Schritt auf Emma zu und packte sie so fest am Oberarm, dass sie einen erschrockenen Schrei ausstieß. Sie wehrte sich gegen seine grobe Art und wollte seine wie ein Schraubstock um ihren Arm geschlossene Hand abschütteln.

Es gelang ihr nicht.

Sie musste sich, einem Kind gleich, von Michael durch den Speisesaal ziehen lassen, und zu der Wendeltreppe, die nach oben zu den Gästezimmern führte.

Als sie die ersten beiden Stufen genommen hatten, zischte sie, nachdem sie ein wenig ihre Fassung zurückerlangt hatte: „Lass mich los."

„Nach oben", befahl er ihr, und schob sie so grob weiter, dass sie stolperte.

Mit einem Ausfallschritt konnte sie gerade noch so einen Sturz verhindern.

Sie zischte: „Lass mich sofort los, oder ich rufe die Polizei." Daraufhin löste er den um ihren Arm liegenden Griff. Giftig schaute sie Michael an, der nun hinter ihr herging und wünschte sich nichts sehnlicher, als ihm hier und jetzt, vor allen Leuten, eine Ohrfeige zu verpassen.

Emma holte tief Luft und flüsterte: „Wo willst du mit mir hin?" Sie versuchte weiterhin, sich in Ruhe und Besonnenheit zu üben.

„In dein Zimmer."

„Und dann?"

„Was wohl?", keifte Michael, ebenso darum bemüht, seiner Stimme einen ruhigen, ausgeglichenen Klang zu verleihen, was ihm misslang. „Reden, um alles zu klären, ohne dass gleich das ganze Dorf mitbekommt, was hier vor sich geht."

„Okay."

„Okay. Okay. Okay", äffte er sie nach. Dann setzte er sich wieder ruckartig in Bewegung und zwängte sich an ihr vorbei. Als sie nicht sofort aus dem Weg ging, stieß er sie so fest an, dass sie gegen das Geländer prallte und ein protestierendes „Hey" ausstieß.

Emma eilte die Treppen rauf, und musste sich von ihm ein schnippisches: „Wo ist dein Zimmer?", gefallen lassen, was sie am liebsten mit einem kleinkindlichen: „Finde es doch selbst raus", beantworten wollte. Aber wie vorhin schon, als sie das Gefühl gehabt hatte, in dem Chor ihrer kindlichen Stimmen unterzugehen, fand sie einen Weg aus ihrem seelischen Dilemma. Sie rief sich vor Augen, dass sie erwachsen war, und dass sie sich nicht weiter wie ein Teenager aufführen durfte. Deshalb antwortete sie mit fester Stimme: „Die letzte Tür auf dem Gang."

„Hat mein Bruder dir also das schönste Zimmer im ganzen Hotel gegeben. Respekt. Musst ja noch ordentlich Steine bei ihm im Brett haben."

„Er ist einfach nur freundlich."

„Ja, das ist er", sagte Michael mit einem süffisanten Unterton in der Stimme, der Emma nicht gefiel.

„Was soll denn das schon wieder heißen?"

„Dass er offenbar nicht weiß, auf wessen Seite er zu stehen hat."

Emma schritt nun, Michaels Tempo haltend, mit ihm zusammen in Richtung Zimmer. Als sie es erreichte und die Schlüsselkarte hervorzog, klang Michael plötzlich ganz versöhnlich und beinahe liebevoll, als er fragte: „Wieso gerade jetzt?"

Sie sagte leise: „Weil sich einige Dinge verändert haben."

Er machte einen leise klingenden Laut, der all seine Skepsis zum Ausdruck brachte.

„Nach dir", sagte sie, als sie die Tür öffnete.

„Danke."

Als er in das Zimmer getreten war, sein Blick über den neben dem Bett stehenden Koffer gewandert war und er hinaus aus dem Fenster schaute, war es Emma, die sagte: „Ich habe die Urkunde nicht mehr. Also die von der Hochzeit."

„Aha."

„Deshalb bräuchte ich eine beglaubigte Abschrift davon oder deine."

„Und dafür kommst du extra her? Hättest du dafür nicht einfach einen Anwalt konsultieren können? Der hätte das doch alles für dich erledigen können."

„Damit es direkt an die Presse gelangt?"

„Oh, die Dame hat also Angst um ihre Reputation. Nein, das wollen wir natürlich nicht, dass irgendjemand denken könnte, dass unser kleines Saubermädchen eine Leiche im Keller versteckt haben könnte."

„Wirst du mir nun helfen oder nicht?"

Michael zuckte mit den Schultern, schritt durch das Zimmer, und ließ sich auf einem Stuhl nieder. Dann lehnte er sich lässig zurück und sah für einen kurzen Augenblick aus wie Ralf, als der vor ihr gestanden hatte und die in ihm aufsteigende Trauer nicht unterdrücken konnte. Dazu der aus dem Fenster gerichtete Blick, hinaus auf das Meer, und das lässig angezogene Knie und Emma war der festen Überzeugung, wieder vor dem Michael zu stehen, in den sie sich damals Hals über Kopf verliebt hatte.

Er hatte etwas unendlich Verletzliches, um nicht Ängstliches sagen zu müssen. Ein kurzer, ein Emma durchfahrender Eindruck, den sie mit einem ärgerlichen Gedanken beiseite wischte und deshalb noch einmal fragte, nachdem Michael sich mit seiner Antwort Zeit ließ: „Was ist nun? Hilfe? Ja oder nein?"

„Keine Ahnung. Ich habe den Wisch seit Jahren nicht mehr gesehen."

„Aber du hast ihn noch?"

„Zum Teufel, natürlich. Glaube ich zumindest", schob er hinterher, als sich seine Stirn in Falten legte und er angestrengt darüber nachzudenken schien.

„Du glaubst?"

„Scheiße, ja, ich glaube es. Denkst du etwa, dass sich bei mir nichts verändert hat in den letzten Jahren? Dass mir eine Wohnung unterm Arsch weggebrannt ist oder dass mein erstes Boot gekentert und untergegangen ist? Das kannst du dir nicht vorstellen, oder? Habe ich mir gedacht", sagte er verbittert, als Emma nur mit den Schultern zuckte. „War aber so. Ich habe wirklich alles versucht, um über dich hinwegzukommen. Alles."

„Was hat das denn mit der Urkunde zu tun?", wollte Emma wissen, die nicht hören wollte, wie schlecht es Michael nach ihrer Flucht gegangen war. Sie ertrug es nicht einmal, den plötzlich ganz klein wirkenden Michael vor sich sitzen zu sehen.

„Ich hatte sie noch, als die Wohnung brannte, weiß aber nicht, ob sie den Untergang meiner ‚Emma' überstanden hat."

„Dein Boot hieß ‚Emma'?"

„Ja, und sie ist untergegangen. Symbolik nennt man das, glaube ich", sagte er bitter, während er weiter aus dem Fenster hinaus auf das Meer starrte. „Ich habe versucht, irgendetwas Positives zu finden, das ich mit dir in Verbindung bringen kann, und so dachte ich mir, dass ich mein erstes Boot nach dir benenne. Hast mir wieder kein Glück gebracht."

„Ich konnte in deiner Nähe nicht mehr atmen", schoss es plötzlich aus ihr hervor. „Wie gefangen kam ich mir vor. Allein der Gedanke daran, dass du mich noch einmal berührst, oder mir irgendeine deiner so wunderbar klingenden Ideen ins Ohr flüsterst, machte mich ganz krank. Du ... du ... du hast nie etwas zu Ende gebracht. Gar nichts."

„Hättest nur etwas Geduld haben müssen. Denn dann hättest du gesehen, was ich alles kann", sagte er traurig und drehte den Kopf. Sein Blick durchbohrte sie, als sich ein trauriges Lächeln auf seine Lippen legte. „Aber Madam konnte ja nicht warten. Sie musste ja unbedingt weg."

„Ja, das musste ich. Also ... kannst du mir die Urkunde heute vorbeibringen?"

„Heute?"

Michael stieß ein glucksendes Lachen aus, während er mit einer übertriebenen Geste auf seine Uhr schaute. „Das glaubst du doch selbst nicht. Ich bin fix und fertig. Ich hatte heute eine lange Tour auf dem Wasser und morgen früh geht es direkt weiter. Entweder du bist ganz früh da, oder du musst bis zum Mittag warten. Da sollte ich wieder im Hafen sein. Dann kannst du hinkommen und sie dir abholen. Du findest mich auf der *Lisa*, Anleger 66."

„Okay", antwortete Emma, genervt darüber, dass alles nicht so lief, wie sie es sich vorgestellt hatte.

Michael schüttelte plötzlich den Kopf, lachte leise und sagte: „Da sehen wir uns endlich wieder und das nur, um uns scheiden zu lassen."

„Ist nun mal so."

„Scheint so, ja", sagte er leise, erhob sich und ging dann wortlos an ihr vorbei zur Tür. Er öffnete sie, drehte sich, als er im Türrahmen stand, noch einmal herum, um sie eingehend zu mustern, und schloss die Tür dann wortlos hinter sich.

***

Emma hatte äußerst unruhig geschlafen.

Immer wieder hatte sie sich von der einen auf die andere Seite gewälzt, und wenn sie der Meinung gewesen war, endlich einschlafen zu können, war ihr wieder ein anderer Gedanke durch den Kopf geschossen, der alle Müdigkeit vertrieb. Erst als es so dunkel geworden war, dass sie ihre Hand nicht mehr vor Augen hatte sehen können, war sie irgendwann in einen oberflächlichen Schlaf geglitten, in dem sie gefühlt jedem einzelnen ihrer Gedanken, der ihr durch den Kopf schoss, lauschen konnte.

Irgendwann kurz nach sechs Uhr morgens hatte sie die Schnauze gestrichen voll.

Sie schlug die Bettdecke beiseite, schwang die Beine aus dem Bett und schlurfte missmutig und übellaunig unter die Dusche. Doch selbst unter den massierenden und warmen Wasserstrahlen fand sie keine seelische Linderung. Erst als sie ihr Zimmer verließ, und sich mit einem leisen *Pling* eine E-Mail ankündigte, hob sich ihre Laune.

Nicht, weil sie glaubte, jetzt würde alles besser werden, oder weil jemand ihre Hilfe brauchte. Sie war einfach nur froh darüber, sich damit ein wenig ablenken zu können.

Selbst in der Nacht, als sie nicht hatte schlafen können, hatte sie sich nichts sehnlicher gewünscht, als ein wenig Ablenkung zu finden. Da wäre sie froh gewesen, eine Mail von Mark zu bekommen oder von irgendeinem anderen Mitarbeiter aus der Agentur. Aber weder eine Nachricht via „WhatsApp" noch eine E-Mail waren bei ihr eingegangen.

Alles, was sie gesehen hatte, war, dass Mark um 0:34 Uhr noch einmal online gewesen war, und danach hatte er sein Handy nicht mehr angerührt.

Was vielleicht auch besser ist, dachte sie, als sie ihr Smartphone zur Hand nahm, es entsperrte und sah, dass Oller ihr geschrieben hatte.

Denn dann hätten wir bestimmt miteinander telefoniert und mir wäre herausgerutscht, was für eine dumme Kuh ich bin und wie bescheuert ich mich damals verhalten habe.

Andererseits hätte er mir ja auch von dem Treffen mit der jungen Autorin erzählen können.

Was er von ihr gehalten hat ... wie er sie einschätzt ... ob sie seiner Meinung nach wirklich Talent hat.

Emma erinnerte sich daran, dass einer seiner Lektoren schon einmal gesagt hatte, dass er einen Newcomer an der Angel hatte, den sie unbedingt unter die Lupe nehmen sollten. Als Mark den Fall dann abends mit Emma besprach und ihr einige Textpassagen des vorgelegten Manuskriptes zur Prüfung hinhielt, war sie der Meinung gewesen, dass dem Autor das gewisse Etwas fehlte.

Er schrieb gut und verstand es durchaus, eine Geschichte zu erzählen, brachte es aber nicht fertig, den Leser ernsthaft zu fesseln.

Alles, was er schrieb, wirkte bekannt und schon einmal gehört.

Darum hatte sie offen gesagt, dass sie den Autor nicht in die Agentur aufnehmen würde. Michael hatte ihr zugestimmt. Er war ebenfalls der Meinung gewesen, dass der Mann nicht zu ihnen passte.

So hätte es mit der jetzigen Neuen auch sein können. Ein kurzer, intensiver Austausch über Talent, Möglichkeiten und Erfolgsaussichten, und ihre kreisenden und wirbelnden Gedanken hätten keine Chance mehr gehabt, sie weiter wachzuhalten.

Darum freute sie sich auch so über die Mail von Oller.

Endlich konnte sie sich wieder in ihre Arbeit stürzen und hoffen, dadurch etwas Ablenkung zu finden, damit sie ihr Leben wieder ordnen konnte.

Sie las:

Liebe Frau Sommer,

Sie musste unwillkürlich ein wenig schmunzeln, denn Herr Oller hielt sich nicht mit irgendwelchen Floskeln auf, sondern schrieb:

wir haben jetzt die ersten Rohentwürfe des Drehbuches vorliegen. Mit der Drehortsuche würden wir demnächst beginnen. Ich schicke Ihnen in einer gesonderten Mail die erste Fassung des Drehbuches. Ich würde Sie bitten, einmal einen kritischen Blick darauf zu werfen ... und bitte nicht zu viele Änderungswünsche zu äußern.

Emma lachte laut – damit sie sich nicht ärgerte.

Sie hasste nichts mehr auf der Welt, als wenn jemand zu ihr sagte, dass sie kritisch sein, aber ihre Änderungswünsche doch bitte für sich behalten sollte.

Warum dann überhaupt die Bitte, das Dialogbuch anzuschauen?

Sollte er ihr die Fassung, die ihm am besten gefiel, doch einfach schicken, und dann sagen: „Das ist die finale Version. So wird es gemacht. Keine Einmischung von außen bitte."

Womit Emma niemals im Leben hätte leben können.

Allein der Gedanke daran, dass irgendein Dialogbuchautor sich an ihren Figuren vergriff, die Handlung abwandelte und sie womöglich in eine ganz andere Richtung lenkte, drehte ihr den Magen um. Weshalb sie den zweiten Teil der E-Mail mit einem unangenehmen Druck im Bauch weiterlas:

Um noch einmal auf die Drehortsuche zurückzukommen ... mein Team und ich haben uns überlegt, dass wir gern ein wenig aus Ihrem Heimatort zeigen würden. Nur eine Vogelperspektive, oder eine Fahrt durch die Straßen von Eckenförde. Keine große Sache.

Was halten Sie davon?

Das wäre doch eine nette Geste, um Ihrer Geschichte eine persönliche Note zu verleihen.

Ich würde mich diesbezüglich gern noch einmal mit Ihnen unterhalten.

Sagen Sie mir bitte Bescheid, wie und wann ich Sie erreichen kann.

Mit freundlichen Grüßen
Rüdiger Oller

„Da haben Sie wohl nicht so gute Nachrichten bekommen, was?“, hallte Emma eine Stimme entgegen, die ihr gar nichts sagte. Sie war gerade die Treppen heruntergegangen, die E-Mail lesend mit Hunderten und Aberhunderten Gedanken im Kopf, die sich alle darum drehten, Oller eine gepfefferte Antwort zurückzuschreiben. Als sie schon auf den Antwort-Button getippt und sich dazu entschieden hatte, dass „Sehr geehrter Herr Oller“, einfach wegzulassen, war die lallende Stimme ertönt.

Emma, die nicht damit gerechnet hatte, so früh am Morgen hier unten schon jemanden anzutreffen, schaffte es nur, ein „Äh“, auszustoßen, um dann zu hören zu bekommen: „So was kann ich sehen. Da hab ich einen Riecher für.“

Die auf einem Hocker sitzende, wasserstoffblonde Frau, deren schlanker Körper nur mit einem rosafarbenen Badeanzug bedeckt war, tippte sich an die erstaunlich gerade Nase und lächelte dabei schief.

„Kennen wir uns?“, wollte Emma wissen.

„Als Kinder oder Jugendliche sind wir uns in den Sommerferien bestimmt das eine oder andere Mal begegnet. Sind ja Küstenkinder und kommen beide von hier. Kann aber nichts Beeindruckendes gewesen sein, wenn wir uns beide nicht mehr aneinander erinnern“, meinte die Frau, deren Hand noch immer ein bis zur Hälfte mit einer goldschimmernden Flüssigkeit gefülltes Glas umklammerte. „Ebenso beeindruckend, wie sich mit dem da zu unterhalten, der kein Wort spricht.“

Sie deutete mit einem Nicken auf den kleinen, dunkelhaarigen Jungen, der in einem Paw-Patrol-Pyjama im Durchgang zwischen Gastwirtschaft und Speisesaal stand, und die üppig gebaute Frau anstarrte.

„Der spricht nicht.“

„Er ist bestimmt nur schüchtern“, entgegnete Emma, die ihr Handy seufzend in die Hosentasche gleiten ließ, und sich sicher war, es hier mit Sebastian zu tun zu haben.

Das fein geschnittene, kindliche Gesicht mit den hellen Augen, in denen die Abenteuerlust stehen konnte, waren ebenso wenig von der Hand zu weisen, es hier mit einem Gabler zu tun zu haben, wie die Tatsache, dass seine Körperhaltung von Lässigkeit geprägt war. Das, was Emma zutiefst beeindruckte, um nicht erschüttern zu sagen, war der trübe, der traurige Glanz in seinen Augen. Während bei Ralf, Sylvester, ja, auch bei Michael dieses eine, dieses unverkennbare Feuer brannte, das sie alle antrieb, um sich lebendig zu fühlen, fehlte es hier gänzlich. Auf dem ganzen Gesicht, in der ganzen Art des Jungen war eine für Emma nicht zu ertragende Trauer zu sehen, dass sie sich gegen einen in ihr aufsteigenden Impuls wehren musste, der sie dazu treiben wollte, sich hinzuknien, die Hand nach Sebastian auszustrecken und ihn liebevoll lächelnd dazu aufzufordern, auf sie zuzukommen, damit sie ihn an die Hand nehmen konnte.

Sie fragte, mit sanftem Unterton in der Stimme: „Kannst du nicht mehr schlafen?"

„Das kannst du vergessen, Mädchen", lallte die Blondine. „Der starrt einen nur an." Sie erschauderte. „Der ist total unheimlich. Wie ein Gespenst."

„Es ist ein Kind", erwiderte Emma und fand, dass die Blonde alles andere als sympathisch war. „Und wer sind Sie?"

„Eine Verlassene."

„Was soll das heißen?"

„Dass es nichts geworden ist zwischen meinem Kerl und mir. Der Funke ist nicht übergesprungen, wie man so schön sagt. Passiert halt." Sie zuckte mit den Schultern. „Dafür wirkt aber der Whiskey."

Emma musterte die am Tresen sitzende Frau ausgiebig. Eine Frau, die keinerlei Hemmungen hatte, zu zeigen, was sie besaß. Die, ohne mit der Wimper zu zucken, in einem Speisesaal lediglich einen viel zu engen Badeanzug trug, und sich keinerlei Mühe machte, ihre üppige Oberweite zu verdecken. Das Gleiche tat sie auch mit ihren Beinen. Lang und wohlgeformt ragten sie endlos aus dem schmal geschnittenen Badeanzug hervor, und glänzten in einem angenehmen Braunton.

Der Junge, der in seinem Pyjama mit einem Teddy in der linken Hand immer noch im Türrahmen stand, erzeugte in Emma einen verwirrenden Beschützerinstinkt.

Obwohl sie mit Kindern so gut wie nichts anfangen konnte und sich nicht einmal vorzustellen vermochte, irgendwann selbst einmal welche zu haben, war da etwas, das der Junge in ihr berührte.

Sie spürte einen kurzen, intensiven und stechenden Schmerz inmitten ihres Herzens, der ihr etwas zuwisperte, das sie weder hören, geschweige denn verstehen wollte.

Eine kurze Erinnerung blitzte in ihrem Verstand auf, und sie musste unwillkürlich an Michael denken. Daran, wie sie damals zusammen am Strand entlanggeschlendert waren. Sie hatte ihn angehimmelt, so wie sie es am Anfang ihrer Beziehung immer getan hatte. Er hatte seinen Arm um ihre Schultern gelegt, sie hatte zu ihm aufgeschaut und sich dabei vorgestellt, wie es sein würde, für immer mit ihm zusammen zu sein.

Sie erinnerte sich mit so einer intensiven, einer wie ein Keulenschlag auf sie niedergehenden Deutlichkeit daran, dass sie die Augen schließen und über ihre damalige Naivität schmunzeln musste. Als sie sich dort entlanglaufen sah, erinnerte sie sich wieder daran, wie verliebt sie gewesen war und dass sie ernsthaft mit dem

Gedanken gespielt hatte, für immer hier in Eckenförde zu bleiben.

Da hatte er gerade das erste seiner Wolkenschlösser gebaut, hatte ihre Fantasie beflügelt, und sie ernsthaft glauben lassen, dass sie beide Eckenförde zu neuem Glanz verhelfen konnten. Dass sie es schaffen würden, zwei Herbergen zu kaufen, zu verwalten und so bedürftigen Kindern eine Chance zu geben, die Großstadt zu verlassen und ein neues Leben am Meer aufzubauen.

Alles, was Michael ihr damals erzählt hatte, darüber, wie er sich Sozialarbeit vorstellte, einfach alles, hatte in ihren Augen Hand und Fuß gehabt. Ebenso wie seine dahingesagte Bemerkung: „Und stell dir vor, was für soziale und engagierte Kinder wir dann später haben werden. Sie werden lernen, was es heißt, aufeinander aufzupassen, füreinander da zu sein und sie werden zu schätzen wissen, was sie haben. Sie werden keine Egoisten werden."

Damals hatten diese Worte wildes Herzklopfen in ihr ausgelöst. Sie hatte sich in der Herberge stehen sehen, eines ihrer Kinder auf dem Arm, während das andere sich an ihr Bein schmiegte, und hinter ihr hervorspähte, zu den anderen wilden Kids, die aus den Bussen strömten und laut krakeelend ihre ihnen zugewiesenen Zimmer aufsuchten.

Damals, in ihrer Phase der Träumerei, hatte sie den kurzen, stechenden Schmerz in ihrem Magen einfach ignoriert. So wie sie fast alles ignoriert hatte, was ihr Bauch ihr damals sagte.

Heute war das ...

... anders?

Emma nickte sich selbst zu, um nicht weiter über ihre in ihre wachsende Unsicherheit nachdenken zu müssen.

Sie wusste, was sie wollte und sie stand dafür ein, was sie ablehnte.

So und nicht anders.

Warum muss ich ausgerechnet jetzt an eigene Kinder denken?

Wieso muss ich daran denken, wie Michael und ich damals über Kinder geredet haben?

Wegen des kleinen Bengels?

Weil er genauso hilflos ist, so wie du, sagte eine andere, ihr unbekannte Stimme in ihrem Inneren, die es mühelos schaffte, Emma zu verwirren. Sie starrte wieder zu dem noch immer dastehenden Jungen, und hörte ihre eigene Stimme wie aus weiter Ferne an ihr Ohr dringen: „Warum bist du denn schon so früh wach?"

Sie bekam keine Antwort.

„Kannste vergessen, Schätzchen, der sagt keinen Mucks. Nie", begann die Frau nun, sich an den Jungen zu wenden und mit verstellter, dumm klingender Stimme mit ihm zu sprechen, „sagst du ein Wort. Weder zu mir noch zu der lieben Tante. Du schweigst lieber und starrst einen an. Ist ja auch viel unheimlicher und erschreckender, wenn man so guckt wie du."

„Hören Sie schon auf!", fuhr Lisa dazwischen, die ebenfalls noch einen Schlafanzug trug, darin aber ebenso elegant wie nett aussah. Das Oberteil schmiegte sich eng an ihren Körper und zeichnete die Konturen ihrer Brüste und ihres flachen Bauches nach.

Die Hotpants, die sie trug, umspielten ihre langen Beine und der lose zusammengebundene Zopf brachte die weichen Konturen ihres Gesichtes noch mehr zur Geltung.

„Gehen Sie lieber nach Hause und schlafen Sie Ihren Rausch aus", fuhr sie fort, ohne auf das gelallte „Wer bist du denn?" zu reagieren. „Hier wird es nicht gern gesehen, wenn jemand betrunken am Tresen sitzt, wenn wir öffnen."

„Oh, dem werten Herrn Papa ist es wohl unangenehm, jemanden wie mich unter seinem Dach zu haben."

„Nein, *mir* ist es unangenehm", schoss Lisa hervor. Ihre Miene war dunkel und ihre Augen blitzten in einer Emma überraschenden Zornesröte auf. „Ich mag es nicht, wenn irgendwelche Frauen versuchen, sich an meinen Vater heranzumachen."

„Oh", meinte die Frau und erhob sich von ihrem Platz. „Töchterchen ist es wohl nicht genehm, dass ihr Vater sich wieder nach etwas Neuem umsieht, was?"

„Nicht nach jemandem wie Ihnen."

„Schlampe", murmelte die betrunkene Frau, die jetzt ungelenk nach ihrer Handtasche griff.

„Hey", sagte Emma daraufhin, machte einen Schritt nach vorn und zeigte mit dem ausgestreckten Finger auf die Frau. „Das gehört sich nicht."

„Das lass mal meine Sorge sein, Schätzchen."

„Das Schätzchen tritt dir gleich so fest in deinen Hintern, dass dir die Augen aus den Höhlen fliegen!"

Emma, selbst von sich überrascht, dass sie so forsch und aggressiv auftreten konnte, rechnete fest damit, gleich eine verpasst zu bekommen.

Als sie versuchte, ihr plötzlich wie wild in ihrer Brust schlagendes Herz zu beruhigen und ihre weichen Knie zu ignorieren, machte die Frau einen Schritt auf sie zu.

„Was hast du da gerade gesagt?"

„Dass Sie verschwinden sollen."

„Da war noch etwas anderes. Etwas von wegen in den Hintern treten."

„Das wird passieren", bestätigte Emma, deren Stimme nicht mehr so sicher klang.

„Dann lass mal sehen."

„Schluss jetzt“, sagte Lisa entschieden, stampfte mit dem Fuß auf und zeigte mit dem ausgestreckten Finger auf die Tür. „Sie gehen, und zwar sofort. Sollten Sie das nicht tun, werde ich die Polizei rufen und von meinem Hausrecht Gebrauch machen.“

„Hausrecht Gebrauch machen“, äffte die Frau sie nach, während sie Emma ein abfälliges Lächeln schenkte. „Wir sehen uns später wieder, Mäuschen.“

„Ich hoffe nicht.“

„Wird eine nette Geschichte zwischen uns zweien“, drohte die Unbekannte plötzlich, in den Augen einen erkennenden Schimmer, auf den Lippen ein hinterlistiges Lächeln. „Mal sehen, wer am Ende mehr zu erzählen hat und welche Auflage steigt.“

Mit diesen Worten wankte die Frau auf den Ausgang der Gastwirtschaft zu, blieb dann, sich am Rahmen abstützend, noch einmal stehen. Sie fixierte den kleinen Jungen mit ihrem Blick, lächelte verstohlen und sagte dann: „Den kleinen Freak da würde ich aber nicht unbeaufsichtigt hier herumlaufen lassen. Jemand könnte auf die Idee kommen, ihn mitzunehmen, um ihn in einem Zirkus zu präsentieren. Sensation! Sensation! Der starrende Blödmann, der schweigt und keine Miene verzieht, egal was man auch versucht. Versuchen Sie Ihr Glück. Bringen Sie auch nur einen Laut aus ihm heraus, winken Ihnen Gewinne! Gewinne! Gewinne!“

„Raus hier!“

***

Emma sah, wie die Wut in Lisa immer mehr hochkochte, und dass die junge Frau am liebsten in Tränen ausgebrochen und vor Ärger laut geschrien hätte. Emma erkannte, dass Lisa all ihre Empfindungen und Gefühle nur deshalb nicht auslebte, weil ihr kleiner Bruder jetzt die Hand nach ihr ausgestreckt und ihre ergriffen hatte.

Lisa, die hart schluckte, versuchte es mit einem krampfhaften, kurzen Lächeln, das Emma das Herz entzweizureißen drohte.

Sie machte einen unsicheren Schritt auf die Geschwister zu, wusste aber nicht, was sie sagen oder tun sollte.

Soll ich sie umarmen?, fragte sie sich mit ehrlicher Bestürzung. Würden sie das überhaupt wollen?

Ich meine, ich bin eine vollkommen Fremde für sie.

Als sie versuchte, ihre in Unordnung geratenen Gedanken zu sortieren, hörte sie sich selbst wie aus weiter Ferne sagen: „Mach dir nichts aus dem Gerede." Sie hatte das Gefühl, dass sie noch nie etwas Platteres und Belangloseres gesagt hatte als in diesem Augenblick.

„Das tue ich aber", sagte Lisa mit zitternder Stimme. „Die Leute sollen Sebastian in Ruhe lassen."

Emma nickte. „Das verstehe ich."

„Ach? Echt?"

Emma zuckte mit den Schultern. Sie verstand nur zu gut, warum Lisa ihr gegenüber so aggressiv wurde.

Sie kannte das Verhalten. Emma war damals nicht anders gewesen.

In den Augenblicken, wenn ihr bewusst geworden war, dass ihre Eltern sich immer mehr auseinanderlebten, und dass sie kaum noch eine liebevolle Geste, geschweige denn Worte füreinander übrig hatten, hatte sie ebenso reagiert.

Einfach ins Blaue hineinschießen in der Hoffnung, irgendjemanden verletzend zu treffen, der gerade des Weges kam.

Sie hob beschwichtigend die Hand, lächelte und sagte: „Ja, das tue ich. Deshalb habe ich ja gesagt, dass ich es verstehe."

„Sebastian hat niemandem etwas getan."

Außer, dass er einen anstarrt und mit niemandem spricht, dachte Emma und sagte: „Die Menschen sind leider so. Ist jemand nicht ganz genau wie sie, greifen sie ihn an. Man wird unbewusst zur Zielscheibe für jedermann. Ich kenne das nur zu gut."

Lisa presste die Lippen aufeinander.

Sie sah hin- und hergerissen aus. Ihre aggressive, wütende Seite kämpfte mit der sanften, liebevollen, in der Literatur aufgehenden.

„Als ich nach Hamburg ging, da war es ..." Sie verstummte abrupt.

Was sie hier gerade im Begriff war zu tun, wollte sie gar nicht. Sie wollte niemandem aus Eckenförde zu viel von sich preisgeben. Sie wollte nicht, dass auch nur einer der hier lebenden Menschen wusste, wie es in ihr aussah, oder was ihre damalige Flucht mit ihr angestellt hatte.

Was die Menschen wissen sollten, war, dass sie erfolgreich war und ihre Sachen selbst regeln und wieder ins Reine bringen konnte. Deshalb lächelte sie verlegen und suchte krampfhaft nach einem Ausweg aus der Lage, in die sie sich gerade selbst hineinmanövriert hatte. Sie räusperte sich und sagte: „Ist schon gut. Ich wollte dich auch nicht langweilen. Aber warum spricht er denn nicht?"

„Hat er schon lange nicht mehr", erklärte Lisa, die Emma immer noch kritisch ansah. „Seit er weiß, was damals vorgefallen ist."

„Vorgefallen?"

Lisa nickte, wollte anfangen zu reden, verstummte dann aber, als sie sah, wie Emma die Hand hob, den Kopf schüttelte und meinte: „Ist schon gut. Ich will meinen Finger nicht in die Wunde legen. Sebastian wird schon seine Gründe dafür haben."

***

Puh, dachte sie, als sie eiligen Schrittes aus der Gastwirtschaft stürmte, und den frischen, angenehm, salzigen Wind auf der Haut fühlte, der durchzogen war von den ersten wärmenden Sonnenstrahlen des beginnenden Tages. *Ich hätte mich beinahe wieder zum Affen gemacht.*

Nur ein Wort mehr, und ich hätte mir die Geschichte des Jungen anhören müssen.

Scheiße, ich hätte eine Bindung zu den beiden aufgebaut.

Eine Bindung, hallte es in ihr nach, während sie auf ihren Wagen zulief, die Hand nach dem Türgriff ausstreckte, um die Wagentür zu öffnen. *Mit den Menschen hier ...*

... hier in Eckenförde.

Dabei kam ihr die mit Lisa geführte Unterhaltung in den Sinn. Eine Unterhaltung, wie Emma erschreckend feststellte, die ihr einen unangenehmen Druck im Magen bescherte. Die dazu führte, dass sie eine bisher unbekannte Enge im Hals spürte und sich noch immer darüber wunderte, wie Lisa auf ihr „Vorgefallen?“ ansprang; einem ertrinkenden Schwimmer gleich, der in wuchtigen Zügen auf den auf den Wellen tanzenden Rettungsring zuschwomm.

Sie hatte genickt, mit Worten gerungen und als Emma die Tür schon fast erreicht hatte, hatte sie hervorgestoßen: „Sebastian glaubt, am Tod unserer Mutter schuld zu sein.“

Emma war wie erstarrt gewesen.

Ihre begonnene Flucht, so gehetzt und getrieben sie auch war, war zum völligen Stillstand gekommen.

Sie hatte dagestanden, Tausende und Abertausende Gedanken in ihrem Kopf, ohne zu wissen, was sie denken, geschweige denn sagen sollte. Sie hatte sich unwohl und erschrocken zugleich gefühlt.

Ihre Augen waren auf Sebastian gerichtet gewesen, und ihre Lippen so fest aufeinandergepresst, dass es schon schmerzte. Lisa hatte stockend weitererzählt: „Es ist wahr. Genau deshalb spricht er nicht."

Dass Lisa noch etwas auf dem Herzen lag, hatte Emma ebenso gesehen wie die sie heimsuchende Unsicherheit. Sie hatte genauso unschlüssig dagestanden wie Emma. Lisa hatte es schließlich mit einem aufmunternden Lächeln versucht und hatte Sebastian kurzerhand an sich herangezogen, ihm die Schulter gestreichelt und geflüstert: „Aber wir bekommen das schon hin. Ganz bestimmt. Sobald Papa ..."

Emma hatte gewusst, dass Lisa nur deshalb verstummte, weil sie nicht wollte, dass ihr Vater in ein schlechtes Licht gerückt wurde, wenn sie weitersprach. Aber wie eben schon, als sie die Geschichte ihres Bruders ansatzweise erzählt hatte, war sie auch jetzt hin- und hergerissen. Einerseits schien sie zu denken, dass sie mit einer Fremden über so etwas gar nicht sprechen sollte, doch andererseits war da der Drang in ihr, sich selbst Erleichterung zu verschaffen. Dazu eine Hoffnung, ein bisschen von dem Druck verlieren zu können, der so schwer auf ihrer Brust lastete, dass sie kaum noch atmen konnte.

Was Emma nur zu gut kannte.

Sie selbst brauchte nur an die Zeit mit ihren Eltern zu denken, oder daran, wie sie neben Michael im Bett gelegen und gemeint hatte, jemand würde ihr eine Hand um den Hals legen und erbarmungslos zudrücken.

Ich kann so was nicht, sagte sie sich, als sie die Wagentür öffnete und sich mit einem Seufzer der Erleichterung in ihren Wagen fallen ließ. *Das konnte ich noch nie.*

Probleme anderer sind nicht mein Ding.

Ich kann ihnen zuhören und ihnen meine Aufmerksamkeit schenken, aber einen Rat kann ich ihnen nicht geben.

Das schaffe ich nicht einmal bei mir.

Ich komme nie zu einem guten Ergebnis.

Das funktioniert nur in meinen Romanen. Da wissen die Leute immer ganz genau, was sie wollen, wohin sie gehen und wie sie ihre sich selbst gesteckten Ziele erreichen können.

Ich hingegen sitze hinter dem Lenkrad meines Wagens, zittere am ganzen Leib und bekomme die Worte von Lisa einfach nicht mehr aus dem Kopf, als diese mir erzählt hat, wie verzweifelt ihr Vater ist, und dass er immer auf der Suche ist in der Hoffnung gefangen, noch einmal eine Frau zu finden wie seine Merle.

„Merle“, flüsterte Emma leise, als sie den Rückwärtsgang einlegte, und dem sanften Knirschen und Knarren des Kieses unter den Reifen ihres Wagens lauschte.

So sehr sie auch versuchte, sich an Merle zu erinnern, so stieg kein Gesicht vor ihrem geistigen Auge auf. Es gab keine Erinnerung, kein kurzes Aufblitzen eines verschwommenen Bildes in ihrem Verstand, nur die nachhallenden, Emmas Herz berührenden Worte, als Lisa sagte: „Papa kommt mit Mamas Tod auch nicht zurecht. Keiner von uns.“

Was hätte sie dazu sagen sollen?

Das wird schon wieder! Kopf hoch. Trauer ist auch nur ein Gefühl. Es vergeht nach wenigen Jahren. Ich spreche da aus Erfahrung. Du kannst mir vertrauen.

Nein, das hätte Emma nicht über die Lippen bringen können, obwohl sie unbedingt etwas zu dem geknickt vor ihr stehenden Mädchen sagen wollte. Sie hatte Lisa ihr Mitgefühl aussprechen und sie in den Arm nehmen wollen.

Emma, die sich jetzt in den lose dahinfließenden Verkehr einfädelte, wusste selbst nicht, wie sie auf diese verrückte Idee gekommen war. Warum hatte sie auf Lisa zugehen und sie fest an sich pressen wollen?

Weil ich sie auf eine seltsame Art und Weise verstehen kann. Ich weiß ganz genau, wie es gerade in ihr aussieht und warum sie dringend eine Schulter braucht, an die sie sich lehnen kann.

Sie ist so hilflos ...

... sie ist in ihrer Stärke gefangen ...

... obwohl sie schwach sein möchte.

Während sie mit einem verstörten Blick in den Rückspiegel „Friedrichs Ruh" hinter sich verschwinden sah, hörte sie Lisa im Inneren wieder sagen: „Seitdem sucht Papa. Er versucht es mit aller Macht ...

... und dann kommt so was dabei raus."

Bei den verächtlichen Worten hatte Lisa auf die Tür gezeigt, durch die vor Kurzem die wasserstoffblonde Frau getaumelt war.

Als Emma sich an diese Geste erinnerte, und der Klang von Lisas Stimme noch einmal in ihren Ohren nachhallte, breitete sich eine Gänsehaut über ihren Rücken aus und ein ungutes Gefühl beschlich sie, als sie versuchte, die Bilder mit aller Macht aus ihrem Verstand zu bekommen.

All ihre eigenen Erinnerungen an die schlimmste Zeit, die noch immer lebendig in ihr waren, kamen wieder zum Vorschein. Sie merkte, dass sie sich stärker mit Lisa verbunden fühlte, als sie es jemals für möglich gehalten hatte.

Das Mädchen war nicht nur die Tochter eines Mannes, den sie schon ihr ganzes Leben lang kannte.

Sie war eine Leidensgenossin.

Emma hatte bisher noch keinen schmerzhaften Verlust ertragen müssen, und sie hatte auch niemandem erklären müssen, dass ihr Vater nur noch ein gebrochener Mann war. Sie war auch nie dazu genötigt gewesen, eine sturzbetrunkene, ihren Bruder beleidigende Frau aus einer Gastwirtschaft werfen zu müssen.

Aber dennoch teilten sie beide einen Schmerz, der Emma unangenehm vertraut war.

Ein Schmerz, der auf sonnigen Wegen spazieren ging in der Hoffnung, dass der immer wieder über ihn fallende Schatten irgendwann verschwand.

All diese Gedanken, Empfindungen und Gefühle prasselten jetzt mit einer Wucht auf sie ein, dass sie kaum mitbekam, dass sie ihren Wagen in Richtung Strand lenkte, und dass sich die Nordsee wie ein wellenschlagendes, sich in unendliche Ferne erstreckendes Band vor ihr auszubreiten begann.

Ihr drang weder das Kreischen der Möwen an die Ohren, noch konnte sie sich an dem Anblick der auf dem Wasser dümpelnden Schiffe erfreuen. Sie war auf nichts anderes konzentriert als auf das, was gerade in ihr geschah und sie so aufwühlte.

Sie erinnerte sich daran, wie sie vor Lisa gestanden und stockend geflüstert hatte: „Es tut mir wirklich sehr leid."

Lisas kurzes, künstlich klingendes Lachen ließ Emma selbst in der Erinnerung zusammenzucken, als sie den Wagen in eine Parkbucht lenkte und den Motor ausschaltete.

„Er soll glücklich sein, weißt du? Einfach nur glücklich sein. Mehr will ich ja gar nicht", hatte Lisa gesagt.

Dabei hatte sie die Hand von Sebastian fest in ihrer gelegen.

Sie hatte sie umklammert, als könnte sie auf diese Weise jegliche Last von ihm nehmen.

„Und du darfst nicht glauben, dass du an alledem hier schuld bist, denn das bist du nicht."

Doch Sebastian hatte sie nur stumm angeschaut, und keine Regung war auf seinem Gesicht zu erkennen gewesen.

Er hatte seine mit einem auf die Lippen gezwungenen Lächeln dastehende Schwester nur angeblinzelt.

Es war gespenstisch gewesen.

Emma hatte die aufgeblasene, sich viel zu wichtig nehmende und vor allem viel zu betrunkene Frau plötzlich verstehen können. Sie hatte nachvollziehen können, warum ihr eine Gänsehaut über den Rücken gelaufen war, wenn sie an Sebastian zurückdachte. Aber die Tatsache, dass er seit diesem Tag nicht mehr sprach ...

... seit er begriffen hatte, dass das Leben seiner Mutter am Tag seiner Geburt endete, ließ das Gefühl des Unwohlseins augenblicklich in den Hintergrund treten, und machte einer anderen Empfindung Platz: Mitgefühl!

Emma hatte mit sich kämpfen müssen, nicht vor ihm auf die Knie zu gehen und ihn fest an sich zu pressen, ihm ein Küsschen auf die Wange zu hauchen, und ihm zuzuflüstern, dass sich alles wieder einrenken würde und dass die Welt nicht so schlecht war, wie sie einem manchmal erschien.

Weder Lisa noch Sebastian hatte sie in den Arm genommen. Sie hatte sich nur mit einer fahrig wirkenden Geste über das Gesicht gewischt, und ihrem Kopf für den Einfall gedankt, dass sie Oller eine Nachricht schreiben könnte.

Also hatte sie gesagt: „Es tut mir leid, ich muss jetzt los. Sorry. Ich muss noch dringend eine E-Mail schreiben."

„Emma?"

„Ja?"

Sie hatte die Lider geschlossen, als sie an der Ausgangstür stehen geblieben war und das Aufklingen von

Lisas Stimme vernommen hatte. Ein Gedanke hatte sich ihrer bemächtigt, der sich wie das verzweifelte Jammern eines Teens anhörte, der nicht verstehen wollte, dass es wichtig war, seinen eigenen Weg zu gehen.

Bitte frag nicht, ob ich bei euch bleiben kann. Bitte frag mich nicht, ob ich hierbleiben und warten kann, bis euer Vater aufwacht. Bitte, frag mich nicht, ob ich euch Toast oder Müsli zubereiten kann.

Das kann ich nicht.

Mein Toast verbrennt immer. Mein Müsli hat zu viele Rosinen und zu wenig Milch. Und gut im Warten, dass jemand aufwacht, bin ich auch nicht.

Ich bin zwischenmenschlich eine Niete.

Das Einzige, was ich dir versprechen kann, mein Schatz, ist, ich werde das alles tun, worum du mich bittet.

Irgendwann.

Nicht heute.

Ganz bestimmt nicht heute!

Nicht jetzt, wo ich mir selbst so fremd und bescheuert vorkomme. Bitte, frag mich nicht ...

„Triffst du dich jetzt mit Onkel Michael?"

Emmas Gedanken brachen abrupt ab. All die Verzweiflung, all die in ihr aufsteigenden Angstattacken ließen sie dastehen wie eine vertrottelte, alte Kuh, deren Egoismus ihr wie Schweiß aus den Poren drang.

„Bitte?"

Sie hatte sich zu Lisa herumgedreht, sie angeschaut und verlegen geblinzelt. Das auf ihren Lippen liegende Lächeln schmerzte förmlich und der in ihrer Brust aufgestiegene Druck war so unangenehm, dass Emma kaum noch atmen konnte.

„Ob du dich mit Onkel Michael triffst?"

„Ja, auch", hauchte sie.

„Bist du böse mit ihm?"

Emma schüttelte den Kopf. Lisa lächelte erleichtert, stieß einen sanft klingenden Seufzer aus, und strahlte dann übers ganze Gesicht, als sie sagte: „Das freut mich. Er ist echt lieb, musst du wissen. Und kein schlechter Kerl. Nur etwas ..."

„Ja?"

„... fahrig."

Emma nickte, obwohl sie nicht verstand, was Lisa ihr mit ihrer ins Stocken geratenen Stimme hatte sagen wollen.

„Falls du doch böse auf ihn bist ..."

„Lisa", unterbrach Emma das Mädchen unwirscher, als sie es beabsichtigt hatte. „Es geht dich nichts an, was zwischen Michael und mir damals passiert ist. Wir haben etwas zu klären und das wollen wir in fünfzehn Minuten tun."

Dabei hatte sie übertrieben auf die Uhr gedeutet und Lisa damit unmissverständlich zu verstehen gegeben, dass sie jetzt loswollte.

Hatte sie sich anfangs noch darüber gefreut, dass ihre geschäftsmännische Gelassenheit zu ihr zurückgekehrt war, und ihre innere Unsicherheit beiseite gewischt hatte, so fühlte sie sich jetzt, als sie schlendernden Schrittes in Richtung Strand aufbrach, an dem die ersten sonnenhungrigen Leute bereits ihre Zelte aufschlugen oder Sportbesessene Volleyballnetze spannten, elender als jemals zuvor in ihrem Leben.

Auf der Fahrt hierher war ihr bewusst geworden, dass ihre Abgeklärtheit in Wahrheit nichts anderes gewesen war als ein in die Höhe gerissenes Schild, das sie nicht vor einem Schlag schützen, sondern sie nur vor ihren Gefühlen bewahren sollte.

Nichts kommt herein, nichts kommt heraus!

„Tu ihm nicht weh", hatte Lisa gesagt und Emma damit einen Stich versetzt, der jetzt noch schmerzte. „Er ist ein cooler Onkel."

Der Stich begann, immer stärker zu schmerzen, als sie Michaels Surfshop erreichte, die Hand hob und gerade klopfen wollte, als sie seine Stimme hörte, die rief: „Komm rein. Es ist offen."

***

„Meinetwegen hättest du dich nicht so ins Zeug legen brauchen, um aufzuräumen", sagte sie sarkastisch, als ihr Blick über die unzähligen Papiere schweifte, die Michael auf dem Verkaufstresen ausgebreitet hatte. Auf dem Boden lagen ebenso lose Blätter herum wie auf einem kleinen Regal, in dem er Souvenirs der Region zur Schau stellte und eine offene Brotdose stehen hatte.

Die altertümliche, kastenförmige Kasse, die einst einmal weiß gewesen war, und deren Display grüne Digitalzahlen anzeigen sollte, schimmerte nun beige und die Zahlen waren nur noch dunkel durch den Schmutz zu erahnen.

„Wie gut, dass ich mir deinetwegen keine Mühe gemacht habe", schoss Michael zurück, und schaute nicht einmal auf, während Emma, peinlich darauf bedacht, nichts zu berühren, auf ihn zugeschlendert kam.

Er tauchte jetzt unter die Verkaufstheke ab und fluchte leise vor sich hin, nachdem er einen Ordner hervorgezogen und nichts darin gefunden hatte.

„Einen Kaffee will ich auch nicht, aber danke."

„Hätte ich dir auch nicht angeboten."

„Fein."

Michael, der jetzt zwei Ordner vor sich auf dem Tresen liegen hatte, schüttelte den Kopf, als er den oberen aufschlug und anfing, nervös in diesem zu blättern.

„Findest du nichts?", fragte Emma spitz.

„Ich bin so erfolglos wie du."

Sie spitzte wütend die Lippen. Obwohl sie nicht damit gerechnet hatte, dass es friedlich zwischen ihnen ablaufen würde, nervte es sie, dass er immer noch das letzte Wort haben wollte. Weshalb sie zwanghaft nach einer Entgegnung suchte, um ihm ebenfalls eine reinwürgen zu können, so wie er ihr gerade, ohne mit der Wimper zu zucken, drei Seitenhiebe verpasst hatte.

„Kann ich dir vielleicht helfen?"

„Nope", sagte er und schüttelte den Kopf. „Kein Bedarf. Das alles geht dich nichts an."

„Wie du meinst."

„Meine ich."

Er holte noch einen Ordner hervor, und dann noch einen, und schließlich, als er diese wild durchgeblättert hatte, ohne die Papiere richtig anzuschauen, blickte er kurz zu Emma, und drehte sich dann wortlos um. Er verschwand durch eine von Emma bisher unbemerkte Seitentür, und rief mit dumpf klingender Stimme: „Vielleicht in einer der alten Plastikmappen."

„Deine weltbewegenden und weltverändernden Ideen", entgegnete sie bissig und hoffte, dass diese Bemerkung ihr ein wenig Befriedigung verschaffen würde.

Aber es klappte nicht.

Als sie ihn sagen hörte: „Von denen habe ich bereits zwei in die Tat umgesetzt", merkte sie, wie sich ihr Magen verkrampfte und sie spürte wieder all ihren Zorn, den sie schon damals gehegt hatte.

Ihn jetzt so abfällig reden zu hören, brachte das emotionale Fass in ihr beinahe zum Überlaufen.

Schnippisch antwortete sie: „Das sind zwei mehr, als ich jemals gedacht hätte."

„Hier ist auch nichts", kommentierte er, als er kopfschüttelnd aus dem Nebenraum kam, die Hände in die Hüften gestützt und mit zwei Fingern eine gelbe, dreckige Plastikmappe haltend, die aussah, als habe sie jahrelang auf dem Fußboden gelegen. „Keine Ahnung, wo sie sein könnte."

„Hast du die Dokumente nicht abgeheftet?“

„Da bin ich wohl wie du“, schoss er wieder zurück. „Dokumente verwalten, ist nicht so mein Ding.“

Emma verdrehte die Augen.

Ihre Lage war aussichtslos.

Egal, was sie auch versuchte, egal, wie sie ihm beikommen wollte, es gelang ihr nicht. Deshalb entschied sie sich, gute Miene zum bösen Spiel zu machen. Was bedeutete, dass sie sich eingestehen musste: Hätte sie ihre Urkunde nicht verbummelt, würde sie jetzt nicht hier in diesem unaufgeräumten, für den Kundenverkehr nie und nimmer geeigneten Shop stehen und darauf hoffen, dass ihr Noch-Ehemann seine Papiere fand.

Als sie sich schließlich innerlich damit abgefunden hatte, Michael verbal nicht das Wasser reichen zu können, sagte er: „Hier ist nichts. Gar nichts.“

„Nur die Notizen für unser Schweden-Abenteuer“, erwiderte sie, als sie ihre eigene, schwungvolle Handschrift erkannte. Michael, der zuerst gar nicht verstand, was sie meinte, drehte den Ordner verwirrt zu sich, und betrachtete das bis zum unteren Rand vollgeschriebene Stück Papier.

Ein gefühlskalter Ausdruck machte sich daraufhin auf seinem Gesicht breit.

Er kniff die Lider zusammen, blinzelte, und sagte dann nur: „Aha.“ Anschließend zuckte er mit den Schultern.

„Das hatten wir damals vor“, meinte sie und ärgerte sich, dass er so kalt zu ihr war und noch mehr darüber, dass es sie so traf. „Weißt du denn nicht mehr, worum es ging?“

„Ich hatte damals so viele Ideen“, sagte er schulterzuckend. „Willst du den Wisch haben? Hier, bitte sehr!“

Ohne sich die Mühe zu machen, die Klammern zu öffnen, riss er das Blatt Papier mit einem hässlich klingenden Ratschen aus der Mappe. Er reichte ihr die einstigen Erinnerungen, und sagte dann: „Ich müsste noch einmal beim Boot vorbeischauen. Vielleicht habe ich da noch Unterlagen von früher."

„Was ist mit deiner Wohnung?", fragte sie spitz.

„Das Boot *ist* meine Wohnung."

Mit diesen Worten trat er hinter dem Tresen hervor, griff nach dem neben der Kasse liegenden Schlüssel und fragte, als sie ihren Blick über das in ihren Händen liegende Papier schweifen ließ: „Kommst du mit, oder willst du hierbleiben?"

Sie schaute hoch.

Was sie da in ihrer eigenen Handschrift las, war wie eine Reise in die Vergangenheit. Sie konnte sich noch gut daran erinnern, wie sie damals an dem klapprigen, vom Sperrmüll geretteten Klapptisch gesessen hatte, und mit der Zungenspitze die Mine des Kugelschreibers befeuchtet hatte in der stillen Hoffnung, dass dadurch die Tinte wieder flüssig werden würde. Es war so bildhaft, sich wieder dort sitzen zu sehen. Den Kopf voller Ideen und mit der Hoffnung auf ein besseres, aufregenderes, mit Abenteuern angefülltes Leben. Sie hatte damals ernsthaft daran geglaubt, dass sie mit Michael irgendwann nach Schweden gehen würde, und dass sie zusammen ein kleines Haus an einem der unzähligen Seen kaufen würden, um von dort aus die Märkte und Stadtfeste abzuklappern und die guten alten deutschen Würste zu verkaufen.

Jetzt, wo sie den Zettel in der Hand hielt, und die Knicke und Risse in dem Papier betrachtete, begriff sie, was für ein Spielball sie in Michaels Händen gewesen war. Wie naiv und dumm sie einst gewesen war ...

... nicht mehr als eine lapidar über das Spielfeld gezogene Schachfigur.

„Kommst du jetzt?"

Sie nickte. „Ja."

„Dann mal hopp. Ich habe nicht den ganzen Tag Zeit. Die Kundschaft wartet."

Sie trottete auf ihn zu, noch immer gefangen in ihren Gefühlen, noch immer hin- und hergerissen, ob sie ihm sagen sollte, was sie gerade fühlte und dachte. Doch als sie ihn ungeduldig auf der Stelle treten sah, wusste sie, dass es unnötig war, mit ihm über das Vergangene zu reden.

Es brachte eh nichts.

Deshalb faltete sie das Stück Papier sorgfältig zusammen, und ließ es in ihrer Handyhülle verschwinden; einer Schatzkarte gleich, die es sorgsam aufzubewahren galt.

„Es war eine gute Idee", sagte sie, als sie sich an ihm vorbeizwängte. „Eine sehr gute sogar."

Michael erwiderte nichts.

***

„Schick", kommentierte Emma, als sie neben Michael über den Steg schlenderte und den Einmaster zwischen den ganzen anderen gepflegten Schiffen und Booten erblickte, und instinktiv wusste, dass dieser ihrem Mann gehörte. Obwohl er mit roter Farbe gestrichen war, der Mast unendlich lang in den Himmel ragte und das Segel verheißungsvoll und abenteuerlustig im Wind knatterte, verlor das Wrack doch gegen alle anderen Konkurrenten.

Was bin ich froh, dass ich damals abgehauen bin, dachte sie jetzt, als sie das mürrische Gesicht von Michael sah.

„Ich gehe vor", meinte er, als sie einen kurzen Blick zwischen die Bohlen hindurch auf das dunkel unter ihr entlangziehende Wasser warf. Quallen trieben nur eine Handbreit unter der Wasseroberfläche und sie konnte auch einen Schwarm kleinerer Fische ausmachen und fühlte sich sofort an früher erinnert ...

... an jene Zeiten, als sie mit ihrem Vater zum Angeln gegangen war und nichts mehr genossen hatte, als ihm dabei zuzusehen, wie er Brotkrumen ins Wasser warf, die Angel bestückte und die Leine hinaus auf die offene See warf.

Der Geruch von damals stieg ihr jetzt ebenso in die Nase wie das Gefühl der Vertrautheit, als sie das leise Plätschern des an die Pfosten brandenden Wassers hörte.

Als Michael die Reling hinaufgegangen war, drehte er sich zu ihr um und reichte ihr die Hand.

„Danke", sagte sie und griff nach der Strebe, „aber ich brauche deine Hilfe nicht."

„Irgendwie schon."

Sie sagte nichts und zog sich in die Höhe. Als sie auf dem Zwischendeck stand, sah sie, dass eine schmale Treppe hinunter in das Innere des Schiffes führte. Während an der Ecke eine kleine Fahne hing, die lose im Wind flatterte, war der Bug von einer spitz zulaufenden Reling umgeben, die geradewegs auf das offene Meer zeigte. Beinahe so, als wollte es ihr zeigen, wohin ihre Reise hätte gehen können, wäre sie bei Michael geblieben.

Gott bewahre, dachte sie und schüttelte sich, als sie Michael rufen hörte, dass sie ihm folgen sollte.

Was sie widerwillig tat.

Als sie ihren Fuß auf die eiserne Treppe setzte, stieg ihr sofort der abgestandene Geruch von Alkohol, gebratenem Essen und zerwühlten Betten in die Nase.

Angewidert verzog sie das Gesicht, und spähte in die schummrige Dunkelheit hinein. Durch eine vor dem Bullauge hängende Gardine fiel ein wenig Sonnenlicht in den relativ großen Salon. Sie entdeckte eine Eckbank, einen soliden, hölzernen Tisch sowie eine abgegrenzte Kombüse. Hinter einer zum Vorderschiff führenden offen stehenden Tür lag eine geräumige Koje.

Sie wunderte sich, dass Michael sich, als sie unten angekommen war, entschuldigte. „Ist leider etwas unordentlich hier." Hastig bückte er sich nach einem BH und trat mit der Fußspitze einen Slip beiseite. „Ich hatte nicht mit Besuch gerechnet, wenn ich ehrlich bin. Ich war der festen Überzeugung, dass ich die Urkunde im Shop habe."

„Deine Unterwäsche ist das nicht", bemerkte sie spitz, und spürte dabei das befriedigende Gefühl eines innerlich errungenen Sieges in sich aufsteigen. Ein Gefühl, von so einer Genugtuung, dass sie sich vorkam wie ein zwölfjähriges Mädchen, das den immer auf sie herabhagelnden Spott der Jungen mit einer deftigen Breitseite abgeschmettert hatte.

„Ich bin Junggeselle", sagte Michael schulterzuckend.

„Ich wollte dir auch keinen Vorwurf machen."

„Ach?" Er schaute sie in der dämmrigen Dunkelheit geradewegs an.

„Ist so."

„Aha."

Er ging zu der Koje, die hinter der Tür lag und begab sich auf die Knie, was dafür sorgte, dass Emma erschrocken zusammenzuckte. Sie blinzelte verwirrt, legte die Hand auf den Mund, und versuchte hektisch, woanders hinzuschauen als auf Michaels Hintern.

Verwirrung stieg ebenso in ihr auf wie schamhafte Peinlichkeit, weil sie Michaels Hintern in der sich plötzlich spannenden Jeans ausgesprochen attraktiv fand.

Die knackigen Wölbungen, die hinunterglitten zu den Oberschenkeln, das leichte Hochrutschen seines T-Shirts, und die sich darunter abzeichnenden Muskelstränge hatten ihr einen kurzen Stoß versetzt.

Nur eine Erinnerung an die Vergangenheit, als ich noch dachte, dass ein schöner Körper und ein fein geschnittenes Gesicht alles war, was man haben wollte. Was bedeuteten schon Geist und Zielstrebigkeit?

Damals?

Für mich?

Nichts.

Das ist mir erst in der Nacht, als ich davonlief, bewusst geworden. Als ich begriffen habe, dass es mehr im Leben geben muss als haltlose Versprechungen und …

… aber sieh doch mal, wie niedlich er jetzt aussieht.

Siehst du denn nicht das Grübchen in seinem Kinn? Die in Falten liegende Stirn?

Siehst du nicht …

Klappe!, ermahnte sie sich selbst und sagte dann mit einem bissigen Tonfall in der Stimme: „Na? Wieder nichts?"

„Nein, irgendwie nicht."

Obwohl ihre Frage gehässig hatte klingen sollen, und sie sich wünschte, alles, was sie fühlte, mit ein paar ausgesprochenen Worten ausdrücken zu können, merkte sie, dass das Gesagte nur wie eine leere Hülse klang. Wie eine Verkaufsglocke, unter der man nichts sah als ein leeres Kuchentablett, auf dem noch einige Krümel lagen.

„Vielleicht weiter hinten", meinte er, und kroch, eine weitere Kiste unter dem Bett hervorziehend, noch tiefer in die Koje hinein. So weit, dass Emma ihn spöttisch fragte: „Soll ich dir ein Seil um den Bauch binden, damit du nicht verloren gehst in den unendlichen Weiten der Schwärze deines Bettes?"

„Keine Sorge", entgegnete er. „Ich bin Ausflüge ins Nirgendwo gewohnt und bestens darin geschult, den Gefahren von Zeit und Raum aus dem Weg zu gehen."

„Hast du wohl in der letzten Zeit gelernt."

„Nur das Überleben."

„Wenigstens etwas."

Er sagte nichts mehr dazu und rief nur: „Hier könnte noch etwas drin sein."

Als er unter dem Bett zu wühlen begann, verschränkte Emma die Arme vor der Brust, drehte sich auf dem Absatz herum und ließ ihren Blick noch einmal über den achtlos zur Seite geschobenen Slip wandern, und dann zu den im Heck eingelassenen Kojen. Ebenso wie vorne am Bug stand auch hier die Tür offen und sie konnte das zerwühlte Bett und die zur Hälfte auf dem Boden liegende Decke erkennen.

Sie beschlich ein ungutes Gefühl, als sie den auf der Decke liegenden, roten Stöckelschuh erkannte sowie eine leere Sektflasche.

„Hattest wohl gestern noch etwas Spaß, was?", fragte sie schärfer als beabsichtigt, während Michael unter seinem Bett hervorgekrochen kam und einen zerdrückten, alten Papierordner in der Hand hielt, der sie an genau jene erinnerte, die sie damals beim mittlerweile geschlossenen Kodi-Markt gekauft hatte. Ein hässliches, einfaches, mit weinroten Punkten bedrucktes Stück Pappe, in dem sie damals ihre Zeitschriften und Magazine gesammelt hatte, um die Unordnung in ihrer kleinen Wohnung ein wenig in Grenzen halten zu können.

Sie erinnerte sich, als wäre es gestern gewesen, wie sie den Ordner kaufte. Als sie freudestrahlend aus dem kleinen Laden getreten und sich sicher gewesen war, der Wohnung damit neuen Glanz verleihen zu können.

Weder sie noch Michael hatten es je ernsthaft geschafft, Ordnung zu halten.

Während seine Computerspiele, Videokassetten und DVDs lieblos in eines der an der Wand stehenden Regale geworfen worden waren, hatten ihre Zeitschriften und Magazine – die sich allesamt mit anderen Ländern und historischen Gegebenheiten beschäftigten – als Stapel mal auf der Anrichte, dann auf einem Tisch oder auf einer Kommode im kleinen, dunklen Flur gelegen.

Den Ordner jetzt hier zu sehen, war, als hätte sie einen Schlag mit der Schaufel gegen den Kopf bekommen. Es wunderte sie, dass sie sich so fühlte, und dass sie sich wegen eines so billigen, einfachen Dings emotional so sehr aus der Ruhe bringen ließ.

Es ist nicht der Ordner, sagte sie sich, *es ist die Erinnerung, die damit verknüpft ist.*

Die Hoffnung, die ich damals hatte, es uns wohnlicher und angenehmer machen zu können. Dass wir beide zusammen an einem Strang ziehen könnten.

Doch so wie jetzt war ich auch damals von Michael enttäuscht worden. Als ich nach Hause kam, hatte mir kein fröhliches: „Was hast du denn da Cooles mit nach Hause gebracht?", entgegengeschallt. Es war nur ein lapidar Dahingesprochenes: „Etwa noch mehr Papierzeug?", gewesen.

Und so, wie er damals meine Ordner belächelt hat, behandelt er ihn auch heute noch.

Unwichtiger Plunder, den man weit, weit unter das Bett schieben kann, um ihn dort zu vergessen.

Michael, der keine Ahnung hatte, mit was für Gedanken sie sich beschäftigte, sagte: „Ich musste meine bevorstehende Scheidung feiern."

Der nächste Hieb von ihm, der sie traf ...

... was sie wieder wunderte.

Emma merkte, wie sehr Michaels Art sie ärgerte. Sie hatte sich von ihm ein wenig mehr Respekt erhofft, der ihr nicht eine Sekunde entgegengebracht wurde.

Sie fragte sich, warum sie wollte, dass er mehr für sie empfand – oder sie verstand. Sie wusste es nicht. Emma begriff, dass sie sich selbst anstrengend fand, und sich gegen die durch ihren Verstand sickernden Worte von Lisa ebenso wehren musste wie gegen die von Oller hervorgebrachte Frechheit, ihr sagen zu wollen, wie das Drehbuch ihres Buches auszusehen hatte.

All diese Komponenten und Unsicherheiten, denen sie gerade ausgesetzt war, paarten sich mit einem schlechten Gewissen Mark gegenüber.

Je länger sie in Eckenförde blieb, desto weniger dachte sie an ihn. Ihre Enttäuschung darüber, dass er gestern Abend noch online gewesen war, ohne ihr eine gute Nacht oder süße Träume zu wünschen, wuchs jetzt plötzlich ins Unermessliche.

Sie wollte keine Zicke, Memme oder Heulsuse sein, aber jetzt hier zu stehen und zu sehen, wie Michael Frauenkleider beiseiteschob, eine geleerte Sektflasche im Bett liegen hatte und ihren alten Ordner zwischen die Beine klemmte und ihn dabei zerknitterte, gab ihr das Gefühl, in den Händen eines Riesen zu liegen, der erbarmungslos zudrückte.

„Hast du ja, wie ich sehe."

„Und wie."

„War sie denn wenigstens nett?"

Michael nickte, während er durch die aus dem Ordner hervorguckenden und zerknickten Papiere blätterte. Er zog schließlich eine Klarsichtfolie hervor, begutachtete sie und meinte dann: „Scheint dir zu gehören."

Er warf ihr die Folie zu.

Sie rutschte über den Boden, glitt bis zu Emmas Füßen und sie bekam unwillkürlich Magenschmerzen bei dem Anblick. Obwohl sie die Papiere fast zwanzig Jahre lang nicht mehr gesehen hatte, wusste sie augenblicklich, was es war, was Michael ihr da emotionslos zugeworfen hatte.

Ihre Notizen!

Ihre ersten, sie damals so sehr beflügelnden Ideen!

Die Hoffnung, aus diesen vollkommen naiv zu Papier gebrachten Einfällen einmal Geschichten schreiben zu können, die sie berühmt machten ...

Fantasy-Geschichten, die sich um kleine Magie begabte Mädchen drehten, die in die weite Welt herauszogen, um Holz für ihren Zauberstab zu suchen.

Eine Gilde voller Paladine, die sich weigerten, Frauen bei sich aufzunehmen und schließlich von einer Magd gerettet wurden, als die Heere der Dämonen über das Land kamen, um Dorf für Dorf, Stadt für Stadt und Mensch für Mensch zu vernichten.

Aber auch die ersten, zarten Blüten ihrer jetzigen Karriere waren in diesem Ordner zu finden.

Blütenzauber hatte sie eine ihrer Ideen genannt. Die Geschichte einer jungen, erfolglosen Frau, die sich im Großstadtdschungel zu behaupten versuchte, und dabei an die falschen Menschen geriet und lernen musste, was es hieß, mit dem zufrieden zu sein, was sie hatte.

Eine Idee, die ihr damals gekommen war, als sie angefangen hatte, mit dem Gedanken zu spielen, Michael zu verlassen.

Während Michael ins Bett gegangen war, um noch ein wenig auf seinem alten Gameboy zu spielen, hatte sie dagesessen, während der Kugelschreiber über das karierte Papier gewandert war, und ein Unwohlsein und einen unangenehmen Druck in ihrem Magen gespürt, der sie vollkommen irritiert hatte.

Heute, so viele Jahre später, wusste sie, was dieser Druck bedeutet hatte: Auseinandersetzung!

Sie hatte damals, als sie nach Hamburg kam, in einem Forum gelesen, dass man immer über die Dinge schreiben sollte, die man kannte. Gefühle, Erfahrungen, Erlebnisse, alles, was man selbst schon durchgemacht hatte, würde dazu führen, lebendiger, realistischer und authentischer zu schreiben. Was wiederum dazu führen würde, dass die Leser einem die Geschichte abnahmen.

Emma, die damals voller Hochmut gewesen war, hatte gedacht, sie könne schreiben, was sie wollte, und es würde den Lesern so oder so gefallen, und hatte den Ratschlag einfach ignoriert.

Heute wusste sie, warum sie das getan hatte.

Sie hatte Angst gehabt!

Angst davor, sich mit Dingen auseinandersetzen zu müssen, die ihr wehtun würden. Allein der Gedanke daran, einen kurzen Blick auf ihre in Tränen daliegende Seele zu richten, war ihr damals – wie auch heute oft noch – unmöglich erschienen.

Blütenzauber war zu nah an mir dran, als dass ich die Geschichte damals hätte weiterschreiben können, dachte sie jetzt, während ihre Finger über das Papier strichen, das angefangen hatte, einen gelblichen Stich zu bekommen.

Wasserherz spricht das aus, was ich fühle.

Es zeigt die ersten Schatten meiner Gefühle.

Sie schüttelte den Kopf, um wieder klarer denken zu können, als sie Michael sagen hörte: „Hier ist auch nichts."

„Und jetzt?", wollte sie fragen, merkte dann aber, dass sie kein Wort herausbrachte. Ihre Augen starrten noch immer auf das halb aus der Folie gezogene Blatt Papier und auf ihre ordentliche, akribische Handschrift, die bei jedem Bogen und jedem Schwung der Buchstaben die Linien berührten und wie ein Kunstwerk verzierten. Plötzlich entdeckte sie, in der obersten Ecke des Blattes ganz klein, mit roter Tinte geschrieben: *Schöne Idee!*

Emma schluckte.

Sie erkannte sofort, dass dies nicht ihre Handschrift war. Die einzelnen Buchstaben waren zu klein und zu dicht aneinandergedrängt, als dass sie zu einer kreativen Frau wie Emma gehören konnten.

Schöne Idee ...

Sie schaute zu Michael, der noch immer auf dem Fußboden saß, und den vor ihm liegenden Papierstapel noch einmal durchwühlte.

Als er den Kopf hob und noch einmal sagte: „Nichts. Hier ist absolut nichts“, entdeckte sie, dass die gleiche Handschrift auch ihre anderen Ideen bewertet hatte. Auf der Paladin-Geschichte stand *Ausbaufähig* und auf der mit dem Mädchen *Der Zauberstab muss kleiner sein.* Als sie das Blatt ein wenig weiter hervorzog, fand sie ein: *Na ja.*

„Was machen wir jetzt?“, wollte Michael wissen. „Einfach alles beim Alten belassen?“, fragte er unschuldig.

„Wie bitte?“

„Sollen wir unser selbst gewähltes Schicksal akzeptieren, oder versuchen wir, anders an die Urkunde heranzukommen?“

Emma lächelte schief. Sie schob die Papiere in die Folie zurück, und spürte, dass sie einen trockenen Hals bekommen hatte. „Hast du etwas zu trinken für mich?“ fragte sie und redete weiter, als Michael sagte: „Klar.“

„Warum hast du meine Unterlagen nicht weggeworfen?“

Er zuckte mit den Schultern, als er sich zum Kühlschrank hinunterbückte und klimpernd die Tür aufzog. „Hat sich irgendwie nie ergeben.“

„Und die Notizen?“

„Was für Notizen?“

„Die Anmerkungen oben in den Ecken?“

„Ach die.“ Er zuckte mit den Schultern. „Die hatte ich damals gemacht, weil ich dir die Sachen schicken wollte in der Hoffnung, dass du wert auf meine Meinung legst. Flasche oder Glas?“

„Glas. Wieso wolltest du das denn?“

Er zuckte erneut mit den Schultern. „War wohl die Hoffnung, dir so zeigen zu können, wie viel du mir bedeutest."

„Habe ich das?"

„Du hast mir *alles* bedeutet", antwortete er und machte ein betretenes Gesicht, als er sich nach dem Slip bückte, der noch immer, einer verlorengegangenen Trophäe gleich, auf dem Fußboden lag. Er stopfte sich das Stück Stoff in die Hosentasche, lächelte verlegen und sagte dann, als Emma nichts erwiderte: „Wir wollen jetzt aber nicht emotional werden."

„Nein, das wollen wir nicht", flüsterte sie.

„Die Scheidung muss schließlich vorangetrieben werden."

„Auf jeden Fall. Aber wie?"

Michael zuckte mit den Achseln, ging auf das mit einer Gardine verzierte Bullauge zu, und zog sie beiseite, um das Fenster öffnen zu können.

„Dann müssen wir wohl zum Standesamt. Da wird es ja garantiert noch eine beglaubigte Kopie geben. Die fordern wir an und schon kannst du mich zum Teufel jagen."

„Das klingt verlockend", erwiderte sie lächelnd, schüttelte dann aber den Kopf.

„Was hast du?"

„Nichts. Ich will das alles nur endlich hinter mich bringen, verstehst du?"

„Ich bin ganz deiner Meinung. Wir treffen uns nach meiner Tour beim Amt. Liegt oben bei der Kirche. Hoffen wir mal, dass die nicht schon um vierzehn Uhr schließen."

***

Emmas Enttäuschung war riesengroß.

Sie hätte am liebsten vor Wut geschrien. Sie ballte die Hand zur Faust, während sie sich dazu zwang, mit ruhiger Stimme zu fragen: „Und wann ist der Kollege wieder im Haus?“

„Montag.“

„Montag?“, rief Emma mit schrill klingender Stimme und ließ die junge, hinter dem Schalter sitzende Frau verlegen lächeln. „Das ... das ... das ist noch sehr lange.“

„Nach dem Wochenende“, meinte die Blondine schüchtern lächelnd.

„Das ist viel zu lange.“

„Es tut mir leid, aber ...“

„Schon gut“, mischte sich Michael beschwichtigend ein und packte Emma am Arm. „Danke für Ihre Mühen. Im System stehen wir ja jetzt. Dann ist es ja nicht weiter schlimm, wenn wir drei Tage warten und dann zu ihren Kollegen gehen.“

„Der hat aber erst am Mittwoch wieder einen Termin frei.“

„*Was*?“, kreischte Emma.

„Steht hier so“, sagte die Blondine und machte ein mitleidiges Gesicht. „Tut mir sehr leid. Mittwoch um sechzehn Uhr? Ist das okay für Sie?“

Kapitel 3

Alte Gefühle

Nach der gefühlten Niederlage hatte Emma nichts mehr in Eckenförde gehalten. Obwohl Michael sie gefragt hatte, ob sie seinen Touristenschoner sehen und mit seinen Gästen rausfahren wollte, hatte sie freundlich, aber bestimmt abgelehnt. Allein der Gedanke daran, mit Michael noch mehr Zeit zu verbringen, hatte ihr Magenschmerzen bereitet.

Heute morgen, als sie von seinem Boot hin zum Anleger für die Touristenschiffe gegangen waren, war es ein Fehler gewesen, ihn zu begleiten. Die Tatsache aber, nicht allein durch Eckenförde schlendern zu wollen, hatte sie dazu getrieben, die erste Tour am frühen Morgen mit Michael zu bestreiten.

Sie hatte gesehen, wie höflich und freundlich er zu den älteren Damen war, denen er auf sein Schiff half. Wie locker flockig er aus der Hüfte schießen konnte, wenn es darum ging, jungen Menschen die Vorzüge der Nordsee zu präsentieren. Wie niedlich er war, als die kleine Familie an Bord kam, die zwei kleine Kinder bei sich hatten, die süßer nicht sein konnten. Während er dem blond gelockten Mädchen freundschaftlich auf die Nasenspitze stupste und meinte, dass er für sie den besten aller Plätze auf dem Schiff reserviert hatte, hatte er dem braunhaarigen Jungen, mit den vielen Sommersprossen auf Wange, Nase und Kinn, versprochen, dass er das Ruder der *Lisa* übernehmen dürfe.

„Aber nicht zu weit aufs Meer rausfahren, nicht dass ich noch Piraten verscheuchen und einsame Inseln erforschen muss“, hatte er noch gesagt und ein Leuchten in die Augen des Jungen gezaubert, der Emma ans Herz gegangen war.

Der Gedanke, den sie vorhin gehabt hatte, als sie daran dachte, wie sie sich fühlte, als sie sich vorstellte, dass sie Kinder mit Michael hätte haben können, war auf sonderbare Art und Weise zu ihr zurückgekommen. Erst war da noch die Verwirrung gewesen, die Angst, Mutter sein zu müssen, um sich dann in einem merkwürdigen Wirrwarr aus betroffenen Versäumnissen und nie gemachten Erfahrungen zu vermengen.

Dazu kam, dass sie merkte, dass ihr die Tour zu gefallen begann.

Allein hinauszufahren, auf die offene See, das Festland hinter sich zu lassen und hin zu den Robbenbänken zu schippern, hatte sie mit Erinnerungen an früher erfüllt. Daran, wie sie mit ihrem Großvater zusammen gewesen war, oder als sie allein auf dem dahindümpelnden Meer segelte.

Der auffrischende Wind war ihr ebenso vertraut gewesen wie die sich am Horizont abzeichnenden Silhouetten der im Meer liegenden Nordseeinseln. Ihr war alles so vertraut gewesen; so angenehm nah, dass sie da auf einer Bank an der Reling saß, die Arme vor der Brust verschränkt, und hinter ihrem hochgeschlagenen Jackenkragen sich das Lächeln nicht verkneifen konnte.

„Schön, oder?“, hatte die junge Mutter sie gefragt, nachdem sie mit ihrer Tochter neben Emma Platz genommen hatte, um mit ihr hinaus aufs Meer zu schauen. „Ich liebe den Anblick.“

„Ich ... auch", war Emmas Antwort gewesen. So verrückt es klang und so albern es sich für sie auch anfühlte – aber sie meinte es ernst. Sie hatte wirklich so empfunden. Ebenso ihr: „Stimmt", auf die Bemerkung der Mutter, als diese sagte: „Und der Kapitän macht das so süß. Total niedlich."

Was Emma jetzt noch dazu brachte, die Augenbrauen kritisch zur Nasenwurzel zu ziehen und die Lippen fest aufeinander zu pressen. Sie hatte während der Tour ernsthaft nach dem Gefühl der Abneigung gesucht, das sie Michael seit gestern leidenschaftlich entgegengebracht hatte.

Es war ...

... verschwunden.

Nicht lange, nicht für immer, aber dennoch für einen kurzen Augenblick, dass Emma ernsthaft erschrocken darüber gewesen war, dass es ihr abhandenkam.

Er hat es ja zum Glück kaputtgemacht, dachte sie jetzt, während sie sich nach einem vor ihr auf dem Gehweg liegenden Papierbecher bückte, ihn aufhob und nach einem Abfalleimer Ausschau hielt. Fast wäre ich wirklich auf meine Gefühle reingefallen.

Hätte noch beinahe gedacht, er könne doch ein lieber Kerl und kein riesengroßes Arschloch sein.

Sie hatte sich, ganz ihrer inneren Sicherheit folgend, von ihrem Platz erhoben und war in die Steuerkabine getreten. Da hatte Michael, den Jungen auf einem kleinen Hocker stehend, vor sich am Steuer positioniert. Eine alte, speckig anzusehende Schippermütze auf dem Kopf, hatte der Kleine so wild an dem Ruder gerissen, dass Emma allein bei dem bloßen Gedanken daran, dass Schiff könnte auf diese Bewegungen reagieren, mit der Übelkeit zu kämpfen begann.

„Der Autopilot ist drin", hatte Michael gesagt, als er Emma bemerkte, um dann aus dem Fenster hinaus zu zeigen, auf die sich unter den Wassermassen der

Nordsee abzeichnenden Sandbänke. „Da musst du uns durchschippern. Passieren wir die Meerenge da, dann kommen wir aufs freie Wasser und können uns die Robben bei den Felsen dahinten anschauen."

„Das mach ich", rief der Junge und riss weiter an dem Ruder.

Emma hatte dagestanden, am Türrahmen gelehnt, die Arme vor der Brust verschränkt, eine ihr in die Stirn fallende Haarsträhne wegpustend. Michaels Lächeln, so sanft und lieb, so vertraut und verheißungsvoll, hatte ihr ebenso gut gefallen wie die Geste, die er vollführte, als er dem Jungen mit der Hand durch das dunkle Haar wuschelte.

„Du machst das gut."

„Ist mein Job."

„Das mit dem Jungen."

„Auch mein Job."

„Der dir Spaß bringt", bemerkte sie.

„Sehr."

Dann hatte er etwas getan, was Emma nicht begriff. Etwas, das sie verwirrte und ärgerte. Michael hatte sich zu dem Jungen heruntergebeugt, hatte ihm ins Ohr geflüstert, so laut, dass sie noch jedes Wort verstehen konnte, und Wolfgang Goethe mit einer vor Hohn triefenden Stimme zitiert, die Emma wie ein Messerschnitt in die Haut fuhr:

„Alles Vergängliche
Ist nur ein Gleichnis;
Das Unzulängliche,
Hier wird's Ereignis;
Das Unbeschreibliche,
Hier ist's getan;
Das Ewig-Weibliche
Zieht uns hinan."

„Hä?“, machte der Junge und schaute Michael verwirrt an.

„Merk dir die Worte, sie sind wahr.“

Damit wandte er sich wieder der Frontscheibe zu und ließ Emma wie einen begossenen Pudel dastehen.

Was sie nicht sah, sondern nur annahm, weil sie mit ihrer Wut und Enttäuschung zu kämpfen hatte, war, das Gesicht Michaels, dass sich im Glas spiegelte. Erst hatte sie gemeint, auf seinen Lippen ein gehässiges Lächeln zu sehen. Ein Grinsen, das seinen eben eingefahrenen Sieg unterstreichen sollte. Nur um dann, als sie näher darüber nachdachte, anzunehmen, dass es kein Grinsen, sondern eine Grimasse des Ekels und der Abscheu gegen sich selbst gewesen war.

Hatte er nicht auch eine Faust gemacht, und sie sich gegen den angedeuteten, sich schüttelnden Kopf gepocht?

Ärgerte er sich über sich selbst?

Emma wusste es nicht. Und sie wollte es auch nicht. Das, was sie wollte, war, sich wieder sicher zu sein, wie sie mit ihm umzugehen hatte.

Freundlich?

Distanziert?

Kratzbürstig?

Sie schüttelte wegen ihrer Gedanken den Kopf.

Emma lächelte, als ihr eine sanfte Brise Meeresluft ins Gesicht blies und in ihre Haare fuhr. Sie konnte die auf den sanften Wellen pendelnden Jollen sehen. Angler standen unten an der Kaianlage und versuchten, den Fisch des Tages zu fangen.

Wimpel und Fahnen wehten im Wind und der Geruch nach gebratenem Fisch und Rind lag in der Luft. Die ausgelassene Fröhlichkeit der Menschen schwappte selbst hier, weit weg von all dem Trubel, zu ihr herüber.

Emma, die sich an den Strand gesetzt hatte, hinter sich der ihr so lieb gewonnene Leuchtturm, hatte ihre Schuhe abgestreift und die Knie an ihren Körper gezogen. Sie holte tief Luft, schloss die Augen und wünschte sich, dass all dieser Wahnsinn, in dem sie gerade steckte, endlich ein Ende finden würde.

Als ihr Handy klingelte, wollte sie im ersten Moment gar nicht drangehen. Das Wissen, dass Oller auf ihre im Frust geschriebene E-Mail reagieren würde, ließ sie zögern. Andererseits war es gut, sich mit jemandem auszutauschen. Auch wenn es nur ein Streitgespräch war und sie sich sicher sein konnte, danach noch niedergeschlagener zu sein, als sie es jetzt schon war.

Als sie das Handy aus der Hosentasche zog, war sie erfreut zu sehen, wer tatsächlich anrief, es war Angie.

Mit einem fröhlich klingenden: „Hallo", ging sie ans Telefon und vernahm sofort das Schnauben ihrer Freundin.

„Wo treibst du dich denn bloß herum?", wollte Angie wissen, ohne sich mit großen Begrüßungsfloskeln abzugeben.

„Da, wo man von der Vergangenheit in den Arsch getreten wird."

„Immer noch?"

„Frag nicht", entgegnete Emma lächelnd, die es genoss, die Stimme ihrer besten Freundin zu hören.

Die Journalistin, die, ohne mit der Wimper zu zucken, viel größere Fische aus dem Wasser zog und ihnen genüsslich die Schuppen vom Körper schabte, dachte Emma mit Schrecken.

Was, wenn sie mich nur anruft, um mir zu sagen, dass ich in der Presse stehe?

Dass ich auf den ganzen News-Portalen der *Freizeitrevue*, des *Goldenen Blattes* und der *Wochenende* abgelichtet worden bin. Und überall steht:

Was treibt die Bestsellerautorin in ihrer Heimatstadt?
Gerüchten zufolge, ist sie verheiratet.
Unsere Reporter sind bereits vor Ort.

Emma wusste, dass sie sich selbst zu wichtig nahm, und ihre Stellung innerhalb der Gesellschaft überschätzte.

Aber was, wenn nicht?, fragte sie eine zitternde, sie erschreckend an ihr jüngeres Ich erinnernde Stimme. *Die Klatschkolumnen sind voll mit Promi-News. Selbst Kleindarsteller aus bescheuerten TV-Formaten der privaten Sender werden da regelmäßig durch den Kakao gezogen.*

Egal, ob sie feierten, sich ein neues Auto kauften oder sich scheiden ließen.

Wenn dann jemand mit ein wenig Profil wie du daherkommt, ist das doch ein gefundenes Fressen für die.

Bete, dass Angie dich nur als Freundin anruft.

Als beste Freundin, schob Emma hinterher und flüsterte: „Es ist alles viel komplizierter als gedacht."

„Ach nee."

„Doch, doch", antwortete Emma. „Damit kann ich einen Roman füllen, wenn ich wollte. Angie, du glaubst gar nicht, was mir hier alles widerfahren ist."

„Mäuschen, du darfst mir immer alles erzählen, das weißt du doch. Ich sage dir, ich freue mich auf jede einzelne Anekdote. Am liebsten die, wo du deinen kleinen Zuckerarsch in einen Bikini wirfst und den Männern am Strand ordentlich den Kopf verdrehst."

Emma lachte laut auf. „Angie. Du sollst so was nicht immer sagen."

„Was? Dass du einen zum Anbeißen schönen Hintern hast? Hey, das ist die Aufgabe einer besten Freundin, und die nehme ich gerade wahr."

„Ich mag das aber nicht."

„Weil du ein prüdes, verklemmtes Miststück bist. Würde es einen Kerl geben, der dich einmal gehörig ..."

„Hey, hey, hey, halt dich zurück."

„Was denn? Die Wahrheit darf man doch wohl sagen."

„Aber nicht, wenn sie vulgär ist."

„Na, dann wird es wohl nichts mit einer schönen Anekdote. Schade. Wirklich schade. Wäre bestimmt nett geworden."

„Und jetzt?"

Als sie Angie so reden hörte, wusste Emma instinktiv, dass es nicht nur ein freundschaftlicher Anruf war. Es fehlte die Nuance Unbekümmertheit in jedem ihrer Worte. Und jetzt war durch das Telefon das Rascheln zu vernehmen, das immer dann entstand, wenn Angie ihr Handy zwischen Ohr und Schulter klemmte, und Emma bekam Magenschmerzen.

Sie bildete sich ein, das leise, nervöse Klicken des Kugelschreibers zu hören, der auf einem Papier geöffnet und geschlossen wurde.

„Hast du eine Ahnung, mit wem Mark sich gestern Abend getroffen hat?"

Emmas Hals wurde trocken und sie hatte das Gefühl, als würde ihre Zunge anschwellen.

Sie schüttelte den Kopf, obwohl Angie es nicht sehen konnte. Erst als sie sich selbst leise fragen hörte: „Warum fragst du?", schalt sie sich selbst für ihre plötzlichen, ängstlichen Gefühle eine Närrin.

Sie versuchte, die Empfindungen und Befürchtungen nicht in sich aufsteigen zu lassen. Sie wollte ihre leisen Zweifel nicht laut werden lassen.

Zweifel, die sie seit dem Tag heimgesucht hatten, seit sie Mark kannte.

Er hat sich scheiden lassen, oder? Erinnerst du dich? Kurz nachdem ihr beide zusammengekommen seid, hat er seiner Frau gesagt, dass er nicht mehr mit ihr zusammen sein will und dass er sich für dich entschieden hat.

Also, warum machst du dir dann solche Sorgen?

Dann trifft er sich halt mit einer anderen Frau.

Wenn er mit jemand anderem etwas anfangen wollte, hätte er dich nicht vor der ganzen Presse gefragt, ob du ihn heiraten willst, oder? Es verbessert seinen Ruf ungemein, meldete sich eine Stimme in ihr, deren Herkunft sie nicht bestimmen konnte. Die einen berechnenden, einen bittersüßen Klang mit sich brachte, dass Emma augenblicklich kalt wurde. *Die Presse hat ihre Schlagzeile, er das charmante, jungenhafte Gesicht, das auf den Titelseiten der Büchermagazine prangt. Und er hat mich ebenso in den Fokus geschoben.*

Schlau.

Berechenbar …

Während sie ihre Gedanken zu beruhigen versuchte, fragten ihre Ängste und Befürchtungen: *Hat Mark seine Frau nicht wegen einer jüngeren, hübscheren Frau verlassen? War er nicht zuerst heimlich mit ihr essen gewesen, um sie dann mit in ein Stundenhotel zu nehmen, um sie dort mit süßen und liebevollen Worten und ein wenig Alkohol zu verführen? War es nicht eine junge, aufstrebende Autorin, der er süßholzraspelnde Worte ins Ohr geflüstert und ihr versichert hat, ihr Buch auf den Markt zu bringen?*

War es nicht so?

„Ich bin halt nur neugierig", riss Angie ihre Freundin aus den Gedanken und blieb weiterhin schrecklich professionell. „Wer ist die Kleine?"

„Eine Autorin, die das gewisse Etwas haben könnte."

„*Etwas* hatte sie definitiv, das kann ich dir sagen."

„Ist sie hübsch?"

„Eine Bombe!", entgegnete Angie und fügte hinzu: „Sieht eher aus wie ein Model als wie eine Autorin. Nichts gegen dich, Darling. Du bist eine Doppelbombe, aber das Mädchen war schon, nun ja, eine heiße Angelegenheit."

„Davon hat Mark mir nichts erzählt."

„Wenn er schlau ist", brummte Angie und jedes einzelne ihrer Worte quoll über vor Abneigung und Ekel, „hält er die Füße still. Aber er ist bekanntlich nicht schlau."

„Du weißt doch, wie Mark ist", versuchte Emma, ihren Verlobten zu verteidigen.

„Ein Möchtegern ... jemand, der sich gern zeigt und so tut, als wäre er mehr, als er wirklich ist. Keine Ahnung, was du an ihm findest", meinte Angie seufzend, ruderte im gleichen Moment zurück, als sie das genervte Schnauben von Emma hörte. „Schon gut, schon gut. Ich habe ja gar nichts gesagt. Streich meine letzten Sätze einfach aus deinem Gedächtnis."

„Rufst du mich nur deswegen an? Weil Mark sich mit einer jungen Autorin getroffen hat?"

„Auch."

„Warum noch?"

„Was soll ich meinem Kollegen sagen, der Mark und die Neue gestern rein zufällig beim Italiener gesehen und fotografiert hat? Der wittert nämlich seine Chance und hat nur meinetwegen noch keine Headline rausgehauen, dass der frisch verlobte Agent von Emma Sommer sich mit einer aufreizend schönen Frau getroffen hat, während seine Verlobte plötzlich aus der Stadt verschwunden ist."

„So eine Scheiße", murmelte Emma. „Kannst du den Artikel irgendwie verhindern?"

„Nein."

Emma wurde blass.

Dann hörte sie Angie laut lachen. „Baby, für dich würde ich doch alles tun. Es sei denn, du willst Mark gehörig einen Tritt in die Eier verpassen. Da wäre ich sofort dabei."

„Angie, bitte."

„Okay. Ich sage meinem Kollegen, dass an der Sache nichts dran ist und dass er nichts hineininterpretieren soll. Ich erzähle ihm einfach, dass du von dem Treffen wusstest."

„Das ist lieb von dir."

„Für dich mache ich doch alles."

„Das weiß ich."

Während des Telefonats hatte Emma gemerkt, dass sich ihr jemand näherte. Als sie Angie gerade erzählte, wie schlecht es ihr ging, hörte sie Lisa hinter sich leise sagen: „Hi, ich hoffe, ich störe nicht."

Emma winkte das Mädchen zu sich, die sich daraufhin vorsichtigen Schrittes und ganz behutsam, so als wolle sie niemanden stören, näherte und sich neben sie setzte.

Ihre Ohren wurden vor Scham und Aufregung ganz rot, wie Emma belustigt feststellte. Als Angie fragte, ob die Jungs in ihrer Heimat immer noch so langweilig waren wie früher, antwortete sie deshalb grinsend: „Von den Jungs habe ich keine Ahnung. Ich kenne mich nur mit jungen Leserinnen aus, die mir hinterherspionieren, wie es scheint."

„Ich spioniere dir nicht hinterher", verteidigte sich Lisa.

„Junge Leserinnen?"

„Stell dir vor", scherzte Emma weiter. „Ich habe hier einen Fan getroffen, und genau dieser eine Fan, den ich hier habe, setzt sich gerade neben mich."

„Mach keinen Scheiß", spielte Angie das Spiel mit.

„Ich sag die Wahrheit. Sag Hallo zu Angie."

Lisa versteifte sich. Sie brachte nur ein: „Äh" und „Öh", heraus und sah aus, als würde sie am liebsten aufspringen und ihr Heil in der Flucht suchen.

Emma, die merkte, dass sie mit ihrem Spaß wohl ein wenig zu weit gegangen war, griff nach Lisas Hand, und gab ihr zu verstehen, dass sie sitzen bleiben sollte.

„Sprachgewandt, die Kleine."

„Ein Naturtalent", konnte Emma sich nicht verkneifen zu sagen und fügte dann hinzu: „Du, Mäuschen, ich rufe dich heute Abend noch einmal an, wenn es okay ist."

„Mach das. Aber nicht zu spät."

„Weil du dann schon schläfst?"

„Haha", meinte Angie. „Nein, weil ich dann vielleicht schon in den Armen von Angelo liege, der mich schwungvoll zuerst über die Tanzfläche und dann zur Bar führt, damit wir zusammen einen ‚Sex on the Beach' trinken können."

„Angie ...", sagte Emma schmunzelnd.

„Was denn? Das Getränk heißt nun mal so und Angelo ist ein wirklich begnadeter Tänzer. Ich werde den Abend sehr genießen."

„Und die Nacht?"

„Ich drücke mir die Daumen, und du mir hoffentlich auch."

„Das weißt du doch."

„Bist die Beste. Liebe dich. Ciao!"

„Dito. Ciao!"

Danach beendete Angie das Telefonat und Emma blickte wieder hinaus auf das unruhiger werdende Meer. Dichtere Wolken ballten sich am Horizont zusammen, und trugen den auffrischenden Wind geradewegs auf die Küste zu. Lisa saß noch immer stocksteif neben ihr und schien den Mut nicht aufzubringen, Emma ihr Anliegen vorzutragen.

„Na, was kann ich Gutes für dich tun?", wollte Emma deshalb von ihr wissen.

„Nichts", entgegnete Lisa hastig, und klang dabei immer noch sehr scheu und verunsichert.

„Für nichts kommst du hierher zu mir?"

„Ich habe Sebastian zur Therapie gebracht", antwortete sie, „und auf dem Rückweg habe ich zufällig deinen Wagen hier stehen sehen. Das ist die Wahrheit!"

„Alles gut", meinte Emma. „Der Platz gehört mir ja nicht."

„Aber du warst oft hier", wandte Lisa ein, und schob dann hastig hinterher, als sie Emmas Blick bemerkte: „Haben Papa und Michael mal erzählt."

„Aha. Was haben sie denn noch so erzählt?"

„Leider nicht viel. Nur, dass du abgehauen bist und seitdem nie wieder hier warst. Gefällt es dir hier denn nicht?"

„Nein", gab Emma offen zu. „Das tut es nicht."

Denn man ist hier nie allein. Man wird immer von irgendjemandem gesehen. Immer. Ich wäre aber gern allein. Wenigstens einmal.

Nur meine Gedanken und ich ... das wäre mal was.

„Oh."

Emma winkte ab. „Es ist einfach viel passiert. Aber das muss dich nicht interessieren", sagte sie gleich darauf, als sie sah, wie Lisa Luft holte, um zu einer weiteren Frage anzusetzen.

„In Ordnung."

Das plötzlich zwischen die beiden Frauen tretende Schweigen war für Emma noch schwerer auszuhalten als für die auf der Unterlippe kauende Lisa. Emma sah ihr an, dass sie mit weiteren Fragen kämpfte und sich nichts sehnlicher wünschte, als die ins Stocken geratene Unterhaltung wieder in Gang zu setzen, es sich aber verkniff, weil sie nicht aufdringlich sein wollte.

Emma hingegen merkte, dass ihr unweigerlich Gedanken in den Kopf stiegen, mit denen sie nichts zu tun haben wollte, weil darin Erinnerungen mitschwangen, die so unangenehm und schmerzhaft für sie waren, dass sie diese am liebsten wieder begraben hätte.

Deshalb fragte sie: „Eine Therapie also?"

„Ja", sagte Lisa nickend. „Sebastian muss einmal die Woche da hin. Papa hat die Hoffnung, dass Frau Matthiesen ihm helfen kann."

„Aber es bringt nichts?"

„Überhaupt nichts. Seit einem Jahr fahre ich ihn nun schon zu ihr, und kein Pieps kommt über seine Lippen."

„Das tut mir leid."

„Schön ist es nicht, aber wir versuchen, damit zu leben. Man gewöhnt sich irgendwann daran."

„An den schweigenden Bruder?"

„An die tote Mutter nicht", sagte Lisa leise, während sie weiterhin hinaus auf das Meer schaute, und mit einem aufgesetzten, fröhlichen Lächeln ihre Trauer zu überspielen versuchte.

„Auch das ..."

„Lass es gut sein", erwiderte Lisa lächelnd. „Wir kommen schon damit zurecht ... irgendwie."

„Irgendwie klingt nicht gut."

„Irgendwie ist doch auch dein Weg, oder?"

„Was willst du damit sagen?"

Lisa lächelte nun ehrlich. Emma, die der jungen Frau ansehen konnte, wie stolz sie auf ihre gerade gebaute Brücke war, schmunzelte, obwohl sie es gar nicht wollte.

Sie hat mich eiskalt erwischt, dachte sie und schaute auffordernd zu Lisa, damit diese weiterredete.

„Na das mit Michael ... du siehst nicht sehr glücklich deswegen aus."

„Das bin ich auch nicht."

„Aber ihr habt euch doch mal geliebt."

Emma sagte trocken: „Irgendwie."

„Schade, dass es nicht geklappt hat. Das hätte ich echt cool gefunden."

„Du kennst mich doch gar nicht", entgegnete Emma. „Vielleicht bin ich ja auch eine totale Zicke und kann Kinder nicht ausstehen."

„Das glaube ich nicht", antwortete Lisa lachend, die mit den Zehen den Sand anhob und ein kleines Loch grub.

Obwohl Emma bis eben der festen Überzeugung gewesen war, allein sein zu wollen, revidierte sie ihre Meinung.

Sie genoss es, mit Lisa zusammen zu sein.

Die Schwere ihrer bisher in ihr vorherrschenden Gedanken begann, sich ebenso aufzulösen wie der unangenehme Druck in ihrem Magen. Auch wenn er nicht ganz verschwand und wenn einer ihrer dunklen Gedanken es doch mal schaffte, sich für eine Millisekunde in ihren Kopf zu schleichen, war es doch schön und friedlich hier.

Der Leuchtturm hatte etwas Beruhigendes an sich und berührte etwas in Emmas Innerem.

Er war wie eine Art Anker, der ihr zuflüsterte, dass sie hier in Sicherheit war.

Hier hatte ich immer meine besten Ideen, dachte sie, während sie an ihre Kindheit zurückdachte und an ihre Auseinandersetzung mit Oliver. Hier war ihr eingefallen, wie sie ihm eins auswischen konnte. Nur die darauf folgenden Schläge hatte sie nicht bedacht.

Hier war sie zu der Überzeugung gelangt, dass sie ihre Mutter liebte und dass sie über bestimmte Themen schweigen musste, wenn sie nicht wollte, dass alles in einem heillosen und chaotischen Durcheinander zwischen ihnen endete.

Hier wurde mir das erste Mal bewusst, dass Michael nur Luftschlösser baut ...

... und ich etwas Handfestes bewirken will.

Hier, genau hier, hat alles seinen Anfang genommen.

Sie schluckte schwer, als ihr das bewusst wurde.

„Was?“, fragte sie, als sie begriff, dass Lisa gerade etwas zu ihr gesagt hatte. Sie lächelte, wischte sich eine Haarsträhne aus dem Gesicht und schaute blinzelnd zu dem Mädchen, das die Knie angezogen und ihre Arme darum geschlungen hatte.

„Ob du Kinder wirklich nicht magst, wollte ich wissen“, wiederholte sie, legte den Kopf auf ihre Knie und musterte Emma aus plötzlich ganz erwachsen wirkenden Augen. Augen, in denen eine unangenehme Weitsicht zu lesen war, die nicht ahnend, sondern wissend wirkten.

Und die genau merken, wenn du lügst, dachte sie beklommen und schüttelte sich kurz.

„Ach“, sagte sie und zuckte mit den Schultern. „Bisher habe ich ja nicht viel mit Kindern zu tun gehabt. Ich bin ja immer unterwegs gewesen, weißt du?“

„Hast du es denn nie vermisst?“

„Was?“

„Kinder zu haben.“

Emma zuckte mit den Schultern und antwortete: „Diese Gedanken habe ich mir bisher nicht gemacht, weißt du. Sie haben irgendwie noch nicht in mein Leben gepasst.“

„Und früher?“

„Früher? Was meinst du damit?“

Lisa hob den Kopf und schaute Emma ein paar Sekunden lang an, bevor sie sagte: „Nun ja, damals eben, als du noch verheiratet ... also mit Onkel Michael ...“

„Dafür hatten wir gar keine Zeit“, antwortete Emma und musste sich diese Frage selbst vor Augen führen, um zu begreifen, dass sie diesen Punkt im Nachhinein ausgesprochen schmerzhaft fand. „Wir haben nur versucht zu überleben.“

Während Lisa sagte: „Michael wäre bestimmt ein toller Vater“, versuchte Emma, ihre Gedanken ein wenig zu ordnen. Natürlich hatte sie damals Kinder haben wollen.

Sie hatte, ebenso wie alle anderen in ihrem Freundes- und Bekanntenkreis, davon geträumt, einen Mann zu finden, der sie aufrichtig liebte, der sie über die Türschwelle ihres neu gebauten Hauses trug, und ihr dabei zärtlich zuraunte, dass er immer für sie da sein würde und dass es keine andere Frau auf der Welt als sie für ihn gab.

Und danach wären Kinder an der Reihe gewesen.

Zwei oder drei kleine Racker, die freudestrahlend und laut krakeelend durch den Garten tobten, die Pirat oder Räuber und Gendarm spielten.

Soll ich ihr von der Idee erzählen, mit dem Heim für aus der Stadt geflüchteten Kinder? Von meiner Vision, ein Kind auf dem Arm zu halten, während das andere sich schüchtern hinter meinen Beinen versteckt?

Soll ich das?

Soll ich DAS?

All diese Ideen und Hoffnungen waren ebenso in ihr verschüttgegangen wie der Glaube an das Wunder der einzig wahren, nur für sie bestimmten Liebe.

All das hatte logischen, kalkulierenden Gedanken Platz gemacht, bei denen es darum ging, wie lange das Konto noch im Plus war, wann die nächste Miete fällig wurde und wie sie es schaffen sollten, für die nächsten drei Tage Essen auf den Tisch zu bekommen.

In all diesen plötzlich ihr Leben bestimmenden Sorgen hatte der Gedanke an Kinder keinen Platz mehr gehabt. Es hatte keinen Garten, kein Räuber-und-Gendarm-Spiel oder Piratenschiffe, die die Meere unsicher machen, mehr gegeben.

„Er würde mit den Kindern rausfahren und ihnen das Meer zeigen und Fußball mit ihnen spielen“, redete Lisa weiter, ohne zu wissen, wie sehr sie Emma dadurch einen schmerzhaften Stich versetzte. Die Bilder des

Jungen und des Mädchens von heute Mittag stiegen wieder in ihr auf. Bilder, die das befeuerten, was Lisa ungezwungen sagte: „Da hinten ist sein Schiff. Siehst du? Das mit dem HSV-Emblem am Heck. Huhu", rief sie plötzlich und winkte hinaus auf das offene Meer, in der kindlich naiven Annahme, dass ihr Onkel sie sehen könnte. Emma lächelte herablassend, als plötzlich von irgendwoher ein lautes, trompetendes Tröten aufklang und ihre rationalen, logischen Gedanken ad absurdum führte.

„Mit dem Schiff beeindruckt er also die Damenwelt?", fragte Emma lachend und meinte es todernst. *So wie er mich beeindruckt hat, der Arsch.* „Fährt er mit ihnen raus, und zeigt ihnen die Robbenbänke und die einzelnen kleinen Sandbänke ... die sich am Horizont abzeichnenden Umrisse der Inselwelten? Ach, das macht er bestimmt richtig gut. Natürlich hat er auch einen Wein dabei und eine Strickjacke, um sie galant über die Schultern der frierenden Dame zu legen, weil sie durch den auffrischenden Wind so sehr friert."

„Keine Ahnung", erwiderte Lisa und zuckte mit den Schultern. „Wenn er mit mir draußen war, hat er immer etwas Leckeres gekocht und versucht, es mir so angenehm wie möglich zu machen. Wir haben echt viel gelacht."

„Das klingt schön."

„Es war super", bestätigte Lisa. „Das ist es immer. Nur wenn er irgendwelche Frauen dabei hat, ist es nicht so cool, dann ist er immer so komisch."

„Ein Angeber, was?"

„Nee", meinte Lisa und schüttelte den Kopf. „Eher so ... keine Ahnung ... als ob er sich etwas erhofft. Ich kann das nicht beschreiben. So als wollte er, dass alles perfekt ist ... als müsste er alles richtig machen."

Emma wollte gerade zu einer spitzen Bemerkung ansetzen, als sie merkte, dass ihr Handy zu vibrieren begann. „Sorry", sagte sie, während sie die Hand hob.

Sie nahm das Handy und sah, dass es Oller war, der versuchte, sie anzurufen.

„Das ist leider wichtig", sagte sie, erhob sich und schlenderte einige Meter von Lisa fort.

Diese zog ebenso wie Emma ihre Knie an und starrte hinaus auf das Meer.

„Ja", meldete sich Emma.

„Schön, Sie zu erreichen, Frau Sommer", erwiderte Oller und kam sofort auf den Punkt, als er sagte: „Ich habe Ihre E-Mail bekommen und kann Ihre Bedenken nachvollziehen. ABER, und das meine ich ernst, das Buch ist wirklich gut. Wenn Sie Angst haben, dass nur unser Autor als Dialogbuchautor genannt wird, kann ich Sie beruhigen. Sie werden natürlich sowohl im Vor- als auch im Abspann genannt. Aber Sie müssen verstehen, dass Zeit Geld ist und Zeit haben wir ebenso wenig wie Geld. Darum bitte ich Sie, nicht zu viele Änderungen vorzunehmen. Denn wir wollen bald mit dem Casting beginnen."

„Das geht aber alles plötzlich sehr schnell", meinte sie.

„Es soll doch vorangehen, nicht wahr?", antwortete Oller und lachte gekünstelt. „Ich würde von Ihnen gern hören, wen Sie für die Hauptrolle des Mannes favorisieren."

„Ähm ..."

„Wir haben uns natürlich auch Gedanken gemacht und unser Studio arbeitet ja mit allen namhaften und vor allem nicht so teuren Schauspielern zusammen. Ich schicke Ihnen nachher eine E-Mail mit Anhängen. Schauen Sie sich die von uns zusammengestellten Kandidaten einfach in Ruhe an. Die mit einem Stern versehenen Schauspieler sind unsere Favoriten. Und wegen des Settings", fuhr er fort und ließ Emma gar nicht zu

Wort kommen, „haben wir wirklich tolle Ideen. Ich schlage vor, dass wir uns die Tage mal treffen, was meinen Sie? Am Sonntag?“

„Ähm ...“

„Nicht? Dann eben am Mittwoch, da hätte ich Zeit. Mittwoch klingt gut. Wo kann ich Sie denn besuchen?“

„Ich ... ich ... ich bin gerade in der Heimat. Am Mittwoch ist es ...“

„In der Heimat? Wie wunderbar. Dann können wir uns dort doch direkt einmal umsehen. Das klingt super. Ich werde mich dann auf den Weg zu Ihnen machen, wenn es okay ist. Man ist ja ruckzuck in Eckenförde, wie ich gesehen habe.

Dann komme ich so gegen sechzehn Uhr, in Ordnung?“

„Ja, also ...“

„Abgemacht“, entgegnete Oller erfreut. „Wir hören uns ja später noch einmal, wenn ich Ihnen die Dateien rübergeschickt habe.

Bis nachher!“

***

Lisa hatte sich nach einer weiteren zwanglosen und oberflächlichen Unterhaltung von Emma verabschiedet und war eiligen Schrittes hinauf zur Straße gelaufen. Dann hatte sie ihr noch einmal zugewunken und gerufen, dass sie sich freuen würde, wenn sie sich noch einmal unterhalten könnten, nachdem sie Sebastian von der Therapie abgeholt hatte.

„Das machen wir“, hatte Emma erwidert, die sich nun ebenfalls von ihrem Platz erhob. Ihre Schuhe trug sie mit zwei Fingern, und ihre Socken hatte sie kurzerhand in ihre Hosentasche gesteckt.

Sie hatte sich noch gar nicht richtig in Bewegung gesetzt, da kamen ihr schnatternd und lachend drei ältere

Damen entgegen, die die Sonne, das Meer und den Tag genossen.

Als Emma auf sie zukam, und sich ein Lächeln auf die Lippen zwang, rief eine der Damen: „Na, Sie kennen wir doch."

Emma wollte schon „Danke fürs Lesen" sagen, als die andere Dame meinte: „Natürlich. Die junge Frau an der Kirche. Mensch, dass wir Sie hier noch einmal sehen, damit hätte ich ja nicht gerechnet. Ich hoffe, Ihnen geht es wieder besser, Kindchen."

Emma, die vollkommen überrumpelt von der Offenherzigkeit der Damen war, begann, das Telefonat mit Oller ebenso zu vergessen wie ihren Ärger darüber.

Dass die Damen sie in ein heiteres und freundliches Gespräch verwickelten, gefiel ihr ausgesprochen gut. Es war so, als würde sich der düstere Nebel, der in Emmas Augen ununterbrochen über Eckenförde schwebte, und alles in ein dunstiges Grau hüllte, langsam lichten.

Kurz darauf erfuhr sie, dass zwei der drei Damen Witwen waren.

„Die Glückspilze", meinte eine kleine, untersetzte Frau, die sich später als Waltraud vorstellte, „haben rechtzeitig den Absprung geschafft."

„Die Männer oder die Frauen?", scherzte Emma.

„Na hör mal, Kindchen", erwiderte Waltraud lachend. „Das ist aber frech und ungehörig. Das mag ich. Natürlich meinte ich die beiden Trunkenbolde hier. Sind jetzt wieder frei und nutzen das natürlich schamlos aus."

Emma lachte herzlich über die drei Damen. Sie erfuhr, dass Waltraud und ihre beste Freundin Gertrud hier im Norden in Eckenförde geboren worden waren.

„Nur Rena kommt aus dem Rheinland", sagte Gertrud und versuchte, den Kölner Dialekt nachzuahmen. „Die hat erst mit neunzehn begriffen, wie schön es hier ist."

„Er war aber auch charmant damals“, erwiderte die hochgewachsene, weißhaarige Frau seufzend, und schweifte in die Vergangenheit. „Der hat richtig um mich geworben und mir einen Brief nach dem anderen geschrieben. Auch nachdem er wieder im Norden war. Einer war sogar mal leer.“

„Das ist ja nett“, meinte Emma verwirrt.

„Das war es, mein Kind, das war es. Er hat mir nur seine Küsschen geschickt.“

Emma schmunzelte.

„Schön, oder?“

„Jaja, dein Heinz war schon ein Toller“, entgegnete Waltraud und winkte ab. „Hat es immer verstanden, dich auf Händen zu tragen ... und dann fallen zu lassen.“

„Er ist gestorben.“

„Sag ich doch. Einfach so aus dem Staub hat er sich gemacht.“

So und in ähnlicher Form ging es weiter, bis Emma fragte: „Hatten Sie denn nie das Verlangen, mal etwas anderes zu sehen als Eckenförde?“

„Wer sagt denn, dass wir immer hier gewesen sind?“, wollte Getrud wissen. „Kindchen, wir sind zwar alt und lieben unser Plätzchen hier am Leuchtturm, aber gelebt haben wir trotzdem.“

„Die weite Welt hat uns nur immer wieder hierher zurückgebracht.“

„Das Meer hat man in den Knochen“, erklärte Waltraud.

„Oder man spürt es tief im Inneren“, sagte Rena. „Hat man einmal seinen Gesang gehört, will man hier niemals wieder weg. Nein, das will man nicht. Für kein Geld der Welt würde ich diesen Ort verlassen! Nennen Sie mir eine Summe. Egel, welche und Sie werden eine eindeutige Antwort von mir zu hören bekommen.“

Emma zuckte mit den Schultern, lächelte und sagte hilflos: „Eine Million."

„Nehme ich. Wohin soll ich umziehen?", fragte Rena lachend.

„Äh ..."

„War nur ein Spaß", sagten die Damen und klatschten lachend in die Hände. „Behalten Sie Ihr Geld. Wir gehören hierhin, ob Sie es wollen oder nicht!"

***

Emma liebte Fischbrötchen.

Hier an der Promenade zu sitzen, die Beine übereinandergeschlagen, das Brötchen in der Hand, dessen Wärme durch die Servierte drang, wie ihr der Geruch der Remoulade und der Röstzwiebeln in die Nase stieg, war Grund genug, diesen Platz zu lieben. Sie biss mit so einer Wonne in das Brot, dass sie erst jetzt merkte, wie hungrig sie war.

Der auf ihrer Zunge liegende Geschmack ließ sie die Augen schließen und so einen genießerischen Laut ausstoßen, dass sie sich, nachdem sie den Bissen hinuntergeschluckt hatte, peinlich berührt umschaute.

Niemand interessierte sich für sie.

Keiner schaute zu ihr, warf ihr einen skeptischen Blick zu oder rümpfte die Nase, weil sie solch unanständige Laute von sich gab.

Das sie sich darüber wunderte, irritierte sie ebenso, wie es sie verwirrte, dass sie ernsthaft angenommen hatte, jemand könnte sich hier für sie interessieren.

Natürlich, sie kam von hier, sie hatte hier gelebt, geliebt und gelacht ...

... und war enttäuscht worden.

Wie hundert andere Menschen auch.

Woran sollten die Leute sich hier auch stoßen?, fragte sie sich selbst, während sie sich noch die Finger ableckte, und dabei die Augen schloss und den herrlichen Geschmack am liebsten für immer auf der Zunge getragen hätte. *Du bist unter ihnen eine von vielen. Nicht beachtenswert. Nicht wichtig genug, als dass die Leute dich in irgendeiner Art und Weise angreifen könnten.*

Emma, du nimmst dich selbst zu wichtig. Ganz ehrlich, tadelte sie sich selbst und musste an die drei Damen denken, mit denen sie eben so zwanglos und unkompliziert geredet hatte. *Auch wenn du ein Kind dieser Stadt bist ...*

... bleibst du doch nur ein Kind.

„Na, Mädchen", sagte der Verkäufer in seiner nordischen, rüden, aber dennoch liebevollen Art, nachdem Emma sich von ihrem sonnenüberfluteten Platz erhoben und ihren Weg sie erneut an seinen Verkaufsstand führte. „Siehst mir gar nicht so aus, als könntest du noch ein Zweites verdrücken."

„Es könnten auch drei werden, wenn es genauso gut schmeckt wie das erste eben."

„Dann pack ich dir mal sofort ein weiteres ein, damit du mir nicht vom Fleisch fällst, mein Kind", sagte der Verkäufer und kassierte ebenso freundlich wie lachend ab. Er überreichte ihr das eine Brötchen und packte das andere fein säuberlich in eine Papiertüte.

„Die sind aber auch gut", meinte ein hinter ihr stehender Mann, als sie sich gerade umdrehte.

„Auf jeden Fall", bestätigte Emma, und sah erst jetzt, dass sie Hansens Junge angesprochen hatte; an beiden Händen je ein Kind, die sich zum Verwechseln ähnlich sahen. Sie blinzelte, lächelte dann und fragte: „Lasse?"

„Wer sonst?"

„O Mann, dass ich dich hier treffe. Ich dachte, du wärst in der Eisdiele."

„Heute habe ich die beiden Süßen hier", meinte er und nannte Emma die Namen der beiden Mädchen, die sie

– zu ihrer Schande – gleich wieder vergaß. „Es ist Papa-Tag."

„Das klingt ja nett."

„Ist es."

Lasse lächelte noch immer, als Emma ihn fragte, wie es seinem Vater ging.

„Prima", meinte er und rückte in der Schlange einen halben Meter vor. „Der genießt sein Leben auf Korsika, bezirzt da die jungen Damen und sagt ihnen, wie hübsch sie und ihre Mütter sind."

Emma lachte. „Ja, das hat er schon immer getan. Und du bist mittlerweile verheiratet?"

„War ich", sagte er mit einem kurzen, traurigen Unterton in der Stimme. „Hat nicht sein sollen."

„Das tut mir leid."

„Muss es nicht", erwiderte er und winkte ab. „So was passiert halt. Gut ist nur, dass wir die beiden hier in die Welt gesetzt haben. Sie sind mein ganzer Stolz."

„Wer ist denn das?", wollte das Mädchen an Lasses linker Hand wissen.

„Eine alte Freundin", erklärte er ihr. „Ich bin mit Emma zusammen zur Schule gegangen."

„In die gleiche Klasse?"

„Nein, nur in die gleiche Schule."

„Aber wir kannten uns trotzdem, weil Eckenförde nicht so groß ist", erklärte Emma ihnen, die sich entschuldigte, als sie in das Fischbrötchen biss. „Ich bin so gierig. Aber die sind einfach zu gut."

„Hau rein", sagte Lasse grinsend, und bekam jetzt vom Verkäufer zu hören: „Min Jung, wenn du nicht gleich eine Bestellung aufgibst, muss ich meinen Laden schließen, weil es sechs Uhr abends ist. Los, sag schon, was du willst. Es gibt noch mehr Mäuler zu stopfen."

Während Lasse bestellte, musste Emma über den Schnack des hinter der Theke stehenden Mannes lachen.

Das war ihre Art von Humor.
Genau das hatte sie immer gemocht.
Deshalb liebte sie den Norden.
Sie seufzte ... und erschauderte dann ... denn sie begann, sich wohlzufühlen ...

***

Das Verwirrende war, dass sie dieser Gedanke kaum störte.

Sie hatte angenommen, dass sich in ihr eine Art Unwohlsein oder Beklemmung ausbreiten würde, wenn sie solche Gefühle zuließ. Stattdessen musste sie sich eingestehen, dass sie den Tag, so enttäuschend er auch gestartet war, zu genießen begann.

Sie liebte es – so wie früher –, sich unter die Menschen hier zu mischen. Hinauszuschauen auf den Strand zu den Schiffen. Selbst der Hafen, der sich nur einige Meter von ihr entfernt befand, bereitete ihr keinen Kummer mehr.

Ganz im Gegenteil.

Sie wollte die Atmosphäre ebenso in sich aufsaugen, wie sie gerade die Promenade oder davor den Leuchtturm genossen hatte.

Hier, am Hafen, kam es ihr so vor, als wäre sie wieder elf Jahre alt; vorlaut, mit einer Zahnspange und immer kaputten Knien. Damals hatte sie ihren Opa angehimmelt, der es wie kein Zweiter verstanden hatte, mit ihr hinaus auf das Meer zu fahren und ihr die Angst vor den gegen die Längsseite der Scholle schlagenden Wellen zu nehmen. Der ihr breibrachte, wie man das Segel hisste, das Ruder nutzte und sicher über die Wellenkämme dahinglitt.

Alles in allem hatte sie hier die schönsten Tage ihrer Kindheit erlebt.

Das habe ich total vergessen, dachte sie, während sie beobachtete, wie ein großes, weiß, blau und schwarz gestrichenes Schiff den Hafen anfuhr. Weil ich mit nichts anderem beschäftigt war als mit dem Davonlaufen.

Ich habe nicht nur Opas Geschichten vergessen, die er mir immer in der Scholle erzählt hat, sondern auch Omas Pfannkuchen, die es gab, wenn wir wieder an Land kamen.

Ihr heiteres Lachen, ihre Freude, wenn sie mich sah.

Das Küsschen, das sie Opa gab, ihn am Arm berührte, ihn streichelte und ihm mit einem stillen Blick dafür dankte, dass er sich so viel Zeit für mich nahm.

Die gemeinsamen Abende.

Wie habe ich es geliebt, zwischen Oma und Opa zu sitzen, während das Ohnsorg Theater mit Heidi Kabel lief, wir Pfefferminzschokolade naschten und ich ganz langsam einschlief und erst am nächsten Tag aufwachte, bis zur Nasenspitze zugedeckt.

Emma lächelte, während sie noch den Geschmack des Fischbrötchens auf der Zunge schmeckte, und sich klarmachte, dass all diese Erinnerungen deshalb in den Hintergrund getreten waren, weil das Leben mit einer ungeheuren, kaum zu kontrollierbaren Macht auf sie eingeprasselt war. Nicht nur, dass ihre Eltern sich immer weiter voneinander entfernt hatten, und Emma es spürte und nicht mehr hatte leugnen können, auch die Pubertät hatte ihre ersten, sanften Spuren in ihr hinterlassen und sie ernsthaft glauben lassen, dass es langweilig war, das Wochenende immer bei ihren Großeltern zu verbringen.

Jetzt, viele Jahre später, wusste sie, wie albern ihre jugendlichen Gedanken gewesen waren. Wie an den Haaren herbeigezogen, um sich selbst in die Tasche zu lügen und sich erzählen zu können, wie schrecklich damals alles gewesen war.

All das, was ihr jetzt durch den Kopf ging, ließ sie nicht mehr los. Erst als all die Menschen an ihr vorbeiströmten, wurde ihr klar, wie viel Zeit vergangen war, und dass sie träumend und in Gedanken versunken dagesessen hatte; den weichen Wind auf der Haut, die wärmenden Sonnenstrahlen im Gesicht und den Geruch nach Salz in ihrem Haar.

„Das war echt schön!", sagte plötzlich jemand in ihrer Nähe.

„Hast du auch Fotos gemacht?", wollte ein anderer wissen.

„Klar", antwortete die erste Person.

„Jetzt erst mal einen Kaffee."

„Boah, ein Traum!"

So ähnlich ging es weiter, bis plötzlich ein Schatten über Emma fiel und sie verträumt den Kopf hob und zu der riesig wirkenden Gestalt schaute, die ihr die Sonne stahl.

„Was machst du denn hier?", wollte Michael schnippisch wissen.

Emma erwiderte nichts.

Im ersten Augenblick glaubte sie, sich getäuscht zu haben, und dass ihr nicht an Ruhe und Entspanntheit gewöhnter Geist ihr nur etwas vorgaukelte, um sie wieder in Alarmbereitschaft zu versetzen.

Als sie aber ein weiteres: „Hey, ich rede mit dir", hörte, wurde ihr klar, dass das alles keine Einbildung gewesen war.

„Hä?", sagte sie und erschauderte, als sie Michaels genervten Gesichtsausdruck sah.

„Spionierst du mir etwa nach, oder was? Was soll das? Ich hab keine Zeit für dich."

„Zeit für mich? Ich sitze nur hier, weil ich die Aussicht genieße und mich dabei an früher erinnere."

„... und dir ausmalst, wie du mich so richtig schön über den Tisch ziehen kannst", erwiderte Michael. „Aber das lasse ich mir nicht von dir gefallen. Ganz bestimmt nicht."

„Warum hast du so eine schlechte Meinung von mir?“

„Ich habe sogar die schlechteste, die du dir nur vorstellen kannst“, antwortete er aus dem Brustton vollster Überzeugung.

Was war in Michael gefahren?

Warum war er so aggressiv?

Die vorhin noch zwischen ihnen herrschende, beinahe schon friedliche Stimmung war verflogen.

Emma, die nicht begriff, was das alles sollte, versuchte, in dem zornigen Gesicht Michaels zu lesen.

Sie erkannte ihn nicht.

Nur die fest aufeinander gepressten Lippen, die zu schmalen Schlitzen zusammengekniffenen Augen und eine auf Ablehnung ausgerichtete Körperhaltung.

Emma schluckte.

Was hat er nur?, fragte sie sich, um sich dann selbst zu fragen: *Ist er meinetwegen aufgewühlt?*

Hat er sich meinetwegen geärgert?

Kam doch etwas in der Zeitung, das ihn in den Mittelpunkt fremden Interesses geschoben hat?

Oder ...?

So weit alles bis eben hergeholt war, sie sich selbst kaum erklären konnte, warum sie alles so weit von sich schob, dass es sie kaum noch berührte, war das plötzlich in ihr aufsteigende *Oder* eine sie erschreckend gedankliche Wendung, der sie am liebsten nicht gelauscht hätte. Ohne dass sie den in ihr aufsteigenden Gedanken niederringen und kaputtschlagen konnte, musste sie sich ihre selbst gestellte Frage anhören und das Gesicht verziehen, als sie glaubte, der Wahrheit ganz nahe zu kommen. *Er hat wie du begriffen, Emma, dass nicht alles damals schlecht war.*

Dass auch er gute Zeiten gehabt hat.

Ihr beide wart ...

... einmal zusammen.

Hattet Spaß und schöne Momente.

Ihr habt so viel verloren und so wenig gewonnen nach eurer Trennung. Immer auf der Flucht. Immer in Spannung. Immer in ..., sie schluckte, als ihr Gedanke hinter ihrer Stirn aufflammte. ... *Wut.*

Kann es nicht sein, dass er ebenso hilflos ist wie du?

Na, was meinst du? Kann es sein? Kann es das wohlmöglich sein?

Dass er sich vor seinen eigenen Gefühlen schützen will?

Michaels Worte jagten ihr noch immer durch den Kopf.

Eisiger Schmerz durchzuckte sie, der ihre Lippen zu schmalen Strichen werden ließ.

Sie ballte die Hand zur Faust und spürte, wie die Kämpferin in ihr erwachte.

Sie begriff, dass sie gerade hammerharten Schlägen ausgesetzt war, die allesamt auf ihre Nieren zielten. Ihre bisher nur halbherzig aufgebaute Verteidigung war nicht dazu gemacht, die auf sie einprasselnden Attacken abzuwehren. Erst jetzt, wo ihr bewusst wurde, was Michael in seiner Verwirrung und Wut von ihr dachte, nahm sie innerlich die Fäuste hoch, spähte zwischen ihren Handschuhen hindurch, auf sein wutschnaubendes Gesicht und suchte nach einer Möglichkeit, ihm verbal eine verpassen zu können.

Die bot sich ihr auch recht schnell in Form einer jungen, auf Stöckelschuhen laufenden Frau. Diese hatte die Hand gehoben, ein „Huhu“ ausgestoßen und bewegte sich dann umständlich stöckelnd über die Bretter des Stegs.

„Du bist so ein Idiot. Ich hatte gerade angefangen, mich hier wieder wohlzufühlen. Und dann kommst du und sorgst dafür, dass ich mein Fischbrötchen am liebsten wieder ausspucken möchte.“

Michael, der von ihrer Attacke überrascht war, schaute sie verwirrt an. Er öffnete den Mund, schloss ihn kurz wieder, und fragte erst, als Emma sich von der Bank erhob, um mir vor Stolz erhobenen Hauptes davonzugehen: „Dich hier wieder wohlzufühlen?"

„Jetzt nicht mehr."

Hatte eben noch Überraschung oder ein Hauch Unsicherheit in seiner Stimme mitgeschwungen, so drang jetzt wieder die reine ungezügelte Wut in seinen Worten mit, als er schnaufte: „Ist auch besser so. Nicht, dass du noch auf die Idee kommst, wieder hierherzuziehen."

„Dass ich nicht lache. Lieber würde ich mir eine Hand abhacken."

„Soll ich die Axt holen?"

„Soll ich die Axt holen?", äffte sie ihn nach, schüttelte den Kopf, und streckte ihm, einem kleinen Mädchen gleich, die Zunge heraus.

„Ich hoffe, ich bin nicht zu spät", meinte die junge Frau, die Emma ignorierte und Michael kein Begrüßungsküsschen, sondern einen richtigen Kuss gab – mit Zunge, Körper aneinanderschmiegen und die Hüften so fest aneinanderpressen, dass Emma den Blick abwandte, weil sie glaubte, bei einem Lustspiel zu stören.

Als die *Begrüßung* abgeschlossen war, das Mädchen keuchend nach Atem rang, und ihr eng anliegendes, nur bis zu den Pobacken reichendes Röckchen gerade gerückt hatte, fragte sie: „Was ist denn mit den ganzen Sachen in meinem Auto? Wollen wir die echt noch wegbringen? Da hab ich gerade voll keine Lust drauf. Ich will lieber an den Strand, was essen, ein bisschen Sonnenbaden und dann ... du weißt schon ..."

„Oh, darauf habe ich auch Lust", meinte Michael, nahm die schlanke Frau in den Arm, küsste sie erneut und schaute dann, als diese sich an ihn schmiegte, demonstrativ über die Schulter hinweg zu Emma.

Diese verdrehte stumm die Augen.

„Wartest du noch auf die Axt?“, fragte Michael grinsend.

„Ich warte auf meinen Brechreiz“, schoss sie zurück, und drehte sich dann auf dem Absatz um und lief mit Tränen in den Augen den Steg hinunter.

Was sie ärgerte ...

... maßlos ärgerte.

So sehr, dass sie sich am liebsten geohrfeigt hätte.

Was kümmerte es sie denn, was Michael sagte? Was er dachte? Was er vermutete?

Gar nichts!

Alles, schoss ihr ein verwirrender Gedanke durch den Kopf, den sie hastig abzustreifen versuchte. Er behandelt dich wie Dreck. Und das mit Absicht. Er will dich lächerlich machen. Er möchte, dass du leidest und dich schlecht fühlst.

Er will, dass du von hier verschwindest, um die Scheidung ... hinauszuzögern?

Emma wusste selbst, wie albern dieser Gedanke war, und dass es lächerlich war, anzunehmen, dass Michael ernsthaft verhindern wollte, dass sie ihre Scheidung offiziell einreichten.

Warum sollte er das tun?

Er hatte gar keinen Grund dafür.

Oder?

Hatte er ihn doch?

Sie schüttelte den Kopf, nannte sich selbst eine Idiotin, als ihr bewusst wurde, was für einen Blödsinn sie gerade dachte und ärgerte sich darüber, dass sie stehen blieb, als sie hörte, wie er ihren Namen rief.

„Du, Emma“, ertönte es plötzlich, sein Mädchen noch immer im Arm haltend und das Lächeln eines Siegers im Gesicht. „Da du doch im Hotel meines Bruders lebst, kannst du doch bestimmt was für sein am Sonntag stattfindendes Kinderfest mitnehmen, oder?“

Emma drehte sich langsam zu ihm herum.

„Wie bitte?" Ihre Worte klangen wie plötzlich zu Eis erstarrte Luft.

„Du hast schon richtig gehört. Es wäre richtig nett von dir, wenn du mir diesen Gefallen tun könntest."

„Du kannst mich mal", rief sie wütend.

„Siehst du", meinte er zu dem Mädchen in seinem Arm, das Emma auf eine seltsame Art und Weise betrachtete, die ihr bitter aufstieß, „ich habe dir doch gesagt, dass sie weder mich noch Kinder mag. Sie mag nur sich, und deshalb hilft sie mir nicht."

Emma ballte die Hände zu Fäusten.

Nicht, weil sie Michael eine reinhauen wollte, sondern weil sie den Blick, den die Frau ihr zugeworfen hatte, nur zu gut kannte. Diesen speziellen Blick hatte sie schon damals in der Schule gehasst und sie hatte ihn verabscheut, als sie in Hamburg ihre Zelte aufgeschlagen hatte.

Ein Blick, der sagte, dass sie es nicht wert sei, hier zu sein. Dass sie schnell wieder ihre Sachen packen sollte, um unter den Stein zu kriechen, unter dem sie hervorgekrochen war.

Sie hasste diese Blicke!

Besonders dann, wenn irgendwelche arroganten, übergestylten Mädels ihn ihr zuwarfen, die meinten, mehr Rechte zu besitzen als andere. Rechte, wie Emma bitter feststellte, an einem Mann, der, wenn es dumm gelaufen wäre, ihr Vater hätte sein können.

Emma schüttelte den Kopf und lächelte, als sie fragte: „Wo sind denn die Sachen?"

„Ach komm, du verarschst mich doch, oder?"

„Gib sie mir nur", erwiderte sie lächelnd. „Ich mache das gern für dich."

Michael schaute sie verwirrt an.

„Was ist denn nun?"

„Ähm ...", meinte Michael.

„Wortgewandt wie immer. Aber einen Autoschlüssel kannst du doch bedienen, um mir die Sachen aus dem Kofferraum zu geben, oder?"

Als er sich stockend in Bewegung setzte, kam es ihr so vor, als explodierte ein ganzes Geschwader Raketen am Nachthimmel ihres Egos.

Sie grinste immer noch, als sie schwer beladen mit den beiden Kisten in Richtung ihres Autos marschierte.

Diese Runde war an sie gegangen!

Sie hatte Michael dort getroffen, wo er gar nicht gedacht hätte, verletzbar zu sein ... an seinem Hochmut und der Annahme, er kannte Emma in- und auswendig ...

***

„Hier ist vielleicht was los", begrüßte Ralf sie, der fast komplett hinter einem Stapel Kartons verschwunden war und außerdem in einem Meer von Tüten unterzugehen drohte.

„Das kannst du laut sagen", brummte Emma, die Lisa, die gerade an ihr vorbeihuschen wollte, am Arm festhielt und sie bat: „Kannst du bitte zwei Kartons aus meinem Wagen holen? Die sind für das Kinderfest."

„Was denn für Kartons?", wollte Ralf wissen.

„Von deinem Bruder."

„Oh, wie cool", freute er sich und rief dann: „Leute, wir können die Tüten endlich zu Ende packen. Die Seifenblasen und Reise-Angelspiele sind da!"

Die Leute, die im Gasthaus herumliefen, packten und malten, sich gegenseitig Witze erzählten, und sich lobend auf die Schulter klopften, riefen jetzt, dass sie sich gleich darum kümmern würden, und wuselten weiter herum.

Ralf, der Emmas verwirrten Gesichtsausdruck sah, lachte und erklärte: „Zwei Tage vor dem Kinderfest ist hier immer der Teufel los. Aber wie kommst du eigentlich an die Sachen von Michael heran? Habt ihr den Tag zusammen verbracht, nachdem ihr beim Amt wart?"

„Tag gemeinsam verbracht, ist gut", zischte sie und hätte sich selbst am liebsten dafür geohrfeigt, zum Hafen gegangen zu sein. Aber das Hochgefühl, mit dem sie durch Eckenförde geschwebt war, hatte sie glauben lassen, unverwundbar zu sein.

All die Gefühle und Empfindungen, und die positiven Erinnerungen, die netten Begegnungen hatte sie freudestrahlend angenommen und ernsthaft geglaubt, alles würde sich irgendwie klären.

Sie haben mir Geborgenheit gegeben, dachte sie, als sie merkte, wie ihr Tränen in die Augen zu steigen begannen. Sie hob die Hand, wischte sich unter dem Lid entlang und hoffte, dass Ralf ihre Tränen nicht sah.

Die ganze Fahrt über hatte sie mit sich und ihren Emotionen kämpfen müssen.

Einerseits hatte sie sich diebisch darüber gefreut, dass sie Michael einen solchen Konter versetzt hatte, sodass er ganz sprachlos gewesen war. Andererseits hatten sie die Auseinandersetzung und die offene Feindseligkeit ihres Ex-Mannes härter getroffen, als sie es sich eingestehen wollte.

Dazu kam noch die junge, attraktive Frau, deren Blicke immer noch auf Emmas Seele brannten.

Blicke, denen sie nichts entgegenzusetzen hatte ...

... weder in ihrem Berufs- noch in ihrem Privatleben. Sie konnte es nicht ertragen, so von oben herab behandelt zu werden. Das Gefühl, klein, ängstlich und wertlos zu sein, besprang sie nun ebenso wie das Wissen, dass sie die von ihnen erwarteten Enttäuschungen voll und ganz erfüllte.

So wie die Scheidung mit Michael jetzt.

Nicht umsonst hat Frau Melchior so hart mit dir gesprochen und Hinnerk diesen spöttischen Unterton in der Stimme gehabt.

Alle haben gewusst, dass du hierherkommen und alles an die Wand fahren würdest.

Sie hatten es gewusst und freuen sich jetzt darüber, dass ihr erfolgreich arbeitender Michael mir die Stirn bietet.

Er lässt sich von einer davongelaufenen, erfolgreichen Autorin doch nicht ins Bockshorn jagen.

Nein, das tut er nicht.

Ganz bestimmt nicht!

Emma wollte ihre Gedanken zum Schweigen bringen und hasste es, dass es ihr nicht gelang. Erst als Ralf bat: „Gibst du mir mal bitte die Kiste mit den Luftballons", rissen ihre selbstzerstörerischen Gedanken ab, und ließen sie verwirrt zu Michaels Bruder schauen, der ihr die Hand entgegenstreckte und über die Schulter hinweg rief: „Maren, lass die kleinen Becher stehen und kümmere dich stattdessen bitte erst mal um die Luftballonketten, die wir noch um die Terrasse spannen müssen."

„Geht klar."

Als Emma ihm nach kurzer Suche die Luftballons reichte, hörte sie ihn schon wieder rufen: „Sylvester, was tust du denn da?"

Sein Junge, genau wie seine Schwester in Dienstkleidung steckend, hob verwundert den Kopf und schaute verwirrt zu seinem Vater.

„Starr keine Löcher in die Luft, es gibt hier Leute, die was essen und trinken wollen."

„Ich starr keine Löcher in die Luft", antwortete er grinsend, und nickte der kleinen, dunkelhaarigen Frau zu, die mit einem Zettel in der Hand auf die Küche zuging. „Ich starr ihr Löcher in die ..."

„Hör sofort auf damit. Das ist sexuelle Belästigung."

„Dann darf sie eben nicht so heiß sein, Dad!"

Mit diesen Worten eilte Sylvester hinter der jungen Frau her, von der Emma durchaus verstehen konnte, dass der Junge sie leiden konnte.

Sie hatte etwas ...

... Interessantes.

Im ersten Moment hatte Emma gar nicht sagen können, was es war. Aber während sie Ralf die Tüte reichte, sie glücklich darüber war, nicht weiter über Michael, die ihr zugeworfenen Blicke und das wohlig warme Gefühl des Wohlbefindens in sich nachdenken zu müssen, meinte sie zu wissen, warum Sylvester die Frau mochte. Warum seine Hormone anfingen, Kapriolen zu schlagen.

Es lag nicht nur an ihren langen, schlanken, von den Nylonstrumpfhosen betonten Beinen, oder dem sich knackig rund im Rock abzeichnenden Hintern. Es waren die fein versteckten, ihre Schönheit aber dennoch unterstreichenden Makel. Da war der leichte Überbiss, der ihre schräg stehenden Augen betonende Silberblick, und die weich verlaufende, im völligen Kontrast zu ihren vollen Lippen stehende, lange, gerade Nase.

Die Frau besaß etwas, dem man sich nur schlecht entziehen konnte. Das Emma dazu brachte, anerkennend zu nicken und ein wenig eifersüchtig festzustellen, dass sie ebenfalls so aussehen wollte.

Warum das?, fragte sie sich selbst verwirrt. *Du möchtest nicht mehr du sein?*

Emma nickte sich selbst zu. *Nein, möchte ich nicht.*

Wieso das?, wollte sie wissen, ihre Verwirrung noch immer nicht begreifend.

Um dem ganzen Scheiß hier entgehen zu können. Darum. Keine Emma Sommer heißt keine Sorgen mit Michael Gabler.

„Er ist hartnäckig“, meinte sie anerkennend nickend, als sie sich zu Ralf stellte, und fragte, ob sie ihm helfen konnte.

„Der Junge kapiert es einfach nicht“, meinte Ralf seufzend. „Er begreift nicht, dass er sein Glück nicht erzwingen kann. Er muss er selbst sein, um jemanden zu finden, der ihn liebt. Aber das da“, sagte er und zeigte handwedelnd auf seinen in der Küche verschwindenden Sohn, „ist es, was die Ladys erschreckt.“

Emma musste laut lachen.

„Dein Tag war nicht erfolgreich, wie?“, erkundigte sich Ralf, während er weiter Anweisungen gab, als zwei Männer mit mannshohen Bretterverschlägen in die Gastwirtschaft traten, dicht gefolgt von zwei Jugendlichen, die eine Torwand durch die Tür zwängten.

„Äh ... wieso?“

„Die Tränen“, meinte er, und deutete auf seine Augen. „Hab sie gesehen.“

Emma seufzte. „Du sollst aufhören, mich zu beobachten.“

Ralf zuckte mit den Schultern: „Ist mein Job. Irgendwie. Wärst du eine einfache Kundin, würdest du jetzt einen trinken und ich sieben Euro an einem Bacardi Cola verdienen.“

„Dein Bruder ist ein Arsch. Sorry“, sagte sie gleich daraufhin, als sie begriff, was sie da eben gesagt hatte.

„Das Gleiche sagt er über dich auch“, bemerkte Ralf trocken. „Also haltet ihr beide wenigstens dasselbe voneinander.“

Obwohl sie nicht lächeln wollte, tat sie es unwillkürlich. Sie schaute zu Ralf hinüber, der wieder angefangen hatte, Tüte für Tüte zu packen, und seine wachsamen Augen dabei über die emsig um ihn herum wuselnden Leute schweifen ließ. Als sie gerade anfangen wollte, etwas zu sagen, meinte er: „Ihr beide müsst einen Weg finden, miteinander auszukommen, solange diese Scheidungssache noch zwischen euch steht."

„Das ist leichter gesagt als getan", entgegnete Emma seufzend und schaute verwundert zu dem plötzlich neben ihr stehenden Sebastian. Dieser schaute zu ihr empor, ergriff ihre Hand und streichelte mit seinem Daumen sanft ihren Handrücken.

„Äh", sagte sie und wusste nicht, wie sie sich verhalten sollte. Seine in ihrer liegenden Hand war weich, zart, von solch einer warmen Intensität, dass sie ihren Impuls, sich aus dem Griff zu befreien, fallen ließ.

Hatte sie Sebastian heute Morgen noch in Schutz genommen, ihm helfend zur Seite gestanden, war es ihr jetzt, als drang er in einen Bereich ihres Lebens ein, indem sie keine Kinder gebrauchen konnte. Was ihn nicht interessierte. Auch dann nicht, als sie versuchte, ihre Hand aus der seinen mit ein wenig mehr Druck zu lösen.

Unverändert schaute er sie an, musterte sie auf seine sonderbare stille Art und Weise und ließ das um ihn herum wuselnde hektische Geschehen abprallen wie Wasserperlen von einer Lotusblüte.

„Äh", machte Emma noch einmal, seufzte und ging dann neben Sebastian in die Knie, um ihn zu fragen: „Was wird das, kleiner Mann?"

Sebastian schaute sie an.

Emma lächelte.

Sie wusste nicht, warum, aber in dem Moment, wo es in ihren Mundwinkeln zuckte, das um sie herum laute Dröhnen der Stimmen, das Schieben von Kartons und das Ächzen und Stöhnen von schleppenden Menschen in den Hintergrund trat, war es ihr, als sähe sie etwas in Sebastians Augen. Sie wollte nicht sagen, dass sie ihn mochte, oder dass sie es genoss, dass er ihre Hand fest umklammert hielt – das ganz bestimmt nicht. Das aber, was ihr auffiel, war, dass er ihr auf eine merkwürdige

Art und Weise Sicherheit verlieh. Bilder stiegen plötzlich in ihr auf, die sie wieder auf die *Lisa* brachten; dorthin, wo sie heute Morgen Michael mit dem kleinen Jungen gesehen hatte. Wie er sich vorbeugte, mit dem Finger durch die Windschutzscheibe zeigte, und dem Jungen fröhlich Abenteuergeschichten ins Ohr flüsterte.

Sie konnte das auch.

Irgendwie ...

... irgendwann.

Unsicher lächelte Emma und warf Ralf einen hilflosen Blick zu, während Sebastian sie weiterhin unverändert anstarrte.

Erst als ein: „Was denn? Deine Haut ist nun mal so süß wie die eines Pfirsichs, und jeder beißt gern in einen Pfirsich", von Sylvester hörte und Ralf ein empörtes: „Junge, hör auf damit", hervorstieß, lockerte sich ihre Anspannung.

„Kann ich dir noch bei irgendetwas helfen?", wollte sie wissen, während Sebastian noch immer neben ihr stand und sie betrachtete. Kein Muskel regte sich in seinem Gesicht, kein Lächeln, kein kindliches Funkeln in den Augen. Nur dieser starre, auf sie gerichtete Blick, der ihr einen kalten Schauer über den Rücken jagte.

„Er mag dich", sagte Ralf, der gerade einem jungen Mann, der vorhin die Torwand hineingetragen hatte, weitere Anweisungen gab und ihm erklärte, wie er draußen die Spiele aufbauen sollte. „Ich kann deine Hilfe wirklich gut gebrauchen. Würde es dir etwas ausmachen, wenn du Sylvester einmal gehörig den Marsch bläst und ihm sagst, dass es im Schankraum noch immer Leute gibt, die Durst und Hunger haben? Dafür wäre ich dir unendlich dankbar!"

Emma lächelte bejahend und drehte sich herum, um in den Schankraum zu gehen. Sebastian hielt noch immer ihre Hand und trottete ihr wie ein kleiner, treuer Hund hinterher.

***

Das Chaos griff um sich.

Als Emma zu Sylvester ging, ihn beiseitenahm und beschwichtigend auf ihn einredete, legte sich sofort ein siegessicheres Lächeln auf seine Lippen und er fragte sie mit vollkommener Überzeugung: „Ich gefalle dir doch, was?"

„Wie bitte?"

„Ich kenne unten am Strand ein nettes Plätzchen. Was meinst du? Du und ich ... eine Flasche Sekt und wir schauen dabei zu, wie die Sonne untergeht. Eine Decke nehme ich auch mit, falls es etwas kühler wird. Na, was sagst du?"

Emma musste laut schallend und überrascht auflachen. Der Bengel war von einem Selbstvertrauen beseelt, das sie gern besessen hätte. Jetzt gerade formte er aus Zeigefinger und Daumen einen Revolver und sagte: „Wir beide wären ein Superpaar. Überleg es dir."

Dann schickte er ihr noch ein hauchzartes, über seine Lippen wehendes: „Peng", zu und tat so, als wäre sein Zeigefinger der Abzug der Pistole.

Emma wollte ihm noch etwas hinterherrufen, und ihm sagen, dass er sich das ganz schnell abschminken sollte, was er sich da gerade in seinem pubertären Kopf ausmalte, als Ralf nach ihr rief und sie fragte, ob sie kurz nach draußen gehen könnte, um zu kontrollieren, ob die beiden Gasgrills schon angeschlossen waren. Wären sie es nicht, wäre es super, wenn sie das für ihn erledigen könnte.

Währenddessen hielt Sebastian immer noch ihre Hand und wackelte ihr, einer Ente gleich, hinterher und stand kurze Zeit später ebenso hilflos wie sie vor den beiden monströsen, gigantischen Gasgrills, und fragte sich, wie sie herausfinden sollte, ob sie angeschaltet waren oder nicht.

„Du hast auch keine Ahnung, oder?“, wollte sie von dem Jungen wissen.

Sebastian schwieg.

„Wäre ja auch zu schön gewesen“, sagte sie, ging in die Knie und suchte nach einer Luke oder einer Öffnung, in der die Gasflaschen verstaut sein mussten. Sie fand zwar eine mit einem Riegel verschlossene Tür, wusste aber nicht, wie man sie öffnete.

Als sie dann auf allen vieren vor dem Grill hockend hörte, wie jemand sagte: „Niedlicher Hintern“, schreckte sie hoch und stieß sich den Kopf.

„Du gefällst mir wirklich gut“, hörte sie Sylvester hinter sich sagen, der lässig an der Brüstung gelehnt dastand, und sie praktisch mit Blicken auszog.

„Wir beide bekommen gleich Streit“, drohte sie ihm, musste aber lächeln, als Sebastian einen Schritt nach vorne ging, mit dem Zeigefinger wedelnd auf seinen Bruder zuging und dabei unablässig den Kopf schüttelte.

Sylvester, der noch immer breit grinste, ging auf seinen Bruder zu, wuschelte ihm liebevoll durch das dichte, dunkle Haar, und sagte: „Schon gut, Zwerg. Heute Abend gehört sie ganz allein dir. Aber morgen ist sie für mich bestimmt.“

„Morgen gebe ich dir einen zwischen die Augen, wenn du mit dem Scheiß nicht aufhörst“, rief Emma ihm hinterher, kam unbeholfen wieder auf die Beine und bedankte sich bei Sebastian für seine Hilfe. „Das war total lieb von dir.“

Einem Gefühl der inneren Überzeugung folgend, hauchte sie ihm ein Küsschen auf die Wange, stupste ihm gegen die Nase und sagte dann: „Irgendwer muss uns hier helfen, denn ich habe keine Ahnung von diesem Ding.“

Als sie wieder zu dem Jungen hinüberschaute, sah sie, wie dieser die Stelle, wo eben noch ihre Lippen hauchzart über seine Wange geglitten waren, mit seiner Hand berührte.

Verträumt stand er da, streichelte den Punkt und drückte ganz fest ihre Hand.

Emma, die von der Heftigkeit seiner Geste überrascht war, schaute ihn verdutzt an und fragte: „Alles gut bei dir?"

Das erste Mal, seit sie ihn kannte, gab er eine Regung von sich – er nickte ihr lächelnd zu.

***

„Emma? Darf ich dich kurz stören?"

„Gleich", sagte sie, während sie einer jungen Frau dankend auf die Schulter klopfte, die ihr nicht nur gezeigt hatte, wie man den Grill öffnete, um an die Gasflasche zu gelangen, sondern auch die Anschlüsse für sie befestigt hatte. „Ralf hat gemeint, die Strandspiele sollen mit einer Plane abgedeckt werden, weil es heute Nacht stürmisch werden soll."

„In Ordnung", erwiderte die junge Frau nickend und wollte dann wieder in die Gastwirtschaft gehen, doch Emma hielt sie zurück. „Schickst du Lisa bitte noch einmal zu mir?"

„Klar. Soll ich ihr was ausrichten?"

„Nur, dass sie mir bitte dabei helfen soll, die Lampions aufzuhängen."

„Wird erledigt!"

„Danke. Und ..."

„Ja?"

„Könntest du mir wohl auch noch was zu trinken bringen? Ich habe schrecklichen Durst."

„Geht klar. Für deinen kleinen Kumpel auch?"

„Willst du auch eine Limo?", fragte Emma Sebastian und war überrascht, wie lieb der Kleine war. Er nickte ihr schüchtern zu, hielt noch immer seine Wange und sah auf der kleinen Bank sitzend so aus wie der kleine Prinz auf seinem Stuhl, während er sich den Sonnenuntergang anschaute.

„Ja, er möchte."

„Kommt sofort!"

Emma drehte sich jetzt zu Hinnerk um, der sie freundlich anlächelte, lässig im Türrahmen stand und sie aufmerksam musterte.

„Na du", begrüßte sie ihren alten Mentor und fragte: „Was kann ich denn Gutes für dich tun?"

„Du könntest mir erst einmal ordentlich Hallo sagen und mich mal in den Arm nehmen."

Als sie ihn drückte, sein Eau de Toilette roch und seine kräftigen Hände auf ihrem Rücken spürte, kam es ihr so vor, als wäre sie wieder neunzehn und gerade dabei, zu begreifen, was für einen Freund sie in ihm hatte.

Auch damals, als sie weder ein noch aus gewusst hatte, war er es gewesen, der sie in den Arm genommen und sie fest an sich gedrückt hatte, und er hatte genauso gerochen.

Ein frischer Hauch einer im morgendlichen Tau liegenden Wiese stieg ihr in die Nase und ließ sie an eine Zeit zurückdenken, in der sie sich hilflos und verloren gefühlt hatte. Eine Zeit, in der ihre Eltern angefangen hatten, ihren Zwist und ihre Uneinigkeit in aller Öffentlichkeit auszutragen.

Zwei Tage, bevor Hinnerk sich schwerfällig hinter seinem Schreibtisch erhoben hatte, ihn umrundet und mit ausgebreiteten Armen geradewegs auf sie zugekommen war, hatte sie einen Streit ihrer Eltern hautnah miterlebt. Sie hatte gehört, wie ihr Vater nach Hause gekommen war, wie er gefragt hatte, wer da war und nur von Emma ein „Ich", zu hören bekommen. Ihre Mutter antwortete nicht. Als ihr Vater ins Wohnzimmer gekommen war und fragte: „Bist du hier?“, hatte sie nur geantwortet: „Als ob dich das interessieren würde.“

„Hätte ich sonst gefragt?“

Daraufhin war ein Streit entbrannt, der Emma zutiefst entsetzte.

Sie hatte gewusst, dass es um die Ehe ihrer Eltern schlecht bestellt gewesen war, dass sie sich nicht verstanden, ständig stritten und sich immer nur mühsam zusammenrissen, wenn Emma mit ihnen zusammen war.

Doch dieser Nachmittag war anders gewesen.

Die ganze Stimmung hatte einen aufgeladenen, negativen Touch besessen, den Emma bis heute kaum beschreiben konnte. Immer, wenn sie an ihren Geschichten saß, versuchte sie, genau diese Atmosphäre zwischen ihren heillos zerstrittenen Protagonisten aufleben zu lassen, ohne dass es ihr gelang.

Was sie geschafft hatte, war, die widerwärtigen, hasserfüllten Kommentare wiederzugeben, die sich ihre Mutter und ihr Vater an den Kopf geworfen hatten. Worte, die mitten ins Herz getroffen und Emmas klitzekleine Hoffnung auf Besserung in Tausende, kleine Stücke zersplitterten und sie schließlich wie Konfetti durch ihre Seele rieseln ließen.

Das alles ging ihr jetzt wieder durch den Kopf, als Hinnerk sie begrüßte. Sie wusste noch genau, wie sie mit verheulten Augen in sein Büro gekommen war, um ihm ihren Text zu überreichen. Die beiden Tage, die er nicht in der Redaktion gewesen war, hatte sie sich tapfer gehalten, auf die Fragen ihrer Kollegen nur ausweichend geantwortet und sie war froh darüber gewesen, dass sie zwei Außentermine gehabt hatte, um ihre Artikel zum Abschluss bringen zu können.

Aber als sie zu Hinnerk ins Büro gekommen war, hatte sie Tränen in den Augen gehabt.

„Sie lassen sich wirklich scheiden", hatte sie geschluchzt und dann so bitterlich geweint, dass ihr ganzer Körper gezittert hatte, ihre Schultern herunterhingen und ihr nach wenigen Sekunden die Augen so sehr brannten, dass sie meinte, sie habe Seife hineinbekommen.

„Schön, dich zu sehen", sagte sie jetzt lächelnd, um ihre Erinnerungen an diesen Tag ebenso abzuschütteln wie das Gefühl, sich bei Hinnerk immer geborgen gefühlt zu haben.

Sie drückte den in ihr aufsteigenden Impuls, Hinnerk dankbar für alles zu sein, was er damals für sie getan hatte, ebenso nieder wie den Gedanken, der ihr leise zuflüsterte: *Hinnerk ist ein Freund. Ein guter Freund. Der Einzige, den du hier vielleicht noch hast.*

Mit ihm kannst du über alles reden.

Ganz offen.

Was Emma nicht wollte – nicht jetzt.

Darum löste sie sich hastig aus seiner Umarmung, wischte sich eine Haarsträhne aus der Stirn und fragte: „Hilfst du auch beim Kinderfest?"

„Ich habe nur einige Wimpel, Flyer und so was vorbeigebracht, um für das Stadtfest nächste Woche zu werben. Dabei habe ich Lisa fragen hören, wo du steckst, und Ralf hat gemeint, dass du auf der Terrasse bei den Grills bist."

„Und da hast du dir gedacht, dass du rauskommst, um ein bisschen mit mir zu klönen? Wie lieb von dir."

Er schmunzelte, senkte den Blick und legte die Hände auf diese merkwürdige Art und Weise zusammen, wie Emma es noch von früher von ihm kannte. Sie merkte sofort, dass etwas nicht stimmte.

„Ist was?", fragte sie verunsichert und wünschte sich plötzlich, Hinnerk nicht so gut zu kennen. Dieser hob den Blick, lächelte milde, und sah dabei wie damals aus, als er seinen Mitarbeitern hatte mitteilen müssen, dass sie dieses Jahr nicht an der Umsatzsteigerung des Unternehmens beteiligt werden würden, weil es keine Umsatzsteigerung gegeben hatte.

„Es tut mir leid, dass ich wieder davon anfange, Emma“, sagte er, schluckte und suchte nach einem Platz, wo er sich niederlassen konnte. „Aber ... weißt du, jetzt, wo wir uns gegenüberstehen und miteinander reden, möchte ich gern etwas von dir wissen.“

„Und das wäre?

Unsicherheit beschlich sie und unzählige Gedanken wirbelten ihr zeitgleich durch den Kopf und gaben ihr das Gefühl, in einem Karussell zu sitzen, das sich viel zu schnell drehte.

Alle möglichen aberwitzigen Theorien rasten durch ihren Kopf, die sich sowohl mit Erpressung, als auch mit einer unerwarteten Hilfe beschäftigten, indem Hinnerk ihr sagte, dass er die Urkunde, die sie so dringend suchte, gefunden hatte. Als sie es schaffte, sich zu beruhigen, ihr Herzklopfen zu minimieren und das Rauschen in ihren Ohren zu ignorieren, fragte sie ihn nervös: „Was möchtest du denn von mir?“

„Ich würde mich freuen, wenn du auf dem Stadtfest liest.“

Sie schaute ihn verwirrt an.

„Ich möchte, dass du dich als Tochter dieser Stadt präsentierst. Ich weiß, du hast gesagt, dass du so etwas nicht gerne machst, aber jetzt haben wir ja die Gelegenheit, das Ganze von Angesicht zu Angesicht zu klären.“

„Hinnerk ... ich ... weißt du ... so etwas klärt immer mein Agent für mich.“

„Der eine Order hat, dich von Eckenförde fernzuhalten“, erwiderte er müde lächelnd. „Das weißt du so gut wie ich.“

„Ja, aber woher ...?“

„Ich bin Journalist", antwortete er müde und wirkte immer noch so, als würde etwas auf seinen Schultern lasten, das unendlich schwer wog.

„Und warum fragst du dann?"

„Weil ich möchte, dass du endlich Frieden mit uns schließt, Emma, und dass du über deinen Schatten springst und mir diesen Gefallen tust."

„Hinnerk", setzte sie an, wurde aber durch das Heben seiner Hand direkt unterbrochen.

„Ich meine es wirklich ernst, Emma. Ich möchte, dass du hier liest. Tu mir diesen einen Gefallen, bitte."

„Sag jetzt nicht, nachdem ich so viel für dich getan habe, denn das wäre mehr als unfair."

„Ist es denn nicht so?"

Emma schluckte trocken. Hätte Sebastian nicht auf der kleinen Bank in der Nähe gesessen, und immer noch seine Wange gestreichelt, wäre sie jetzt explodiert.

Sie hätte Hinnerk angebrüllt und ihn gefragt, ob er noch alle Tassen im Schrank hätte, und ob er es richtig fand, ihr die Pistole auf die Brust zu setzen, während er genau wusste, in was für einer schweren Situation sie sich gerade befand.

Emma beherrschte sich.

Sie lächelte schmal und sprach dann mit einer zur Ruhe gezwungenen Stimme: „Das hätte ich nicht von dir erwartet. Echt nicht."

„Ich weiß", erwiderte er seufzend. „Aber ich möchte gern wiedergewählt werden, weißt du."

„Ach, und als Versöhner hättest du da bessere Chancen?"

Hinnerk schüttelte den Kopf. „Emma, ich würde dich nicht unter Druck setzen, aber ich habe Pläne und Ideen, und möchte auch noch den einen oder anderen Karriereschritt machen."

„Das hätte ich nicht von dir erwartet“, wiederholte sie und funkelte Hinnerk böse an. „Du willst mich also vor deinen politischen Karren spannen? Du willst, dass ich dir helfe, deinen Steigbügel zu halten, während du dich hier zum Bürgermeister wählen lässt? Was ist das denn dann genau?“

„Nur ein kleiner Gefallen.“

Emma lachte bitter auf. „Also so eine Art eine Hand wäscht die andere?“

„Da ist er“, erklang jetzt Lisas frostige, eiskalte Stimme hinter Emma, der das leise Klick-Klack hoher Absätze folgte. „Wollen Sie auch etwas trinken?“

„Ein Rotwein wäre nett“, sagte eine sanfte, liebreizende Stimme, in der ein Hauch Kälte mitschwang, der Emma unweigerlich dazu trieb, sich langsam herumzudrehen.

„Sie habe ich aber nicht gefragt“, meinte Lisa schnippisch und reichte Emma ihr Glas. „Hier, für dich.“

Danach ging sie auf Sebastian zu, reichte ihm seine Limo und funkelte die Frau in dem eng anliegenden, ihren Körper betonenden Kleid böse an. Diese, an solche Blicke gewöhnt wie es schien, ignorierte Lisa und sagte: „Höflichkeit wird hier ja nicht gerade großgeschrieben.“ Dann wandte sie sich an Hinnerk: „Hast du erledigt, weshalb du hergekommen bist, Papa? Wir haben einen Tisch bestellt.“

„Papa?“, fragte Emma schluckend und konnte ihren Blick nicht von der Frau nehmen, die sie erst heute Morgen auf so unangenehme Art und Weise kennengelernt hatte.

„Das ist meine Tochter“, sagte Hinnerk, der sich nun ächzend erhob. „Linda. Angehende Chefredakteurin der Bild-Zeitung in Hamburg.“

Emma rutschte das Herz in die Hose, als sie begriff.

„Du Arsch“, murmelte sie und hätte Hinnerk am liebsten eine reingehauen.

***

„Mark“, stieß Emma heiser hervor, während sie sein verwundertes: „Emma“, das durch den Telefonhörer drang, einfach ignorierte. „Kannst du mir helfen?“

„Jetzt sofort?“

„Wann denn sonst?“

„Äh“, hörte sie durch das fest an ihr Ohr gepresste Handy und versuchte, den hinter ihr stehenden Hinnerk ebenso zu ignorieren wie dessen arrogant lächelnde, sich auf ihre Rache freuende Tochter Linda.

„Schau mal bitte in deinem Terminkalender nach, was für Lesungen du nächste Woche für mich organisiert hast.“

„Jetzt?“, fragte er erneut und versetzte Emma mit seiner Frage so einen verbalen Hieb in den Magen, dass sie sich am liebsten übergeben hätte.

„Ja, zum Teufel. Jetzt sofort!“

„Was ist denn los bei dir?“

Emma schloss die Augen. Sie hatte mit dieser Frage gerechnet. Sie jetzt zu hören und sich mit ihr auseinandersetzen zu müssen, ließ ihre Knie weich werden. Das Gefühl, ihr Magen drehte sich um, ließ sie leise würgen und glauben, sich übergeben zu müssen. Sie leckte sich mit einer hektischen Bewegung über die Lippen. Am liebsten wäre sie kreischend und sich die Haare raufend hinunter zum Strand gelaufen, hätte Schwung geholt und das Handy in hohem Bogen mitten ins Meer geworfen.

Als sie nichts sagte, wollte Mark noch einmal von ihr wissen, was bei ihr los war und wieso sie ihn gerade jetzt, am frühen Abend, anrief.

„Ich habe gerade eine Anfrage wegen einer Lesung bekommen“, erklärte sie so laut, dass Hinnerk und seine Tochter sie deutlich verstehen konnten. „Das ist gerade los bei mir.“

„Emma“, sagte Mark genervt. „Ich schaue morgen gern im Computer nach, aber jetzt habe ich echt keine Zeit.“

„Du willst mich hängen lassen?“

„Hängen lassen?“, fragte er mit einem scharfen Unterton in der Stimme. „Ich arbeite gerade ... auch für dich.“

„Dann sitzt du doch sowieso am Computer.“

„In einem Restaurant“, verbesserte er sich und ließ Emma leise keuchen.

„Mit wem?“, schoss es aus ihr hervor, ohne dass sie es wollte.

Allein der Gedanke daran, dass sie ihm nicht trauen konnte, und sich automatisch fragte, was er gerade hinter ihrem Rücken verbroch, und ihre ganze Beziehung infrage stellte, ließ sie ein schlechtes Gewissen bekommen.

Er ist ein guter Mann, sagte sie sich, *ein lieber Mann. Er hat seine damalige Beziehung nur deshalb beendet, weil er mit dir zusammen sein wollte. Nur mit dir. Er hat mit dir geschlafen, weil ihr euch geliebt habt. Er hat seine damalige Frau nur betrogen, weil ihr beide euch gefunden habt.*

Noch einmal wird er das nicht tun.

Nein, das wird er nicht.

Er liebt dich. Er will nur dich. Er hat dir einen Heiratsantrag gemacht.

Ihre Gedanken rasten in so einer Geschwindigkeit durch ihren Kopf, dass es ihr kaum möglich war, ihnen auch nur ansatzweise zu folgen. Erst als er sie sagen hörte: „Roger sitzt hier bei mir, weil wir über die Lizenzen reden wollen. Willst du mit ihm sprechen?“

„Äh ...“

„Nicht?“

„Nein“, sagte sie kleinlaut, nuschelte dann ein schlecht verständliches „Entschuldigung“ ins Handy und flüsterte schließlich: „Ich liebe dich.“

„Ich dich auch“, gab er kurz angebunden zurück. „Wir reden morgen miteinander. Ciao.“

„Ciao!“

Mark beendete die Verbindung und Emma, die von Magenschmerzen gepeinigt war, blieb nichts anderes übrig, als sich auf dem Absatz herumzudrehen, und in das erwartungsvolle Gesicht von Hinnerk und in das abfällig lächelnde von Linda zu schauen.

„Und?“, wollte Hinnerk wissen, während er sich von seinem Platz erhob, den er eben noch, die Beine übereinanderschlagend, eingenommen hatte.

„Mark ist gerade bei einem geschäftlichen Essen und hatte meinen Terminkalender nicht bei sich. Er wird sich morgen wieder bei mir melden.“

„Das klingt doch gut“, meinte Hinnerk erfreut.

„Geht so“, wandte Linda ein, die die Arme vor der Brust verschränkt hatte, sich an die Brüstung lehnte und hinaus auf das offene Meer schaute. Wie beiläufig stellte sie jetzt eine Frage, die Emma bis ins Mark traf. „Für mich klang das gerade ein bisschen so, als wüsste der Herr Agent gar nicht, was hier alles vor sich geht, Emma. So als hätte seine erfolgreichste Autorin ein Geheimnis vor ihm. Nicht, dass es mich etwas angeht, aber ist es so?“

***

Sebastian wich Emma nicht von der Seite. Nachdem Hinnerk ihr die Hand hingehalten hatte, und sie nicht wusste, ob sie diese ergreifen oder ignorieren sollte, war es Ralfs Sohn gewesen, der ihr die Entscheidung abgenommen hatte. Er hatte seine Hand in die ihre geschoben, sie fest gedrückt und dabei so liebenswert und freundlich zu Emma emporgeschaut, dass sie ein wenig mehr Mut schöpfte und sich traute zu sagen: „Wir hören uns dann morgen.“

„Ich freue mich schon drauf“, gab Hinnerk zurück, während er mit einem unglücklichen Lächeln seine ihr entgegengestreckte Hand zurückzog und sie unbeholfen an seinem Hosenbein abwischte. „Das tue ich wirklich.“

„Da bin ich mir nicht sicher“, gab Emma frostig zurück.

Sie wünschte sich nichts sehnlicher, als noch einmal mit Mark telefonieren zu können ...

... noch einmal seine Stimme hören zu können ...

... noch einmal dem lauschen zu können, was er immer zu ihr sagte, wenn sie der felsenfesten Überzeugung war, das alles, was sie anfasste, zu Scheiße wurde.

Genau in diesen Momenten, immer dann, wenn sie der Mut verließ, stand er an ihrer Seite, redete sie stark und verlor niemals das große Ganze aus den Augen. So wie damals, als sie nach der Hälfte von *Wasserherz* der felsenfesten Überzeugung gewesen war, nur noch Blödsinn zu Papier zu bringen. Da hatte er sich zu ihr aufs Bett gesetzt, auf das sie sich kurz zuvor frustriert geworfen hatte, und ihr zwei Passagen aus dem neuesten Kapitel vorgelesen. Er hatte ihr anschließend gesagt, wie er glaube, dass es weiterging, und ihre schöne Ausarbeitung des Spannungsbogens gelobt.

„Findest du wirklich, dass es gut ist?“, hatte sie ihn gefragt, während sie den Kopf vom Kissen hob und ihn aus verquollenen Augen anschaute.

„Was denkst du denn?“

„Dass es Mist ist. Großer Mist.“

„Kleiner Mist“, hatte er lachend erwidert. „Auf Mist wachsen die schönsten Blumen. Wenn du Roger zum Beispiel anstatt ‚Hätte ich mich besser um dich gekümmert‘, sagen lässt, ‚Ich werde mich besser um dich kümmern‘, haben wir doch schon eine ganz andere Ebene der Kommunikation erreicht, und lass Eva den Flug von New York nach Hamburg nicht geschenkt bekommen. Das ist langweilig. Lass sie irgendetwas dafür tun. Sie ist doch Krankenschwester. Du hast ihr Kreditgespräch aus der ersten Szene doch noch. Was, wenn du den Banker wieder mit ins Boot holst? Er will ihr doch einen Gefallen tun, oder? Das hat er zumindest gesagt, wenn ich mich richtig erinnere."

So lief es immer ab.

Wenn sie am Boden lag, kam Mark, reichte ihr die Hand, und richtete sie wieder auf.

Das fehlte ihr jetzt. Es fehlte ihr so sehr, dass sie am liebsten vor Kummer laut aufgeschrien hätte. Aber als sie Hinnerk sagen hörte, „Das tue ich wirklich", wuchs in ihr etwas Neues, ihr vollkommen Unbekanntes, das sie die Lippen fest aufeinanderpressen ließ. Sie zuckte mit den Schultern, was sie sich niemals im Leben zuvor ihm gegenüber jemals getraut hatte und flüsterte: „Wir sehen uns dann morgen."

Dann umklammerte sie Sebastians Hand fester, drückte sie und ging geradewegs in die Gaststätte hinein und konnte einen inneren Siegesschrei nicht unterdrücken. Dieser fand darin Ausdruck, dass sie einen kleinen Hüpfer machte, den Sebastian prompt nachahmte.

Er gluckste vor Freude, als sie einen zweiten Sprung machte und kicherte leise, als sie beim dritten Mal den Sprung zusammen ausführten und dabei ins Gästezimmer hüpften.

Sebastian lachte und Emma ebenfalls.

Sie würde es schaffen, das alles hier zu überstehen.

Irgendwie ...

***

In der Nacht hatte sie wesentlich besser geschlafen, als sie gedacht hatte.

Obwohl Emma der felsenfesten Überzeugung gewesen war, nicht eine Sekunde Ruhe finden zu können, war sie erschöpft ins Bett gesunken und kurz darauf ins Reich der Träume geglitten. Erst am nächsten Morgen, als die Sonne durch das leicht offen stehende Fenster schien, begriff sie, dass sie tatsächlich tief und fest geschlafen hatte. Der unangenehme Druck, den sie gespürt hatte, als sie ins Bett gegangen war und an Hinnerk, seine Tochter und Mark hatte denken müssen, war verschwunden.

Es war die Erinnerung daran, die sie lächeln ließ, wie gut es ihr gestern getan hatte, noch ein wenig mit Sebastian zu spielen. Sie war mit ihm hinunter an den Strand gegangen, hatte mit ihm Steine über das Wasser hüpfen lassen und dann angefangen, ihn nass zu spritzen.

Sebastian, der vor Freude gegluckst hatte, hatte es ihr gleichgetan und war dann, als er sie von oben bis unten nass gespritzt hatte, lachend vor ihr davongelaufen. Sie hatte ihn verfolgt und spaßeshalber so getan, als wollte sie ihm in den Popo kneifen und damit gedroht, ihn ins Wasser zu werfen.

Als es schließlich so dunkel geworden war, dass nur noch das sich auf dem Wasser spiegelnde Mondlicht für ein wenig Licht sorgte, hatte sie den selig lächelnden Jungen an die Hand genommen und war mit ihm zurück aufs Zimmer gegangen.

Scheiß auf Hinnerk und Linda. Vergiss Michael und seine blöde, arrogante Blicke verteilende Eroberung.

Freu dich daran, was du hast ...

... freu dich an ...

... Sebastian.

Es verwunderte sie, während sie aus zusammengekniffenen Augen hinaus aus dem Fenster schaute, und sah, dass die wenigen Wolken am Himmel, das auf die Erde fallende Sonnenlicht nicht behinderten, dass sie an den kleinen Jungen dachte. Daran, wie er auf der Bank gesessen hatte, die Hand an der Wange, das funkelnde Glitzern der Freude in den Augen. Wie er aufstand, wie er ihre Hand nahm, sie hinunter zum Strand zerrte, um sie von Hinnerk fortzubringen. Schließlich, wie er sie die Treppe hinaufgezogen hatte und in Ralfs Wohnung führte. Dass er sich auf die vor dem an die Wand angebrachten Fernseher setzte und anfing, Paw Patrol zu gucken.

Unschlüssig, was sie hier oben sollte, war sie dazu übergegangen, sich neben Sebastian zu setzen. Ihm die Hand auf das Knieden Rücken zu legen und diesen zu kraulen. So saßen sie da und schauten zwei Folgen einer Serie, die Emma glauben ließ, ihr Hirn würde zerfließen.

Als Sebastian aber einzuschlafen begann, sich einkuschelte, und seinen Kopf auf ihren Oberschenkel legte, war in ihr etwas in Gang geraten, dass sie nicht beschreiben konnte.

Sie hatte plötzlich das Gefühl von Ruhe und Geborgenheit gespürt.

Ihre eben noch empfundenen Probleme, die sie zu überschwemmen schienen, waren nur noch leise wabernd in ihrem Hinterkopf hin und her geschwebt, während sie vordergründig der festen Überzeugung war, etwas Wichtiges zu tun.

Erst als Sebastian fest eingeschlafen war und sie begriff, dass sie sich nicht bewegen konnte, weil sie den Jungen sonst aufwecken würde, hatte sie das Problem erkannt, indem sie jetzt steckte.

Das sich erst dann löste, als sie Ralf hörte, wie er Sylvester ins Zimmer schickte und er dann, als er ins geräumig große Wohnzimmer getreten kam und fragte: „Was machst du denn da?“

„Mich gefangen nehmen.“ Sie lachte sie leise. „Er ist beim TV gucken eingeschlafen. Ich hoffe, das ist okay für dich.“

„Solange er sich wohlfühlt, ist alles okay für mich", sagte Ralf, der an die Couch getreten kam, in die Knie ging und Emma von ihrer angenehmen Last befreite. „Ich bringe ihn kurz ins Bett."

„Mach das."

Als Ralf sich noch einmal umdrehte, hatte sie sich erhoben, und ihm liebevoll ins Ohr geflüstert: „Ich danke dir für den schönen Abend." Daraufhin hatte sie sich vorgebeugt, ihm ein Küsschen auf die Wange gegeben und zufrieden lächelnd dabei zugesehen, wie Ralf aus dem Wohnzimmer verschwand.

Ein merkwürdiges Gefühl von Zufriedenheit hatte sie dabei beschlichen und ebbte sogar jetzt noch in ihr nach.

Während sie dagesessen hatte, zusah, wie Ralf den schlafenden Jungen ins Zimmer brachte, breitete sich ein sie erschreckender Gedanke in ihr aus, der sie fragte: *Ist es das, was du willst?*

Und ihre Antwort, ebenso verwirrend, war: *Irgendwie ...*

... ja.

Der Gedanke, so fremd und dennoch so schön, verfestigte sich in ihr und ließ sie lächelnd unter die Dusche treten. Bevor sie die Kabinentür schloss, warf sie noch einen Blick auf ihr Handy, um zu sehen, ob es eine Mail oder einen Anruf gegeben hatte.

Da war nichts.

Nur das leere, schwarze Display, auf dem einige Apps darauf warteten, geöffnet zu werden.

„Dann eben nicht", murmelte sie, und wählte ihre Musik-App, um ein paar Lieder der Scorpions abzuspielen.

Während das Wasser rauschend aus dem Duschkopf auf sie niederprasselte, sang sie lauthals „Rock You Like a Hurricane" mit.

Als ihr schließlich „Passion Rules the Game“ entgegenhallte, während sie sich die Haare abtrocknete und ins offene Zimmer trat, merkte sie, dass sie ausgeglichen oder gar happy war. Etwas in ihr, das ihr raunend zuflüsterte, dass das Leben weitergehen würde, machte ihr weiteren Mut. Es hatte Begegnungen in Eckenförde gegeben, die ihr gutgetan hatten, und Leute, die an ihr als Mensch und nicht nur an ihr als Autorin interessiert gewesen waren.

Allein das wohlige Gefühle, das sie gespürt hatte, als sie am Leuchtturm gewesen war, ließ sie jetzt denken, dass das alles gar nicht so schlimm war. Das es immer Augenblicke und Momente im Leben geben würde, die einen glauben ließen, den Boden unter den Füßen zu verlieren.

Andererseits, und da war sie ebenso überzeugt, war sie ein Mensch, der immer auf die Füße fiel.

Sie fühlte sich federleicht, als sie an diesem Morgen springenden Schrittes in den Schankraum trat, in dem Ralf stand, und schon wieder organisierte, rotierte und nach jemandem rief, der für ihn in den Supermarkt fahren würde, um frisches Fritteusen-Fett zu besorgen.

„Das kann ich doch machen“, bot sie an.

„Kann ich dir das denn anvertrauen“, wollte Ralf grinsend wissen, „nachdem du gestern schon am Grill gescheitert bist?“

„Was ist schon der Grill, wenn dein Junge sich wohlgefühlt hat?“

„Stimmt auch wieder.“ Ralf lächelte.

„Schläft er noch?“, wollte Emma wissen, die Daumen in den Seitentaschen ihrer Jeans vergraben.

„Tief und fest. Ein Bär ist nichts dagegen. Also? Kann ich dir Grillversager die Aufgabe anvertrauen, oder nicht?“, wollte Ralf lachend wissen.

„Auf dem Grill kannst du am Sonntag die schönsten Bratwürstchen grillen, die hier in Eckenförde jemals gegrillt worden sind“, versicherte sie ihm. Dann fragte sie: „Soll ich nun fahren, oder nicht?“

„Natürlich. Das wäre wirklich lieb von dir“, entgegnete Ralf und schaute sie durchdringend an.

„Was ist?“, wollte Emma verwirrt wissen.

„Ach, nichts.“

„Aber du hast doch was.“

„Ich wollte dir nur Danke sagen.“

„Danke? Wofür denn?“

„Wegen Sebastian.“

Sie winkte ab. „Er ist ein toller Junge.“

„Du bist toll“, widersprach ihr Ralf, als er sich auf die Ellbogen aufstützte und Emma mit einem intensiven Blick bedachte, in dem eine Freude und Wärme lag, die sie gar nicht von ihm kannte. „Du hast den Kleinen fröhlich und glücklich gemacht.“

„Er ist ein fröhlicher Junge“, erwiderte Emma und konnte sich ein Gefühl von innerer Zufriedenheit nicht verkneifen.

„Das habe ich gestern gesehen. Ich ... ich ... ich bin nur überrascht, ihn so zu erleben“, gab er zu, kam um den Tresen herum und blieb dicht vor Emma stehen. „Weißt du, was ihn so glücklich gemacht hat?“

Ralf schluckte schwer.

Emma konnte sehen, wie er um Fassung rang.

Während seine Stimme den zarten Hauch eines emotionalen Bebens in sich trug, sagte er: „Es gibt durchaus Menschen in Eckenförde, die dich lieben, Emma. Sie lieben dich wirklich.“

„Du hast echt einen geilen Arsch“, rief Sylvester plötzlich hinter ihr, während er lässig im Türrahmen lehnte, ein gönnerhaftes Lächeln auf den Lippen, die Augen zu schmalen Schlitzen zusammengekniffen. Mit vor der Brust verschränkten Armen stand er da wie eine billige Kopie von Patrick Swayze in „Dirty

Dancing“ und war davon überzeugt, unfassbar begehrenswert auszusehen.

Wäre sie Baby gewesen, hätte sie sich sofort noch zwei weitere Melonen geschnappt und gehofft, durch einen Leistenbruch vor einem Treffen gerettet zu werden.

„Wir lieben dich“, meinte Ralf noch einmal, „manche von uns auch auf ihre ganz eigene, bizarre Art und Weise …“

***

Als Damaris Wieser sagte: „Sich im Kreise zu drehen, sollte als Chance genutzt werden, Dinge von Anfang an neu ordnen zu können“, hatte sie bestimmt nicht daran gedacht, dass sie Emmas Schicksal in Worte kleidete. Gerade jetzt, als sie im Wagen saß und diesen durch die beinahe menschenleere Innenstadt von Eckenförde lenkte, während Lisa neben ihr auf dem Beifahrersitz saß, glaubte sie, genau das zu erleben. Dass sie sich in einem unendlichen Kreis vorwärtsbewegte und immer wieder an ein und derselben Stelle vorbeiraste, ohne eine Möglichkeit zu finden, ihr Schicksal in andere Bahnen lenken zu können. Dazu kam noch, dass ihr das Telefonat mit Mark ebenso wenig aus dem Sinn ging wie die Begegnung mit Sebastian und Ralf.

Diese hatte sie überraschenderweise berührt.

Obwohl sie immer gut mit Worten hatte umgehen können, und wusste, was man wann in welcher Situation sagen sollte – solange es um die Figuren in ihren Romanen ging –, fühlte sie sich jetzt wie vor den Kopf geschlagen. Das wärmende Gefühl der Zuneigung hatte ihr Herz ebenso im Sturm erobert, wie es gleichzeitig von einer kalten, sie mit Angst und Schrecken erfüllenden Furcht heimgesucht worden war, die ihr ebenso unheimlich war wie die Zuneigung.

Als sie jetzt den Blinker setzte und von der Hauptstraße abbog, um in eine kleine Seitengasse einzubiegen, drang ihr auch wieder das fröhliche und wie von einem Band kommende Geplapper von Lisa an die Ohren.

„... deshalb fand ich es total toll, dass meine Freundin Michelle sich gegen Robert entschieden hat. Denn der hat ihr einfach nicht gutgetan. Überhaupt nicht. Der hat sie immer nur runtergemacht. Aber so richtig. So etwas mag ich überhaupt nicht. Magst du das? Bestimmt nicht, oder? Michelle hat nur das Beste verdient. Sie ist doch immer so lieb und nett. Hast du Michelle schon kennengelernt? Sie war heute kurz da. Ich weiß aber nicht, ob ihr euch gesehen habt. Kann ja sein, dass du gerade draußen warst, als sie mit ihrer Mutter reingeschaut hat und die Wurstspende abgegeben hat. Das machen sie immer, weil Michelles Vater in einer Wurstfabrik als Schichtleiter arbeitet.

Der kommt gut mit seinem Chef klar und ... hörst du mir überhaupt zu?“

Emma schaute aus dem Augenwinkel zu der jungen, im Sonnenlicht des morgendlichen Tages wie in Szene gesetzten Frau und musste ein leises Stöhnen unterdrücken.

„Du siehst heute so niedlich aus“, sagte Emma und begriff erst kurz darauf, dass sie das wirklich gerade laut von sich gegeben hatte.

Der Gedanke, der sie beherrschte und sie nicht mehr losließ, hatte sie im wahrsten Sinne des Wortes dazu gezwungen, diesen Satz zu sagen. Worte, die nicht viel bedeuteten, wenn sie unbedachtsam ausgesprochen wurden. Aber hier und jetzt, in dem Auto, waren sie ehrlich gewesen.

Sie stößt mich mit der Nase darauf, dass ich niemals die war, die ich gern hätte sein wollen, und dass ich nie die Unbekümmertheit hatte, mich neben eine Fremde zu setzen, um mit ihr zu klönen und ihr alles zu erzählen, was mir gerade auf der Seele lag.

Dafür war ich viel zu bedacht und zu schüchtern.

Ich hatte immer nur gehofft, nicht aufzufallen.

Einem bin ich aufgefallen. Einmal, dachte sie jetzt, als Lisa sie mit einem verwunderten Unterton in der Stimme fragte: „Was hast du gesagt?"

Und bei ihm wollte ich bleiben. Bei ihm habe ich mich sicher gefühlt. Immer.

In seiner Nähe war ich ...

... ich!

Die letzte Version ihres Ichs hätte sie am liebsten wieder vergessen. Aber in dem Moment, als ihr bewusst wurde, dass es Michael gewesen war, der sie damals aus ihrer um sie gelegten Schale gelöst hatte, hatte sie kurz Magenschmerzen bekommen. Als sie sich in Erinnerung rief, wie er sie stark gemacht, und aufgebaut hatte, war plötzlich ein Gefühl der Hoffnung in ihr aufgestiegen. Ein Gefühl, das sie glauben ließ und stark machte.

Ich habe mich geirrt, dachte sie jetzt und bremste an der Ampel erst ab, als Lisa erschrocken die Luft einsog, die Hände um das Armaturenbrett klammerte und den Kopf mit einem verzerrten Gesichtsausdruck zu Seite wand, mit der Befürchtung in den Augen, in den Gegenverkehr zu geraten.

Mark macht mir immer einen kurzen Augenblick Mut.

Michael hingegen ... hat mir ein Leuchten geschenkt.

Er hat mich glauben lassen, alles erreichen zu können.

***

Emmas Telefon klingelte, als sie gerade das Lenkrad eingeschlagen hatte, um den Wagen rückwärts in eine Parklücke zu navigieren. Sie griff, mit einer ins Fleisch und Blut übergegangenen Bewegung, nach dem Handy, entsperrte es und sagte, während sie sich das Telefon zwischen Wange und Schulter klemmte: „Ja?"

„Na, du Trulla", rief Angie. „Hast du dich wieder ein wenig beruhigt?"

„Ich bin noch dabei", antwortete Emma, während sie Lisa mit einem an die Lippen gelegten Finger signalisierte, dass diese bitte den Mund halten sollte.

Die, eben noch von romantischen Orten schwärmend, die man in und um Eckenförde alles besuchen konnte, nickte pflichtbewusst und starrte mit großen Augen zu Emma.

„Dann muss ich meinen Zuckerarsch also nicht mehr ins Auto schwingen und zu dir aufs Land eiern, um dich von deinem Liebeskummer zu heilen?"

„Liebeskummer ist gut."

„Ich kann ja kaum sagen, dass du dich totlachen solltest wegen eines Mannes, der einfach nicht zu dir passt."

„Angie!"

„Ja, ja, ist ja schon gut. Du klingst so, als würdest du gerade im Auto sitzen. Bist du schon wieder auf dem Weg nach Hamburg?"

„Nein, ich kaufe gerade Öl ein."

„Öl?"

„Für eine Fritteuse."

„Was?"

„Und nebenbei muss ich mir die ganze Zeit anhören, wie schön es ist, im Mondschein über die Nordsee zu schippern. Klingt genauso langweilig, wie es sich anhört."

„Das ist es gar nicht", widersprach Lisa energisch, verschränkte die Arme vor der Brust und funkelte Emma böse an. Diese grinste, brachte den Wagen zum Stehen und zog, als sie das Lenkrad in die richtige Position gebracht hatte, die Handbremse an.

„Wie kommst du denn jetzt auf eine Bootsfahrt im Mondschein?“

„Ralfs Tochter meint, dass sie das gern einmal erleben würde“, erklärte Emma und ignorierte dabei Lisas Einwurf: „Das habe ich dir im Vertrauen erzählt!“ Dann sagte sie zu Angie: „Ist eben noch ein wenig romantisch, die Kleine.“

„Neckst du sie etwa gerade?“, wollte Angie wissen.

„Ein bisschen.“

„Warum?“

„Weil ich das gerade brauche“, gab Emma zu und musste sich eingestehen, dass die vorhin durch ihren Kopf geschossenen Gedanken sie immer noch unangenehm beschäftigten. Sie waren wie Pfeilspitzen, die mühelos durch Kleidung und Haut drangen, und die Erinnerungen an Michael noch tiefer in ihr Herz bohrten. Deshalb tat es ihr gut, sich ein wenig über die unfassbar romantische Lisa lustig zu machen.

Diese, dem Ausbruch nicht böse gemeinter Stichelei nicht gewachsen, blieb im Wagen sitzen, während Emma ihre Tür öffnete, die Beine in die warme Sonne streckte und, als sie sich in die Höhe drückte, fragte: „Warum rufst du mich eigentlich an? Die Freude am Klang meiner Stimme kann es ja nicht sein.“

„Nur wenn du singst, mag ich sie nicht“, erwiderte Angie verteidigend. „Bist du momentan im Angriffsmodus, oder was?“

Emma lachte.

Sie hatte gewusst, dass sie mit ihrem Kommentar eine offene Wunde bei Angie aufriss. Eine Wunde, die bis heute nicht verheilt war. Vor gut zehn Jahren hatten sie das erste und das einzige Mal miteinander gestritten. Worum es gegangen oder was der Auslöser gewesen war, wusste Emma nicht einmal mehr. Wahrscheinlich irgendeine Bagatelle, die sich letzten Endes so sehr hochgeschaukelt hatte, dass beide wutentbrannt die

Distanz zueinander gesucht hatten und die andere so scheiße gefunden hatten, dass sie ihr am liebsten nicht mehr unter die Augen treten wollen.

In dieser Distanz, die sie in den zwei oder drei Wochen zueinander aufgebaut hatten, war genau jener Satz gefallen, den Emma ihrer Freundin jetzt um die Ohren gepfeffert hatte. Aus einem Zufall heraus waren sie beide in der Vorstellung von *Tarzan* in der Neuen Flora gewesen. Emma als Gast, Angie als Journalistin. Als Emma an der S-Bahn-Station Holstenstraße ausgestiegen war, und über die Ampel zur Neuen Flora gegangen war, hatte sie ihre Freundin am Fuß der zum Foyer führenden Treppe entdeckt. Diese war in Begleitung eines unscheinbaren, kleinen Mannes gewesen, dessen auffallendes Merkmal das linke, zitternde Bein gewesen war.

Ohne sich eines Blickes zu würdigen, waren sie beide hineingegangen.

Angie, die gar nicht mitbekommen hatte, dass Emma sich in der Pause hinter die Säule gestellt hatte, an der ihre Freundin stand, hatte gehört, wie die Journalistin sich bei ihrem Begleiter über ihren Streit ausgelassen hatte und dass sie Emma am liebsten noch viel mehr an den Kopf werfen würde.

„Ihre Stimme zum Beispiel. Viel zu laut. Zu schrill. Trommelfellzerreißend."

Emma wusste nicht, warum ihr all diese Erinnerungen und Albernheiten jetzt in den Sinn kamen. Sie wusste nur, dass sie Lisa und Angie auf die Schippe nehmen *musste*. Da war etwas in ihr, das mit aller Macht versuchte, sich Gehör zu verschaffen, und dass Emma am liebsten zum Schweigen gebracht hätte.

„Du bist eine blöde Kuh und deshalb werde ich dir auch nicht verraten, was ich für nächste Woche geplant habe", sagte Angie und riss Emma aus ihren Gedanken und Überlegungen. „Dann wirst du eben dumm sterben müssen, so wie du mich damals versucht hast, dumm dastehen zu lassen."

Emma spürte, wie ihr die Schamesröte ins Gesicht stieg.

Ein heißes Gefühl der Peinlichkeit ergriff sie, und sie wünschte sich, für immer im Erdboden versinken zu können.

„Du Miststück", zischte sie. „Das war doch nur, weil ich Erik so gern gemocht habe."

„Fies bleibt fies", erwiderte Angie und lachte gehässig auf.

„Ich habe mich doch dafür entschuldigt."

„Du meinst mit deiner quakenden und meine Trommelfelle zerreißenden Stimme?", frotzelte Angie weiter, sodass Emma laut lachen musste.

„Du weißt ganz genau", rief sie viel zu laut in ihr Handy, sodass alle umstehenden Leute ihr Gespräch mühelos mitverfolgen konnten, „dass ich deshalb ein furchtbar schlechtes Gewissen habe. Niemals wieder, niemals wieder würde ich dich bloßstellen oder dir das Gefühl geben, dumm zu sein, das habe ich dir geschworen."

Angie, die immer selbstbewusst war und genau wusste, wohin sie im Leben gehen wollte, hatte nur eine einzige Schwäche: zu glauben, sie sei dumm.

Woher es kam, oder warum diese gebildete, schlagfertige, den Alltag rockende Frau den Komplex hatte, wusste Emma nicht. Sie wusste nur, dass Angie wie verrückt darum bemüht war, intelligent zu wirken.

So war es damals gewesen und so war es noch heute.

Während sie sich in ihrem Job Wissen aneignete, in verschiedenste Materien eintauchte und auch noch die kompliziertesten Zusammenhänge zu verstehen versuchte, war sie damals wie heute gehemmt, wenn es darum ging, eigenes Wissen anzuwenden.

So wie damals, als sie beide in einer Dorfdisco Erik kennengelernt hatten. Diesen charmanten, liebenswerten Kerl, dessen Lächeln etwas Zuckersüßes an sich hatte, sodass Emma noch heute gern an ihn zurückdachte und spürte, wie ihre Knie weich zu werden begannen. Ihr Herzschlag beschleunigte sich heute noch genauso wie damals, und auf ihre Lippen trat unweigerlich ein verschmitztes, sehnsüchtiges Lächeln.

Erik hatte sich auf Anhieb gut mit Angie und ihr verstanden. Sie hatten miteinander getanzt und gelacht und waren schließlich übereingekommen, den Abend bei Angie ausklingen zu lassen, weil diese keine zehn Minuten Fußweg von der Disco entfernt wohnte. Dort hatten sie weiter geredet, gescherzt und ein wenig die Konkurrentinnen raushängen lassen.

Schließlich waren sie auf die Idee gekommen, „Trivial Pursuit“ zu spielen.

Warum auch immer.

Emma wusste nur noch, dass Angies gute Laune ebenso schnell verflog, wie ihre gestiegen war. Angie hatte sich von Frage zu Frage mehr und mehr zurückgezogen, bis sie schließlich aufstand und verkündete, dass sie nicht mehr spielen wollte.

In diesem Moment war Emma der Satz herausgerutscht: „Weil du keine Antworten mehr weißt, was?“ Das hatte ihre beste Freundin so sehr verletzt, dass diese vor Erik in Tränen ausgebrochen war. Der war, eiligen Schrittes und aller Hoffnungen beraubt, mit einer der beiden Mädchen knutschen zu können, aus Angies Haus geflüchtet.

Während sie sich in ihren Erinnerungen hinter Angie herlaufen sah, bemerkte sie Lisa, die mit vor der Brust verschränkten Armen neben ihr saß. Sie hatte die Lippen fest aufeinandergepresst und die Augenbrauen kritisch bis zur Nasenwurzel zusammengezogen.

Emma versuchte, Lisa mit einem zaghaften Lächeln dazu zu bewegen, sich ebenfalls aus dem Wagen zu erheben.

„Oh, oh“, sagte sie nur.

„Die Kleine im Wagen ist beleidigt und spricht kein Wort mehr mit dir. Stimmt's, oder habe ich recht?“

„Beides.“

„Bin halt doch ein helles Köpfchen.“

„Hör jetzt endlich auf damit“, zischte Emma, und nickte einem bekannten Gesicht zu, ohne dass sie es wirklich einordnen konnte. „Ich komme sonst nach Hamburg und drehe dir eigenhändig den Hals um.“

„Wenn du zu mir kommst, brauche ich mich ja nicht mehr in den Wagen zu setzen und die quälend lange und unproduktive Fahrt antreten, die ich eigentlich geplant habe.“

„Du verkohlst mich doch, oder?“, rief Emma, die die Freude, die ihr durch den Körper schoss, nicht verbergen konnte. „Nimm mich bitte nicht auf den Arm. Ich schwöre dir, wenn du nur einen deiner blöden Scherze machst und mir gleich eine Nase drehst, werde ich dich vierteilen, aufhängen und anschließend noch erschießen.“

„Na, das klingt ja so verlockend, dass ich doch am Mittwochnachmittag lieber nicht zu dir aufs Land komme. Da bleibe ich mit meinem Zuckerarsch doch lieber in der Stadt und warte auf die Qualen, die du mir bereiten willst.“

„Mittwochnachmittag?“

Es war wie ein Lichtblick am Horizont und ein kurzes Schimmern in der Dunkelheit, als sie begriff, was für ein Angebot ihre Freundin ihr hier gerade unterbreitete. Sie nickte, obwohl Angie es nicht sehen konnte, und sagte grinsend: „Ich würde mich bereit erklären, Gnade vor Recht ergehen zu lassen, wenn du es wirklich schaffen solltest zu kommen.“

„Wolltest du am Montag denn nicht wieder zurück?"

Emma kniff die Augen zusammen.

„Verarsch mich nicht. Unser Sachbearbeiter kann erst am Mittwoch", grollte sie.

„Ich dachte, du willst wieder weg", neckte Angie sie weiter. „Ich hätte nicht gedacht, dass du wirklich mit mir einen in Eckenförde draufmachen würdest."

„Komm einfach am Nachmittag hierher. Danach gehen wir feierlich einen trinken und fahren in der Nacht laut hupend und Raketen in den Himmel schießend hier weg. Mensch, das wird ein Fest."

„Klingt nach einer richtig guten Idee. Finde ich klasse. Auch wenn ich mir sicher bin, dass wir beide nach einer ordentlichen Feier weder das Gaspedal noch die Kupplung oder die Bremse mit den Füßen treffen werden. Aber für dich riskiere ich sogar einen Unfall."

„Du bist die Beste", rief Emma, strahlte über das ganze Gesicht und hätte ihrer Freundin am liebsten einen Kuss nach dem anderen durch das Telefon geschickt.

„Und weil ich weiß, wie toll ich bin, sage ich dir jetzt: Kümmere dich um die Kleine, die du gerade so geärgert hast. Nicht, dass sie mich nachher noch scheiße findet und meine Dummheit auf die Probe stellt, indem sie mir zu schwere Fragen stellt."

„Haha", meinte Emma, flüsterte noch ein „Ich liebe dich so sehr" ins Handy und beendete dann das Telefonat mit ihrer besten Freundin.

Lisa saß immer noch grollend im Wagen und als ihr Blick auf Emma fiel, sagte sie schnippisch: „Bootsfahrten sind nicht langweilig!"

***

Emma hatte sich schließlich bei Lisa entschuldigt – wieder und wieder. So lange, bis Ralfs Tochter die vor der Brust verschränkten Arme löste, sie aus zusammengekniffenen Augen anschaute und meinte: „Ich glaube dir nicht."

„Und warum nicht?", fragte Emma genervt, die am liebsten die Pubertätskeule aus ihrem imaginären Rucksack gezogen hätte, um sie Lisa ohne Vorwarnung auf den Schädel zu schlagen.

„Ist eben so."

„Das ist doch keine Antwort."

„Dohoch!"

Emma verdrehte die Augen. Sie wusste ja, dass sie ein wenig über die Stränge geschlagen und bewusst einen Streit provoziert hatte, als sie sich über Lisa lustig gemacht hatte.

Aber die ganze Anspannung, der innere Zwist, einfach alles, was ihr auf der Seele brannte, hatte nach einem Ventil gesucht.

Als sie das offen aussprach, legte Lisa den Kopf schief und fragte: „Echt?"

Emma nickte. „O ja. Ich fühle mich hier manchmal wie in einer Schraubzwinge, und jeder in Eckenförde wartet offenbar nur darauf, auch einmal an der Winde drehen zu dürfen, um mich weiter zu zerquetschen."

„Oh", meinte Lisa betreten.

„Ich wollte wirklich nicht gemein zu dir sein", erklärte Emma leise, während sie sich über sich selbst wunderte. „Echt nicht. Aber die Freude darüber, dass Angie hierherkommt und die Chance, endlich ein wenig Ruhe zu finden, hat mich übermütig werden lassen. Sind wir wieder Freunde?"

„Freunde!", bestätigte Lisa lächelnd und boxte gegen die ihr entgegengehaltene Faust.

Emma, die sich über ihre eigene Offenheit wunderte, lächelte still in sich hinein, als sie Lisa grinsen sah. Ihre Fröhlichkeit und Leidenschaft, und alles, was sie ausstrahlte, hatte Emma immerhin dazu gebracht, ihr

Verhalten zu hinterfragen, mit dem sie jetzt schon seit Jahren lebte.

Entschuldigungen wie die, die sie gerade ausgesprochen hatte, waren ihr bislang vollkommen fremd gewesen.

Fehler, die passierten, hatten immer andere gemacht. Sie war es, die diese Fehler ausbügelte, sie ertrug und die es für richtig hielt, zu entscheiden, wann sie jemandem verzieh und wann sie dem anderen erlaubte, wieder in ihre Nähe zu kommen.

So habe ich es gelernt, dachte sie jetzt, als Lisa ihre Beine aus dem Wagen schwang und als sie den Gedanken weiterspann, wurde ihr bewusst, dass sie sich nur selbst in die Tasche zu lügen versuchte. Ich habe es bei meiner Mutter so erlebt und es automatisch für richtig gehalten.

Wurde ich verletzt, habe ich es den anderen spüren lassen.

Hat jemand nicht das getan, was ich wollte, hatet er meine Verachtung verdient.

Wenn ich gekränkt wurde, schoss ich zurück, doppelt so hart ...

Du bist eine richtige Katastrophe, schimpfte Emma mit sich selbst und begriff zum ersten Mal, dass sie sich die eben vorgebrachten Argumente immer fein säuberlich zurechtgelegt hatte. Dass sie sich eine Art emotionalen Patronengürtel umgeschnallt hatte, um penibel ausgesuchte Empfindungen abschießen zu können, wenn etwas nicht so lief, wie sie es wollte. Einem Billy the Kid gleich, hatte sie gelernt, gedankenschnell zu ziehen, anzulegen und zu zielen.

Jeder Schuss ein Treffer.

Alles so, wie Emma es immer wollte.

Aber jetzt, wo sie neben Lisa stand und sich die Sonnenbrille aus den Haaren auf die Nase schob, begriff sie, dass sie letzten Endes einen Schutzpanzer aus

Ausreden um sich herum errichtet hatte. Den sie gebrauchte, um die Kontrolle bewahren zu können.

Sie fühlte sich besser, wohler, beherrschend, was sie mit Schrecken feststellte, wenn die Menschen in ihrer unmittelbaren Umgebung das taten, was sie wollte.

Aber was, wenn die anderen Menschen gar nicht das tun wollen, was ich möchte?, stellte sie sich selbst eine Frage, die ihr Innerstes erzittern ließ. Wenn sie ihre Entscheidungen selbst treffen möchten und nicht von mir in die richtige Richtung geschubst werden wollen?

Warum wollte ich diesem jungen Mädchen gerade den Traum von einer romantischen Bootsfahrt kaputtmachen?

Nur, weil ich selbst noch nie eine erlebt habe?

Weil es mir bisher nicht vergönnt gewesen ist, einen Mann kennenzulernen, der es nett fand, mit mir hinaus aufs Meer oder auf einen See zu rudern, um danach aneinandergeschmiegt in dem Ruderboot zu sitzen, zu kuscheln und dabei hinauf in den Himmel zu schauen?

Genau darum hast du versucht, es der Kleinen zu vermiesen, dachte Emma und stieß daraufhin ein leises, kaum verständliches, ihr aber unendlich schwer über die Lippen kommendes: „Das wollte ich nicht", hervor, und seufzte, als Lisa sie mit zur Seite geneigtem Kopf betrachtete und Emma damit das Gefühl verlieh, vor einer Lehrerin zu stehen, die dazu bereit war, ihr ohne Wenn und Aber eine Strafe aufs Auge zu drücken.

„Das kannst du mir wirklich glauben."

„Hmmm."

„Dann eben nicht", meinte Emma frustriert und machte zwei schnelle Schritte von ihrem Wagen fort, während sie mit einem einfachen Knopfdruck auf ihren Autoschlüssel die Türen mit einem Klicken verschloss.

„Nein, nein, so war das nicht gemeint“, ruderte Lisa nun ebenfalls zurück. „Ich wollte nicht rumzicken, aber ... aber ... ich kam mir eben so blöd vor.“

„Blöd?“

„Nun ja“, entgegnete Lisa, zuckte mit den Schultern und presste die Lippen aufeinander. „Du und deine Freundin, ihr ... ihr ... gehört offensichtlich irgendwie zusammen.“

„Ja, gehören wir!“ Emma musste unweigerlich lächeln.

Es tat ihr gut zu hören, dass man es sehen konnte, dass Angie und sie beste Freundinnen waren. Dass sie eine Seelenverwandte gefunden hatte, die mit ihr durch alle Unwegsamkeiten des Lebens gehen konnte. Ihr stolzes Lächeln verlor jedoch ein wenig von seiner Strahlkraft, als sie Lisas zu Boden gerichteten Blick bemerkte.

„Was hast du denn?“, wollte sie wissen.

Lisa zuckte mit den Schultern.

„Na sag schon.“

„Weißt du ...“, meinte Lisa, während sie einen Schritt nach vorne machte. „Ich hätte das auch gern, und ich dachte ... nun ja ... ich war der Meinung ... ach, lassen wir das.“

„Was dachtest du? Dass wir beide ...“, Emma verstummte kurz, berührte dann aber Lisas Arm. „... Freundinnen sein können?“

Lisa nickte, und sagte dann mit leiser, erstickt klingender Stimme: „Ja.“

„Wieso kommst du darauf?“

Emma hob abwehrend die Hände, wollte Lisa zeigen, dass sie den sich plötzlich in Ralfs Tochter ausbreitenden Kummer verstehen konnte. Die Frage, die sie stellte, machte Emma selbst neugierig. Sie lächelte, als sie sah, dass Lisa sich zierte.

Sie, die Blicke niedergeschlagen, sagte dann leise, kaum zu verstehen, eher einem Hauch als einem Klang gleich: „Ich hab keine beste Freundin."

„Nicht?"

„Ich habe irgendwie ... keine Freundin."

„Aber was ist mit Michelle. Mit ...", Emma suchte die richtigen Worte, wollte sich an die ihr entgegen geschwappten Namen und Ereignisse erinnern. Sie wollte Lisa zeigen, dass sie zugehört hatte.

„Schulfreunde", schwächte Lisa abwinkend ab.

„Aber ..."

„Kein Aber." Lisa schüttelte den Kopf, um sich dann zaghaft über die Lippen zu lecken. „Schulfreunde."

„Warum? Ich meine, du bist klug, witzig, niedlich und charmant. Du ... du ... bist cool."

Emma sah, wie Lisa die Nase rümpfte. Und sie konnte verstehen, warum sie es tat. Allein das Wort cool aus dem Mund einer fast Vierzigjährigen zu hören, musste in Lisas Ohren schmerzen wie dicht aufeinander folgende Schläge auf einen Gong. Dennoch stahl sich auch ein Lächeln auf ihre Lippen. Zart, einem beginnenden Winterhauch gleich, der den ersten Frost über Blumen und Gräser brachte.

„Findest du?"

„Ja."

„Die anderen nicht. Die meinen ..." Lisa brach ab.

„Was meinen sie?"

„Dass ich nicht zu ihnen passe."

„Dann sind es die falschen Freunde, die du dir suchst", sagte Emma, die merkte, wie sich Magenschmerzen in ihr auszubreiten begangen. „Echte Freunde sind immer für dich da. Egal, was du machst, wer du bist oder was du tust. Ich hatte auch nie wirklich Freunde."

„Nicht?"

„Nein. Ich habe bis heute nur Angie. Und die mit Haut und Haar."

Lisa nickte. Hilflos wirkte sie, wie sie da stand, auf dem Parkplatz, umgeben von den regungslos herumstehenden Autos, auf deren Lack und Chrome die ersten Sonnenstrahlen sich brachen.

Emma holte tief Luft, strich sanft, während sie lächelte, über ihren Arm und schlug dann vor: „Lernen wir uns doch mal richtig kennen. Komm, lass uns quatschen. Wer weiß, was dann geschieht."

***

Emma wusste selbst, wie albern es klang und wie sehr es nach einem Kitschroman aussah. Aber die tief empfundene Traurigkeit, die Lisa ausstrahlte, hatte etwas in ihr in Bewegung gesetzt, das sie kaum in Worte fassen konnte.

Das Gefühl, ganz allein auf der Welt zu sein, kannte Emma nur zu gut.

Neben der jungen Frau herzugehen, mit ihr zu reden, Spaß mit ihr zu haben, und dabei zu wissen, dass dies alles in naher Zukunft vorbei sein würde, setzte ihr unangenehm zu. Es war wie ein kurzer, intensiver Blick zurück in ihre eigene Vergangenheit.

Zu jenem Augenblick, als sie der felsenfesten Überzeugung gewesen war, dass sie niemanden außer ihrem Opa hatte.

Zu dieser Zeit hatte es noch keine Angie gegeben – zumindest nicht in diesem Sinne. Obwohl sie sich damals schon gekannt hatten, miteinander redeten, Spaß hatten und ab und zu auch mal einen Nachmittag miteinander verbrachten, war da immer irgendetwas zwischen ihnen gewesen. Eine kurze, durch Emmas Gemüt wühlende Furcht, dass sie Angie nicht reichen könnte.

Vergiss nicht, dass die Freundschaft zwischen dir und Angie jahrelang gewachsen ist. Lisa hingegen kennst du erst seit Donnerstag.

Seit Donnerstag!

Emma nickte sich selbst zu.

Auch wenn es erst zwei Tage waren, die sie hier in Eckenförde verbracht hatte, kam es ihr so vor, als würde sie Lisa schon viel länger kennen. So albern oder an den Haaren herbeigezogen es auch klang, wusste sie ganz genau, wie es in Lisa aussah, und dass diese nicht aus reiner Schwärmerei ihre Zeit mit Emma verbringen wollte.

Lisa war ehrlich gewesen.

Sie besaß den wahren, echten Kern, den Emma so vergeblich bei anderen Menschen gesucht hatte. All die Jahre über und all die einsamen Momente, die sie allein in ihrer Wohnung mit Grübeleien verbracht hatte, hatte sie immer gehofft, dass es Menschen gab, die nicht nur aus Oberflächlichkeiten bestanden.

Sie musste unweigerlich an ihre ersten, zögerlichen Bekanntschaften in Hamburg zurückdenken, und an die ersten Male, als sie mit ihrer Nachbarin und deren Freundinnen zusammengesessen hatte ...

... wie sie miteinander geredet und Informationen ausgetauscht hatten und dabei in Emma kein Gefühl des Willkommens ausgelöst hatten. Es hatte kein „Hallo, wie geht es dir?“ gegeben und auch kein „Ich würde mich sehr freuen, wenn wir uns mal wiedersehen.“.

Alles hatte so steril, verlassen und kalt gewirkt, sodass Emma in ihren ersten Monaten in Hamburg ernsthaft mit dem Gedanken gespielt hatte, wieder in die Heimat zurückzukehren.

Wenigstens zurück zu Papa, dachte sie jetzt, als sie neben Lisa her schlenderte, und die wärmenden Sonnenstrahlen und die Nähe der jungen Frau genoss, die eine an ihr vorbeigehende Frau freundlich anlächelte und sich erkundigte, ob es ihrem Mann denn wieder besser ging.

Ich habe es kaum ausgehalten. Ich war so einsam wie noch nie zuvor in meinem Leben.

Was ihr das Leben gerettet hatte, war Angies Freundschaft gewesen.

So wie Lisa hier in Eckenförde, dachte sie und unterdrückte den Impuls, der sie dazu zwingen wollte, Lisas Hand zu ergreifen und diese fest zu drücken.

Angie kam, sah und eroberte mich. Sie ließ mich wissen, dass ich ihr genügte.

Dass sie mich so mochte, wie ich bin.

Kein Verstellen mehr.

Kein Schminken.

Kein falsches Lächeln.

Bei Lisa habe ich das Gefühl ...

... gewollt zu sein.

Emma schluckte schwer, als ihr diese drei Worte durch den Kopf schossen. Es lief ihr kalt den Rücken hinunter und versuchte, das Zittern ihrer Hände ebenso zu unterdrücken wie das Zucken ihres Mundwinkels.

„Wollen wir?“, fragte sie hastig. Emma spürte, wie ein dumpfer Schmerz von ihrem Magen zu ihrem Herzen wanderte und sie komplett erfüllte. Das Gefühl, so akzeptiert zu werden, wie Lisa es ihr anbot, setzte ihr zu.

Ein Hauch Wehmut ergriff sie, als sie dachte: Sie ist so wie Michael. Sie wünschte sich, dass sie es geschafft hätte, diesen Gedanken zu unterdrücken. Er hat mich damals, als wir uns kennengelernt haben, ganz genauso angesehen ... so lieb, freundlich und so ehrlich.

Er hat mich als das gesehen, was ich wirklich war.

Und ich habe mich in ihm verloren.

Auch wenn Emma es abstritt und glaubte, knallhart zu sein, merkte sie, dass es nicht stimmte. All diese Gedanken und Erinnerungen, einfach alles, was sie hier erlebte, ließen ihr Herz schwer werden.

Sie fühlte sich hoffnungslos verloren und schaute zu der sich in der Ferne abzeichnenden Stadtgrenze. Dorthin, wo die Autobahn die Felder der Stadt zerschnitt und geradewegs nach Hamburg führte.

Dorthin, wo sie sich heimisch fühlte.

Wo sie das Gefühl hatte, alles zu haben, was sie brauchte.

Sie nimmt dich, wie du bist, dachte Emma.

Sie lächelte, als sie zu Lisa schaute und sagte: „Bootsfahrten sind eigentlich doch romantisch."

***

„Ich bin gleich wieder da", sagte Lisa, nachdem sie eine Packung Weintrauben in den Einkaufswagen gelegt hatte. „Du kannst ruhig schon mal in Richtung Kasse gehen."

„Ja, aber ...", antwortete Emma mit einem Anflug von Furcht, die sie sich selbst nicht erklären konnte. Das durch sie hindurchrasende Gefühl der Angst, dass sie in diesem Laden verloren gehen könnte, ließ sie einerseits innerlich erstarren, sich andererseits lächerlich fühlen.

Natürlich kannte sie keinen der hier arbeitenden Menschen, wie auch? Dennoch spürte sie die Enge ebenso wie das unheilvolle Wissen, dass sie hier Leuten begegnen könnte, die ihr wehtun könnten.

Obwohl alles in ihr schrie, Emma sich selbst lächerlich nannte, wollte sie Lisa hinterherlaufen. Sie merkte, wie ein unterbewusster Impuls sie dazu bringen wollte, ach was, zwingen wollte, den Einkaufswagen aus dem engen Gang zu schieben.

Das ist doch albern, dachte Emma. *Ich bin eine erwachsene Frau. Ich muss mich nicht an einem Teenager festhalten, um mich sicher zu fühlen. Ich kann genauso gut hier auf sie warten oder Richtung Kasse gehen.*

Ich kann auch bei den Süßigkeiten vorbeischauen, mir Gummifrösche kaufen und mich darauf freuen, diese am Abend zu naschen.

O ja, das kann ich.

O ja, das werde ich.

O ja, das will ich.

Der Versuch, sich innerlich Mut zu machen, brachte Emma zum Lächeln. Sie hatte plötzlich das Gefühl, selbst wieder sechzehn zu sein. Damals, als sie Michael das erste Mal bewusst getroffen hatte und ihm entgegengetreten war in der stillen, verzweifelten Hoffnung, dass er sie ebenso anlächeln würde, wie sie ihn anhimmelte.

Dass er ihr tatsächlich zugenickt und ihr ein Zwinkern geschenkt hat, hatte sie schier um den Verstand gebracht. Sie hatte nur dagestanden, mit zitternden Knien, schweißnassen Händen und dem Gefühl, Hunderte Raketen wären in ihrem Unterleib abgeschossen worden, um dann in ihrem Magen zu explodieren.

Warum sollte sie es jetzt nicht schaffen, wenn sie damals schon Michael gegenübertrat, sich ungezwungen in einem Einkaufsladen zu bewegen?

Ich habe in meinem Leben schon genug erreicht, dass ich mir so einen kleinen Einkauf zutrauen kann.

Ich schreibe Geschichten, die von vielen Leuten gelesen werden.

Mein Buch wird verfilmt.

Ich müsste vor Selbstvertrauen überkochen.

Tue ich aber nicht, kam ihr ein plötzlicher Gedanke, der all ihre Befürchtungen, die sie mühevoll niedergerungen hatte, beiseiteschob und sie frech grinsend fragte: *Und warum tust du es nicht, Emma? Warum hast du Angst davor, allein zu sein?*

Lass mir dir eine Antwort geben. Komm, lass mich dir sagen, was es ist.

Vergangenheit, Puppe.

Das, was einst war, kann dir wieder begegnen.

Ein beschissenes Gefühl, nicht wahr? Nicht zu wissen, was dir über den Weg laufen kann, während du dich, hinter deinem Einkaufswagen versteckend, hin zu den Regalen mit den Süßigkeiten gehst.

O ja, die Vergangenheit ist hart. Sie zeigt dir dein Gesicht, wie du es nicht sehen willst.

Ich kümmere mich nicht um Kritiken und Beschimpfungen, wehrte Emma sich, nahm ihren eben verloren gegangenen Gedanken wieder auf und versuchte, ihre in ihr pochende und wühlende Angst in ihre Schranken zu weisen. *Warum sollte ich das auch tun? Mir gefallen meine zu Papier gebrachten Gedanken. Meinen Agenten gefallen meine Gedanken. Vielen Lesern. Einem Filmproduzenten!*

Und dann soll ich mich vor meiner Vergangenheit fürchten?

Nein!, dachte sie und schob den Einkaufswagen einem Rammbock gleich vor sich her, dazu bereit, jegliche sich ihr in den Weg stellende Gefahr einfach aus dem Weg zu räumen.

Womit Emma nicht gerechnet hatte, waren die Blicke.

Unangenehme, sich auf ihre Haut legende, ein brennendes Gefühl hinterlassende Blicke, die ihr im wahrsten Sinne des Wortes bis in die Seele drangen. Sie wusste nicht, woher sie bemerkte, dass sie beobachtet wurde. Aber es setzte etwas in ihr in Bewegung, von dem sie gehofft hatte, es längst überwunden zu haben: Das ungute Gefühl, unter den kritischen Blicken von Fremden nicht bestehen zu können.

Schon damals, als sie noch zur Schule gegangen war, hatte sie sich unfassbar unwohl gefühlt, wenn ihr Deutschlehrer sie über den breiten Rand seiner schweren Hornbrille hinweg angeschaut hatte. Es war immer die Furcht in ihr gewesen, dass eine ihrer

Antworten sie lächerlich machen könnte, dass ihre gestellten Fragen dumm wirkten, oder jemand sie noch seltsamer fand, als sie sich sowieso schon fühlte.

Da waren noch andere Empfindungen gewesen, derer sie sich nicht hatte erwehren können. Empfindungen, die sie heute noch einholten.

Blicke wie damals, dachte sie und musste unwillkürlich an Oliver, an ihre Flucht vor ihm und an die Begegnung mit der Nachbarin zurückdenken; die Emma finster anschaute. Die den Kopf schüttelte, als sie sah, wie Emma sich gegen die Mauerwand des Ziegelsteinhauses lehnte, angestrengt um Atem rang.

Flehentlich hatte Emma den Zeigefinger an die Lippen gehoben, und darum gebettelt, dass die Frau nichts sagen würde.

Sie hat mich angeschaut, ach was, angestarrt. Den Kopf missbilligend geschüttelt und gesagt: „So, wie du dich verhältst, verhält sich kein Mädchen!“

Emma lief es kalt den Rücken herunter, als sie an die damalige Situation dachte und sie schauderte, als sie wie aus weiter Ferne jemanden sagen hörte: „Das da ist sie! Ich habe euch doch gesagt, dass sie wieder hier ist.“

Emma hob langsam den Kopf.

Hatte sie ihn gerade noch instinktiv gesenkt, um ja nicht aufzufallen, hob sie ihn jetzt, und schaute in die Richtung, aus der die Stimmen herangedrungen war. Sie schluckte schwer, als sie den schmalen Gang passierte, der mit Regalen voller Konservenbüchsen, Fertigmix-Tüten und anderen, schnell zubereitenden Lebensmitteln gesäumt war.

Als hätten sie nur darauf gewartet, Emma endlich allein zu begegnen, standen drei ältere Damen vor ihr. Allesamt mit Einkaufskörben in der Ellbeuge und ihre Blicke auf die mit trockenem Hals langsam näher kommende Emma gerichtet. Sie versuchte es mit einem Lächeln, was ihr misslang.

„Hätte ja nicht gedacht, sie hier noch einmal zu sehen", meinte eine der Damen, deren graues Haar zu einem Knoten gebunden war, in dem zahlreiche Haarnadeln steckten.

„Und das nach dem, was sie getan hat", meinte eine andere.

„Nur wenn sie etwas will, findet sie ihren Weg hierher", meldete sich eine weitere Stimme zu Wort, die Emma durch Mark und Bein ging.

Melchior!

Mit ihrem starren, auf Emma gerichteten Blick trat sie zwischen ihren beiden Freundinnen hervor, betrachtete die Schriftstellerin abwertend und zog dann verächtlich die Nase hoch.

„Hallo", sagte Emma und versuchte, ihrer Stimme einen neutralen Ton zu verleihen.

Sie räusperte sich, und tat so, als würde sie an den Frauen vorbeischauen, um dann zu sagen: „Ist etwas eng hier. Machen Sie sich keine Mühe, ich nehme einfach den anderen Gang."

Mit diesen Worten wollte sie in den kleinen Gang mit den Hygieneartikeln abbiegen; verfolgt von den ihr zugeworfenen Blicken, die sie unweigerlich zurück in die Vergangenheit warfen. Dorthin, wo sie Oliver einen Streich gespielt hatte, der ihr im Nachhinein Ohrfeigen eingebracht hatte, die sie bis heute nicht vergessen hatte.

Es waren Ohrfeigen gewesen, die ihr zugleich schmerzhaft auf ihren Wangen und ihrem Stolz gebrannt hatten.

Ihr Stolz war nicht wegen Olivers Prügel in Flammen gesetzt worden, sondern wegen ihrer Nachbarin. Jene gewitterhafte, immer die Mundwinkel nach unten ziehende Ziege, deren einziger Lebenszweck darin bestand, den Leuten zu sagen, wann sie den Müll vor die Tür zu stellen hatten, dass das Unkraut zwischen den Gehwegplatten zu hoch wuchs und dass sie der felsenfesten Überzeugung war, dass die in den Gärten geführten Gespräche viel zu leise waren, da sie nicht ein Wort von dem verstand, was gesprochen worden war.

Emma, die immer versuchte, der Frau auszuweichen und ihr nicht über den Weg laufen zu müssen, war ihr nach ihrer halsbrecherischen Flucht begegnet.

Sie sah sich wieder an die Wand gelehnt, noch immer den zitternden Finger am Mund und dann der alles verhagelnde, alles in Brand setzende Spruch auf den Lippen: „So, wie du dich verhältst, verhält sich kein Mädchen."

„Da ist sie", dröhnte es Emma wieder in den Ohren, und sie sah, wie Oliver und seine Freunde auf sie zurückten, sie umkreisten.

Und Emma?

Sie hatte dagestanden, den Blick hoffnungsvoll, flehend, um Hilfe bittend über die Straße hinweg auf ihre Nachbarin geworfen.

Die aber hatte nur zugeschaut wie die drei Emma um mindestens einen Kopf überragenden Jungen sie festhielten und Oliver ausholte, um ihr einen Satz heiße Ohren zu verpassen!

Das hatte sie!

O ja, das hatte sie und das Einzige, was ihr eingefallen war, als Emma flehend um Hilfe geschrien hatte, war, ihr einen *Blick* zuzuwerfen.

Einen abschätzenden, wertenden und fiesen Blick.

Jetzt, wo sie zu den Hygieneartikeln abbog, fühlte sich Emma von Melchior und ihren Freundinnen genau auf die gleiche Weise beobachtet und verfolgt. Sie spürte jeden einzelnen der auf sie gerichteten Blicke.

Sie spürte, wie sie förmlich seziert und zerteilt wurde.

Die lauten Stimmen der Frauen drangen penetrant und gehässig an ihre Ohren, und ihre Worte schnitten durch ihr Herz wie ein heißes Messer durch Butter.

„... soll sich ja sogar schon mit dem armen Michael getroffen haben“, hörte sie nun eine der Frauen sagen. „Und ihm natürlich ordentlich Vorwürfe gemacht haben.“

„Ich habe gehört, dass sie einen Ordner bei sich hatte. Da ist bestimmt alles drin gewesen, was sie haben wollte. Was will sie denn dann immer noch hier?“

Emma schluckte schwer.

Jedes ausgesprochene Wort war wie ein Faustschlag in ihren Magen. Sie zuckte zusammen, keuchte und wünschte sich nichts Sehnlicheres, als dass Lisa zu ihr zurückkam und den verfluchten Wein brachte, den sie holen wollte.

„Michael wird schon wissen, wie er mit *diesem* Mädchen umgehen muss.“

Die Melchior wieder!

Emma hörte die kratzende, vor Bosheit triefende Stimme und wünschte sich einen kurzen Anflug von Mut, um ihr mit ausgestrecktem Zeigefinger entgegentreten zu können, ihn ihr unter ihre lange Nase zu halten und zu sagen: *Ist es etwa das, was sie unter Nächstenliebe verstehen? Andere gegen mich aufzuhetzen? Schämen Sie sich eigentlich nicht, im Kirchenamt zu arbeiten und zugleich alle Lehren, die ihr Dienstherr von Ihnen verlangt, mit Füßen zu treten?*

Weder drangen ihr diese Worte über die Lippen, noch wurde sie plötzlich von Mut erfüllt. Ihr Blick glitt stattdessen über die Zahnpastatuben, die Zahnbürsten und die Mundwässerchen.

„Michael ist ein guter Junge, er sollte froh sein, dass er eine Person wie die los ist“, fuhr Melchior fort. „Er hat was Besseres verdient.“

„Der Meinung bin ich auch“, stimmte ihr eine der anderen Damen zu.

„Ich sehe das ganz genauso.“

In dem Moment, als die Frauen das sagten, stand Emma vor den Corega-Tabs, und verharrte dort, als wäre sie von einem Augenblick zum anderen in Stein verwandelt worden. Wie eine unüberbrückbare Wand aus Verachtung und Missfallen standen die drei Damen vor ihr. Rächern gleich, missbilligend starrend, immer auf der Suche nach einer weiteren Möglichkeit, um Emma verbal ein Messer in die Rippen stoßen konnten.

„Noch nicht gefunden, was du suchst, *Kindchen*?“, wollte die Melchior wissen, während sich ihre alte, knöcherne Hand um den Griff ihres Einkaufskorbes schloss.

„Nein.“

Emma hätte sich am liebsten geohrfeigt.

Sie wünschte sich, schlagfertig zu sein. Im richtigen Moment das Beste zu sagen. Den Zicken da vor sich die Stirn zu bieten. Sie aber stand nur da, einem mit Wasser übergossenen Pudel gleich. Aber in dem Moment, als sich ihr Mund öffnete, und sie nur dieses eine, alberne und selten bescheuerte Wort über die Lippen brachte, wusste sie, dass sie verloren hatte.

Melchior, einem scharfen Hund gleich, der nur darauf wartete, dass ihr Gegenüber eine Schwäche offenbarte, damit sie erbarmungslos vorstoßen und sich in dessen Fleisch verbeißen konnte, erwiderte trocken: „In Hamburg soll es ja alles geben, was das Herz begehrt.“

Emma schluckte schwer.

Sie versuchte es wieder mit einem entwaffnenden Lächeln und merkte, dass ihre Mundwinkel zitterten. Was ihr am meisten zusetzte, war, dass sie niemals im Leben auch nur ein schmales Schmunzeln zustande bringen würde. Was ihre Lippen stattdessen ausdrückten, war tief empfundene Traurigkeit. Emma fühlte, wie sich ihre Augen mit Tränen füllten, ihr Kinn zu zittern begann und ihre Knie weich zu werden drohten.

Erst wollte sie sagen: *Mittwoch bin ich weg*, nur um sich dann heiser keuchen zu hören: „Das sollte nicht Ihr Problem sein!"

Sie wusste, wie albern ihre Erwiderung war. Frech hatte sie sein wollen, unschlagbar waghalsig und messerscharf. Aber in dem Augenblick, als sie ihre erste Antwort im Kopf herumgeistern hörte, war etwas in ihr erwacht. Ein kurzer, heftiger Widerwille, der ihr verbot, dieser abscheulich auftretenden und überheblich daherkommenden Person die Genugtuung zu verschaffen, die sie erleben wollte.

Sie hatte in dem Wust von Aberhunderten Gedanken und Erwiderungen nur diese eine passende gefunden, und diese war ihr dann leise und auf eine peinliche kraftlose Art über ihre Lippen gekommen.

„Ist es nicht, *Kindchen*", erwiderte Melchior und lächelte kalt. „Ich sorge mich einfach nur um die Mitglieder unserer Gemeinde."

„Sorgen Sie sich lieber um sich selbst", stieß Emma mutig hervor. „Damit haben Sie schon genug zu tun."

Melchiors Gesicht verdunkelte sich um wenige Nuancen.

Hatte sich eben noch ein überwältigender Ausdruck eines längst sicher geglaubten Sieges bei ihr abgezeichnet, huschte jetzt ein Hauch ehrlich empfundenen Zornes über ihre ausgemergelten Züge.

Der Emma neues Feuer verlieh.

Ihr eben noch am Boden liegendes Selbstvertrauen erhob sich zögerlich, ballte mit blutverschmiertem Gesicht und zerschlagenen Fingerknöchelchen die Hand zur Faust und lächelte ihr trotzig entgegen.

„Wollen Sie noch etwas sagen, oder halten Sie lieber weiter Maulaffen feil?“, wollte Emma schnippisch wissen, während sie ihren Einkaufswagen in Bewegung setzte, und geradewegs auf die kleine Traube von Frauen zuschoss, die mit weit aufgerissenen Augen auseinanderstoben.

Du Rammbock, was liebe ich dich, dachte sie, als die Damen aus dem Weg sprangen.

„Einfach unerhört“, empörte sich die eine.

„Was für ein unhöflicher Mensch“, sagte die andere, der Emma mit ihrem Einkaufswagen beinahe den Korb vom Arm gerissen hätte.

„Weglaufen war schon immer ihre Stärke, müsst ihr wissen“, biss Melchior nach, nachdem Emma schon der festen Überzeugung gewesen war, dass sie diesen Kampf für sich entschieden hatte. „Das kann sie besonders gut ... Probleme machen und dann verschwinden.“

Emma blieb abrupt stehen.

Das innere Hochgefühl, beflügelt von dem gerade errungenen Sieg, verlor sich in den Weiten ihrer inneren Verletztheit. Ein anderes, intensiveres, und sie seit Jahren beherrschendes Gefühl brach aus ihr hervor und ließ sie sich auf der Stelle umdrehen.

Ihre Stimme, eben noch voller Furcht und von Angst begleitet, bebte nun vor Zorn.

„Sie wissen gar nichts!“, sagte sie wütend, während sie auf Melchior und ihre Freundinnen zuging. „Sie haben doch überhaupt keine Ahnung davon, warum ich damals gegangen bin.“

„Ich weiß, dass du Michael das Herz gebrochen und Hinnerk schwer enttäuscht hast. Genauso wie jetzt wieder.“

Emma, die unter diesen Worten zusammenzuckte, als habe sie einen Peitschenhieb quer über den Rücken getroffen, wollte unbedingt etwas Saftiges erwidern. Sie wollte Melchior als Hexe beschimpfen. Ihr sagen, dass sie keinen schrecklicheren Menschen kennengelernt hatte, als diese biestige Frau da vor ihr. Plötzlich aber wisperte ihr ein Zitat durch den Kopf, das sie vor langer Zeit einmal gelesen hatte.

Wie sie genau darüber gestolpert war, wusste sie gar nicht mehr.

Sie meinte, sich zu erinnern, dass es innerhalb einer Recherche geschehen war, als sie für ein bekanntes Hörspiellabel eine Pater Brown Geschichte adaptieren sollte.

Als sie sah, wie die Melchior das Kinn nach vorne reckte und mit diesem abfälligen, geringschätzigen Blick zu Emma schaute, kamen ihr unwillkürlich die Worte von Gilbert Keith Chesterton in den Kopf, der einmal gesagt hatte: *Die Leute streiten im Allgemeinen nur deshalb, weil sie nicht diskutieren können.*

Als ihr diese Worte bewusst wurden, legte sich ein Lächeln auf ihre Lippen. Sie begriff, dass Chesterton recht gehabt hatte mit dem, was er sagte.

Darum sagte sie kurzerhand: „Wissen Sie was? Ich scheiß auf Sie!"

„Wie vulgär!", stieß eine der Damen entsetzt aus.

„Hat man so was schon gehört?", rief die andere und griff sich an die magere, knöcherne Brust.

Melchior schluckte schwer. Der eben noch in ihrem Gesicht zur Schau getragene Triumph und das Wissen darum, eine unliebsame Person unmissverständlich in die Schranken gewiesen zu haben, verschwand. Sie starrte Emma mit weit aufgerissenen Augen an und presste ihre faltigen, schmalen Lippen fest aufeinander.

„Und auch auf Sie", sagte Emma und deutete auf die alte Dame mit dem streng gebundenen Haarknoten. „Sie können ebenfalls gern in meiner Scheiße baden", sagte Emma zu der knöchernen Frau. „Einen schönen Tag wünsche ich noch."

Ich habe gewonnen!, schoss es ihr durch den Kopf. *Ich habe tatsächlich gewonnen.*

Scheiße noch mal, ich habe der Melchior die Stirn geboten und ihr offen gesagt, was ich von ihr und ihren Intrigen halte.

Ich habe ihr gesagt, dass sie mir gepflegt den Buckel runterrutschen kann.

Ich habe ...

... mich ein wenig im Ton vergriffen, flüsterte ihr schlechtes Gewissen.

Zuerst wollte sie sich herumdrehen und sagen, dass es ihr leidtat, was sie da gerade geäußert hatte, aber als sie gerade im Begriff war, auf dem Absatz kehrtzumachen, hörte sie die knarrende Stimme der Melchior.

Einem Sargnagel gleich, den man aus morschem, brüchigen Holz zog, hörte Emma sie sagen: „Ich bin mir sicher, dass Sie sehr stolz auf sich sind, und auf alles, was Sie erreicht haben. Aber haben Sie sich mal gefragt, wieso man Feigheit walten lässt, wo man Mut bräuchte? Nein, das haben Sie nicht, *Kindchen*."

Emma blieb regungslos stehen.

„Das konnte Ihre Familie ja schon immer am besten: weglaufen!"

Emma drehte sich daraufhin ganz langsam herum. Zuerst dachte sie, dass sie es tat, um der durch ihren Körper wallenden Wut die Zeit zu geben, sich zu beruhigen. Damit Emma nicht die Faust hob und sie der Alten mit voller Wucht unters Kinn schmetterte.

Doch dann, als sie sich zur Hälfte herumgedreht hatte, die Augen zu schmalen Schlitzen zusammengekniffen, begriff Emma, dass sie nur deshalb so langsam war, weil sie wollte, dass ihre nächste Aktion gestoppt wurde. Dass irgendjemand sich an ihre Seite stellte, ihr die Hand auf den Unterarm legte und ihr wispernd zuflüsterte: *Alles ist gut. Du hast sie drangekriegt. Sie war schon ganz blass vor Zorn. Jetzt schnappt sie doch nur noch nach dir. Das tun geschlagene Hunde.*

Sie beißen, weil sie sich Würde bewahren wollen.

Emma machte einen Schritt auf die wie ein Fels in der Brandung stehende Melchior zu. Diese, wieder mit dem Flackern des Triumphes in den Augen, lächelte schmal – in der irrwitzigen Freude gefangen, den begonnenen Kampf noch weiter austragen zu können.

Als Emma gerade den Mund öffnete, und ihr die ersten bitteren Worte über die Lippen kommen wollten, hörte sie hinter sich jemanden schreien: „Lassen Sie Emma in Ruhe. Sie hat Ihnen gar nichts getan!"

Emma blinzelte verwirrt und auch die Melchior hob verwundert den Kopf.

Lisa?, schoss es Emma verwundert durch den Kopf, als sie über die Schulter hinweg zu Ralfs Tochter schaute, die jetzt mit Käse und Wein in der Hand den Gang hinuntergeeilt kam.

„Sie haben gar nicht das Recht, irgendein Urteil zu fällen", schimpfte Lisa so laut, dass die in der unmittelbaren Nähe geführten Unterhaltungen ebenso verstummten wie die weiter entfernten. „Halten Sie Ihren Mund. Das ist ja nicht auszuhalten. Sie und Ihr andauerndes Geläster. Was glauben Sie eigentlich, wer Sie sind?"

Melchior antwortete nichts. Sie schaute die angriffslustig auf sie zustapfende Lisa stumm an. Diese, nun vollkommen in Rage, hob den Käse, als wolle sie ihn werfen und rief: „Sie sind doch nur ein Fangirl. Ja, ein Fangirl. Pah!"

„Ein Fan-was?", fragte Melchior verwirrt.

„Ein Fangirl", sagte Lisa schnaufend, die Emma nun erreichte, sich an ihr vorbeidrängte und weiterschimpfte. „Sie sind doch nur eifersüchtig und neidisch, weil Emma Erfolg hat und Sie nicht. Nicht einmal die hiesige Zeitung wollte Ihre schrecklichen Ergüsse lesen!"

Die Melchior wich noch weiter zurück.

„Verschwinden Sie, Sie Fangirl!"

„Davon wird dein Vater erfahren!", rief die Melchior und schnappte nach Luft.

„Na und wenn schon. Der kann Sie auch nicht leiden!"

In diesem Moment zogen sich die älteren Damen zurück.

Emma stand nur da, den Mund vor Staunen weit offen und kaum in der Lage, einen klaren Gedanken zu fassen, weil sie nicht begreifen konnte, was hier gerade geschah.

***

Je länger sie in Eckenförde war, sich hier zeigte und anfing, den Menschen ins Gesicht zu schauen, merkte sie, dass sie einen nicht unerheblichen Teil dazu beitrug, dass man sie nicht mochte. Allein die Begegnung im Laden mit Frau Melchior, der kurze giftige Dialog und das Eingreifen von Lisa hatten in Emma alles wieder in Bewegung gesetzt, was sie so krampfhaft versuchte, im Zaum zu halten.

Ihre ganze Haltung, ihre Einstellung, ihr Festhalten an all den negativen Erinnerungen. Sie begriff, während sie mit weichen Knien Richtung Auto ging, dass sie gar nicht gemocht werden wollte.

Ihre Vergangenheit hatte sie verbittert.

Was einmal war, würde immer sein.

Diese Einsicht traf sie mit so einer unangenehmen Wucht, dass sie sich an ihrer Wagentür festhalten musste. Erst als Lisa die Einkäufe verstaut und die

Kofferraumklappe mit einem lauten Knall zugeschlagen hatte, schaffte es Emma wieder, sich zu fangen.

Hatte sie vorhin schon bemerkt, dass Lisa ihr mehr zu bedeuten begann, als sie es sich eingestehen wollte, musste sie jetzt zugeben, dass Ralfs Tochter Emmas Vorurteile Eckenförde gegenüber immer mehr ins Schwanken brachte.

Lisa hatte ihr geholfen.

Ohne Wenn und Aber.

Ihre innere Unruhe, ihre Überzeugung, jeder und alles in Eckenförde suchte nur nach einer Möglichkeit, um ihr wehzutun, verlor sich in einem wabernden Grau ihrer unerkenntlichen verwischten Gefühle.

Lisa, die ihr gestanden hatte, sich ebenso unverstanden zu fühlen wie Emma in ihrem Alter, war der Katalysator für das, was jetzt in Emma zusammenzubrechen drohte.

War sie nicht der Überzeugung gewesen, dass Eckenförde und seine Bewohner sich nicht verändern konnten?

Oder bin ich es, die sich nicht verändert?

„Das konnte deine Familie ja schon immer am besten: weglaufen!"

Der Satz hämmerte ihr durch den Kopf, dass ihr ganz schwindelig wurde.

Er löste etwas in ihr aus, was Emma sich bisher nicht getraut hatte, sich selbst zu fragen.

Stimmt das?

Sind alle in meiner Familie Wegläufer?

Auch wenn es ihr schwerfiel, sie es sich nicht eingestehen wollte ...

... ihre Mutter hatte damals, als die Ehe zu Bruch ging, ebenso die Flucht nach vorn eingeschlagen wie Emma damals, als es anfing, zwischen Michael und ihr zu kriseln.

Ich habe das getan, was ich bei ihr verabscheut habe, schoss es ihr durch den Kopf

Und jetzt stand diese junge Frau vor ihr, mit einem strahlenden, siegessicheren Lächeln und schaffte es im Handumdrehen, dass Emmas Vorurteile erste Risse bekamen und ihre Haltung ins Schwanken geriet.

Sie zerspringen bald ganz, dachte sie erschüttert, und glaubte, plötzlich ihren Halt zu verlieren.

Emma wollte etwas sagen. Etwas Banales, etwas, das man schnell wieder vergaß, und dass einem nur über die Lippen kam, um dann im Wust der anderen Worte unterzugehen.

Lisas Offenheit macht alles kaputt.

Hat es schon am Leuchtturm, eben im Wagen und jetzt im Laden.

Sie gibt mir ...

... eine neue Sicht der Dinge.

„Wofür hast du eigentlich den ganzen Kram eingekauft?", fragte Emma mit zitternder Stimme und versuchte, nicht in das noch immer lächelnde Gesicht Lisas zu gucken.

Was sie albern fand. Auf der einen Seite.

Auf der anderen konnte Emma sich selbst gut verstehen. Verbrachte sie noch mehr Zeit mit Lisa, würde das, was sie sich in den letzten Jahren so mühsam bewahrt hatte, nicht nur zerbrechen, sondern in den Tiefen ihrer Seele klirrend zerspringen und in tausend Seelenstücke zerplatzen.

„Ich trinke gern mal einen Wein ", meinte Lisa und zuckte mit den Schultern. „Und Weintrauben und Käse passen am besten dazu, finde ich. Das mache ich gern mal, wenn ich abends allein bin und dabei hinaus aufs Meer schaue."

„Aha."

Emma merkte, wie ihre Gedanken abzuschweifen begannen und sich um den dummen, ekelhaften, ihr bis in die Knochen gefahrenen Konflikt drehten.

Sie erschauderte, als sie an Melchiors Stimme und an das, was sie gesagt hatte, dachte ... daran, wie sie es Emma an den Kopf geschleudert hatte, dass sie das Gefühl hatte, der Boden unter ihren Füßen würde sich öffnen und sie erbarmungslos in eine schwarze Tiefe stürzen lassen.

Emma zuckte zusammen, murmelte ein verwundertes „Was?“ und hörte Lisas besorgte Frage: „Ist alles gut bei dir?“

„Könnte mir gar nicht besser gehen.“

„Lass dir von dem alten Drachen bloß nicht die Laune verderben“, sagte Lisa, die mit einer wegwerfenden Handbewegung ihre Einstellung zu dem im Laden ausgetragenen Streit demonstrierte. „Die hat doch schon die Arschbacken zusammengekniffen, seit sie auf der Welt ist. Die ist so verstockt, dass ihr bei der Geburt schon ein Lineal im Arsch gesteckt hat.“

Emma musste lachen, obwohl sie es gar nicht wollte. Ihr gespielt empörtes: „Lisa“, klang ebenso halbherzig wie Lisas „Ups, Maul verbrannt.“.

„Steig ein“, sagte Emma schließlich, während sie merkte, dass sie immer noch Bauchschmerzen hatte, sie sich nicht wohlfühlte und ihre Gedanken unentwegt um die Worte kreisten, die Frau Melchior ihr so unbarmherzig an den Kopf geworfen hatte.

Da waren Nuancen in ihrer Stimme gewesen, die Emma wie Feuer verbrannt hatten.

Ausdrücke und Beschimpfungen, die es Emma nicht leicht machten, die Angriffe wegzustecken.

Hätte ich mich nur nicht dazu bereiterklärt, einkaufen zu fahren, dachte Emma, während sie sich hinter das Lenkrad fallen ließ und mit starrem Blick geradewegs auf den Ausgang des Ladens starrte. Noch immer strömten unzählige Menschen hinein und hinaus. Einige davon blieben wie selbstverständlich im Eingang stehen und bemerkten nicht, dass sie damit andere Leute behinderten.

Weil Eckenförde ist, wie es ist, schoss ihr ein sie tröstender Gedanke durch den Kopf, der all ihre Vorurteile bediente, die sie gegen das kleine Städtchen hatte. Vorurteile, wie sie bemerkte, die ihr guttaten, diese schonungslos zu bedienen und dabei zu fühlen, wie jeder haltlos hervorgebrachter Vorwurf in ihr ein Feuerwerk an Zufriedenheit auslöste. *Jeder ist sich hier selbst der Nächste und jeder denkt immer nur an sich – solange man nur nicht in seinen eigenen Garten schauen muss.*

Die eigene Haustür wird erst dann interessant, wenn jemand blutend und um Gnade winselnd auf der Fußmatte liegt.

Alles andere ist ihnen egal.

Solche Gedanken waren ihr schon einmal gekommen.

Damals, als sie noch in die Schule gegangen und vor Oliver davongelaufen war und dieser sie erwischt hatte. Sie hatte ihn zuvor lächerlich gemacht; hatte sein langsames Denken, seine schwammige, untersetzte Figur dazu benutzt, um Hohn und Spott über ihn auszuschütten.

Als er sie nach ihrer halsbrecherischen Flucht stellte und Olivers Freunde sie festhielten, hatte sie gewusst, dass sie in den nächsten zehn Sekunden unangenehme und harte Schläge würde einstecken müssen.

„So wie du dich verhältst, verhält sich kein Mädchen!", hämmerte Emma wieder durch den Kopf.

Und wie damals, als ihre Blicke ein flehendes „Hilf mir", geformt hatten, war es ihr auch jetzt, als würde jemand sie gegen eine steinerne, eiskalte Wand pressen und ihr mit einem diebischen Grinsen gleich zwei

Ohrfeigen verpassen. Das Schreckliche an dem Gefühl war, dass Emma begriff, dass ihre damalige Abneigung gegen Eckenförde sich in ihr auszubreiten begann. Dass ihr eine Erkenntnis in den Verstand tropfte, der sich in den letzten Jahren zu Groll entwickelt hatte.

Es gab Menschen, die wollten ihr nicht helfen.

Das musste sie akzeptieren.

Die warfen ihr nur verhasste Blicke zu und sagten zu den auf ein Mädchen einschlagenden Jungs: „Ihr seid mir ja vielleicht ein paar Helden", um im gleichen Atemzug Emma die Schuld dafür zu geben, dass sie Ohrfeigen kassierte.

Als Emma sich zwei Tage später wieder aufrichten konnte, ohne dabei vor Bauchschmerzen zu keuchen, hatte sie die Nachbarin mit einer anderen Frau auf dem Gehweg stehen sehen, als Emma gerade mit ihrem Vater dort entlangschlenderte.

Sie hatte mit dem Finger auf Emma gezeigt, die spitze Nase gereckt und gesagt: „Die da war es, die die Jungs dazu gebracht hat, so frech zu mir zu sein."

Das war wie ein weiterer Schlag in Emmas Magen gewesen.

Und bis heute, so viele Jahre später, hatte Emma diese Aussage nicht aus dem Kopf bekommen.

Es wirkte, als habe sich die Welt überall weitergedreht, nur in Eckenförde nicht.

Die Menschen hier hatten etwas Sonderbares und Verachtungswürdiges an sich.

Sie standen nicht denen bei, denen ein Unrecht widerfuhr, sondern denen, die Unrecht taten.

Warum war das so?

Emma hatte eine Theorie und war der Meinung, dass diese Frau Melchior wie ein maßgeschneiderter Anzug dazu passte.

Nur wenn sie sich selbst im Recht fühlen, sind sie stark. Sobald sie den moralischen Zeigefinger heben und einen auf die eigenen Fehler aufmerksam machen können, nur dann, ja, nur dann fühlen sie sich lebendig.

Wissen sie nicht, warum etwas ist, wie es ist, halten sie auf einmal den Mund, weil sie Angst haben, selber in Schwierigkeiten zu geraten.

Deshalb bin ich für sie ein gefundenes Fressen ... ein schmackhaftes, saftiges, den Hunger stillendes Fressen, in das sie gierig ihre Zähne schlagen.

Sie lieben mich dafür, dass sie mich verachten können.

Emma blinzelte, als sie neben sich die Beifahrertür zuklappen hörte. Sie schaute zu Lisa, die sie anlächelte, schaffte es aber nicht, ihr ebenfalls ein Lächeln zu schenken. Ihre Mundwinkel zuckten kurz, während sie den Zündschlüssel herumdrehte und hörte, wie der Motor ihres Wagens leise schnurrend einer Katze gleich ansprang.

„Wir müssen noch nicht zurück zu Papa und dem dort herrschenden Wahnsinn fahren", meinte Lisa, während sie ihr Handy in die Höhe hob und in solch einer atemberaubenden Geschwindigkeit eine Nachricht tippte, dass Emma staunend auf die über das Display fliegenden Finger schaute. „Wir können ja vorher noch etwas Schönes zusammen machen."

„Und was wäre das?"

Lisa zuckte mit den Schultern.

Der heitere Ausdruck der Gelassenheit verschwand von ihrem Gesicht, als sie die genervt klingende und vor Traurigkeit triefende Stimme von Emma hörte. Die, als sie merkte, wie sie gerade geklungen hatte, schnell ein: „Entschuldigung", murmelte und mehrmals tief ein- und ausatmete, bevor sie fragte: „Hast du denn eine Idee?"

„Wir könnten doch rausfahren."

„Aufs Meer?"

Lisa zuckte mit den Schultern. „Wieso denn nicht? Ich glaube, du magst das Meer."

Emma musste lächeln, obwohl sie das gar nicht wollte. „Wie kommst du denn darauf?"

„Fan", erwiderte Lisa lachend, um dann zu erklären: „Es gibt einige Parallelen zu dir und deinen Figuren."

„Ach was?"

Lisa nickte. „Finde ich schon. Die Ruhe und Geborgenheit, die deine Figur empfindet, wenn sie hinaus aufs Meer fährt. Den Blick, den sie sehnsüchtig auf die Wellenkämme wirft, und sich dabei daran erinnert, wie es gewesen ist, als sie noch Träume hatte und es sich so sehr gewünscht hat, Deutschland in Richtung USA zu verlassen. Dann ihre Abneigung, zurückzukehren in ihre Heimatstadt. Sie ist genau wie du."

Emma schmunzelte, obwohl ihr zum Heulen zumute war.

Den Tipp, den sie damals von einem relativ bekannten und sein Geld mit der Schreiberei verdienenden Autoren bekommen hatte, hatte sie verinnerlicht.

„Du musst Dinge in deinen Figuren platzieren, die auch dich bewegen und mit denen du dich auskennst, denn nur so kannst du realistisch schreiben. Kennst du dich mit der Angst vor der Zukunft aus? Perfekt. Dann lass deine Figur ebenso solche Angst verspüren. Denn genau das nehmen dir die Leser ab!"

Das hatte Emma getan, und wie sie das getan hatte.

Sie hatte einfach all ihre Befürchtungen, Ängste, einfach alles, was sie bewegte und ihr durch den Kopf ging, ihren Figuren in die Wiege gelegt.

Und jetzt kommt es zu mir zurück. Fuck, dachte sie, drehte den Kopf und schaute Lisa an, die sie immer noch unbeholfen anlächelte.

„Fangirl?", fragte Emma schließlich, als sie Lisa einen kurzen Seitenblick zuwarf, bevor sie sich wieder auf das konzentrierte, was vor ihr auf dem Parkplatz geschah.

„Das bin ich."

„Nicht du."

„Wer dann?"

„Die Melchior."

„Ach die", sagte Lisa und winkte ab. „Die alte Wachtel nimmt hier doch sowieso keiner mehr ernst. Was hat die gewettert, als dein erster Roman herauskam. Sie könne ebenso gut schreiben, sie hat im kleinen Finger mehr Talent als du im ganzen Körper. Blablabla."

„Hat sie das wirklich gesagt?"

Lisa nickte. „Das war schon auffällig. Ich war noch sehr klein, aber ich habe ab und zu mitbekommen, wie sie abgegangen ist. Sie ist sogar zu Hinnerk gegangen, und hat ihm angeboten, auf dem Stadtfest aus ihren Geschichten zu lesen. Ist aber abgelehnt worden. Ich glaube, du bist für sie so eine Art Spiegel, und wenn sie hineinschaut, wird ihr bewusst, dass du etwas erreicht hast, was sie sich nie getraut hat."

Emma war sprachlos.

Niemals im Leben hätte sie damit gerechnet, dass diese alte Gewitterziege sich dazu berufen fühlte, Geschichten zu Papier zu bringen, und sich ernsthaft mit Konflikten, Problemen und vor allem Lösungen darin beschäftigte.

Emma hatte die alte Frau immer nur als Drachen gesehen, der nur deshalb auf der Welt war, um anderen Menschen das Leben zur Hölle zu machen.

Jetzt zu hören, dass sie genau wie Emma versucht hatte, ihre Geschichten an den Mann zu bringen, um sie einem breiten Publikum anbieten zu können, verlieh der alten Frau eine vollkommen neue Facette, die Emma kaum begreifen konnte.

Auch sie hat Träume.

Sie will mehr sein als der Drache, als den wir sie alle sehen.

„Das tut mir leid", hörte sie sich wie aus weiter Ferne sagen und wunderte sich darüber, dass eine Traurigkeit nach ihr griff, die Mitleid in ihr aufsteigen ließ.

„Das hat sie nicht anders verdient. Sie hat jedes deiner Bücher gelesen ... zu *Recherchezwecken*", erklärte Lisa, während sie Anführungszeichen in die Luft zeichnete. „Pah, die hat deine Bücher gelesen, weil sie ihr gefallen haben, und dabei hat sie gemerkt, dass sie dir nicht das Wasser reichen kann. Darum verspürt sie solch einen Hass auf dich. Und jetzt, wo du hier bist, denkt sie, es dir zurückgeben zu können. Schrecklich, die Alte!"

„Sie scheint verbittert", murmelte Emma.

Lisa zuckte mit den Schultern und sagte: „Soll sie doch. Wäre sie freundlicher, hätte sie mehr Glück im Leben gehabt." Sie wechselte jetzt das Thema. „Und? Wollen wir eine Runde im Hafen drehen, oder nicht?", wollte sie wissen.

„Weißt du ..."

„Ach komm schon", nörgelte Lisa, die Emmas Einwand ebenso im Keim erstickte, wie deren auf der Zunge liegende Ausrede, dass sie zu müde war. „Der Tag ist noch jung und wir haben doch noch gar nichts Großartiges gemacht heute."

„Wenn du wüsstest."

Lisa lächelte.

„Ab zum Hafen."

„Ich habe echt keine ..."

„Nur zum Hafen", sagte Lisa, während sie mahnend den Zeigefinger hob. „Oder ich werfe dich hier aus dem Wagen und damit Frau Melchior zum Fraß vor ..."

***

„Du hast ein eigenes Boot?", fragte Emma erstaunt, als sie mit Lisa über den Steg auf ein kleines, weiß gestrichenes Jolle zuging, das dort angetaut war, und leicht auf den Wellen schaukelte.

„Es gehört Sylvester, Sebastian und mir. Doch die Jungs haben keinen Bock auf die Arbeit, die so ein kleiner Brummer macht. Ich hingegen finde es schön hier. Ist mal was anderes, als immer nur zu Hause herumzusitzen und Fernsehen zu gucken."

Emma war beeindruckt. Der Tag, den sie in Ruhe und Stille verbringen wollte, begann ihr nun, wo sie am Hafen war, besser zu gefallen.

Lisa und sie redeten ungezwungen miteinander, und Emma schien in einem kurzen Moment der Ruhe zu begreifen, was Eckenförde in ihr in Bewegung setzte. Sie hatte angefangen, darüber nachzudenken, dass Eckenförde ihr nicht das Messer auf die Brust setzte.

Sie richtete ihre Waffen auf Eckenförde.

Allein das Wissen, dass die Melchior Träume besessen hatte – was Emma bis heute für völlig absurd gehalten hatte –, machte ihre vorhin gesponnenen Gedanken zunichte.

Die Menschen in Eckenförde waren nicht kleingeistig. Sie waren nicht darauf aus, andere leiden zu sehen – sie wollten wie alle Menschen ihr Glück suchen und finden.

Auch wenn sie dabei merkwürdige Wege gehen; wie die Melchior.

Dazu kam, dass sie ausführlich mit Oller telefoniert hatte, während Lisa sie um die kleine Bucht lenkte. Sie hatte kurz mit ihm gesprochen, hatte sich anhören müssen, dass ihre Vorschläge für die Skriptänderungen wohlwollend aufgenommen worden waren und das das Casting interessante Darsteller zum Vorschein gebracht hatte. Jetzt, wo sie ihr Display vom Handy schlafen legte, es auf lautlos stellte und ihren Blick übers Wasser schweifen ließ, sah sie, wohin Lisa das kleine Boot lenkte. Dorthin, wo ein weiterer kleiner

Hafen zu finden war, an dem nur auf dem Wasser liegende Stege sich tummelten.

Ruhe kehrte ein. Seelisch wie gedanklich. Hatte sie die letzten Tage und Wochen immer unter unkontrollierbaren Gedankenfluten gelitten, so war es jetzt, als legte sich eine weiche Decke aus sanften, lieb gewonnenen Emotionen über ihren Verstand. Hätte sie das Telefonat vor einer Woche mit Oller geführt, wusste sie, wäre sie innerlich explodiert. Jetzt aber konnte sie den Termin zur Stadtbesichtigung mit ihm ebenso beiseiteschieben wie die Diskussion über Dialoge, Regieanweisungen und Ortsbeschreibungen.

Was sie verwunderte, war, dass ihr das meiste gefiel, was sie las.

Während sie sich in Gedanken weitere vorsichtige Anmerkungen machte, war die Zeit mit Lisa wie im Flug vergangen. Auch hatte Emma kurz mit ihrem Vater telefoniert und ihn gefragt, wie es ihm ging, was er so tat und ob er Zeit und Lust hatte, sie mal wiederzusehen, und die Vergangenheit inklusive des Medienrummels, dem damaligen Heiratsantrag und Emmas Davonlaufen einfach außer Acht zu lassen, um ungezwungen miteinander zu reden.

Emma musste noch immer lächeln, als sie daran dachte, wie ihr Vater spontan Ja gesagt hatte. „Das klingt fantastisch. Dann mache ich dir zur Feier des Tages auch Nudeln mit Fleischwurst und Ketchup."

„Du bist der Beste."

„Nur, weil du mich dazu machst", hatte er zu ihr gesagt und damit ein unfassbares Wohlempfinden in Emma ausgelöst.

„Ich liebe dich auch."

Während sie noch kurz in ihren Erinnerungen schwelgte, hörte, wie ihr Vater versprach, die größte Flasche Ketchup zu kaufen, die er finden konnte, schaute sie skeptisch zu Lisa und fragte: „Kannst du damit denn auch umgehen?"

„Du etwa nicht?", neckte Lisa sie.

„Nein, kann ich nicht."

„Dann bist du mir ja jetzt gleich hoffnungslos ausgeliefert", sagte die junge Frau grinsend, während sie in die Hände klatschte und Emma den Vortritt ließ, über die kleine Reling in das Boot zu steigen.

Es war eine kleine Jolle, dessen Außenbordmotor doppelläufig verlief und viel zu schwer für die kleine Nussschale aussah, auf der sie versuchte, die Balance zu halten.

„Ich kann jetzt mit dir machen, was ich will."

„Ich kann auch einfach aussteigen und allein zurück zu deinem Vater fahren", meinte Emma mürrisch, fragte dann aber: „Kann ich dir bei irgendetwas helfen?"

„Du kannst dich auf deinen Hintern setzen und dich ruhig verhalten", erwiderte Lisa kichernd. Als sie an den Motor trat und an diesem vorbei zu einem Paddel griff, sagte sie: „Das wollte ich schon immer mal sagen, besonders zu einem Erwachsenen."

Emma zog eine Augenbraue in die Höhe.

„Was wird das denn jetzt?"

„Wir müssen etwas paddeln."

Emma schüttelte den Kopf und fragte: „Das ist nicht dein Ernst, oder?"

„Natürlich. Wie willst du denn sonst hier rauskommen? Der Motor wird erst gestartet, wenn wir in der Mitte der Bucht sind. Und dann", sie lachte jetzt übertrieben irre. „Und dann ... haha ... und dann ..."

Emma kniff die Lider zusammen, als sie Lisa im hellen Sonnenlicht stehen sah. Eine junge, schlanke Frau, deren Konturen malerisch von den Sonnenstrahlen unterstrichen wurden. Die hell strahlenden, alles dominierenden Augen, der zart geschwungene, immer mit einem Lächeln versehene Mund und dazu das energische Kinn der Gablers. Sie jetzt so dastehen zu sehen, während sie etwas aus Emmas Jugendhörspielliebe zum Besten gab, ließ sie schmunzeln und beinahe alle Sorgen vergessen.

„Du kennst ‚He-Man and the Masters of the Universe'?", wollte Emma erstaunt wissen.

„Natürlich", bestätigte Lisa. „Und auch die ganzen anderen Hörspiele, die du damals als Kind so gern zum Einschlafen gehört hast."

„Woher?", wollte Emma neugierig wissen.

„Fangirl", entgegnete Lisa grinsend.

Emma lachte und fragte: „Hast du die Hörspiele wirklich alle gehört?"

„Ich habe mal MP3-Dateien davon geschenkt bekommen. Zuerst habe ich mir nichts daraus gemacht, aber als ich in einem Interview von dir mit irgendeinem Portal gelesen habe, dass du ein begeisterter He-Man Fan bist, habe ich mich wieder an die MP3-Dateien erinnert, und dort waren alle Folgen, die es gab, drauf. Die habe ich mir dann angehört und ich muss sagen ..."

„Ja?" Emma schaute sie auffordernd an.

„Du hast einen speziellen Geschmack."

Emma schmunzelte, während sie dem vertrauten, lieb gewonnenen Geräusch des ins Wasser tauchenden Paddels lauschte. Obwohl sie in ihren Erinnerungen gefangen war und an all die Hörspiele von damals dachte, griff sie nach einem Paddel. Sie stieß es sanft und beinahe behutsam ins Wasser, und erinnerte sich daran, wie sie damals mit ihrem Opa hier draußen gewesen war, und wie sie ihm mit vor Aufregung bebender Stimme erzählt hatte, was in den Hörspielen passiert war, die sie gehört hatte. Wie He-Man gegen Skeletor gekämpft und es wieder geschafft hatte, sich aus dessen Fallen zu befreien.

Jetzt hinaus aufs Meer zu rudern, war, als fielen all ihre Sorgen von ihr ab.

So als gäbe es keine Frau Melchior und keine Erinnerungen an Oliver und ihre Begegnung mit der schrecklichen Nachbarin, die nur mit der Nase gerümpft und Emma angewidert einen Blick zugeworfen hatte.

Es gab nur noch Lisa, das Plätschern der ins Wasser fallenden Tropfen, und das wohlige Gefühl der Geborgenheit, das ihr Opa ihr damals vermittelt hatte.

Das Beste an ihrem Opa war, dass er nicht nur ihren Geschichten lauschte und so getan hatte, als interessiere es ihn, was sie erzählte. Nein, er hatte ihr ernsthaft zugehört, ihr Fragen gestellt und wissen wollen, wie dieses oder jenes Hörspiel geendet hatte. Er hatte sich sogar mit ihr zusammen hingesetzt, wenn die Segel eingeholt gewesen waren, und der Motor in Ruhe vor sich hin tuckerte, und sich die Figuren von Emma zeigen lassen. Als er einen Knecht des Bösen in den Händen gehalten hatte, Tri-Klops, den Kundschafter des Bösen, hatte er das in dessen Händen liegende Schwert betrachtet und gesagt: „Damit kann man seinen Argumenten Ausdruck verleihen."

„Danke", sagte Emma, als sie inmitten der Bucht angekommen waren und die Wellen sanft schaukelnd unter dem Bug des kleinen Bootes entlangglitten. Die Erinnerungen an ihren Opa lösten sich in Wohlgefallen auf, wie die bis noch vor Kurzem auf ihrer Brust lastende Sorge, dass das Leben sie in die Knie zwingen könnte.

„Es ist viel zu schön auf dem Wasser, als sich immer nur an Land zu verstecken", meinte Lisa und klang wie eine Werbesprecherin, die einer interessierten Kundin ein längst gekauftes Produkt noch schmackhafter machen wollte. „Es freut mich, dass du dich hier wohlfühlst."

„Das tue ich wirklich."

Lisa gluckste vor Freude, zog an der Schnur des Motors, um diesen zu starten, und stieß ein verwirrtes „Oh“ aus, als der nur kurz tuckernde Geräusche von sich gab und verstummte.

„Oh?“, fragte Emma alarmiert.

„Ja, oh“, bestätigte Lisa, als sie noch einmal an der Schnur zog und dann, als der Motor wieder nicht ansprang, die Hände in die Hüften stemmte und ein „Hm“ ausstieß.

„Sag jetzt nicht, dass wir zurückrudern müssen ... gegen die Strömung.“

„Nö, das würde ich niemals sagen“, meinte Lisa, die mit zusammengekniffenen Augenbrauen auf den noch immer schweigenden Motor starrte. Sie hob den Antrieb aus dem Wasser, inspizierte sorgfältig die einzelnen Blätter des Propellers und ließ den Motor dann schulterzuckend wieder zurück ins Wasser gleiten.

„Nichts gefunden?“, wollte Emma wissen.

„Nein, leider gar nichts“, antwortete Lisa, während sie ihr Handy hervorholte, etwas tippte und schließlich grinsend meinte: „Wenigstens haben wir Wein und Knabberzeug hier. Verhungern und verdursten müssen wir nicht.“

„Das hätten wir so oder so nicht gemusst“, erwiderte Emma. „Das Land ist nicht allzu weit weg.“

„Ich hab trotzdem mal Hilfe angefordert.“

„Hilfe angefordert?“

Emma sah, mit einem kurzen Anflug von Zweifel, wie Lisa ihr Handy hob und es hin und her schwenkte.

„Ja, ich kenne mich mit Maschinen nicht aus. Du?“

Emma gab zähneknirschend zu: „Nein.“

„Darum habe ich Hilfe besorgt.“

Emma verdrehte die Augen, als sich ein ungutes Gefühl ihrer bemächtigte. Sie fragte leise und mit knirschenden Zähnen: „Wem hast du geschrieben?“

„Überraschung!"

„Ich töte dich", zischte Emma, als ihr schwante, wen Lisa hierher bestellt hatte.

„Wir brauchen doch jemanden, der den Motor wieder zum Laufen bringt", meinte sie schulterzuckend, „oder möchtest du den ganzen Tag mit mir auf dem Wasser festsitzen?"

„Hier soll es Ebbe geben", kommentierte Emma wütend.

„Die war schon, und kommt erst in gut sechs Stunden wieder."

„In sechs Stunden?"

Lisa nickte. „Nett, oder?"

„Dann lass uns eben doch zurück ans Land paddeln", schlug Emma seufzend vor, die den vorherrschenden Gedanken an Flucht verlockend fand und hoffte, so schnell wie möglich wieder sicheren Boden unter den Füßen zu haben. „Beenden wir unseren Ausflug doch ein anderes Mal."

„Warte doch einfach", meinte Lisa.

„Ich habe aber keine Lust, Michael zu sehen." Emma gab sich keine Mühe, ihre schlechte Laune zu unterdrücken. „Der hat mir gestern voll und ganz gereicht."

„Es geht ganz schnell. Versprochen."

Emma brummte wütend, als sie nach dem Paddel griff und es tief ins Wasser tauchte.

Nach dem vierten Stich durch die sich auftürmenden Wellen versiegten ihre Bemühungen und das Knattern eines Motors drang ihr überlaut an die Ohren. Für sie kündigte er laut dröhnend an: *Da bin ich, um euch arme, hilflose Geschöpfe zu retten ...*

***

„Muss das echt sein?", zeigte sich auch Michael wenig begeistert, als er mit seinem kleinen, schnellen

Motorboot angefahren kam, und Lisa das Tau zuwarf, damit sie ihr Boot an seines binden konnte. „Ich habe echt Besseres zu tun, als euch beiden hier aus der Klemme zu helfen."

„Du bist der Beste", erwiderte Lisa lächelnd, als Michael zu ihnen hinübergeklettert kam. „Darum bist du ja auch mein Lieblingsonkel. Du bist immer da, wenn ich dich brauche."

„Ich bin nebenbei bemerkt auch dein einziger."

Sie zuckte mit den Schultern und sagte: „Ich liebe dich aber trotzdem."

Michael verdrehte die Augen.

Emma war sich nicht sicher, ob er es tat, um Lisas vor übertriebener Fröhlichkeit hervorgebrachte Botschaft zu kommentieren oder ob er es ihretwegen machte.

„Hi", sagte sie nur, als sein Blick auf sie fiel und hob grüßend die Hand.

„Hi."

Emma, die sich auf die schmale Reling gesetzt hatte, schaute Michael erwartungsvoll an, als dieser breitbeinig vor ihr zum Stehen kam, die Hände in die Hüften stemmte und sie auffordernd anschaute.

„Ja bitte?", fragte sie.

„Du bist im Weg ... mal wieder."

Sie tat ahnungslos.

„Der Motor", sagte er und deutete auf die mächtige, doppelläufige Maschine. „Er ist kaputt, und du bist im Weg."

„Willst du etwa hier ran?"

„Von Wollen kann gar keine Rede sein", sagte er, machte einen Schritt auf Emma zu und versetzte ihr einen leichten Stoß, sodass sie beinahe ins Wasser gefallen wäre.

„Hey", rief sie protestierend.

„Dann mach eben Platz, wenn ich dich darum bitte", knurrte Michael, öffnete die Abdeckung des Motors und rief dann zu Lisa: „Kannst du mir bitte mal die Werkzeugtasche geben? Ich bräuchte ..."

Er verstummte.

Genau wie Emma warf er einen verwirrten Blick zu seinem plötzlich wegfahrenden Boot, das begleitet wurde von dem Tuckern des Motors.

„Lisa", rief er seiner Nichte hinterher. „Was soll das?"

„Lisa!", schrie auch Emma. „Bist du verrückt geworden? Komm sofort zurück."

„Ich brauche doch meine Werkzeugtasche", sagte Michael perplex.

Lisas Lachen hallte durch die Bucht. „Wir sehen uns später. Viel Spaß zusammen."

Emma wurde schlecht und Michael seufzte.

„Bring das Boot wieder!", rief er. „Wenn du nicht sofort wieder zurückkommst, dann schwöre ich dir, poste ich bei ‚Facebook', dass du der Clown auf dem Kinderfest bist. Ich sage allen, dass du zehn warst, als du noch am Daumen genuckelt hast. Ich habe dir die Windel gewechselt. Das muss doch für etwas gut sein! Lisa! Komm SOFORT zurück!"

Doch diese lachte nur und bog in Richtung Hafen ab, während ihr eigenes kleines Boot weiterhin hinaus auf das offene Meer trieb.

***

„Komm, wir paddeln", meinte Michael schließlich, nachdem er gute fünf Minuten auf dem Boot gestanden und Lisa hinterhergestarrt hatte. Nachdem das Brummen des Motors verklungen war, hatte er die Hände in die Hüften gestemmt und missmutig die Lippen aufeinandergepresst. Erst als Emma leise kichern musste, drehte er sich zu ihr herum und fragte sie scharf: „Was denn?"

Dann schmunzelte er selbst kopfschüttelnd, als Emma sagte: „Die hat uns echt aufs Kreuz gelegt. Das muss sie von dir haben."

„Von mir?" Michael schaute sie mit großen Augen an. „Was soll das denn heißen?

Emma zuckte mit den Schultern und sagte: „Weißt du noch, wie du damals den alten Michaelis abgelenkt hast, damit Ralf und Angie das Bier klauen konnten, das er uns nicht verkaufen wollte? Könnte Lisa heute auch noch bringen."

Emma hatte gar nicht vorgehabt, Michael zum Lächeln zu bringen. Ihn da aber jetzt stehen zu sehen, schelmisch lächelnd, die Hände in den Hüften, musste sie zugeben, dass es ihr gefiel. Nicht, dass er bei ihr war – Gott bewahre. Aber der kurze Ausflug in die Vergangenheit, das Wissen, dass sie beide eine gemeinsame Erinnerung teilten, tat ihr gut.

Nach all den Kämpfen, den inneren Zerwürfnissen und dem nicht Wissen, wohin sie emotional gehörte, tat es nur gut, einen kurzen Moment der Ruhe zu haben. Die sich in ihr ausbreitende Stille ließ sie tief den Geruch des Meeres einsaugen, so wie sie das weiche Schaukeln der Jolle genoss. Michael lächelte noch immer und schien kurz in die Vergangenheit abgetaucht zu sein und dachte daran, wie sie damals jedes Wochenende krampfhaft versucht hatten, ihren Alkoholdurst zu stillen.

„Das war echt ein gutes Ding", sagte er seufzend, setzte sich auf die kleine Ruderbank und griff nach dem Paddel.

„Du wirst sie doch nicht wirklich bei ‚Facebook' bloßstellen, oder? Und ihre Daumennuckelei bleibt auch unter euch?", wollte Emma wissen, nachdem sie die Paddel mehrmals hintereinander ins Wasser gestochen hatten und das Boot sich sachte nach vorne schob.

„Vielleicht." Er zuckte mit den Schultern. „Die war echt frech."

„Sie hat es doch nur gut gemeint", verteidigte Emma das Mädchen.

„Ach ja?"

„Ja", bekräftigte Emma, als sie Michaels starr auf sich gerichteten Blick sah. „Sie hat sogar etwas Käse, Weintrauben und Wein für uns gekauft."

„Für uns?"

„Siehst du hier noch jemand anderen?", fragte sie schmunzelnd. Ohne vorwurfsvoll zu sein. „Ich habe mich im Laden schon gewundert, als sie mir erzählt hat, dass sie abends gern mal einen Wein trinkt."

„Ist es ein weißer?"

„Na klar."

„Süß?"

„Natürlich."

„Dieses Biest", knurrte Michael, der die Hand nach der Flasche ausstreckte, nachdem Emma in den Korb gegriffen und das Etikett betrachtet hatte.

Während sie den Kopf drehte und hinaus auf das offene Meer schaute, hörte sie Michael irgendetwas brummen. Erst als er sich ihr gegenübersetzte, sie lange anschaute, und die Ellbogen auf die Knie abstützte, wandte sie sich zu ihm und fragte: „Hast du mit mir gesprochen?"

„Nein, ich habe nur in meinen nicht vorhandenen Bart gemurmelt."

„Fein."

„Fein", brummte Michael, dessen eben noch herrisches, übertrieben machohaftes Gehabe urplötzlich vollkommen verschwunden war. Als er den Korken aus der Flasche zog, und sich die Öffnung unter die Nase hielt, sagte er, beinahe schon verlegen: „Riecht ausgezeichnet. Möchtest du auch?"

„Nur trinken“, gab Emma kälter zurück als beabsichtigt. Wie gestern schon, als sie zusammen auf Michaels Schiff gewesen waren, stellte sich bei ihr Frieden ein. Die Kraft zu kämpfen, fehlte ihr.

Fehlt mir?, fragte sie sich ehrlich. *Nein, sie fehlt mir nicht. Ich WILL nicht kämpfen.*

Was auch immer es war, was sie friedlich stimmte, konnte sie nicht sagen. Erst als sie an Lisa dachte, und daran, wie sie mit Michaels Boot davongefahren war, und ihnen zum Abschied zugewinkt hatte, begriff sie, was für ein beruhigendes Gefühl es war, das sie gerade durchströmte.

Heiterkeit.

So verrückt es auch klang und so albern Emma sich auch dabei vorkam, sie hatte Spaß daran, wie eine Gefangene auf diesem Boot zu sitzen. Vor sich ein unsicherer, an einer Weinflasche schnüffelnder Kerl, der ebenso verletzlich und hilflos aussah wie damals, als sie beide wussten, dass dies die Nacht der Nächte werden würde. Damals war er ebenso zurückhaltend gewesen wie jetzt, sein Lächeln hatte angespannt gewirkt, während seine Bewegungen ruckartig und fahrig gewesen waren.

Emma erinnerte sich daran, dass sie damals ganz ruhig geworden war.

Genauso wie jetzt. Sie hatte nur in erwartungsvoller Spannung darauf gewartet, was Michael als Nächstes tun oder sagen würde.

Sie hatte das Gefühl, als wäre die um sie herum immer in Hektik befindliche Welt plötzlich ganz ruhig und leise geworden. Ähnlich dem jetzigen Zustand des sich um sie herum erstreckenden Meeres. Es gab keine Gedanken mehr an ihre Arbeit oder einen Abgabetermin, keine unterschwellige Hast, dass sie irgendetwas vergessen oder versäumt haben könnte.

Nicht eine Idee huschte ihr durch den Kopf.

Es hatte nur Michael und sie gegeben.

Genauso wie jetzt.

Sie musste lachen, als sie sich daran erinnerte, wie Michael damals versucht hatte, die merkwürdige und angespannte Situation mit einem lockeren Spruch zu entkrampfen.

„Na, Baby, wie geht es dir?“, hatte er gefragt und war sich mit den gespreizten Fingern durch die gestylten Haare gefahren. „Ich hoffe, du hast heute Abend noch nichts vor.“

Das war so albern gewesen ... und so süß, dachte sie, als sie Michael beobachtete, der jetzt den Wein neben sich abstellte, und in den Korb hineingriff, um die Weintrauben hervorzuholen.

So wie damals hatte er auch heute noch eine Ausstrahlung, die Emma gefiel. Wie ein verwegenes Hallo, das der Welt schulterzuckend zeigen sollte, dass es ihm egal war, was man von ihm dachte. Eine innere Haltung, die jedem den Mittelfinger zeigte, der ihm mit einem spießigen Ratschlag kommen wollte.

Ihn jetzt so zu sehen, wie er eine Traube vom Stängel pflückte, sie sich in den Mund schob, und sie nach dem zweiten Kauen herunterschluckte, ließ Emma unweigerlich daran denken, wie sie damals zusammen mit ihm in dem kleinen Imbiss unten am Hafen gesessen hatte. Beide hatten ihre letzten Münzen zusammengeschmissen, um sich eine Portion Pommes kaufen zu können.

So wie sie sich damals in dem ungastlich eingerichteten Imbiss gegenübergesessen hatten, so saßen sie sich auch jetzt von Angesicht zu Angesicht gegenüber ... jeder in seinen eigenen Gedanken gefangen und darauf achtend, dem anderen nicht zu nahe zu treten. Ihre Befürchtung, sowohl damals als auch heute, war die gleiche, wie ihr Gefühl ihm gegenüber. Unsicherheit gepaart mit einem Schuss Vorfreude auf ein ungewisses Abenteuer.

Nur mit dem Unterschied, dass wir damals pleite waren, und uns in Träumereien über unsere Zukunft ergangen haben. Wir hatten dem anderen keinen Vorwurf machen wollen, oder ihm sagen wollen, dass er schuld daran war, dass die letzten paar Mark nun ausgegeben waren.

Ich hatte mir Notizblöcke, Textmarker und Kugelschreiber gekauft, während er sein Geld für Kopien ausgegeben hatte, um seine Bewerbung an unterschiedliche Unternehmen schicken zu können.

Wir hatten beide nur an uns selbst gedacht, und nicht an uns als Paar.

„Woran denkst du gerade?", wollte Michael von Emma wissen und riss sie damit aus ihren Gedanken.

„Wie bitte?"

„Woran du gerade denkst", wiederholte er, während er eine weitere Traube aß.

„An nichts Besonderes."

„Lass mich raten."

„Nur zu."

„Hmmm." Mit einer übertriebenen Geste legte er sich den Zeigefinger ans Kinn, verdrehte die Augen und machte dann eine Schnute, sodass Emma wieder lachen musste. „Nicht verraten", meinte er. „Nichts sagen. Ab besten überhaupt keinen Laut von dir geben. Ich sehe ... nein, ich *höre* deine Gedanken. Sie sind auf dem Weg zu mir. Sie sind schon dabei, mein Gehirn zu überfluten. Warte. Warte. Warte!"

Er übertrieb so herrlich, dass Emma unwillkürlich kichern musste, nur um sich dann, als der wohlige Schauer des Bekannten durch sie hindurchgeglitten war, zu fragen, warum ihr das so sehr gefiel. Es war albern, kindisch und ...

... lieb.

Obwohl er sich, wie sie vermutete, ebenso unwohl in dieser Situation fühlte, versuchte er, das Beste daraus zu machen.

Er hat ja auch mehr Erfahrung darin, belanglose Unterhaltungen zu führen oder eine Frau um den Finger zu wickeln, so viele Dates, wie er schon hatte, dachte sie abwertend, was sie auf eine merkwürdige Art und Weise befriedigte.

Nein, nicht befriedigte, eher verwirrte.

Sie musste wieder lachen, als sie ihn sagen hörte: „Du wünschst dir, in einem schwarzen Lamborghini über die Landstraßen der Toskana zu fahren ... der warme Wind in deinen Haaren, die Sonne auf deinem Gesicht, während die an dir vorbeiziehende Landschaft sich in den Brillengläsern deiner Sonnenbrille spiegelt. Na, wie war ich? Ist es das, oder ist es das?"

„Fast", erwiderte sie lachend.

„Anstatt der Toskana lieber Sizilien?"

„Du bist ein Spinner", sagte Emma und schüttelte lachend den Kopf.

„Na komm schon. Irgendetwas in die Richtung muss es doch gewesen sein. Du hast dich irgendwo hingeträumt, wo du nicht in meiner Nähe sein musst."

Zuerst war sich Emma sicher, dass Michael hinter seiner freundlichen Fassade einen Angriff auf sie gestartet hatte. Doch als sie ihn so dasitzen sah, seinen Blick auf sie gerichtet und ein ehrliches Lächeln auf den Lippen, begriff sie, dass er ihr damit nur einen Ausweg aus der Situation hatte bieten wollen, und nur daran interessiert war, ihr so wenig Kummer wie möglich zu bereiten.

„Danke", meinte sie daraufhin, was Michael dazu veranlasste, verwundert den Kopf zu heben.

„Wofür denn?"

„Für das hier", sagte sie und machte eine alles umschließende Handbewegung.

„Das habe ich doch gar nicht gemacht."

„Aber du erträgst es zusammen mit mir!"

„Warum auch nicht?", erwiderte er und zuckte mit den Schultern. „Ist doch ein schöner Anblick. Also das Wasser, meinte ich ...", schob er hastig hinterher, nachdem sie sich eine Haarsträhne hinter das Ohr gestrichen hatte. Er lächelte schief, schaute dann zu Boden und sah ihr Schmunzeln nicht.

„Ist irgendwie wie damals", meinte sie nun.

Michael hob den Kopf und schaute sie fragend an.

„Da wussten wir auch nicht, wie es weitergeht", erklärte sie, als sie sich zurücklehnte und die Beine ausstreckte.

„Stimmt."

„Trotzdem haben wir die Zeit damals genossen", sagte sie und überraschte sich selbst damit.

„Meinst du, wir sollten es jetzt auch genießen?"

„Warum denn nicht?", fragte sie und zuckte mit den Schultern. „Kann doch ganz nett werden."

Beide mussten lachen.

Als sie aus der Flasche getrunken hatten, von den Trauben gegessen und sich etwas von dem Käse abgebrochen hatten, fragte Michael sie leise: „Warum bist du damals gegangen?"

Emma machte ein bekümmertes Gesicht.

„Nein, nein", sagte er hastig und hob beschwichtigend die Hände. „Ich möchte keinen Streit provozieren, ich möchte es nur verstehen. Ich möchte begreifen, warum damals alles so schiefgegangen ist. Wirklich. Ich habe es nie begriffen. Nenn mich dumm oder stumpf. Einen Idioten."

„Das habe ich so oft." Emma lachte.

Michael lächelte verlegen, wischte sich mit der Hand durch die Haare. „Ich bin nie dahintergekommen. Echt nicht. Dass wir uns voneinander entfernt haben, klar. Scheiße, das war mir so klar wie der morgendliche

Wasserdurst. Aber ..." Er presste die Lippen aufeinander. Hatte er sie eben noch angeschaut, sie fest im Blick gehabt, wand er ihn nun ab. Beinahe so, als müsste er in die Ferne schauen, um nicht sehen zu müssen, was in ihrem Gesicht vor sich ging. Als er weiterredete, schwang seine Stimme und er klang so ehrlich wie damals, nachdem sie ihre Pommes frites gegessen hatten und sie gemeinsam zu den Deichen gegangen waren und er ihr ins Ohr geflüstert hatte, dass alles gut werden würde. Und so wie in dem Moment, als sein Arm sich um sie legte, er sie fest an sich presste, klangen seine Worte jetzt weich und rein; von keinerlei Kummer begleitet. „Ich hätte für uns gekämpft. Alles hätte ich für uns getan. Die Luftschlösser abgerissen und mir einen Job gesucht. Ich hatte uns schon gesehen, damals. Ein Haus, ein kleines Boot. Wir beide zusammen mit einem Hund, ein, zwei Kindern."

„Ein Jugendheim", sagte sie lachend.

„Auch das hätte ich durchgezogen. Ich hätte alles gemacht."

Ihn jetzt da so sitzen zu sehen, so ehrlich und offen, schmerzte Emma. Und es kam ihr vor, als schlug sie ihm mit der falschen Hand ins Gesicht, als sie ehrlich auf seine Frage antwortete: „Ich konnte in deiner Nähe nicht mehr atmen." Sie unterdrückte den Impuls, nach seiner Hand zu greifen und ihn zu trösten. „Versteh mich nicht falsch. Alles lief irgendwie verkehrt, und nichts passte mehr. Wir steckten in dieser kleinen Wohnung fest und es gab nichts, was sich besserte oder änderte. Wir hatten nur Ideen und Träume."

„Ich habe sie verwirklicht", meinte er nach kurzem Nachdenken.

„Wann?", wollte sie wissen.

„Nachdem du gegangen bist. Lange, nachdem du gegangen bist", gab er zu, als sie ihn mit schief gelegtem Kopf musterte. „Bestimmt vier oder fünf Jahre später.

Ich bin nach deiner Flucht in ein tiefes Loch gefallen. War uncool."

„Das tut mir leid."

Er winkte ab. „Muss es nicht. Ich hätte ja genauso gut um dich kämpfen können. Also vorher, meinte ich." Er seufzte. „Ich war aber hilflos. Wusste nicht, wie ich dich zurückholen soll. Aber, scheiße Mann, ich hätte es irgendwie versucht."

„Das hast du? Es gemerkt?" Sie schaute ihn verwundert an.

„Na klar", bestätigte Michael. „Ich bin doch kein Idiot."

„Warum hast du mich dann nicht darauf angesprochen oder versucht, etwas an der Situation zu ändern?"

„Ich hatte Schiss!"

Emma schaute ihn verwirrt an und versuchte, hinter seine Fassade zu blicken und zu verstehen, was er ihr da gestanden hatte – nur um dann zu begreifen, dass sie es nicht verstand.

„Ich habe mich in einem Zwiespalt befunden", erklärte er ihr, als habe er ihre Gedanken gelesen. „Du hast Papier für Papier mit deinen Ideen gefüllt. Ich habe gesehen, wie hart du daran gearbeitet hast und wie du daran gewachsen bist ... und dann waren da auch noch unsere gemeinsamen Ziele. Alles hattest du aufgeschrieben und quasi protokolliert. Es wurde mehr und mehr, von Tag zu Tag, und ich habe nichts davon in die Tat umsetzen können", murmelte er und schüttelte den Kopf. „Gar nichts."

Emma schluckte schwer.

Auch wenn sie es gar nicht wollte, und sich unendlich viele Gefühle und Empfindungen dagegen sträubten, griff sie jetzt nach seiner Hand und berührte sie. Sie spürte die raue, vom Wetter und Salzwasser gegerbte

Haut und streichelte mit ihrem Daumen sanft über seinen Handrücken.

Er schaute sie daraufhin verwundert an, lächelte schmal, und legte seine Hand dann auf ihre, um sie sanft beiseitezuschieben.

„Du musst mich nicht trösten“, sagte er. „Wirklich nicht. Ich habe ja doch noch was auf die Beine gestellt.“

„Das hast du“, bestätigte sie und zog sich wieder zurück.

Seine wegwischende Handbewegung hatte sie verletzt, obwohl sie damit gerechnet hatte und auch nicht ernsthaft daran geglaubt hatte, dass eine einzige, von Michaels Nichte arrangierte Bootsfahrt ihre ausgehobenen Gräben zuschütten und sie wieder vernünftig miteinander reden lassen würde.

„Es war damals wie eine Spirale ... so viele Ideen und gar keine Möglichkeiten.“

„Ich hätte sie mit dir zusammen verwirklicht“, gab Emma unverwandt zu. „Doch du hast lieber Mario Kart gespielt.“

„Ja, ich bin ein Idiot“, knurrte er und schüttelte dann den Kopf. „Scheiße, ich wusste damals doch noch gar nicht, wer ich bin oder wer ich sein wollte. Das Einzige, was mich interessiert hat, warst du ... nichts anderes. Das hat dir aber“, er machte eine kurze Pause, suchte nach den richtigen Worten, „es hat dir nicht gereicht.“

„Nein, das hat es nicht“, sagte sie, und war diejenige, die offen und ehrlich war, obwohl sie sah, dass Michael zusammenzuckte.

„Leider“, fügte er seufzend hinzu, nahm noch einen Schluck vom Wein und schaute dann hinüber zu dem immer noch weit von ihnen entfernt liegenden Ufer. „Vielleicht musste es so ablaufen. Ich meine, wärst du damals nicht abgehauen, wärst du vielleicht keine Schriftstellerin geworden oder zumindest keine so erfolgreiche. Du hättest bestimmt weiter in der

Redaktion gearbeitet, Interviews mit dem Blumenkönig geführt oder einen Bericht über die Grünkohlkönigin geschrieben."

Emma lachte. „Dass du dich daran noch erinnerst."

„Ich erinnere mich an alles. Das war doch voll dein Ding damals, und du hast dich darüber gefreut wie eine Schneekönigin. Ich habe die Artikel sogar noch irgendwo."

„Wirklich?"

Er nickte wieder, während er auf einer Traube herumkaute. „Unterm Bett, oder so. Weggeworfen habe ich sie auf jeden Fall nicht. Hab ja alles aufbewahrt. Konnte es nicht wegwerfen."

„Das ist ja lieb von dir."

„Tja, so bin ich", antwortete er schmunzelnd, nur um dann wieder ernst zu werden. „Aus mir wäre wohl auch nicht der geworden, der ich heute bin, wenn du damals nicht gegangen wärst. Denn dann hätte ich Alfred nicht kennengelernt, bei dem ich das Segeln und Schippern gelernt habe, hätte nicht die Schönheit der Nordsee zu schätzen gewusst und an mich zu glauben gelernt. Und", er hob mahnend den Zeigefinger, „gelernt, was es heißt, einen Plan auch in die Tat umzusetzen. Denn kurz darauf habe ich den Shop gekauft und mir die ‚Emma' zugelegt. Ich habe mich mit den Ämtern herumgeschlagen und mich um Lizenzen gekümmert und jedem gottverdammten Arsch in diesem Landkreis bewiesen, dass ich es doch kann. Jedem Einzelnen von ihnen. Nur du, *du* hast es nicht gesehen", murmelte er leise und schaute traurig lächelnd zu Emma, die nicht glauben konnte, was sie da hörte.

Sie starrte Michael an, der sich mittlerweile nach vorne gebeugt hatte und die Ellbogen auf den Knien aufstützte. Während er gesprochen hatte, hatte sich eine Nuance Trotz und Traurigkeit in seine Stimme geschlichen. Trotz, der deshalb entstanden war, weil

Michael nicht wollte, dass sie ein so schlechtes Bild von ihm hatte, und weiterhin mit der Überzeugung lebte, einen Versager vor sich sitzen zu haben, der lieber Sprüche klopfte, als Taten für sich sprechen zu lassen.

Traurigkeit, weil sie der festen Überzeugung war, dass Michael das alles nur deshalb erreicht hatte, weil sie gegangen war.

Wäre sie geblieben ...

Emma wollte gar nicht weiter darüber nachdenken.

Allein die Vorstellung, dass sie nicht in der besagten Nacht zum Bahnhof geeilt wäre, und in aller Eile den letzten Zug nach Hamburg erwischte, ließ sie eine Gänsehaut bekommen.

Denn dann hätte sie weiter hier gelebt.

In Träumen und Hoffnungen gefangen und nicht dazu imstande, sich auch nur einen Schritt in die von ihr gewünschte Richtung zu begeben.

Sie seufzte, als ihr bewusst wurde, dass sie damals das Richtige gemacht hatte.

Wäre sie nicht gegangen, wäre sie unglücklich geworden.

So wie meine Mutter, dachte sie und erschauderte.

„Jetzt sehe ich es aber", sagte sie zu ihm.

„Das ist cool."

„Ja, das ist es", stimmte sie ihm lächelnd zu und spürte dabei den weichen, unter dem Boot entlang gleitenden Wellengang. Sie genoss für einen kurzen Augenblick das Schaukeln und die damit verbundene Zufriedenheit. Sie wünschte sich, dass sie diesen Augenblick weiter genießen könnte – für längere Zeit.

Was denkst du da gerade bloß?, schimpfte sie mit sich selbst. *Was willst du hier länger erleben? Bist du wahnsinnig geworden? Das wäre vollkommen verrückt.*

Du musst zurück nach Hamburg.

Da gehörst du hin.

Dort kannst du dich entfalten.
Dort bist du kreativ!
Oder hast du hier bisher auch nur ein Sterbenswörtchen zu Papier gebracht?
Ich glaube nicht, Sternchen. Bisher ist mir nichts dergleichen aufgefallen.

„Bringt auch Spaß“, riss Michael sie aus ihren Gedanken. „Hat was.“

„Bist du glücklich?“, fragte sie ihn, einen unsicheren Blick auf ihn gerichtet, nicht sicher, was da für ein Ton in seiner Stimme mitgeschwungen hatte.

„Ja, das bin ich.“

„Wirklich?“

„So glücklich wie noch nie zuvor in meinem Leben. Emma, ich habe alles, was ich jemals haben wollte. Ich bin mein eigener Chef, ich kann machen, was ich will, wann ich es will und so oft ich es will. Habe ich keine Lust, rauszufahren, bleibe ich halt mit dem Arsch zu Hause und vermiete Surfbretter. Habe ich darauf keine Lust, nehme ich meinen Kahn und tuckere mit zahlenden Kunden hinaus aufs Meer und schippere zu den Robbenbänken. Ich kann endlich tun und lassen, was ich will.“

„Bist du glücklich?“, wiederholte sie ihre Frage.

Er schmunzelte. „Man ist doch nie mit dem zufrieden, was man gerade hat. Es gibt doch immer noch etwas, was einem fehlt.“

„Und was wäre das in deinem Fall?“

„Ich glaube nicht, dass dich das etwas angeht. Nichts für ungut. Aber wir haben uns jetzt so lange nicht mehr gesehen und meistens nur im Groll übereinander gesprochen. Es ist alles gut so, wie es ist.“

Emma lächelte. „Du hast recht. War eine blöde Idee von mir, dich zu fragen.“

„Bist du denn glücklich?“

„Jetzt gerade?“

„Im Allgemeinen."

„Ja, schon. Man ist doch nie mit dem zufrieden, was man gerade hat. Es gibt doch immer noch etwas, was einem fehlt."

„Haha", meinte er. „Wenn ich jetzt nachfragen würde, was es ist, würdest du mir sagen ..."

„... dass wir beide uns jetzt so lange nicht mehr gesehen haben und meistens nur im Groll übereinander gesprochen haben ..."

„Klingt voll weise."

„Ja, voll", äffte sie ihn nach, lachte und fand, dass der Tag gar nicht so schlecht war, wie sie bis eben noch befürchtet hatte ...

Kapitel 4

Heimat-Gefühle

Der Tag zog wahnsinnig schnell vorüber.

Emma, die die ganze Zeit über gedacht hatte, dass ihre Unterhaltung irgendwann einschlafen würde, hatte sich geirrt. Immer wieder fanden sie ein neues Thema oder eine andere Erinnerung, über die es sich zu reden lohnte. Während der Wein anfing, ihr ein angenehmes Gefühl der Losgelöstheit zu bescheren, bemerkte sie die immer länger werdenden Schatten auf den Wellenkämmen des Meeres. Das angenehme, dunkle Blau der Nordsee verlor sich mehr und mehr in einem immer dunkler werdenden Schwarz und die einsetzende Ebbe ließ das Boot angenehm schaukeln.

Als sie schließlich sahen, dass die ersten Schiffe und Boote des Hafens sanft auf den Grund aufsetzten, da das Wasser sich komplett aus dem Hafenbecken zurückgezogen hatte, meinte Michael: „Wir sollten langsam heimrudern."

Beide schnappten sich ein Paddel und ruderten bis zur Wasserkante, um dann aus dem Boot zu krabbeln und über den angenehm weichen, noch von Feuchtigkeit durchzogenen Sand zur Hafenkante zu waten.

Erinnerungen an ihre Kindheit kehrten nun ebenso zu ihr zurück wie der Tag, als sie mit Michael eine

Wattwanderung gemacht hatte. Obwohl sie sich hier an der Nordseeküste ausgekannt hatte und genau wussten, wie man sich bei Ebbe verhielt, hatten sie sich einer kleinen Wandergruppe angeschlossen. Ungezwungen und fröhlich waren sie dorthin gegangen, wo sonst das Meer zu Hause war und das Land mit Wassermassen bedeckte.

Und genau wie damals, als sie mit der Gruppe gewandert waren, war sie es, die sich deutlich geschickter dabei anstellte, auf dem nassen Boden zu gehen. Sie hatte kurzerhand ihre Schuhe ausgezogen, sie zusammengeschnürt über die Schulter gehängt, und schon einige Schritte hinaus gemacht, als sie Michael brummen hörte: „Wenn ich mich jetzt gleich hinlege, fresse ich einen Besen."

„Ich glaube, du bist noch mit einem im Minus", antwortete sie grinsend.

Michael schaute sie schief lächelnd an, schüttelte den Kopf und sagte: „Das zählt heute nicht mehr."

„Ach nein? Und wieso nicht?"

„Weil ... weil ... weil ..."

„Ja, ich höre?"

„Wir das längst vergessen und nie wieder darüber gesprochen haben", erwiderte er, fuchtelte wild mit den Händen in der Luft herum und brachte Emma zum Lachen. „Das weißt du ganz genau."

In dem Moment, als er das sagte, stieß er einen leisen Schrei aus und landete bäuchlings im Matsch. Doch im nächsten Moment, als Emma meinte, vor Lachen explodieren zu müssen, stand Michael schon wieder.

„Was für ein Scheiß", schimpfte er. „Blöder Dreck. Echt, ey. Verdammte Kacke. Warum ist das denn so rutschig hier, verdammt noch mal? Überall dieser Scheißsand hier!"

Bei diesen Worten trat er nach einem kleinen Sandhügel, verlor vor lauter Schwung das Gleichgewicht und landete, krachend und platschend, in einem neben ihm herlaufenden Priel. Als er sich wieder hochgekämpft hatte, war sein Gesicht so finster und wütend, dass Emma nur noch lauter lachen musste.

„Hör auf damit", ereiferte er sich. „Ich lache dich doch auch nicht aus!"

Während er das sagte, rutschte er schon wieder aus, schaffte es aber, sich schwankend auf den Beinen zu halten und schnaubte verächtlich. „Können wir bitte wieder an Land gehen?"

„Was immer du willst", antwortete Emma kichernd und war überrascht, dass sie ihm, ohne zu zögern, die Hand entgegenstreckte und er sie ebenso selbstverständlich ergriff.

Gemeinsam gingen sie wie auf rohen Eiern dem Hafen entgegen und kletterten, nachdem Emma dem noch immer schimpfenden Michael den Vortritt gelassen hatte, eine kleine Leiter empor.

Als sie oben waren und Michael mitleidig seine Hose, sein Hemd und die verdreckten Schuhe betrachtete, hörten sie aus der Ferne das zornige Klackern von Stöckelschuhen auf den Bohlen des Kais. Emma erkannte die junge Frau in dem eng anliegenden, roten Kleid ebenso wie Michael.

Er richtete sich auf, schlug sich mit der Hand gegen die Stirn und murmelte: „Ach du Scheiße. Ich habe Denise vollkommen vergessen."

„Ach, kommst du auch mal?", schimpfte diese und würdigte Emma eines Blickes, der all ihr Verachtung in sich trug. „Wir wollten doch zusammen essen und anschließend tanzen gehen."

„Ich musste spontan raus und Emma auf dem Meer helfen", versuchte Michael, das Ganze zu erklären. „Meine Nichte hat mich angerufen, weil der Motor kaputt war, und ich konnte doch nicht zulassen, dass ..."

„Hör bloß mit den Ausreden auf. Was hast du da überhaupt an? Pfui Teufel, du bist ja ganz nass."

„Ich war auf dem Meer!"

„Zieh dich um", befahl Denise und drehte sich auf dem Absatz herum. „Und dann führst du mich richtig schick zum Essen aus. Das wird teuer, mein Lieber!"

Mit diesen Worten stöckelte sie davon, einen verdutzten Michael neben Emma stehen lassend, der verlegen mit den Schultern zuckte und meinte: „Scheiße passiert."

„Immer nur dir", erwiderte Emma schmunzelnd.

„Manchmal habe ich aber auch Glück", sagte er, beugte sich vor und gab ihr – Emma innerlich erstarren lassend – wie selbstverständlich ein Küsschen auf die Wange. „Danke für den schönen Tag."

Dann ließ er sie allein zurück, die Hand auf der Wange und Fassungslosigkeit ins Gesicht geschrieben.

***

Emmas Verwirrung hatte sich weder auf der Fahrt zurück zum Hotel gelegt, noch als sie auf ihr Zimmer gegangen war und geduscht hatte. All ihre Gedanken und jede einzelne Faser ihres Körper waren in einer merkwürdigen Anspannung gefangen, mit der sie nichts anfangen konnte, und die ihr vorkam wie damals, als sie sich das erste Mal Hals über Kopf in ihren Klassenkameraden verliebt hatte und mit den durch ihren Körper wallenden Gefühlen ebenso wenig etwas hatte anfangen können wie jetzt.

Sie erschauderte, als sie unter die Dusche trat.

All ihre Gedanken vermischten sich jetzt mit Bildern und Erinnerungen ...

... mit Hoffnungen und Skrupeln ...

... sodass sie sich wünschte, dass das über ihren Körper hinwegfließende Wasser alles wegspülen würde, was sie, die doch ansonsten so sicher und unangreifbar war, in die schiere Verzweiflung trieb.

Es war doch nur ein unbedachtes Küsschen, versuchte sie sich selbst zu beruhigen. *Ein ihn überkommendes Gefühl der Vertrautheit. Du erinnerst dich daran, wie er dir damals immer ein Küsschen gegeben hat, oder?*

Heute war es ganz genauso!

Kurz vorbeugen, die Lippen spitzen und ein Küsschen auf die Wange.

So war das immer gewesen, jedes Mal.

Du erinnerst dich doch!

War es wirklich so gewesen?, fragte plötzlich eine andere in ihr wohnende Stimme, der Emma am liebsten kein Gehör geschenkt hätte, und die sie ebenso gern ignorieren wollte wie das wohlig warme Gefühl der Zuneigung, das sie am liebsten weggewischt hätte wie einen Schmutzfleck auf einem Tisch.

Hat er dir damals nicht eher solche Küsschen gegeben, wenn er sich wohlgefühlt hat? Wenn er gewusst hat, dass du ihm etwas Gutes getan hast? Erinnerst du dich noch an die mit deiner Mutter ausgetragene Diskussion vor ihm?

Daran, wie deine Mutter gesagt hat, dass sie Michael nicht mochte? Dass er nur ein Hallodri und ein Herumtreiber war? Der eher am Saufen als an einer ehrlichen Arbeit interessiert war? Für den nur schnelle Autos und keine Verantwortung zählten?

Erinnerst du dich, wie du deiner Mutter gesagt hast, dass sie den Mund halten soll? Und dass es ihr nicht zustand, in so einem Ton mit Michael zu sprechen?

Erinnerst du dich noch an den anschließenden Kuss vor der Haustür?

An das Vorbeugen, daran, wie er deine Hand gestreichelt hat und an das weiche, warme Gefühl seiner

Lippen auf deiner Wange, während dir sein unwiderstehlicher Geruch in die Nase gestiegen war?

Erinnerst du dich noch daran?

Emma hätte sich am liebsten geohrfeigt für diese Gedanken, und für diese sie so sehr berührenden Erinnerungen, dass sie meinte, jede seiner Berührungen wieder spüren zu können.

Du willst in Kürze Mark heiraten, erinnerte sie sich selbst. *Angie will am Mittwoch mit dir feiern gehen.*

Du willst das alles hier endlich hinter dir lassen.

Sie schluckte, während sie die Dusche ausstellte und spürte, wie die über ihre Haut perlenden Wassertropfen an ihr herabliefen und leise tropfend auf den Boden der Dusche fielen. Sie schluckte, weil sich ein anderer, sie in völlige Verzweiflung stürzender Gedanke mehr und mehr ihrer bemächtigte.

Der ihr, wenn es möglich gewesen wäre, die Haare zu Berge hätte stehen lassen und sie so sehr erschütterte, dass sie die Augen schloss und leise: „Nein, nein, nein", murmelte.

Doch die Frage war da.

Diese hässliche, verführerisch klingende Frage, die ihr Herz wild schlagen ließ, als sie sich in ihr formte: *Willst du das wirklich?*

***

Das Kinderfest war bereits im vollen Gange, als Emma am nächsten Tag aus ihrem Zimmer trat.

Das kurze Absinken in ihre Arbeit, das Lesen des Drehbuchs, das fasziniert Sein davon, was ein anderer Autor aus ihrer Geschichte machte, waren eine angenehme Ablenkung gewesen. Besonders deshalb, weil sie sich immer dabei erwischte, wie sie an Michael, das Meer und den Kuss dachte. Daran, wie sie zusammen gewesen waren. Wie sie sich stärkten und aufbauten.

Emma, die von dem ganzen Trubel anfangs gar nichts mitbekommen hatte, glaubte, jetzt gegen eine Mauer aus Lärm, Musik und Kindergeschrei zu laufen. Ihr verzweifelter Versuch, gestern Abend Angie zu erreichen und mit ihr zu telefonieren, war ebenso gescheitert wie der Anruf bei Mark. Beide waren nicht an ihr Handy gegangen und beide hatten es bisher auch nicht für nötig gehalten, sie zurückzurufen.

Als die Zeiger der an der Wand befestigten Uhr unaufhaltsam auf zehn Uhr zugewandert waren und ihr, zwei-, dreimal der metallisch verzerrte Ruf: „Test! Test! Test!", entgegengehallt war, wurde ihr bewusst, was sich hier in wenigen Stunden abspielen würde.

Und dann?

Dann war sie, zu ihrer eigenen Überraschung, über ihren Anmerkungen, ihren Gedanken und ihren Gefühlen am Morgen wieder eingeschlafen.

Sie hatte die Augen geschlossen, den Arm auf die Stirn gelegt und gedacht, dass sie lieber davonlaufen sollte, als hier zu bleiben, um dann gar nichts mehr zu spüren oder zu hören.

Erst als der Ruf aus dem Mikrofon ertönte: „Jetzt gibt es für euch Schleckermäuler ein Eis!", war Emma aufgewacht, hatte müde blinzelnd zur Uhr geschaut und mit Schrecken festgestellt, dass es schon nach ein Uhr war.

Eilig hatte sie sich in ihre Jeans gezwängt, sich ihren BH und ihr T-Shirt angezogen und war in die Hölle aus Kindergeschrei und grässlich in den Ohren schmerzender Musik gestolpert.

Sie hatte ja gehört, was das Kinderfest für eine Anziehungskraft auf die hiesigen Familien hatte, aber wenn sie ehrlich war, hatte sie damit gerechnet, dass höchstens fünfzig bis sechzig Kinder ihren Weg nach „Friedrichs Ruh" finden würden, um hier einen mit

Spiel und Spaß angereicherten Nachmittag zu verbringen.

Aber jetzt, als sie ins Freie trat und ihr Rolf Zukowskis „Kleine Europäer“ entgegenhallte und sie in der Ferne das empörte Hupen eines Wagens vernahm, dem sein Vordermann nicht schnell genug einparkte, wurde sie regelrecht von der Flut an Kindern erschlagen.

Kleine, rotwangige Mädchen liefen ebenso von einem aufgebauten Spielstand zum nächsten wie atemlose Jungen, die ihren Freunden aufgeregt erzählten, wie krass es war, dass sie gerade einen original Bundesliga-Fußball gewonnen hatten.

Und durch all den Lärm und das hektische Treiben hallte immer wieder Ralfs Stimme, der Ankündigungen machte oder dazu aufrief, dass die Kinder bei den gutbesuchten Spielen bitte nicht drängeln sollten oder sich solange ein anderes Spiel aussuchen sollten, bis der Andrang vorbei war.

Während Emma versuchte, den Wust an Menschen zu verarbeiten, der um die Gastwirtschaft herumwuselte, merkte sie plötzlich, wie etwas an ihrem T-Shirt zupfte.

Zuerst wollte sie es ignorieren und einen weiteren Schritt in die Masse hineinmachen, als das Zupfen so energisch wurde, dass sie sich genötigt sah, herunterzuschauen.

„Sebastian“, sagte sie überrascht, lächelte und fragte dann: „Was kann ich denn für dich tun?“

Er griff nach ihrer Hand und zog sie mit sich.

„Wo willst du denn hin?“, wollte sie von ihm wissen, während er sie geradewegs durch das Gedränge der Menschen zu einem kleinen, provisorisch eingerichteten Zollhäuschen führte, in dem Sylvester stand und an die ankommenden Muttis, Vatis und Kinder Plastiktüten verteilte und ihnen erklärte: „Da kommen die Gewinne herein. Bitte nicht verlieren, da wir gegen so etwas nicht versichert sind."

Einige Leute schmunzelten über den schlechten Witz, andere verzogen nicht einmal eine Miene. Emma, die Sylvester schon aus der Ferne sah, wollte Sebastian daran hindern, weiterzugehen.

Doch Sebastian war so energisch, dass sie schließlich über ihren Schatten sprang, mit ihm zum Zollhäuschen ging und Sylvester mit einem „Schicker Hut" begrüßte. Ralfs Sohn grinste daraufhin über das ganze Gesicht. Der bis zur Mitte der Stirn heruntergezogene schwarze Zylinder unterstrich den blassen Teint des Jungen so sehr, dass man das Gefühl hatte, vor einer weißen Wand zu stehen.

Sylvester, von dem in Emmas Lob mitschwingenden Hohn in keiner Weise beeindruckt, tippte sich nur gegen die Krempe und meinte, ganz zu ihrer Verwunderung: „Dann können die Spiele für Sebastian ja beginnen."

Emma schaute ihn verwundert an. Sylvester erklärte: „Der hat sich bis jetzt keinen Millimeter bewegt und immer nur den Kopf geschüttelt, wenn er dazu aufgefordert worden ist, irgendwo mitzuspielen. Der kleine Scheißer hat darauf gewartet, dass du die Runde seines Lebens mit ihm läufst!"

Emma lachte und wandte sich dann an Sebastian: „Ist das wahr?"

Er lächelte, dann bedeutete er ihr, dass sie sich zu ihm hinunterbeugen sollte, was sie tat.

Er hauchte ihr ein Küsschen auf die Wange und als sie sich erhob und ihn verwundert anschaute, strahlte er vor Freude über das ganze Gesicht und berührte sich da, wo sie ihn damals geküsst hatte ...

***

„Ich komme gleich wieder", sagte Michaels Begleitung, die ein eng anliegendes T-Shirt trug und dazu einen nur bis knapp über die Pobacken reichenden Minirock. Das Klackern ihrer viel zu hohen Stöckelschuhe hallte ihm ebenso in den Ohren wie ihr schweres Seufzen und die kurz darauffolgende Frage: „Wo ist der Stand denn?"

„Vielleicht im Badezimmer", sagte er bissig.

„Ich musste mich fertig machen", schoss Denise zurück und funkelte Michael böse an. „Sehe ich gut aus oder sehe ich gut aus?"

„Ich hatte eine Verabredung", schnappte er und verdrehte die Augen.

Am liebsten hätte er Denise an den Kopf geworfen, wie sehr sie ihn nervte. Wie albern er ihr Gehabe fand und dass sie aussah wie eine aus einem fahrenden Auto geworfene Plastikpuppe, über die mindestens zwanzig Autos gefahren waren. Dann aber, als er sich beruhigte, sagte er sich selbst, dass sich der Aufwand nicht lohnte. Das der Streit, den er dabei war, vom Zaun zu brechen, sich nicht lohnte.

Heute, spätestens morgen wird sie ihre Sachen packen und abdampfen, dachte er bei sich, während er seinen Blick über die Masse an Eltern und Kindern schweifen ließ, immer auf der Suche nach seinem kleinsten Neffen.

„Schönheit geht vor", riss Denise ihn aus seinen Gedanken und schob hinterher: „Der Bengel kennt das Fest doch. Macht er jedes Jahr mit. Kann er doch mal eine Stunde warten." Denise fasste sich an die Stirn, und warf der hoch am Himmel stehenden Sonne durch ihre abgetönte Brille einen finsteren Blick zu. „Es ist zu heiß. Ich brauch was zu trinken. Wo ist der blöde Stand denn jetzt?"

Michael ignorierte Denise und machte einen Schritt in die Menge hinein, zu dem offen stehenden Fenster der Gastwirtschaft, hinter dem Ralf mit dem Mikrofon in der Hand stand, während er über die Schulter hinweg mit einem seiner Helfer sprach und diesen aufforderte, Nummer XXX aus dem Berg an Geschenken zu ziehen und ihm zu geben.

„Kleiner Bruder“, begrüßte Michael ihn grinsend und hob grüßend die Hand.

„Hey“, rief dieser lächelnd. „Schön, dass du auch da bist. Ich hoffe, du wirst Spaß haben.“

„Das werde ich, sobald ich deinen Kleinsten gefunden habe.“

„Den brauchst du nicht mehr suchen“, meinte Ralf und bedankte sich bei dem Jungen, der ihm den gewünschten Geschenkebeutel reichte.

„Wieso denn nicht?“

Ohne auf Michaels Frage einzugehen, sagte Ralf ins Mikrofon zum Publikum: „Das verloren gegangene Tombola-Geschenk mit der Nummer XXX ist wiedergefunden worden. Ihr könnt euch bei Justus vom Orga-Team melden und euren Gewinn jetzt entgegennehmen. Ich wiederhole ...“

Michael brauchte Ralfs Antwort gar nicht mehr zu hören, denn als er sich lässig gegen das Mauerwerk lehnte und die Arme vor der Brust verschränkte, sah er den Haarschopf seines Neffen plötzlich in der dicht gedrängten Masse der Kinder auftauchen. Der Kleine lachte, warf den Kopf in den Nacken und sah aus wie ein mit Schaumküssen bedecktes Schweinchen.

Neben ihm, ebenfalls lachend, befand sich Emma, die versuchte, die Reste ihres gerade angefangenen Schaumkusses in den Mund zu schieben.

Michael, von dem Anblick überrascht und auf seltsame Art und Weise berührt, spürte einen kummerähnlichen Schmerz durch seine Brust jagen, den er niemals für möglich gehalten hätte. In den letzten Jahren, in denen er angefangen hatte, sich damit abzufinden, für immer allein zu bleiben, wäre es ihm niemals in den Sinn gekommen, dass ihn so eine Szene jemals ernsthaft berühren könnte.

Er war immer so sehr auf das Hier und Jetzt fixiert gewesen.

Jeder Tag, an dem er aufstand, hatte daraus bestanden, genau zu wissen, wie viele Passagiere er heute an Bord haben würde, wenn er hinaus aufs Meer fuhr. Er hatte genau gewusst, welche Stellen lohnenswert waren, um sie anzufahren und wenn eine oder zwei hübsche Singlefrauen an Bord gewesen waren, hatte er sich gefragt, wie er es schaffen könnte, mit diesen ins Gespräch zu kommen.

Der Wunsch nach einer Familie hatte komplett gefehlt.

Dieser ist fort, seit ich mich damit abgefunden habe, dass sie nicht mehr zu mir zurückkommen wird, dachte er, während er sah, wie Sebastian Emma an die Hand nahm, sie anstrahlte und sie weiterzog, zu einem der anderen Stände. Zu seinen Gedanken gesellte sich jetzt eine bittere Erkenntnis, die ihn schaudern ließ.

Als er von ihrem überraschenden Erfolg in der Zeitung gelesen hatte, hatte er gewusst, dass sie nicht mehr zu ihm zurückkehren würde. Doch in den ersten drei Jahren war da immer noch eine vage, kaum zu erklärende Hoffnung gewesen, die ihm zugewispert hatte, dass sich alles irgendwann klären würde.

Dass Emma eines Tages wieder zur Vernunft kommen und zu ihm zurückkehren würde.

Doch das Wispern war ihm ebenso abhandengekommen wie die Vernarrtheit in sie.

Was er einst geglaubt hatte, für sie zu empfinden, war später blankem Hass gewichen. Allein die Erinnerung an Emma und daran, dass sie mal das Bett geteilt, Pläne geschmiedet hatten und zusammen etwas aufbauen wollten, hatte ihn mit Ekel erfüllt.

Du hast mit ihr geschlafen, pfui Teufel. Du hast sie angefasst, sie geküsst und ihr gesagt, dass du sie liebst, du Trottel.

Doch immer dann, wenn diese Gedanken ihn vollkommen beherrschten und er das Gefühl hatte, seine Gefühle würden verrücktspielen, hatte sich etwas in ihm geregt, das sich gegen seinen Ekel und Hass stellte.

Das tiefe Gefühl einer verloren gegangenen Chance, der er noch immer nachtrauerte.

Er seufzte, als er sah, wie Sebastian und Emma in der Reihe zum Dosenwerfen anstanden. Wie sie beide nervös von einem Bein auf das andere tippelten und es nicht abwarten konnten, dranzukommen.

Als es so weit war, stand Emma neben Sebastian, drückte ihm die Daumen und rief: „Hau die Dinger runter!“, und fügte dann etwas hinzu, das Michael niemals aus ihrem Mund geglaubt hatte, zu hören: „Mein Schatz!“

Sebastian, der von diesen Worten wie beflügelt war, holte aus und schleuderte den Ball gut einen Meter über den Stand hinweg, irgendwo ins Nirgendwo, was ihm ein lautes Lachen einbrachte.

Emma kicherte ebenso wie der Standbetreiber. Sebastian starrte dem verlorengegangenen Ball hinterher und lachte, als Emma ihm gegen die Schulter tippte und sagte: „Du hast offenbar zu viel Power, kleiner Mann!“

Michael musste lächeln.

Insgeheim hatte er gehofft, dass seine Emma entgegengebrachten Empfindungen immer noch negativ waren wie zu der Zeit, als ihm bewusst geworden war, dass sie nicht zu ihm zurückkommen würde.

Er wünschte sich, dass all die Enttäuschung, der Zorn, und das Klagen über sein eigenes Versagen, sich jetzt wieder zu ihm gesellten und seine Wut befeuerten.

Doch als er sie in der Gastwirtschaft getroffen hatte, war etwas in ihm in Bewegung geraten, das er niemals für möglich gehalten hatte.

Obwohl er extra giftig zu ihr war und sie abwertend behandelte, spürte er den versöhnlichen Gedanken in sich. Er hatte sich gesagt, dass er mit dem Scheiß aufhören musste, und dass es albern war, Emma verletzen zu wollen.

Er sollte sie sich doch nur einmal genau ansehen, die fein geschnittenen Konturen ihres Gesichts ebenso betrachten wie das Funkeln ihrer Augen. Sich daran erinnern, wie es gewesen war, als sie Hand in Hand zusammen am Strand entlangspaziert waren und Pläne geschmiedet hatten. Wie er gespürt hatte, dass sich seine Hand fester um ihre schloss und er sich innerlich schwor, sie niemals wieder loszulassen.

All diese Empfindungen, alles, was er imstande war zu fühlen, hätte er ihre wieder entgegenbringen sollen.

Und dann war sie bei ihm auf dem Schiff gewesen. Sie waren zusammen und doch getrennt gewesen, jeder in seine eigenen Erinnerungen abgetaucht, die der blöde Ordner hervorgerufen hatte. Jede einzelne Seite, jeder fein säuberlich niedergeschriebene Buchstabe hatte Michael ebenso getroffen, wie er Emma berührte.

Er war glücklich darüber gewesen, dass er nach einem weiteren Ordner unterhalb des Bettes hatte suchen müssen. Eine feige Freude, wie er jetzt wusste. Eine Freude, die ihn deshalb erfüllte, weil er nicht hatte zeigen müssen, wie es in ihm arbeitete; wie es in ihm aussah und wie getroffen er von der weggeworfenen Chance war, als Emma die Notleine riss und ihr Heil in der Flucht suchte.

Zu lange hatte er an diesen Notizen festgehalten, zu lange hatte er sich ausgemalt, wie es gewesen wäre, wenn sie auch nur eine dieser Ideen in die Tat umgesetzt hätten.

Wäre sie dann jetzt noch bei dir?, fragte er sich und ließ die Antwort ebenso wenig zu wie auf dem Schiff.

„Hier sind viel zu viele Menschen", riss ihn plötzlich die Denises Stimme aus den Gedanken. Er wandte den Blick von Sebastian und der ihn anfeuernden Emma ab, die gerade die Finger gekreuzt hielt, einen kleinen Hüpfer machte und ein lautes „Perfekt", ausstieß, nachdem der Ball seine Hand verlassen und krachend in die Dosen geflogen war.

„Beim Bier steht man sich auch die Beine in den Bauch", klagte Denise.

Michael seufzte und schaute zu, wie Emma neben Sebastian auf die Knie ging und ihm etwas ins Ohr flüsterte, was ihn nicken ließ.

Sebastian holte aus und warf.

Als die Dosen scheppernd vom Brett fielen, jubelte Emma laut und rief: „Das hast du dir verdient. Das hast du dir verdient!"

Nachdem Sebastian den kleinen Preis, den es an dem Stand zu gewinnen gab, eingesteckt hatte, nahm Emma ihn an die Hand und führte ihn hinunter zum Strand.

Weil er sehen wollte, was Emma mit Sebastian vorhatte, reckte er neugierig den Kopf und ignorierte das ihm entgegengehaltene kalte Bier.

„Willst du es nicht haben, oder was?"

„Einen Moment", sagte er und lief Emma und Sebastian hinterher. Als er die Treppe erreichte, die hinunter auf die Strandterrasse führte, blieb er verwundert stehen.

Emma und Sebastian waren verschwunden.

***

„Das bleibt aber unter uns", sagte Emma leise, während sie sich neben Sebastian setzte und ihm, verstohlen um sich blickend, eine eiskalte Cola reichte.

„Du sagst Sylvester nichts davon, Lisa auch nicht und erst recht nicht deinem Papa. Einverstanden?“

Eifrig nickte der Junge, dessen Augen strahlten, und auf dessen Lippen ein breites, zufriedenes Lächeln lag, als Emma den Verschluss für ihn öffnete und ihm das eiskalte, zuckerhaltige Getränk reichte.

Sie seufzte leise, als sie die Beine ausstreckte und durch die Streben der Treppe hindurch zum Strand schaute. Dorthin, wo Ralf und sein Team Volleyballnetze gespannt und Fußballtore aufgebaut hatten. Sie betrachtete die einzelnen kleinen Stände, an denen man herausfinden konnte, wie eine Alge roch, sich die Haut einer Flunder anfühlte oder der Zahn einer Forelle.

Neben sich hörte sie, wie der Junge gierig mit hastigen Schlucken aus der Dose trank. Sie lächelte, als sie an das Dosenwerfen dachte, wie sie mit ihm mitgefiebert und sich für ihn gefreut hatte, als sie gesehen hatte, wie der zweite Wurf mitten zwischen die Dosen prallte und fast alle vom Brett gefegt hatte.

Sie betrachtete ihn unauffällig, wie er neben ihr saß, die Beine ausstreckte und sich unter der Treppe wohlfühlte, über die die ganze Zeit Menschen rauf- und runtergingen, um die einzelnen Spiele zu besuchen.

Als er ausgetrunken hatte und zögerlich nach ihrer Hand griff, legte sie den Kopf schief und fragte: „Na, willst du weiterspielen?“

Er nickte.

„Na dann mal los. Wohin möchtest du denn als Nächstes?“

Sebastian zeigte auf die Stände am Strand und er war der erste, der den Kasten erreichte, in dem man fühlen konnte, wie sich Sand von Watt unterschied.

Emma, die sich nun eine kurze Exkursion über die Wertigkeit der Wattmeere anhörte, lächelte versonnen, als Sebastian sie zu einem Kasten weiterzog, in dem sie die Haut eines kleinen Katzenhaies berühren und streicheln sollten. Während sie das tat und ihm sagte, wie komisch sich die Haut anfühlte, nickte er eifrig und tat so, als würde er erschaudern, als seine Finger ebenfalls die raue, schuppige Haut des Tieres berührten.

Als sie zu einem anderen Stand gingen, an dem man mit einer Wasserpistole Bälle durch ein Labyrinth schießen musste, feuerte sie ihn an und freute sich, als plötzlich eine fremde Frau neben ihr stand und sie mit großen, grünen Augen freundlich anblickte.

Emma, die einem Impuls folgend, ebenfalls ein freundliches Lächeln auf ihre Lippen legte, war über die Vertrautheit der Frau ganz verwirrt, als diese plötzlich zu ihr sagte: „Ich wollte Ihnen nur sagen, wie unglaublich toll ich es finde, was Sie mit Sebastian machen. Wirklich richtig toll."

„Äh, okay."

„Er hat so viel Spaß. So habe ich ihn selten oder eigentlich noch nie gesehen."

„Danke", erwiderte Emma verdutzt. Sie fühlte sich plötzlich unwohl in ihrer Haut. Obwohl sie es gewohnt war, mit wildfremden Personen konfrontiert zu werden, war das hier etwas anderes. Es fühlte sich ...

... merkwürdig an.

Wenn sie bei einer Lesung war, mit ihren Fans redete und sich deren Fragen stellte, kam es immer wieder vor, dass ihr jemand ungefragt eine Karte zusteckte und meinte, sie solle das aufgeschriebene Rezept doch einmal kochen oder sie fest drückte und ihr erklärte, dass ihr Buch so viel in ihm bewegt habe, dass Emma mit so viel Überschwang niemals im Leben gerechnet hätte.

An all diese Treffen und Kontakte hatte sie sich im Laufe der Zeit gewöhnt. Aber wegen eines Kindes angesprochen zu werden, war für sie neu – und befremdlich. Weshalb sie sich hinter einem professionellen Lächeln versteckte und innerlich zufrieden ausatmete, als es auf ihren Lippen lag.

Als die Frau sagte: „Sie tun dem Jungen gut. Sie wären eine tolle Mama für ihn", fühlte sie einen unerwarteten und heißen Stich in ihrem Herzen.

Einen Stich, der sie daran erinnerte, dass sie ihren Mutterwunsch niemals ausgelebt hatte. Dass sie hin hinter all ihren beruflichen Wünschen anstellte und sich später irgendwann selbst einredete, dass sie nicht für eine Familie geschaffen war.

Ich habe mir eingeredet, dachte sie jetzt, dass ich als Mutter ebenso versagen würde, wie ich es als Ehefrau tat.

Ich bin ein Loser.

Auf der ganzen Linie.

Doch dann merke sie, dass dieser Stich gar keine negativen Gefühle mit sich brachte.

Es war wie ...

... ein kurzes Erwachen.

So, als habe man sie sanft an der Schulter berührt, um sie aus einem tiefen Schlaf zu wecken, um ihr dann liebevoll zuzuflüstern, während ihr ein Küsschen auf die Wange gehaucht wurde: „Wir wollen gleich los, mein Schatz. Stehst du auf?"

„Danke", sagte sie erneut, lächelte und merkte, wie sich die kleine, warme, und ihr so viel bedeutende Hand von Sebastian in ihre schob.

Er stand da, lächelte, hob ihre Hand zu seiner Wange und streichelte sich damit selbst sanft.

***

„Bist du das wirklich, Emma?", hörte sie plötzlich eine Stimme neben sich aufklingen, die ihr seltsam vertraut und zugleich vollkommen fremd erschien. Das Gefühl, auf Wolken zu gehen und von ihnen davongetragen zu werden, als sie gesehen hatte, wie sich Sebastian selbst mit ihrer Hand gestreichelt hatte, ebbte immer noch in ihr nach. Ihre Knie, die ganz weich geworden waren, fühlten sich noch immer instabil an. Sie hatte bis eben hier gestanden, am Rand des Volleyballfeldes und dabei zugesehen, wie Sebastian versucht hatte, eine Angabe nach der anderen über das Netz zu bekommen. Während die ersten beiden Bälle irgendwo im Nirgendwo des Spielfeldaus verloren gegangen waren, hatte es der dritte Ball geschafft, in einer schnurgeraden Linie in das gegnerische Feld zu fliegen.

Die beiden Spielebetreuer jubelten und Emma klatschte ausgelassen in die Hände und rief: „Super, Baby, absolut spitze!"

Während sie klatschte und Sebastian dabei beobachtete, wie er sich selbstbewusst einen neuen Ball nahm, erklang die Stimme hinter ihr.

War sie die ersten Male noch irritiert gewesen, wenn sie hier jemand angesprochen hatte, so hatte sie jetzt das Gefühl, als würde sie sich ... freuen.

Auch wenn sie immer noch eine unangenehme, latente Anspannung in sich spürte, war es eher die Neugier als die Sorge, die sie nun heimsuchte.

Ich bin mit vielen netten Menschen hier, dachte sie und drehte sich zu dem schräg hinter ihr stehenden Mann herum.

Sie war mehr als verwundert darüber, einem Koloss gegenüberzustehen, der sie um eineinhalb Köpfe überragte. Sie legte den Kopf in den Nacken und schaute empor zu ihm. Das auf den bärtigen Lippen liegende, schüchtern wirkende Lächeln erinnerte sie an jemanden. Sie musterte den hünenhaften Mann, der vor ihr stand, und nicht wusste, was er mit seinen Händen anstellen sollte, genauer. Zuerst sah es so aus, als wolle er ihr die Hand entgegenstrecken, um sie dann schüchtern an seiner kurzen Hose abzuwischen. Der rotbraune, von einigen grauen Strähnen durchzogene Bart bedeckte ein rundliches Gesicht, in dem von buschigen Augenbrauen bedeckte grüne Augen alles dominierten. Obwohl der Mann nicht gut aussah, faszinierte Emma die Farbe seiner Iris. Sie lächelte, als sie einen halben Schritt zurücktrat, um das im Sonnenlicht liegende Gesicht besser betrachten zu können.

„Hi", sagte sie und hatte das Gefühl, dass der ungelenke Mann jetzt noch breiter lächelte, weil sie sich an ihn erinnern konnte. Sie stellte sich die ordentlich geschnittenen Haare ein wenig zerzauster vor, dachte sich den Bart weg und rief sich eine blasse, teigige Haut in Erinnerung, auf der sich die ersten Akne-Pickel zeigten.

„Oliver?", fragte sie zögerlich.

„Bingo", sagte er, und lachte eine Nuance zu schrill, als dass es echt klang.

„Mensch, schön, dich zu sehen!"

Emmas gespielte Leichtigkeit brachte Oliver dazu, eifrig zu nicken und ein wenig von seiner Schüchternheit zu verlieren. Er wischte sich noch einmal die Hände an seiner Hose ab, und streckte ihr dann die mülleimergroße Pranke entgegen. Zögerlich, da sie Angst hatte, ihre Finger könnten zerquetscht werden, reichte sie ihm ihre.

„Ach, wir kennen uns ja schon so lange", meinte Oliver abwinkend und umarmte sie plötzlich, „da können wir uns auch ordentlich drücken!"

Emma glaubte, ersticken zu müssen.

Ohne den Hauch einer Chance presste Oliver sie fest an sich. Obwohl sie sich sträubte und versuchte, aus seiner Umklammerung zu entkommen, gelang es ihr nicht. Erst als er sie losließ, noch immer laut und schrill lachend, und sie hastig einen Schritt zurücktrat, musste auch sie lachen.

„Ich habe schon gehört, dass du wieder in der Stadt bist“, plauderte Oliver drauflos, „aber dass ich dich hier treffen würde, hätte ich nicht gedacht. Echt nicht.“

„Nun, jetzt ist es passiert“, erwiderte Emma, zuckte mit den Schultern, schaffte es aber nicht, das sie beherrschende, beklemmende Gefühl abzustreifen.

„Was echt schön ist.“

„Weil deine Kumpels hier irgendwo lauern und nur darauf warten, mich festhalten zu können, damit du mir eine verpassen kannst?“

Sie hatte nur einen Spaß machen wollen, nichts weiter, als einen lockeren Spruch, um die Nervosität beiseiteschieben zu können, die Oliver noch immer fest in ihrem Griff hatte, doch ihre Worte hatten ihren Mund noch gar nicht ganz verlassen, da presste er die Lippen aufeinander, seine Augen verengten sich zu Schlitzen und seine eben noch lässig wirkende Körperhaltung versteifte sich.

„So was tue ich nicht mehr“, sagte er und seine Stimme klang ganz dünn und zart. „Schon lange nicht mehr.“

„Ich ... ich ...“, stotterte sie, „habe nur einen kleinen Spaß gemacht. Wirklich. Ich wollte dir nicht zu nahe treten.“

„Das bist du nicht.“ Er winkte ab. „Hast ja recht. Ich war ein Arsch damals.“ Er senkte den Blick und wischte sich wieder die Hände an der Hose ab. „Deshalb hatte ich auch gehofft, dich irgendwann noch mal zu treffen.“

Emma legte den Kopf schief. Hinter ihr machte Sebastian erneut eine Angabe und erntete einen lauten Jubelschrei, den Emma klatschend begleitete.

„Bitte nicht falsch verstehen“, sagte er und hob beschwichtigend die Hand, als er ihren skeptischen Blick sah. „Ich bin verheiratet. Da drüben steht meine

Frau. Die mit dem Eis und dem Baby vor dem Bauch. Huhu, Schatz. Huhu!"

Eine rothaarige, blasse Frau hob daraufhin die Hand und lächelte ihrem Mann zu. Sie war klein, zierlich und zerbrechlich. Eine Frau, wie Emma sie niemals an Olivers Seite vermutet hätte.

„Meinen Glückwunsch", erwiderte sie. „Der Kleine sieht ja noch ganz jung aus."

„Es ist ein Mädchen. Sie ist jetzt vier Monate alt", sagte Oliver stolz und lächelte. „Endlich", fügte er hinzu.

„Endlich?"

„Nach zwei Jungen war es unser großer Wunsch, noch ein Mädchen zu bekommen."

„Du hast drei Kinder?"

„O ja. Wirklich tolle, kleine Menschen, kann ich dir sagen. Sie sind mein ganzer Stolz!"

Das Glück, mit dem Oliver sprach, berührte Emma. Während in seine Augen ein verträumtes Glitzern trat, wurde ihr wieder bewusst, dass ihr etwas fehlte. Sie verspürte eine kleine, bisher kaum in Erscheinung getretene Leere, in einer im Dunkel liegenden Ecke ihrer Seele. Ein Gefühl des Verlustes machte sich in ihr breit und ließ das auf ihren Lippen liegende Lächeln wie eine Karikatur aussehen, denn plötzlich war darin keine Wärme und keine Herzlichkeit mehr zu sehen. Sie verspürte eine Welle von Neid, als sie sah, wie Oliver die Hand hob und einem ebenfalls rothaarigen Jungen winkte. Der Junge, sommersprossig und mit einer nicht für möglich gehaltenen Grazie versehen, winkte seinem Papa aufgeregt zurück und rief: „Guck mal, wie ich die Ringe werfen kann!"

„Das machst du super", rief Oliver dröhnend zurück, während er sich wieder Emma zuwandte. „Das ist mein Tim. Ein knuffiger kleiner Kerl. Er kommt ganz nach seiner Mutter. Immer nett und freundlich und kann keiner Fliege was zuleide tun. Das da hinten", er zeigte in Richtung Strand, „ist unser Jeremy. Ein Haudegen, wie er im Buche steht. Sucht das Abenteuer, wenn du verstehst, was ich meine. Klettert auf jeden Baum und erkundet jeden Stollen. Hat die Faust locker sitzen und ist zornig wie sein alter Herr es manchmal war. Dennoch, er weiß, was falsch ist. Hat ein Gespür für die richtigen Fragen. Ein toller Kerl ... nicht so wie ich." Oliver senkte den Blick, schaute auf seine in Sandalen steckenden Füße und meinte dann, ohne Emma dabei anzusehen: „Deshalb wollte ich auch kurz mit dir sprechen."

„Wegen deines lieben Jungen?"

„Wegen dem, was er nicht kann, aber wozu sein Vater früher fähig war."

„Ach, Oliver", sagte sie und winkte ab, als ihr dämmerte, was der groß gewachsene, breitschultrige Mann vorhatte. „Das musst du nicht tun."

„Doch, doch, das muss ich", antwortete er, schluckte und holte dann tief Luft, als würde es ihm unendlich viel Mühe bereiten, die richtigen Worte zu finden. „Ich habe in der letzten Zeit viel darüber nachgedacht, wie du dich damals gefühlt haben musstest, als ich dich gejagt habe, wenn mein Zorn auf dich mal wieder zu groß geworden ist. Du weißt schon, wenn ich mit meinem Bollerschädel mit aller Macht durch die Wand wollte."

„Ich habe dich ja auch immer geärgert", wandte sie ein.

„Du hast dich doch nur gewehrt", entgegnete Oliver. „Also, nimmst du meine Entschuldigung an?"

Sie schaute auf die ihr plötzlich entgegengestreckte Hand und lächelte, als ihre kleine Hand in seiner verschwand. Der Druck war dieses Mal, zu ihrer Überraschung, ganz zart, so, als versuche Oliver, all die damalige gegen sie aufgebrachte Gewalt fortzustreicheln.

„Als ich dich eben sah“, er verstummte, als sie ihn anschaute, und ein unsicheres Lächeln legte sich auf seine Lippen. Emma nickte ihm aufmunternd zu, damit er weiterredete. „Da kam das schlechte Gewissen wieder. Ich hatte damals schon ein paarmal mit dem Gedanken gespielt, mich bei dir zu melden. Du weißt schon, als dein erstes Buch erschienen ist, und du im NDR auf dem roten Sofa gesessen hast. War schön, dich da zu sehen. Ich hatte ja nichts mehr von dir gehört, seit du weg bist.“

„Mach mir bitte keine Vorwürfe, weil ich Ecken...“

„Ach was.“ Oliver winkte ab. „Hätte ich den Mut gehabt, wäre ich auch gegangen.“

„Du?“

Er nickte. „Der Hof des Alten hat mich immer genervt. Es ging immer nur um die Tiere, um die Saat, um das Einholen oder das Säen. Ich hatte echt keine Lust mehr darauf. Einmal die Welt sehen, das wäre toll, weißt du. Einmal was anderes machen.“

Emma schmunzelte.

Was Oliver ihr erzählte, und was er so unbeholfen von sich gab, konnte sie voll und ganz nachvollziehen. Dazu kam, dass er sich durch das, was er gerade gesagt hatte, um eine Facette erweitert hatte, die Emma ihm niemals im Leben zugetraut hätte.

Das plumpe, alberne Verhalten, das er immer an den Tag gelegt hatte, hatte er komplett verloren. Obwohl er immer noch etwas Dörfliches ausstrahlte und bis eben noch auf sie gewirkt hatte, als wüsste er nicht, wie man richtig herum in einen Gummistiefel schlüpfte, wandelte er sich in ihren Augen.

Bis eben habe ich meine Vorurteile bedient, gestand sie sich ein, während sie sein haariges Gesicht musterte und einen zarten Hauch von Liebreiz darin entdeckte. *Nicht eine Sekunde habe ich daran gedacht, dass sich auch ein Oliver weiterentwickeln kann, und dass er seine Entscheidungen ebenso bereuen und hinterfragen kann wie ich.*

Ich war ihm gegenüber vollkommen unfair.

Ich war ...

Ich war ...

Ich war ...

... genauso wie in meinen Augen ein Eckenförderer ist.

„Woher ...?", begann sie zu fragen, zuckte aber zusammen, als er ihr plötzlich mit lauter, dröhnender Stimme ins Wort fiel.

„Warum ich mich plötzlich entschuldigen will? Ganz einfach, ich habe irgendwann angefangen, über alles nachzudenken. Weißt du, das ging los, als mein alter Herr aus den Latschen gekippt ist. Der saß auf seinem Trecker, schaute runter, weil er gerade durch eine tiefe Senke gefahren ist und Angst hatte, die Achse könne was abbekommen haben. Er ächzte kurz und fiel dann leblos in den Dreck. Da saß ich nun und wusste nicht, was ich machen sollte."

„Wie? Du warst dabei, als es passiert ist?"

„So wahr, wie ich hier vor dir stehe", sagte Oliver und streckte die Brust heraus, während sich in seine Augen Trauer und Schmerz schlichen. „Ich war zu nichts mehr fähig, ich war richtig gelähmt. Den Aufschlag habe ich heute noch im Ohr. Bumm hat es gemacht. Bumm." Oliver ließ seine lose geschlossene Faust in die ausgestreckte Hand fallen.

„Das tut mir leid", murmelte sie betroffen und schauderte bei dem Geräusch, der in die Handinnenfläche klatschenden Faust.

Oliver winkte ab. „Das gehört zum Leben dazu. Aber als ich da so neben ihm saß und um Hilfe schrie, wurde mir klar, dass ich auf keinen Fall so enden wollte. Ich wollte nicht so in Erinnerung bleiben."

Emma schaute ihn fragend an.

„Mein alter Herr war nicht immer ein netter Kerl", erklärte Oliver. „Der hatte immer die Faust in der Tasche geballt, verstehst du? Der hat sich nicht die Butter vom Brot nehmen lassen. Zu seiner Beerdigung waren nur wir da." Emma sah ihn schief lächeln. „Nur meine alte Mutter, mein Bruder und ich. Kein anderer aus dem Ort ist gekommen. Niemand. Sie haben gesagt, dass es ihnen leidtat und dass sie verstehen können, wie traurig wir waren, aber das stimmte nicht. Ganz im Gegenteil, sie sahen erleichtert aus. Verstehst du, was ich meine? Ich habe ihnen angesehen, dass sie insgeheim gedacht haben: ‚Gut, dass der endlich weg ist. Jetzt kann ich endlich machen, was ich schon immer machen wollte. Ohne dass er mich schimpft, mir droht oder mich anklagt.'

Ich dachte mir damals: Werde bloß nicht so wie der Alte. So ging das alles los. Ich merkte, dass ich die Menschen einschüchterte, weil ich immer mit dem Kopf durch die Wand wollte. Na ja ... und dann habe ich mich verliebt."

Emma lächelte sanft, als sie sah, wie Olivers Augen zu schimmern begannen. Etwas leuchtete darin auf und seine Stimme nahm einen verträumten Klang an, als er sagte: „Die Lady da hinten hat mich aus den Socken gehauen. Mensch, ich habe sie gesehen und mir sofort gedacht: Die willst du einmal heiraten. Nur habe ich gemerkt, dass sie nicht auf Grobiane steht. Sie fand mich sogar richtig scheiße. Entschuldigung."

„Schon gut."

„Dann ist ja gut", erwiderte er und lachte erleichtert. „Du musst wissen, manchmal bin ich immer noch etwas grob, sagt Lilly. Aber, hey, ich arbeite jeden Tag an mir. Als ich anfing, mich zu verändern, hatte ich auch schon die erste Verabredung mit ihr. Ich habe mir echt Mühe gegeben und etwas Süßholz geraspelt, wenn du verstehst, was ich meine. Ich habe mir die Haare gekämmt und den Bart gestutzt. Hab angefangen, mich zu beherrschen. Nicht gleich nach jedem Hemdkragen greifen, wenn mir jemand im Weg stand. Nicht gleich schubsen, weil ich durchmusste.

Lilly hat mich gerettet. Oder wie ich es gerne sage: die Liebe. Ich schlag niemanden mehr."

„Wie schön für uns alle."

Oliver lachte. „Du sagst es. Die Liebe war schon ein dolles Ding für mich." Er lächelte über das ganze Gesicht. „Hat mich echt aus den Socken gehauen, die kleine Lady da hinten."

„Hat sich für dich ja gelohnt", meinte Emma und boxte Oliver freundschaftlich gegen den Bauch.

„Total. Ich bin echt ein ganz neuer Mensch geworden. Und weißt du was?"

„Was denn?"

„Jetzt will ich auch gar nicht mehr weg von hier. Fühl dich in deiner Haut wohl, dann fühlst du dich überall wohl, hab ich irgendwo mal gelesen." Er lachte laut. „Was ich sonst nicht so oft tue. Fällt mir schwer."

„Ich erinnere mich."

„Hab andere Qualitäten." Er schmunzelte und sagte dann: „Man braucht nur den Menschen an seiner Seite zu haben, der einem das Gefühl gibt, gut zu sein."

„Danke", sagte Emma plötzlich, während sie noch immer seine Hand in ihrer hielt. „Danke."

„Dann ist also alles wieder gut?"

„Das war es schon längst", sagte sie schmunzelnd. „Wenn du dich das nächste Mal bei mir melden möchtest, warte nicht so lange, dann schreib mir einfach. Ich freue mich darauf, von dir zu hören."

„Toll. Das mache ich. Tanzen wir heute Abend vielleicht mal zusammen? Was meinst du? Du bist doch heute Abend auch auf dem Fest dabei, oder?"

Emma nickte, obwohl sie gar nicht vorgehabt hatte, die von Ralf und seinem Team organisierte Party zu besuchen, dennoch sagte sie leise: „Klar, gern." Dann ließ sie Olivers Hand los.

„Toll", sagte er wieder, senkte den Blick und lächelte. „Dann bis später."

„Bis dann!"

Oliver ging und hinterließ in Emma einen wohligen Schauer.

Ein Schauer, der ihr gefiel und der ihr instinktiv sagte: „Willkommen zu Hause."

***

Eine Liveband spielte die größten Hits von Westernhagen, Grönemeyer, Extrabreit und der EAV. Es herrschte eine angenehme ausgelassene Atmosphäre, in der einige der Leute anfingen, auf einer extra dafür auf der Terrasse hergerichteten Tanzfläche zu tanzen. Während die hochgewachsene, füllige Sängerin mit einer Wahnsinnsstimme begeisterte, begannen sich einige der Besucher, am Alkohol gütlich zu tun.

Während einige Muttis zusammensaßen und Sekt tranken, war aus der Ferne immer wieder ein lautes: „Zur Titte! Zum Sack! Zackzack!", zu hören, das Emma schmunzelnd an ihre damalige Jugendzeit erinnerte, die sie im Stadion verbracht hatte.

Die Ausgelassenheit und das losgelöste Feiern, das sie früher immer so genossen hatte, herrschte hier wieder. Die gleichen – wenn auch nun viel älteren – Gestalten prosteten sich fröhlich zu, wie sie es damals schon getan hatten. Emma lächelte, während sie auf einer Bierbank saß, hinter sich ein älteres Ehepaar, das sich gerade darüber unterhielt, dass sie auf ein langsames Lied warteten, um miteinander tanzen zu können.

Sie beobachtete einige Jugendliche, die so cool waren, dass sie keine Miene verzogen, während sie am Rand der Tanzfläche standen und lässig, wie sie nun einmal waren, ihr Bier tranken.

„Nicht zu viel“, rief Ralf den jungen Leuten jetzt zu, von denen einige auch bei dem Ausrichten des Festes geholfen hatten. „Nicht, dass ich nachher Ärger mit euren Eltern bekomme.“

„Die saufen doch auch“, rief einer der Jungen vorlaut und erntete dafür allgemeines Gelächter.

Ralf, der über das ganze Gesicht strahlte, richtete spaßeshalber den Daumen und Zeigefinger auf den blonden Jungen und tat so, als würde er ihn abschießen. Als Emma das sah, musste sie schmunzeln.

Hier ändert sich nur wenig, dachte sie. Nur, dass die Jungen von damals jetzt die Alten sind. Sie freute sich, als sie sah, wie Ralf geradewegs auf sie zugesteuert kam.

Obwohl sie sich hier ausgesprochen wohlfühlte und sich immer mehr damit zu arrangieren begann, ihre Zeit hier zu verbringen, musste sie zugeben, dass sie einer ungezwungenen Unterhaltung nicht abgeneigt war.

Natürlich hatte sie während des Festes mit dem einen oder anderen gesprochen und sich zwanglos über Kinder und das Leben im Allgemeinen unterhalten, aber das Gefühl, einem Freund zugehörig zu sein, hatte sich nicht eingestellt.

Ralf und auch Lisa waren den ganzen Vor- und Nachmittag über kaum ansprechbar gewesen und hatten auch keine Zeit für sie gehabt. Nur Michael war sie einmal kurz über den Weg gelaufen. Er hatte ihr zugelächelt, war aber weitergegangen, weil seine Freundin ihn am Arm gezogen und ihn lauthals dazu aufgefordert hatte, mit ihr hinunter zum Strand zu gehen.

„Du hast doch jetzt Zeit, wo der Bengel versorgt ist“, hatte sie gesagt, was Emma dazu gebracht hatte zu sagen: „Der Bengel würde sich auch über seinen Onkel freuen.“

Was Emma nur einen verständnislosen Blick eingehandelt hatte.

Michael hatte hilflos mit den Schultern gezuckt und nichts weiter dazu gesagt – was Emma verwundert hatte.

Denn sie hatte erwartet, dass er sich für Sebastian einsetzen würde, die ungehobelte, arrogante und sich viel zu wichtig nehmende Zicke zurechtstutzte und ihr sagte, dass er gerne Zeit mit seinem Neffen verbrachte. Dass er es liebte, mit ihm zusammen zu sein und dass er sich nichts Schöneres vorstellen konnte, als mit ihm zusammen Schaumküsse zu essen, Kästen zu inspizieren, in denen man ein Gefühl für das Meer bekam und Sebastian beim Volleyball zuzujubeln.

Außer einem schulterzuckenden Lächeln und einem lautlos mit den Lippen geformten: „Sorry", war ihm nichts entwichen.

„Und?", begrüßte sie Ralf, als ihr bewusst wurde, dass sie sich noch immer über diese blöde Ziege ärgerte, „ist der wackere Krieger mit seiner Beute zufrieden?"

„Er schläft tief und fest", erwiderte Ralf lachend, als er sich neben sie auf die Bierzeltgarnitur setzte, die Beine ausstreckte, und sich mit dem Rücken gegen den Tisch lehnte. „Der hat noch gar nicht richtig auf der Couch gesessen, da hat er schon die Augen zugemacht und war im Reich der Träume."

„Wow."

„Du hast ihn heute sehr glücklich gemacht", sagte Ralf und schaute sie von der Seite an. „Dafür danke ich dir." Er machte eine kurze Pause und schob dann hinterher. „Sehr."

„Ach, komm, das habe ich doch gern gemacht. Es ging um deinen Jungen."

„Trotzdem danke."

Während gerade der Song *Sturzflug* von Extrabreit gespielt wurde, sah Emma zu ihrem Verdruss die Melchior auf das Gelände treten.

„Na toll“, entfuhr es Emma und Ralf lachte, als er den Grund für ihren Stimmungsumschwung entdeckte.

Melchior trug ihre hochnäsige, arrogante Art ebenso zur Schau wie ihren gewitterähnlichen Blick, der alle Menschen um sie herum einschüchtern sollte.

„Die holt nur ihre Enkeltochter hier ab“, erklärte Ralf, der sich nicht weiter um die alte Frau kümmerte.

„*Die* hat eine Enkeltochter?“

Emma, die darum bemüht war, sich ganz klein zu machen, weil sie keine Lust auf eine erneute Auseinandersetzung mit ihrem *Fan* hatte, hörte Ralf sagen: „Vier Stück sogar. Richtig liebe Kinder. Ihre älteste Enkeltochter macht gerade ihr Abitur und will dann studieren. Maschinenbau oder so was in der Art.“

„Wow.“

„Die Kinder haben zum Glück nur wenig Charaktereigenschaften von ihrer Oma geerbt“, erklärte Ralf grinsend, der sich nun zu ihr herumdrehte, sie anschaute und sagte: „Aber die Melchior ist auch nicht ohne Grund so, wie sie jetzt ist.“

„Willst du sie verteidigen?“, frotzelte Emma ihn.

„Das würde dem Sohn meines Vaters niemals einfallen“, zitierte Ralf Sam Hawkins aus den Winnetou-Romanen. „Sie ist eine richtige Gewitterhexe und das wird sie wohl bis zu ihrem letzten Tag bleiben. Ich finde es faszinierend, dass sie nach dem Tod ihres Mannes überhaupt noch aufrecht stehen konnte.“

„Wieso das denn?“

Ralf zuckte mit den Schultern. „Der hat ihr ordentlich Scheiß hinterlassen. Zwei uneheliche Kinder, mehrere Affären, einen Berg von Schulden. Die hat es echt knüppeldick zwischen die Hörner bekommen.“

„Und dann noch keinen Erfolg als Autorin", murmelte Emma, die der hageren Frau hinterherschaute, während diese würdevoll mit erhobenem Haupt an allen vorbeiging und niemanden eines Blickes würdigte.

„Das kommt noch dazu", erwiderte Ralf schmunzelnd. „Lisa hat mir von eurem Zusammenstoß erzählt."

„Der hat sich aber gelohnt", antwortete Emma seufzend.

„Eigentlich ist sie eine arme Sau."

„Wofür alle anderen aber nichts können", verteidigte Emma ihre Reaktion. „Jeder ist seines eigenen Glückes Schmied, finde ich. Niemand kann etwas für die Gehässigkeit ihres damaligen Mannes oder den Arschtritt des Schicksals."

„Das stimmt."

„Aber?"

„Es gibt kein Aber", meinte Ralf. „Es sind nur die Geschichten, die uns Menschen zu Menschen machen. Unsere Taten dazugerechnet, ergibt alles ein Bild, würde ich sagen. Man kann verbittern oder man kann fröhlich bleiben. Die Melchior hat sich für den bitteren Weg entschieden. Ich mich für einen irgendwo dazwischen. Emma, sei uns nicht allen böse hier. Wir alle leben in Eckenförde, aber wir sind nicht Eckenförde."

„Scheiße Mann", seufzte Emma, die sich ein verkrampftes Lächeln abrang. „Das habe ich gemerkt", entgegnete Emma, die sich zu Ralf hinüberbeugen wollte, um ihm ein Küsschen auf die Wange zu hauchen. Als sie gerade die Lippen spitzte und sein Aftershave riechen konnte, zuckte sie erschrocken zusammen, als Oliver vor ihr stand und ihr die Hand entgegenstreckte.

„Wollen wir?", fragte er verlegen und schob hastig hinterher: „Wenn du nichts dagegen hast, Ralf." Dann wurde er nervös und zeigte über die Schulter hinweg irgendwo hin. „Meine Frau hat nichts dagegen. Hab sie gerade extra gefragt."

Emma lachte.

„Darf ich?", fragte Oliver schüchtern, während er zu Ralf schaute und Emma noch immer die Hand entgegenstreckte.

„Alter, ich habe kein Abo auf die Frau abgeschlossen."

„Wollen wir dann?"

Emma nickte, griff nach Olivers Hand und ließ sich sanft von ihm auf die Tanzfläche ziehen, während von Grönemeyer *Flugzeuge im Bauch* gespielt wurde.

Überrascht von seiner Leichtfüßigkeit war es Emma, die zweimal den Takt verlor, ihm einmal auf die Füße trat und unbeholfen gegen ihn stieß. Das auf Olivers Lippen liegende, spöttische Lächeln ließ Emma schmunzeln.

Als er sie mit einer sanften Drehung von der Band weg zum Rand der Tanzfläche führte, sagte sie: „Ich hätte nie gedacht, dass du tanzen kannst."

Oliver wurde rot. „Das habe ich heimlich gemacht."

„Wie meinst du das ... heimlich?"

„Um mein Mädchen zu beeindrucken. Sie sollte doch sehen, wer ich sein kann."

Emma schmunzelte.

Hier ist nicht mehr alles gleich, dachte sie, während sie sich noch einmal drehten. Nichts ist starr, es gibt Veränderung.

So verrückt es auch klingt, ich habe mich all die Jahre über geirrt.

Wovor bin ich weggelaufen?

***

Oliver klatschte in die Hände, als das Lied endete und sich das um ihn herum bewegende Publikum zum Stillstand kam. Emma, mit sich und ihren Gedanken weit weg, bekam nur am Rande mit, wie ihr Tanzpartner den Kopf drehte und zu jemandem schaute, der hinter ihm stand. Dann hörte sie wie aus weiter Ferne, wie Oliver sagte: „Na klar. Ich wollte ja nur einen Tanz mit ihr."

Emma blinzelte verwirrt. Sie sah, wie Oliver ihr ein Lächeln schenkte und seine Hand auf ihre Schulter legte, während er sagte: „Danke für den netten Tag."

„Ich habe zu danken."

Dann stand plötzlich Michael vor ihr.

Er sah ernst aus und es wirkte, als würde er eine Maske tragen, die ihn davor schützen sollte, seine wahren Gefühle zu zeigen.

Ein Schutz, dachte sie, der verhindern soll, dass er verletzt wird. Damit er eine Rückweisung ebenso ertragen kann wie ein freundliches, leises Ja, das ihn genauso überraschen würde wie mich selbst.

„Darf ich?", wollte er steif wissen.

„Tanzen?"

„Nein, zum Mond fliegen", antwortete er spöttisch.

„Ist mir zu weit", witzelte sie. „Reicht nicht die Karibik?"

„Nur, wenn du Hula-Hula für mich tanzt."

„Ich weiß nicht, ob du das sehen willst."

„Nach deinen gerade dargebotenen Tanzkünsten habe ich dann vielleicht was zu lachen!"

„Idiot", sagte sie schmunzelnd und boxte ihm sanft gegen die Schulter. Dabei lachte sie so, wie sie schon seit Jahren nicht mehr gelacht hatte. Mit plötzlich rot gewordenen Ohren nahm sie die Hand vor den Mund und wäre am liebsten im Erdboden versunken.

Michael, der von der Wendung des Gesprächs ebenso überrascht war wie sie, lachte ebenfalls. Er schüttelte den Kopf und sagte: „So hast du mich schon lange nicht mehr genannt."

„Ich habe ja auch kaum noch an dich gedacht."

„Wie nett von dir."

„Ist eine Tatsache."

„Aber warum habe *ich* dann immer wieder an dich denken müssen?", wollte er wissen, als er ihr die Hand hinhielt, während die Sängerin auf der Bühne leise anfing, „Alles aus Liebe" von den Toten Hosen zu singen.

Na toll, dachte sie, als die ersten Töne jenen Liedes erklangen, das dazu beigetragen hatte, dass sie Michael damals überhaupt erst ernsthaft wahrgenommen hatte.

„Na wenn das kein Zufall ist", sagte er schmunzelnd.

„Ein fünf-Euro-Zufall?", wollte sie grinsend wissen, während sie sich an die Strandparty erinnerte; an das leiernde Tonband und an das hoch auflodernde Feuer, das einige Freunde entzündet hatten.

Heimlich hatte sie sich damals aus ihrem Zimmer auf die nächtlich daliegenden Straßen von Eckenförde geschlichen. Am Tag zuvor hatte sie in der Schule eine geheime, auf ein abgerissenes Stück Papier geschriebene Botschaft erhalten.

Party am Strand. 22 Uhr. Alkohol ist mitzubringen. Gute Laune ebenfalls.

Mehr nicht.

Es hatte gereicht, um sie neugierig zu machen.

Emma war damals ebenso aufgeregt gewesen, wie sie es jetzt war, als Campino angefangen hatte, mit seiner unverwechselbaren rauen und doch mit Sanftheit durchdringenden Stimme darüber zu singen, dass er Jekyll und Hyde sein konnte, wenn die Dame seines Herzens nicht in seiner Nähe war. Sie hatte niemals im Leben damit gerechnet, überhaupt zu der Party eingeladen zu werden, war sie doch immer der festen Überzeugung gewesen, dass sie niemals irgendwohin eingeladen werden würde.

Wieso hätte mich auch jemand wahrnehmen sollen? Ich war eine kleine, graue Maus, die sich hinter Büchern versteckte und sich nichts mehr gewünscht hatte, als selbst einmal die Schatzinsel zu besuchen, mit Freitag auf Jagd zu gehen oder die Frau an Old Shatterhands Seite zu sein.

Freunde hatte ich nur wenige.

Und die, die ich hatte, waren ebenso zurückhaltend wie ich. Sie waren immer für mich da, aber bestimmt niemals auf einer Party eingeladen.

„Ich verrate doch nicht meine Geheimnisse", antwortete Michael, während auf seinen Lippen ein niedliches, verwegenes Lächeln erschien, das Emma an den jungen Mann erinnerte, in den sie sich damals am Strand Hals über Kopf verliebt hatte, und dem sie ihr mitgebrachtes, aus dem Kühlschrank ihres Vaters stibitztes Bier unter die Nase gehalten und mit heiser klingender Stimme gesagt hatte: „Es ist eiskalt."

Michael hatte die Augenbraue in die Höhe gezogen und war dann an ihr vorbeigegangen. Keines weiteren Blickes hatte er sie gewürdigt und war mit Ralf im Schlepptau in Richtung Lagerfeuer gegangen, dessen flackernder Schein angefangen hatte, zuckend und schattenhaft über die Gesichter der Umherstehenden zu ziehen.

Emma, die voller Scham und voller hasserfüllter Gedanken sich selbst gegenüber gewesen war, wäre am liebsten sofort wieder nach Hause gegangen. Als sie sich herumgedreht hatte, um die Dünen wieder hinaufzustapfen, war sie von Angie am Zipfel ihres locker sitzenden, gelben T-Shirts festgehalten worden.

„Wo willst du denn hin?", hatte sie wissen wollen.

„Nach Hause."

„Jetzt schon?"

„Was soll ich denn sonst hier machen?"

„Deinen Zuckerarsch ein wenig zur Musik bewegen", hatte sie gesagt, Emma mit sich ziehend und sie mit ihrer ungestümen Art unfassbar fasziniert und erschrocken zugleich.

So wie heute, als sie zusammen losgezogen waren, um den Hans-Albers-Platz unsicher zu machen, war Angie schon damals gewesen. Sie hatte zu jedem Thema etwas zu sagen, hatte unendlich viele Leute gekannt und gewusst, wie man das Leben auf die leichte Schulter nahm.

Was damals die erste, richtige Begegnung mit Angie gewesen war, und zu einer tiefen und verbindenden Freundschaft heranwuchs, war auch der Anfang einer Liebe gewesen, die Emma niemals für möglich gehalten hätte. Nicht nur, dass sie der festen Überzeugung war, dass Michael sie längst schon wieder vergessen hatte, sie wäre niemals fähig gewesen, auch nur eine Sekunde zu glauben, dass sie den Mut finden würde, ihn noch einmal anzusprechen.

Was aber geschah; eher zufällig und ungewollt.

Während sich viele der Jugendlichen volllaufen ließen, tanzten und Spaß hatten, hatte sie sich immer weiter vom eigentlichen Geschehen zurückgezogen. Die beiden Kurzen, die sie getrunken hatte, kreisten immer noch, ihren Verstand umnebelnd, durch ihren Kopf und das Bier in ihrer Hand war noch nicht einmal zur Hälfte ausgetrunken und sie war sich sicher gewesen, dass sie es nicht weitertrinken würde.

Während sie auf das Meer zulief und die Wellen mit einem sanften Brausen am Strand ausliefen, sagte sie zu einem in der Dunkelheit stehenden jungen Mann: „Ich bin offenbar nicht für Alkohol geschaffen."

„Dann solltest du das Eiskalte in deiner Hand aber nicht trinken", antwortete er und Emma zuckte wie unter einem Peitschenhieb getroffen zusammen. All der durch ihren Kopf ziehende Nebel und jegliches Gefühl der angetrunkenen Leichtigkeit verwandelte sich augenblicklich in eine unangenehme, harte Schwere, die sie glauben ließ, keinen Fuß mehr vor den anderen setzen zu können.

Und dann?

Als der erste Schock überwunden war und die Zungenlähmung nachließ?

Emma erinnerte sich noch an jedes einzelne Wort, das sie miteinander gesprochen hatten ... an die beiden Klappstühle, in denen sie saßen, hinauf aufs Meer schauten und über ihre naiven, einfachen Kinderträume philosophierten und davon sprachen, die Welt zu verbessern.

Heute, so viele Jahre danach, musste sie unwillkürlich schmunzeln, weil sie gedacht hatten, dass sie es einmal schaffen würden, die Welt aus den Angeln zu heben. Aber damals, als sie darüber diskutiert hatten, war Emma der festen Überzeugung gewesen, dass sie etwas von dem, was sie sich vornahm, auch würde umsetzen können.

Dass ihr die verschüttgegangenen Erinnerungen jetzt wieder ins Gedächtnis kamen, beunruhigte sie. Es kam ihr so vor, als wäre es gestern gewesen, als sie mit Michael gestritten hatte ... als sie sich angefaucht und sie ihm am liebsten das Gesicht zerkratzt hätte.

Nur mit dem Unterschied, dass die jetzt durch ihren Kopf flutenden Erinnerungen ihr guttaten und sie sich, während er seine Hand auf ihren Rücken legte, wohlfühlte. Sie mochte es, in sein Gesicht zu sehen, in dem sich eine seltsame Anspannung abzuzeichnen begann.

Außerdem meinte sie, ein angedeutetes, liebevolles Lächeln zu sehen, und das gefiel ihr am besten. Ein Lächeln, das ihm einen zufriedenen Gesichtsausdruck verlieh, der etwas seltsam Verklärtes hatte.

So, als würde er gerade an das denken, was damals vorgefallen ist, dachte sie, während sie sich wiegend zum Takt der Musik bewegten.

„Was soll das denn?“, erklang plötzlich die Stimme von Denise. „Wollt ihr mich verarschen, oder was?“

Michael blickte sie ebenso verdutzt an wie Emma. Er drehte den Kopf und schaute zu der am Rand der Tanzfläche stehenden Frau, die ihre Hände wütend in die Hüften gestemmt hatte.

„*Was?*“, fragte Michael.

„Ob du vollkommen bescheuert bist, will ich wissen“, erwiderte Denise wutschnaubend. Sie blickte Emma grimmig an. Diese machte unwillkürlich einen Schritt zurück.

Sie lächelte verlegen, hob die Hand und versuchte so, das plötzlich um sie herum herrschende Interesse von sich wegzuhalten.

Es war Emma, als hauchten ihr Worte und Sätze entgegen, die sich brennend heiß in ihr Gemüt gruben. Die wisperten und flüsterten und meinten, dass es typisch war, dass da, wo Emma war, Unruhe herrschte. Dass sie es darauf anlegte, eine gerade eben beginnende Romanze ihres Noch-Ehemannes im Keim zu ersticken.

Sie war die Unruhe!

Der Wunsch, unendlich weit weg entfernt zu sein, wuchs ins Unermessliche.

Sie hoffte, dass der Wutausbruch von Michaels Begleiterin keine weitere Aufmerksamkeit nach sich ziehen würde, dass die Menschen solche Szenen bei Festlichkeiten gewohnt waren.

Sie wussten, wie es war, wenn junge Menschen Alkohol tranken und ihre Gefühle mit ihnen durchgingen.

„Natürlich die Sommer“, hörte Emma jetzt jemanden sagen.

„Damit musste man ja rechnen“, sagte eine andere Person.

„Die macht halt immer gern Ärger“, erwiderte anschließend irgendjemand, was Emma das Blut in den Adern gefrieren ließ.

Sie lächelte verkrampft und wollte etwas sagen, um Denise zu beruhigen, aber in dem Moment, als Michael sagte: „Jetzt hab dich mal nicht so“, eskalierte die Situation endgültig und Denise setzte zu einer Szene an, die Emma niemals in ihrem Leben vergessen sollte.

Kapitel 5

Alte Wunden

Oller grinste gewinnend, während er aus dem Wagen stieg und mit ausgestreckter Hand auf Emma zukam. Diese schaute, mit einer Sonnenbrille auf der Nase, die lange Straße herunter, die in den Ort hineinführte. Ihr schmerzte unentwegt der Nacken und der Rücken, weil sie solche Nächte nicht mehr gewohnt war.

Sie hasste es, auf unebenen Untergründen zu liegen.

Ihr Hals machte ihr Probleme und wirkte, als ob er zuschwellen würde, nachdem sie unter freiem Himmel geschlafen hatte.

Ihr Kopf brummte und ihr Hintern schmerzte auf eine so unangenehme Art und Weise, wie sie es noch nie zuvor in ihrem Leben erlebt hatte.

Sie fluchte innerlich, als sie zu jenem gottverfluchten Ort schaute, der ihr gezeigt hatte, wie schnell er einen alles Schlechte vergessen ließ.

Sie nannte sich selbst eine Närrin, weil sie mit dem Gedanken gespielt hatte, sich hier wohlfühlen zu können.

Sind doch alles Aasgeier hier, dachte sie, als Oller auf sie zukam, ihr die Hand entgegenstreckte und sagte: „Ich hoffe, Sie haben nicht zu lange auf mich warten müssen.“

„Am liebsten wäre ich gar nicht mehr hier“, gestand sie ihm.

„Ist halt nicht Hamburg“, entgegnete er schulterzuckend und blickte sie durch seine Sonnenbrille an, während er die Ärmel seines gebügelten, weißen Hemdes hochkrempelte.

„Nein, ist es nicht.“

„Aber dafür ein perfektes Panorama für einen Film wie *Wasserherz*“, schob er hinterher, ohne auf den Kummer einzugehen, der ebenso in Emmas Stimme mitschwang wie in ihrer ganzen Haltung.

Allein der Gedanke daran, dass in dem Film, der nach ihrem Buch entstehen sollte, eine Szene aus Eckenförde zu sehen war, ließ sie Magenschmerzen bekommen.

Als sie das aussprach, winkte Oller ab und sagte: „Filmförderung, meine Liebe, hier geht es um die Filmförderung. Wir müssen nun mal in Hamburg und Schleswig-Holstein drehen, um bezuschusst zu werden. Jetzt können Sie erraten, warum ich so froh bin, dass Ihr Buch in fünf Bundesländern spielt. Überall Drehorte ... überall Förderungen!“

Sie schüttelte den Kopf und wünschte sich, dass Mark an ihrer Seite wäre, er die Verhandlungen führte und mit Oller durch den Ort fuhr, den er so unbedingt sehen wollte.

Wie seit Tagen schon erreichte sie ihren Verlobten nicht.

Wenn er mal auf eine ihrer Nachrichten reagierte, dann nur abweisend, kurz angebunden und so, als würde jedes einzelne Wort ihn nerven.

Als sie ihn schließlich heute Morgen kurz am Telefon gehabt hatte, war er bissig und zynisch gewesen. Er hatte ernsthaft zu ihr gesagt, dass er der Meinung war, dass sie viel zu hysterisch war, weil sie ein Filmprojekt wie dieses nur deshalb platzen lassen wollte, weil sie nicht mehr in Eckenförde bleiben wollte.

Auf ihren Einwand hin, dass die Erinnerungen und die erneut gemachten Erfahrungen hier ihr seelische Qualen bereiten würden, hatte er nur gelacht und gemeint, dass sie sich schon wieder gut fühlen würde, sobald der wirklich große Scheck in ihren Händen lag.

Dafür hätte sie Mark am liebsten einen in die Fresse gehauen.

Und mir dazu gleich mit, dachte sie, als Oller sie fragte, ob sie mit ihm zusammen durch den Ort fahren würde, um ihm zu sagen, welche Gegenden sich lohnten, gefilmt zu werden und welche nicht.

„Ich habe gleich noch einen Termin beim hiesigen Standesamt", meinte Emma leise und wünschte sich nichts sehnlicher, als endlich von hier verschwinden zu können. „Ich fahre aber voraus und zeige Ihnen gern einen netten Platz, an dem Sie in dieser Zeit auf mich warten können."

„Okay", erwiderte Oller nickend, ohne nachzufragen, was Emma denn beim Standesamt wollte.

Besser so als anders herum, dachte sie und ging auf ihren Wagen zu. Als sie die Tür öffnete und ihr die aufgestaute, warme Luft entgegenschlug, hörte sie, wie Lisa hinter ihr plötzlich rief: „Emma! Emma!"

Sie reagierte bewusst nicht.

Sie schaute nicht einmal über die Schulter zu der jungen Frau, die jetzt auf den Parkplatz zugelaufen kam, auf dem Emmas Wagen stand. Oller, der ebenso wenig Interesse an Lisa zeigte wie Emma, war schon in seinem Wagen verschwunden.

Er ließ den Motor an, setzte seinen blank polierten Mercedes zurück, und wartete darauf, dass Emma sich vor ihn setzte und die Straße herunterfuhr.

Während Emma in Richtung Innenstadt fuhr, sah sie, dass Lisa eine Zeitung in der Hand hielt und wild mit dieser wedelte.

Irgendetwas, das klang wie: „Das musst du unbedingt lesen“, hallte ihr dumpf und kaum verständlich entgegen.

Doch dann war sie auch schon weg ...

... und fuhr ihrer Zukunft entgegen.

***

Als sie eine Parklücke gefunden und den Wagen abgestellt hatte, sah sie durch den Rückspiegel, wie Michael hektisch etwas zusammenfaltete und es dann in seiner hinteren Hosentasche verschwinden ließ. Emma schloss kurz die Augen.

Als sie in den Rückspiegel zu dem noch immer an seiner Hose herumnestelnden Michael schaute, fragte sie sich unwillkürlich, wie sie ihm entgegentreten sollte. Zuerst hatte sie mit dem Gedanken gespielt, ihn einfach zu ignorieren, doch dann, als sie auf die Hauptstraße eingebogen war, hatte sie ein verwirrendes Gefühl eingeholt, das ihr zugeraunt hatte, dass sie Michael seinen Fehler verzeihen sollte und sie sich in seine Situation und seine momentane Verfassung versetzen sollte. Sie sollte nur einmal darüber nachdenken, wie sie sich in so einer Situation wohlgefühlt hätte und wie es ihr ergangen wäre, wenn Michael plötzlich wieder in ihr Leben geplatzt und ihr verkündet hätte, dass er die Scheidung einreichen wollte.

Wie sie reagiert hätte?

Sie wusste es nicht.

Natürlich hatte sie sich solche Szenarien ausgemalt und gedanklich durchgespielt. Sie hatte sich vorgestellt, wie sie die Tür öffnete, während im Hintergrund eine Party im Gange war und Michael plötzlich vor ihr stand. Wie er sich an ihr vorbeizwängte, während sie mit offenem Mund dastand, ihn nur stumm anstarrte und nicht wusste, was sie zur Begrüßung sagen sollte.

Oder, dass er sie in der Agentur von Mark überraschte und sah, wie sie in den Armen ihres Verlobten lag, der ihr liebevoll einen Kuss auf die Lippen hauchte – haha, als ob Mark so etwas jemals getan hätte – und dann zu ihr sagte, er wäre nach Hamburg gekommen, um sich scheiden zu lassen.

All diese Szenarien hatte sie sich ausgemalt und sie bewirkten in ihr eine neue Denkweise, die sie verwunderte. Hatte sie bisher immer emotional und voller Wut auf die Begegnungen und ihre Vergangenheit zurückgeschaut und sich in ihrem eigenen Leid gesuhlt, kam es ihr jetzt so vor, als schaute sie von oben herab auf ihr ganzes Leben ...

... als wäre sie selbst ein stiller Beobachter, der nicht urteilen, sondern lernen wollte.

Sie hatte sich vorgenommen, neutral zu sein, als sie den Gang einlegte und die Handbremse anzog. Doch als sie den Wagenschlüssel herauszog und das automatische Lenkradschloss einrastete, war da wieder der Drang in ihr, zickig zu sein.

Nachdem sie die Tür geöffnet und die Füße aus dem Wagen geschwungen hatte und die angenehme Wärme des beginnenden Tages auf der Haut fühlte, verspürte sie den Wunsch, Michael die kalte Schulter zu zeigen.

Nur um dann, als sie sich in die Höhe stemmte und sich den geblümten Rock glattstrich, vollkommen verwirrt zu sein, weil sie nicht wusste, welche Gefühle sie zulassen oder abblocken sollte.

Michael war überraschend kleinlaut, als sie auf ihn zukam.

Er trug eine Sonnenbrille, lehnte gegen seinen alten, verbeulten Peugeot und bekam kaum ein verständliches Hi über die Lippen. Es gab keine lässige Verspieltheit mehr wie am Sonntag noch, als sie zusammen getanzt hatten, auch kein Lächeln oder kurzes Aufblitzen alter Erinnerungen und Gefühle auf seinen Lippen.

Er trat ihr seltsam zurückhaltend entgegen, was Emma als Abweisung empfand.

Als erneut wütende Gefühle in ihr aufstiegen, merkte sie, dass er nervös war. Im ersten Moment aber, als sie der felsenfesten Überzeugung war, dass er sie zurückweisen wollte, fauchte sie ihm ein hasserfülltes: „Dann lass uns unsere Vergangenheit beenden", entgegen. Doch als sie sah, wie er zusammenzuckte und den Kopf senkte, wurde ihr bewusst, dass sie ihn mit ihren Worten schwerer getroffen hatte, als sie es jemals angenommen hatte.

Als Michael sich ruckartig, einem Roboter gleich, in Bewegung setzte, erkannte sie, dass ihm die Bewegung schwerfiel und er nicht wusste, wie er ihr entgegentreten sollte und ob eine Umarmung nicht schon zu viel wäre. Er blieb vor ihr stehen.

Während sie auf den Eingang des Amtes zugingen, rasten ihre Gedanken förmlich. Wie am Freitag schon saß die junge Blonde hinter dem Schreibtisch, schaute die beiden an und wollte fragen, was sie hier wollten. Emma ließ sie nicht zu Wort kommen und sagte: „Wir haben einen Termin."

„Ach ja", meinte die junge Frau, während ein zuckersüßes, der Welt kein Leid zufügendes Lächeln auf ihren Lippen erschien. „Ich erinnere mich."

„Wie schön für Sie."

Emma hätte die Kleine am liebsten in der Luft zerrissen.

„Ich rufe gleich mal an", ignorierte die junge Frau Emma. „Sie können schon mal den Gang dort hinuntergehen. Zimmer Nummer 1213, Herr Eggenstein."

„Danke", sagte Michael höflich. Er setzte sich in Bewegung und wartete gar nicht darauf, dass Emma zu ihm aufschloss. Unbeteiligt, als würde ihn das alles gar nichts angehen, schritt er den Gang hinunter, blieb vor dem genannten Zimmer stehen und verharrte dort.

Emma, die noch immer hin- und hergerissen war, weil sie aus Michaels Verhalten nicht schlau wurde, fragte ihn: „Willst du nicht hineingehen?"

„Nein", gab er ehrlich zu.

„Ach, und wieso nicht?"

„Weil ..."

„Ja?"

Obwohl sie merkte, wie schwer es Michael fiel, etwas zu sagen, und er nicht mal dazu in der Lage war, einen geraden Satz herauszubekommen, konnte sie mit seinen zögerlichen Ansätzen nichts anfangen. Sie wollte dass alles schnell hinter sich bringen; mit Angie feiern gehen und Eckenförde den Mittelfinger unter die arrogant in die Höhe reckende Nase halten.

Und dann werde ich Hinnerk schreiben, dass er und seine eingebildete Tochter mich mal können und ich nicht eine Sekunde für einen von beiden für irgendetwas zur Verfügung stehe.

O ja, ich werde euch allen schon zeigen, was ich von euch halte.

Meinen nackten Arsch werde ich euch präsentieren und dann für immer von hier verschwinden.

So albern der Gedanke auch war, in dem Moment, als er sie durchfuhr, tat er ihr und ihrer geschundenen Seele gut.

„Ich glaube, ich liebe dich noch immer", murmelte er, schüttelte dann den Kopf und richtete seinen Blick hastig zu Boden.

„*Wie bitte?*"

Zu keinem Gedanken mehr fähig und nicht dazu bereit, verstehen zu wollen, was Michael da zu ihr gesagt hatte, schüttelte sie den Kopf.

„Es klingt albern, ich weiß. Aber ich bin nicht über dich hinweg."

„Lass uns reingehen!"

„Emma ... bitte. Können wir nicht wenigstens kurz darüber reden?"

„Da gibt es nichts zu reden", sagte sie kalt und durchschnitt mit der Hand die Luft. „Ich will die Scheidung!"

Michael nickte und schluckte schwer. Kummervoll presste er die Lippen aufeinander, griff nach seiner Sonnenbrille und rückte sie zurecht; beinahe so, als wollte er verhindern, dass Emma einen Blick hinter die abgetönten Gläser werfen konnte.

„Wir hatten doch Spaß zusammen, oder nicht?"

„Du hast mich lächerlich gemacht."

„Ich?"

„Ja, du!", schoss sie zurück und hasste es, dass dadurch die Erinnerungen an den sonntägigen Abend wieder in ihr emporgespült wurden und sie sich erneut dastehen sah wie eine dämliche Kuh, die vom Blitz getroffen worden war.

Sie wollte nicht wieder das aufgeregte Gemurmel hören und die hämisch auf sie gerichteten Blicke spüren.

Allein zu wissen, dass Ralf aufgesprungen war, um Denise von ihrer Hasstirade abzuhalten, setzte ihr so sehr zu, dass sie sich am liebsten übergeben hätte.

Weil Ralf damit nur Michael und nicht mich beschützen wollte.

Er ist auf uns zugekommen, um Michael von der Tanzfläche zu ziehen. Ohne mit der Wimper zu zucken, hat er mich den ganzen Leuten dort zum Fraß vorgeworfen.

Er ist ein verlogenes Arschloch wie alle anderen hier.

Sie schüttelte die Erinnerungen mühsam ab. Obwohl sie es hasste, durch ihren schmerzenden Rücken, ihren

Hintern oder ihren verrenkten Hals an diese chaotische Nacht erinnert zu werden, konnte sie sich des Eindrucks, dass Michael es ernst meinte, nicht entziehen. Sie begriff beim besten Willen nicht, wie er nach den zurückliegenden Eskapaden auch nur daran denken konnte, dass zwischen ihnen alles in Ordnung war.

Am liebsten hätte sie ihm eine Ohrfeige verpasst.

„Hättest du um mich gekämpft ...", sagte sie ihm direkt ins Gesicht.

„Ich ..."

„Aber du hast gar nichts gemacht", sagte sie bitter und hob die Hand ...

***

... um dann das Gefühl zu haben, den gegen sie erhobenen Hass nicht abwehren zu können. Sie sah, wie Ralf auf die Tanzfläche gestürmt kam. Sie hörte das unentwegte Gemurmel der herumstehenden Leute und wünschte sich sehnlichst, als dass die Band weiterspielte.

So im Mittelpunkt des allgemeinen Interesses zu stehen, ließ sie sowohl innerlich als auch äußerlich erstarren. Sie wusste später nicht mehr, was sie in diesem Moment gedacht oder gefühlt hatte, als sie Denise so dastehen sah ... den Finger anklagend auf sie gerichtet und in ihrem Gesicht Hass, der Emma bis ins Mark erschreckte.

Was sie am meisten verwirrte, war, dass sie sich plötzlich wünschte, Michael würde ihre Hand nehmen, sie drücken und ihr sagen, dass alles wieder gut werden würde und dann würde er sich entschieden gegen Denise und ihre Anfeindungen stellen.

Aber das tat er nicht. Natürlich.

Er hatte sich von Ralf von der Tanzfläche ziehen lassen und dieser schrie ihn an.

Was Ralf sagte, verstand sie nicht.

Alles, was er sagte, ging in dem Gekeife von Denise unter, die pöbelte: „Du glaubst wohl, mir meinen Mann ausspannen zu können, was? Da hast du dich aber getäuscht, Mäuschen."

In diesem Moment hatte sich die Melchior vor die kleine Gruppe Schaulustiger geschoben und Emma mit einem vielsagenden und spöttischen Blick bedacht. Ein Blick, der voller Triumph und gehässiger Freude gewesen war, wie sie traurig feststellte.

Denise bekam nichts davon mit.

Sie hatte ihr Opfer gefunden.

Ohne Vorwarnung war sie auf Emma losgegangen.

Zuerst war es nur eine Ohrfeige gewesen, die sie Emma gegeben hatte, dann einen Hieb mit der Faust in den Magen. Als Emma kreischte und schrie und in wilder Panik um sich schlug, hörte sie nur, wie Denise irgendetwas keuchte und dann hatte sie zu einem Trommelwirbel an Schlägen und Tritten angesetzt. Ein grober Griff an ihre Arme und ein heftiger Ruck hatte alles beendet.

Emma hatte erst sehr viel später begriffen, was geschehen war.

In dem Moment, als sie ruckartig zurückgerissen worden war, war es ihr so vorgekommen, als würde sie in einen Abgrund gestoßen werden. Ihr innerer Drang, sich zu wehren, und die damit einhergehende Angst, sie könnte verletzt werden, schüttelten sie förmlich durch. Sie war noch nie ein Mensch gewesen, der sich prügelte und der von sich aus die Hand zur Faust ballte.

Sie hatte immer Angst vor einer Schlägerei gehabt. Das war damals in der Schule so gewesen und als Jugendliche sowieso, als in vielen anderen die Aggression gewachsen war und der Drang, sich irgendwie beweisen zu müssen. Als junge Frau war sie körperlichen

Konflikten ebenso ausgewichen und hatte es bis heute getan.

Bis heute ...

Damit war Schluss.

Sie hatte sich geprügelt und dabei wie ein Depp ausgesehen, wie sie später lachend dachte, obwohl ihr eher zum Heulen zumute war.

Allein der Gedanke daran, wie sie mit den Armen wirbelnd versucht hatte, ihr Ziel zu treffen, während sie dabei spitze, von Angst getriebene Schreie ausstieß, war so albern, so lächerlich, dass sie sich wünschte, niemals wieder an diesen Moment erinnert werden zu müssen.

Als sie festgehalten worden war und die wütenden Schreie von Denise hörte, die wild kreischte: „Lasst mich los! Lasst mich los“, war das wie Hammerschläge in Emmas Kopf gewesen. Sie hatte noch nie zuvor so einen Hass gehört, der ihr galt. In Filmen und Hörspielen war ihr gespielte Wut entgegengeschlagen und jedes Mal, wenn sie diese Worte gehört hatte, hatte sie sich gefragt, wie sie wohl in so einer Situation reagieren würde ...

... was sie sagen oder was sie erwidern würde.

Jetzt kannte sie die Antwort.

Gar nichts.

Sie war zu nichts mehr imstande gewesen als zu atemlosem Staunen.

„Ich hau sie weg! Ich klatsch sie an die Wand! Ich mach sie fertig!“, geiferte Denise unentwegt und wurde von einigen Leuten weggezerrt. Emma, die sich gar nicht mehr wehrte und sich ganz ruhig zu der Ecke führen ließ, an der sie gestern noch mit Hinnerk gesprochen hatte, sah erst jetzt, dass es Sylvester und Lisa waren, die sie aus der Gefahrenzone gebracht hatten. Michael, von dem sie eigentlich gehofft hatte, dass er sich an ihre Seite stellen würde, war weit und breit nicht zu sehen.

Dafür hörte sie Sylvester wie aus weiter Ferne sagen: „Alter, ich hätte nie gedacht, dass eine so zierliche Frau so zuschlagen kann."

„So zuschlagen?", hörte Emma sich selbst fragen, während sich um sie herum noch alles drehte.

„Voll einen auf die Zwölf", rief Sylvester anerkennend. „So richtig mit Schwung."

„Das ist doch nicht lustig", ereiferte sich Lisa.

„Doch, total."

„Das war voll scheiße."

„Hat die Alte doch verdient. Die war immer voll gehässig zu mir und zu Emma."

Lisa sagte nichts, was Emma wunderte. Erst als sie mit zitternden Händen und einem flauen Gefühl im Magen auf der Ummauerung der Terrasse Platz nahm, begriff sie, warum Lisa nichts von sich gab. Sie war reingegangen und kam wenig später mit einem in ein Tuch gewickeltes Coolpack zurück.

„Für dich", sagte sie und presste es sanft auf die plötzlich schmerzenden Fingerknöchel. Bevor Lisa zu ihr gekommen war, hatte Sylvester ihr versichert, dass er auch zugeschlagen hätte, um dann hastig hinterherzuschieben: „Also nicht eine Frau, so was mache ich nicht. Das würde mir niemals einfallen."

„Ist schon gut."

„Aber wenn so ein Arsch auf mich zukommen würde und mich vor allen Leuten so anfahren würde ... aber Hallo, der würde eine von mir verpasst bekommen. Bei euch Mädels sieht das nur besser aus, wenn ihr euch prügelt."

„Tatsächlich?"

Emma wollte nicht weiter mit Sylvester reden, aber der Klang seiner Stimme und die Worte aus seinem Mund gaben ihrem in Aufruhr geratenen Geist die

Möglichkeit, sich ein wenig zu erholen. Außerdem und das war es, was ihr am besten gefiel, sah sie endlich alles klar.

Sie begriff, dass es ein Fehler gewesen war, hierherzukommen.

Sie begriff, welch ein abgekartetes Spiel hier alle mit ihr gespielt hatten.

Sie begriff, was Ralf in Wirklichkeit für ein Arschloch war.

Sie begriff, dass sie Michael immer noch mehr mochte, als sie es sich eingestehen wollte.

Emma wurde bewusst, dass sie sich in die Sache hineinzusteigern begann und Konstrukt um Konstrukt baute und schließlich an eine allumfassende und nur auf sie abgestimmte Verschwörungstheorie glaubte, die ihrer geschundenen Seele guttat und wie Balsam auf ihren Wunden war, sodass sie schließlich zu lächeln begann und sich schwor, all den hier wohnenden Hinterwäldlern so richtig eine zu verpassen.

Sie erhob sich von ihrem Platz, nachdem die angenehme Kühle des Eises durch das Tuch auf ihre Haut gedrungen war und diese angefangen hatte, sich ein wenig zu beruhigen. Lisa, die sie verwirrt anschaute, fragte, wohin Emma gehen wollte, bekam aber keine Antwort.

„Die haut dem Miststück bestimmt noch eins in die Fresse", sagte Sylvester grinsend und schob dann etwas hinterher, was Emma kurz innehalten ließ. „Guck doch nicht so. Die blöde Kuh ist nichts für Michael. Emma ist was für ihn. Das sieht doch ein Blinder mit 'nem Krückstock!"

***

„Im ersten Moment wusste ich gar nicht, wo du steckst", versuchte Michael, sich herauszureden, und fügte dann hinzu: „Und als ich dich gesucht habe, wurde mir gesagt, dass du schon weg wärst.“

Emma lächelte kalt und drückte die Klinke hinunter, nachdem Herr Eggenstein sie mit einem freundlich klingenden „Herein“, ins Zimmer gerufen hatte.

„Emma, bitte.“

Sie ignorierte ihn.

Warum sollte sie ihm auch zuhören?

Was hätte er noch zu ihr sagen können?

Dass er sich für Denise entschuldigte? Dass es ihm leidtat, dass sie auf Emma losgegangen war? Dass er fand, dass Denises angeschwollene Nase besser zu ihrem Gesicht passte?

Was erwartete Michael von ihr?

Sollte sie ihm etwa sagen, dass sie ihn noch immer gut leiden konnte und dass sie ernsthaft mit dem Gedanken gespielt hatte, noch ein wenig länger in Eckenförde zu bleiben, um die ganze Sache auf sich wirken zu lassen?

Dass sie maßlos enttäuscht von ihrem Verlobten war, weil dieser in diesen schweren Stunden nicht an ihrer Seite stand?

Dass das Projekt mit Oller sie so sehr ankotzte, dass sie am liebsten alles hingeschmissen hätte?

Was würde ihr das bringen?

Gar nichts!

Sie würde nur noch mehr Spott und Ablehnung erfahren.

Sie hörte die Menschen schon tuscheln, mit dem Finger auf sie zeigen und dabei hämisch flüstern: „Das ist die, die all ihre Chancen weggeworfen hat. Jetzt hat sie sogar ein großes Filmprojekt in den Sand gesetzt. Sie schafft es nicht einmal, etwas zu beenden, wenn andere für sie arbeiten. Sie kann nichts ... gar nichts. Sie ist eine Verliererin.“

Während ihr diese Gedanken durch den Kopf rasten und sie den glatzköpfigen, dickbäuchigen Mann hinter seinem penibel aufgeräumten Schreibtisch sitzen sah, kam ihr plötzlich ein Zitat von Georg Bernard Shaw in den Sinn, der einmal gesagt hatte: *Eines der traurigsten Dinge im Leben ist, dass ein Mensch viele gute Taten tun muss, um zu beweisen, dass er tüchtig ist, aber nur einen Fehler zu begehen braucht, um zu beweisen, dass er nichts taugt.*

Damit traf Shaw den Nagel auf den Kopf.

Es setzte Emma unfassbar zu, dass sie immer und immer wieder beweisen musste, wer sie war.

Wozu?

Warum musste sie es wieder und wieder zeigen?

Was hatten die Leute davon?

So können sie von ihren eigenen Fehlern ablenken und sich genüsslich daran weiden, wie du dich quälst.

So verlockend der ihr durch den Kopf huschende Gedanke auch war und so sehr sie ihn genoss, spürte sie, dass er nicht passte. Sie wollte nicht jammern und sich quälen; wollte nicht der Mensch sein, von dem sie annahm, dass alle ihn in ihr sahen.

Was die Raupe das Ende der Welt nennt, nennt der Rest der Welt Schmetterling, hatte Laozi einst gesagt. Worte, die sie den Kopf heben ließen; siegessicher lächeln ließen.

Sie schaute zu Michael, der jetzt neben sie getreten war und Eggenstein genauso flüchtig zulächelte, wie er es gerade bei ihrer Begrüßung getan hatte.

„Ich bin der Schmetterling“, murmelte sie und erntete dafür einen verwirrten Blick von Michael, „und du bist die Raupe, die es das Ende der Welt nennt.“

***

Als sie hinaus auf den vom Sonnenlicht gefluteten Parkplatz trat, hörte sie das mehrfach aufeinander folgende *Piep, Piep, Piep* ihres Handys und versuchte, Michael zu ignorieren. Dieser stand neben ihr, wippte von den Zehenspitzen auf die Hacken und hatte die Hände in den Taschen vergraben wie ein nervöser Junger vor seinem ersten Date. Emma ignorierte ihn ebenso wie das merkwürdige Gefühl der Beklemmung, das in ihr aufstieg.

Hatte sie am Donnerstag, als sie hierhergefahren war, noch angenommen, dass sie einen Jubelschrei ausstoßen würde, sobald sie die Heiratsurkunde in den Händen hielt, so hatte sie jetzt das Gefühl, als schnürte ihr etwas den Hals zu.

„Emma", sagte Michael plötzlich neben ihr. „Ich ... ich ..."

„Ist schon gut", sagte sie und winkte ab.

„Nein. Bitte hör mir zu."

Sie drehte den Kopf und warf ihm einen genervten Blick zu. Michael wischte sich die schweißnassen Hände an der Naht seiner Jeans ab und suchte krampfhaft nach den richtigen Worten. Als er anfing zu sprechen, schloss sie die Augen, wiegte den Kopf hin und her und wünschte sich, er würde den Mund halten.

„Auch wenn ich nicht weiß, was das mit der Raupe und dem Schmetterling bedeuten sollte, ich weiß, dass ich das hier nicht will ... wirklich nicht. Es kommt mir so vor, als werfen wir unsere letzte Chance weg."

„Was für eine Chance?", wollte sie kopfschüttelnd, leise, den Tränen nah wissen.

Allein der Gedanke daran, wie sie, bevor das ganze Chaos über sie hineingebrochen war, selbst an diese Möglichkeit gedacht hatte, ließ sie Magenschmerzen bekommen. Jetzt, wo Michael vor ihr stand und sie mit weit geöffneten Augen anstarrte, kam sie sich lächerlich vor. Sie schüttelte den Kopf und fragte leise und ablehnend: „Was denn für eine Chance?"

„Du und ich", meinte er hilflos.

„Was wäre das denn?"

„Die Zukunft", flüsterte er und schluckte mehrmals. „Ich ... ich ... ich kann es dir nicht besser erklären. Worte sind deine Stärke. Ich möchte, dass du weißt, dass ich immer noch an uns glaube. Frag mich nicht, warum. Nein, frag mich doch." Als er merkte, dass Emma ihm diesen Gefallen nicht tun würde, wiederholte er: „Bitte frag mich."

Sie seufzte und fragte: „Warum?"

„Wegen Sebastian."

„Wegen Sebastian?", erwiderte sie verwirrt.

Michael nickte und sagte schnell: „Als ich dich mit ihm gesehen habe, wie ihr gelacht habt und Spaß hattet, da ... da ist irgendein Schalter in mir umgelegt worden. Ich dachte mir auf einmal: Hey, das da könnte deine Familie sein. Das da könnte dir gehören. Eine wunderschöne Frau, ein lachendes Kind und ganz viel Spaß. Ich ... ich ... habe mir das so sehr gewünscht."

Emma starrte Michael fassungslos an.

Das in ihrer Hand liegende Papier, das sie immer mit ihrer Freiheit gleichgesetzt hatte, wog plötzlich unfassbar schwer. Sie schüttelte erneut den Kopf und stieß einen abfälligen Laut aus. Michael, der ihre Geste missverstanden hatte, nickte traurig, flüsterte irgendetwas, das klang wie: *Verstehe* und drehte sich auf dem Absatz um.

Emma griff, einem reinen Impuls folgend, nach seiner Hand.

„Wieso gerade jetzt?"

„Ich weiß nicht", antwortete er und zuckte mit den Schultern. „Ist einfach so passiert. Es hat angefangen, als wir zusammen auf meinem Schiff waren."

Sie schaute ihn fragend an.

„Der Ordner, weißt du ... ich habe dich plötzlich wieder dasitzen sehen, wie du Pläne und Ideen aufgeschrieben hast und wie du für uns gebrannt hast.

Dass du das alles wirklich wolltest. Ich hingegen habe nur Sprüche geklopft." Er senkte den Blick und ignorierte, ebenso wie Emma, das erneute *Piep* ihres Handys. „Du wusstest schon immer, wer du sein willst, doch ich habe mich erst später gefunden."

Emma fragte: „Ist das wirklich so?"

„Dieser beschissene Ordner hat mich fertiggemacht. Rate mal, warum ich ihn unter das Bett geschoben habe. Ich konnte ihn nicht mehr sehen. Er erinnerte mich jeden beschissenen Tag an dich."

Emma lächelte, obwohl sie gar nicht wusste, warum. All das, was er ihr hier gerade sagte, berührte sie auf eine unangenehme, erschreckende Art und Weise, sodass sie am liebsten die Beine in die Hand genommen hätte und davongelaufen wäre.

Als spürte Michael, was in Emma vor sich ging, als begriff er, dass sie dabei war, erneut die Flucht nach vorne anzutreten, griff er nach ihrer Hand. Zärtlich weich hielt er sie in der seinen, streichelte mit dem Daumen über ihren Handrücken und leckte sich über die Lippen, bevor er sagte: „Als ich unter das Bett gekrabbelt bin und ihn plötzlich wieder in den Händen hielt, dachte ich nur: Scheiße, da steht sie jetzt und will das alles zwischen uns beenden. Sie will es hinter sich bringen.

Und dann sah ich dich wieder vor mir, wie du an dem Tisch gesessen und Pläne geschmiedet hast. Weißt du, was ich gedacht habe, als ich mir vorgestellt habe, wie du da gesessen und unsere Zukunft aufgeschrieben hast?"

„Was?", fragte sie mit belegt klingender Stimme.

„Ich habe gedacht, dass ich deine Pläne mitgestalten will. Dass ich alles dafür tun würde, damit deine Ideen in die Tat umgesetzt werden."

„Meine Ideen?"

„Unsere“, verbesserte er sich hastig. „Ich würde es so gern noch einmal mit dir versuchen, Emma ... ohne mit der Wimper zu zucken.“

Als ihr Handy wieder das nervende, ihr durch Mark und Bein gehende *Piep* erklingen ließ, spielte sie keinen Augenblick mit dem Gedanken, es zu ignorieren. Sie wollte an das Handy gehen, um Michael nicht mehr in die Augen schauen zu müssen.

Sie brauchte Abstand und war froh, als sie einen Schritt zurückwich. „Ich muss da mal kurz rangehen“, sagt sie, als es erneut klingelte.

Als Emma auf das Smartphone blickte, sah sie, dass es Oller war, der ihr geschrieben hatte.

In diesem Moment hörte sie seine Stimme in der Ferne aufklingen. „Da sind Sie ja, Frau Sommer.“

Schweren Schrittes, von der Sonne gezeichnet, kam er winkend auf sie zu und rief: „Verzeihen Sie mir, dass ich einfach so hierherkomme, aber das von Ihnen vorgeschlagene Plätzchen war leider belegt und das nahe gelegene Lokal hatte geschlossen. Und als ich das hier sah“, er wedelte mit einer Zeitung in der Luft, „dachte ich mir, ich komme einfach hierher und frage Sie, seit wann Sie solche Negativschlagzeilen produzieren.“

Emmas Herz rutschte ihr in die Hose und Michaels Gesicht verlor jegliche Farbe.

Er stammelte etwas davon, dass er Emma das Ganze erklären würde und dass er sie ganz gewiss noch darauf angesprochen hätte, verstummte dann aber, als Oller sagte: „Ich hätte gar nicht gedacht, dass eine Furie in Ihnen steckt. Mensch, da kann ich ja froh sein, dass ich immer so ein freundliches Kerlchen bin und weiß, wo mein Platz in unserer Geschäftsbeziehung ist!“

***

Warum ihr Oscar Wildes Worte in den Sinn kamen, blieb ihr ein Rätsel. Aber sie passten wie der Topf und sein Deckel.

Jeder Skandal hat seine Wurzel in dem absolut sicheren Gefühl für das Unmoralische, hatte er einst gesagt.

Emma schluckte schwer und kam sich vor, als habe sie einen Schlag aufs Auge bekommen. Die ihr unter die Nase gehaltene Zeitung und das auf der Titelseite abgedruckte Bild, das zeigte, wie sie sich mit Denise schlug, verschwamm vor ihren Augen.

Emma, die niemals im Leben damit gerechnet hatte, dass sie mal im Mittelpunkt einer Skandalzeitung stehen würde, glaubte, sich übergeben zu müssen.

Ihre Hände zitterten und ihre Knie begannen, unter ihr nachzugeben. Sie merkte, wie ihr schwarz vor Augen wurde und sich die hervorgehobene Überschrift auf der Titelseite unweigerlich und unauslöschlich in ihr Gehirn brannte.

Erfolgsautorin schlägt sich auf Kinderfest. Kein Anstand, keine Sitte und keine Moral. Wie Erfolg Menschen hartherzig macht!

Erst als sie sich gegen die Wand des Standesamtes lehnte und krampfhaft um Atem rang, spürte sie, wie die aus ihren Beinen gewichene Kraft langsam zu ihr zurückkehrte. All ihre Überlegungen und Hoffnungen, Eckenförde mit so wenig Aufsehen wie nur möglich zu verlassen, hatten sich in Luft aufgelöst.

Der erhoffte Frieden, den sie mit diesem Ort schließen wollte, war plötzlich wie weggeblasen. Immer wieder musste sie auf das Titelbild schauen, las die Überschrift und den kleinen Text unter dem Bild. Jeder einzelne Buchstabe und jedes einzige Wort, alles, was die Zeitung ausmachte, war plötzlich in einen diffusen, grauen Nebel gehüllt, den Emma kaum noch mit bloßem Auge durchdringen konnte.

Sie wusste, dass darin stand, dass sich die Erfolgsautorin Emma Sommer mit einer anderen Frau geprügelt hatte und es dabei um einen Mann gegangen war.

Der letzte Satz lautete: *Liebt Emma Sommer zwei Männer? Mehr auf Seite 3.*

Emmas Hals schnürte sich weiter zu.

Sie stammelte, dass das Ganze eine Lüge sei und dass sich irgendjemand von der Zeitung nur etwas aus den Fingern gesogen hatte.

Oller, der nicht wahrnahm, wie es um Emma bestellt war, sagte: „Das ist doch verrückt."

„Und es stimmt nicht."

„Wer hätte das gedacht?"

„Wir müssen gegen diese Berichterstattung vorgehen", murmelte Emma, die merkte, wie Michael sie zu stützen begann und versuchte, sie ein wenig zu beruhigen, indem er ihr irgendetwas ins Ohr flüsterte, was sie aber nicht verstand.

Erst als Oller fragte: „Dagegen vorgehen?", begriff sie, dass sie beide aneinander vorbeigeredet hatten. Oller war in keiner Weise daran interessiert, Emma vor der Presse zu schützen.

Er wollte den Skandal!

„Eine bessere Werbung für den Film können wir uns doch gar nicht ausdenken. Mensch, wir können jetzt jedem erzählen, dass Sie die wahre Geschichte dahinter zu Papier gebracht haben, weil Sie Ihr Herz erleichtern wollten, das vor Kummer und Gram schon ganz schwer war und Sie schließlich dazu gebracht hat, gegen diese Frau zu kämpfen.

Sie sind der Mann, um den es in dem Artikel geht?", wollte Oller sensationsheischend wissen und drehte sich zu Michael herum.

„Ähm ...", sagte er.

„Oller, angenehm. Mensch, dass ich Sie hier treffe. Ach, was würde ich dafür geben, wenn Mark jetzt auch hier wäre."

Emmas Herz setzte erneut aus.

„Mark?", hörte sie Michael fragen.

„Frau Sommers Verlobter. Mensch, da wäre die nächste Schlägerei doch praktisch vorprogrammiert und wir stünden sofort wieder in der Zeitung ..."

***

„Und dann hat er so getan, als habe er nicht mehr gewusst, was er gesagt hat", klagte Emma ihr Leid. Sie saß in einem kleinen Strandlokal, außerhalb von Eckenförde, und starrte auf die viel zu stark gesalzenen Pommes und das eiskalte Alsterwasser, das neben der Plastikschale stand. „Dass es ihm unangenehm wäre, dass er Michael so vor den Kopf gestoßen hat."

„Aha."

„So ein Arsch."

„Michael, ja, der ist ein Arsch!"

Emma hob verwirrt den Kopf.

„Wie bitte?"

„Du hast schon richtig gehört, Mäuschen. Michael ist der Arsch, und zwar durch und durch. Oller ist ein Idiot, der nur den Profit sieht. Ein Blödmann, der sich in andere Menschen nicht hineinversetzen kann, aber Michael ist ein Arschloch erster Güte, oder meinst du, er hat von dem Zeitungsartikel nichts gewusst, als ihr euch getroffen habt?"

Emma zuckte mit den Schultern, schüttelte dann den Kopf und versuchte, ihre noch immer durcheinanderwirbelten Gedanken zu sortieren ...

... was ihr nicht gelang.

Immer wieder kehrte sie zu dem Zeitpunkt zurück, als Michael ihr erneut seine Liebe gestanden hatte und ihr selten liebevolle Worte gesagt und sie mit einer

Ehrlichkeit beeindruckte, die sie niemals für möglich gehalten hätte.

Nur um dann in einem heillosen Chaos zu versinken, das von Oller ebenso ausgelöst worden war wie von ihr, als sie gestottert hatte, dass Michael sie doch bitte verstehen solle.

Der aber hatte sich zurückgezogen, nachdem sich Oller seine rosige Zukunft ausgemalt hatte.

„Verlobter?“, hatte Michael gefragt und sich dann mit der flachen Hand gegen die Stirn geschlagen. „Darum auch die Scheidung. Ich bin so ein Idiot. Ich dachte, du willst dich nur scheiden lassen, um mir den Anspruch auf dein Geld zu verwehren, das du einnehmen wirst, wenn der Film in die Kinos kommt. Ich bin so ein Idiot!“

Als er schon im Begriff war, zu gehen, drehte er sich noch einmal herum und sagte: „Weißt du was? Ich hätte auf die ganze Kohle geschissen. Sie war mir scheißegal. Ich wollte nur, dass du glücklich bist.“

Emma, die von jedem Wort förmlich aufgespießt wurde, zuckte wieder und wieder zusammen ...

... so lange, bis ihr die Tränen in die Augen schossen und sie ein stammelndes und kaum verständliches: „Es tut mir so leid“, hervorstoßen konnte.

Plötzlich begriff sie, was Michael in der Gesäßtasche bei sich trug. Fein säuberlich gefaltet, so klein und handlich, dass es mühelos in seiner Jeans verschwinden konnte.

Als sie sich vor dem Standesamt getroffen hatten, hatte sie sich schon darüber gewundert, was er so hastig vor ihr versteckte.

Es war die gleiche Zeitung gewesen, die Oller ihr unter die Nase hielt.

Michael hatte es gewusst!

Der Arsch hatte genau gewusst, was auf sie zukommen würde.

Hatte er ihr etwas gesagt?

Nein!

Er hatte sie ins offene Messer laufen lassen und anstatt sie zu warnen, hatte er sie mit schwulstigen Liebeserklärungen so verrückt gemacht, dass sie gar nicht mehr an die Zeitung in seiner Hosentasche gedacht hatte ...

... bis zu dem Moment, als er ihr noch einen vorwurfsvollen Blick zuwarf und auf dem Absatz kehrtmachte.

Erst da war ihr seine hektische Bewegung und wie er etwas vor ihr versteckt hatte, wieder in den Sinn gekommen.

„Du hast es gewusst!", hatte sie vorwurfsvoll gesagt. „Du hast es gewusst und hast mir nichts gesagt. Du hast mich absichtlich auflaufen lassen."

Danach war es zu einem Streit gekommen, der für Emma immer noch seltsam nebulös war. Sie konnte immer noch nicht sagen, was sie sich alles an den Kopf geworfen hatten und was der eine zum anderen sagte.

Das Einzige, woran sie sich erinnerte, war, dass Oller mit weit aufgerissenen Augen zwischen ihnen stand und sie abwechselnd anschaute. Als Michael abwinkend weggegangen war und wutentbrannt die Tür seines Wagens aufgerissen hatte, hatte Oller gesagt: „Das müssen wir unbedingt in dem Film bringen. Genau solche Dramen brauchen wir. So etwas macht den Film lebendig!"

„Ich scheiße auf Ihren Film!", hatte sie Oller angeschrien und war zu ihrem Auto gestapft, um sich dann heulend hinter das Lenkrad zu werfen. Zweimal hatte sie den Motor abgewürgt und der Wagen hatte einen lauten, ächzenden Satz gemacht, bis er schließlich beim dritten Mal endlich angesprungen war.

Oller, der die ganze Zeit wild mit den Armen fuchtelnd vor ihr gestanden hatte und ihr zurief, dass sie doch bitte wieder aussteigen und nicht alles so ernst nehmen sollte, was er gerade gesagt hatte, war schließlich in einer dichten Staubwolke hinter ihr zurückgeblieben.

Das Nächste, woran sie sich klar erinnern konnte, war, dass sie sich hier am Strand in den Sand fallen gelassen hatte, während ihr unentwegt Tränen über die Wangen liefen. Sie hatte geschluchzt, ihr Schicksal verflucht und sich gewünscht, niemals mit der Schreiberei angefangen zu haben.

Erst als ihr Handy zum zehnten Mal klingelte, fand sie die Kraft, ranzugehen, und ihr wurde bewusst, wie tief sie gefallen war.

Als sie jetzt in dem kleinen Lokal saß, der Wind immer mehr auffrischte und ihre schrecklich fettigen und salzig schmeckenden Pommes aß, war sie froh, dass sie ans Handy gegangen war.

„Hat er“, sagte sie niedergeschlagen.

„Also doch ein Arschloch.“

Emma lächelte.

„Und was jetzt?“

Die junge Autorin zuckte mit den Schultern.

„Deine Heiratsurkunde hast du, oder?“

Emma nickte.

„Dann lass uns nach Hause fahren.“

Sie lächelte schmal.

„Na komm schon, Mäuschen. Lassen wir den am Arsch der Welt hängenden Furz endlich hinter uns und hoffen, dass es danach besser für dich wird.“

Emma schaute hoch. „Was soll denn besser werden?“

„Du kannst Michael vergessen und positiv in die Zukunft schauen. Das hat doch auch was für sich. Hat Mark sich schon bei dir gemeldet?“

Emma schüttelte den Kopf.

„Mäuschen“, schallte es Emma entgegen. „Du hast echt kein Händchen für Kerle.“

Da musste sie traurig lächeln.

„Aber das Gute ist, dass du stattdessen ein Händchen für gute Freundinnen hast. Und die gibt dir, sobald wir in Hamburg ankommen, richtig einen aus. Dann kannst du dich volllaufen lassen, bist du kotzt ... und ich halte dir dabei sogar die Haare!"

„Danke", erwiderte Emma und lächelte schmal. „Danke für alles. Ich liebe dich, Angie."

***

Die Fahrt zurück nach Hamburg glich einem Martyrium. Ununterbrochen klingelte ihr Telefon und immer wieder meldeten sich Journalisten, Freunde und sogar der Chefredakteur ihres Verlages bei ihr. Alle wollten wissen, wie diese Auseinandersetzung auf dem Kinderfest hatte geschehen können.

Während Emma die Journalisten und den größten Teil ihrer Freunde auf später vertrösten konnte, war ihr Chefredakteur nicht so leicht mit den Worten: „Ich melde mich später bei Ihnen", abzuspeisen. Er brüllte, dass er es nicht dulden würde, dass sich eine seiner Autorinnen so benahm und dass er es sich verbat, überhaupt nur in Erwägung zu ziehen, einen anderen Menschen in der Öffentlichkeit zu schlagen.

Nachdem der cholerische Mann Emma gute fünf Minuten angeschrien hatte und seinen Dampf abließ, wurde er endlich ruhiger und erkundigte sich danach, wie es überhaupt zu diesem Eklat gekommen war. Dennoch beharrte er auf seiner Meinung, dass er nicht verstehen konnte, wie Emma sich zu so etwas hatte hinreißen lassen können.

„Mit dieser Meinung sind Sie nicht allein", gab sie zu und musste wieder an das Titelbild denken, das sich Angie und sie in der kleinen Strandbar angeschaut hatten. Wie sie dastand, die Augen geschlossen, der Mund verzerrt, während sie ihre geballte Faust mit voller Wucht in das hübsche Gesicht von Denise schlug.

Angie hatte darüber gelacht. Zuerst hatte sie gekichert, danach sich nicht mehr zurückhalten können.

„Voll in die Fresse", hatte sie lachend gerufen und so getan, als wäre sie von einer Faust getroffen worden. „Echt mitten auf die Zwölf. Ich wusste gar nicht, dass du so gut zuschlagen kannst."

„Ich auch nicht", hatte Emma kopfschüttelnd erwidert und ebenfalls zu lachen begonnen. „Ich habe ja gar nicht richtig realisiert, was ich da mache. Ich habe mich doch nur verteidigt."

„BumBum Sommer", erfand Angie plötzlich eine imaginäre Überschrift. „Konkurrentinnen trauen sich nicht mehr aus dem Haus. Wer wird das nächste Opfer dieser schnell zuschlagenden Frau?"

Obwohl ihr gar nicht zum Lachen zumute gewesen war und Emma viel lieber in ihre zu salzigen Pommes geweint hätte, tat sie es doch. „Hör auf damit", sagte sie abwehrend.

Angie erfand noch zwei weitere Überschriften, die so an den Haaren herbeigezogen waren, dass Emma zu weinen begann.

Nicht aus Trauer, sondern vor Lachen. Nachdem Angie sagte: „Die Furie Sommer wieder in Aktion. Blaue Augen und aufgespritzte Lippen geplatzt", musste sie auch eine Überschrift erfinden. „Ich! Aggressiv! Impulsiv! Immer auf die Zwölf! Buchstaben aus einem Buch klauen? Nicht mit mir!"

„Super", hatte Angie erfreut gerufen und in die Hände geklatscht. Das alles ging ihr jetzt durch den Kopf, als sie an das Gespräch mit ihrem Redakteur dachte, der schließlich, bevor er auflegte, zu ihr gesagt hatte: „Na gut. Die Presse haben wir jetzt wohl oder übel am Hals. Versuchen Sie es bitte demnächst mal mit positiven Schlagzeilen. Wie wäre es zum Beispiel mit einer

Lesung in einem Kinderkrankenhaus oder in einem Altenheim?"

In ihrer Verzweiflung hatte sie sofort zugesagt und ihm versichert: „Klingt beides verlockend. Das machen wir."

Danach war das Telefonat beendet und Emma wieder mit sich und ihren Gedanken allein gewesen.

Gedanken, die sich nicht um den Artikel drehten oder die daraus folgenden Konsequenzen. Stattdessen dachte sie an jene Person, die den Artikel geschrieben und veröffentlicht hatte ... die es gewagt hatte, Emma so sehr ein Bein zu stellen, dass sie drohte, zu stürzen und sich im schlimmsten Fall etwas zu brechen.

Sie hatte gewusst, wer hinter der Aktion steckte, ohne den Namen über dem Artikel lesen zu müssen.

Linda Paulsen!

Hinnerks Tochter.

Emma konnte sich bildlich vorstellen, wie sich diese blöde Kuh irgendwo bei einem Kaffee sitzend ihr gehässiges Grinsen nicht verkneifen konnte, als ihr zu Ohren gekommen war, dass Michaels Freundin eine verpasst bekommen hatte.

Und als ihr dann auch noch das Foto zugespielt worden war, in dem Denise von Emmas Faust mitten ins Gesicht getroffen worden war, muss in ihr ein Vulkan explodiert sein. Die Zeilen, die sie zu Papier brachte, waren ebenso aus ihr herausgeflossen wie die zwei, drei Zitate, die sie gesammelt hatte, die aus den Leuten hervorgesprudelt waren. Dass sie ihren Vater mit keinem Wort erwähnte oder die Tatsache, dass er versucht hatte, Emma für das Stadtfest zu gewinnen, um seine Position bei der nächsten Bürgermeisterwahl zu stärken, wunderte Emma nicht.

Töchterchen war ganz auf Papas Linie und immer für ihn da.

Und damit baute sie Druck auf. Einen Druck, der Emma so sehr zusetzte, dass sie sich am liebsten übergeben hätte. Es waren daraufhin Hunderte und Aberhunderte Szenarien durch ihren Kopf geschossen und hatten sie schließlich glauben lassen, an jeder Einzelnen davon zu zerbrechen. Szenarien, die sich mit einer herzlos klingenden Entschuldigung befassten, die sie von ihrer Agentur in die Zeitungen und Internetportale bringen lassen würde. Worte, voller Demut, voller Selbstzweifel und dem unweigerlichen Versprechen, sich ab jetzt besser unter Kontrolle zu bekommen.

Was sollte sie tun?

Auf eine Gegendarstellung bestehen?

Darin erklären, was vorgefallen war und wie sich alles aus ihrer Sicht ereignet hatte?

Natürlich hatte sie diese Möglichkeit mit ihrem Redakteur besprochen und dabei die schmerzenden, unangenehmen Fragen über sich ergehen lassen müssen, die auch Angie ihr schon gestellt hatte.

„Was sagt Mark zu der ganzen Sache?"

„Gar nichts", hatte es ihr zuerst auf der Zunge gelegen. Dann hatte sie ausweichend geantwortet: „Er hat jetzt gerade Wichtigeres zu tun. Was vollkommen okay ist. Er wird die Berichterstattung schlecht heißen und die Sache dann auf sich beruhen lassen."

Jedes einzelne Wort fühlte sich an wie ein auf sich selbst abgegebener Schuss mitten ins Knie.

Angies Reaktion war ein knappes „Arschloch", gewesen, und die des Redakteures ein nichtssagendes: „Aha."

Mehr hatten beide nicht zu sagen brauchen.

Und so saß Emma nun mit gesenktem Kopf da, während Tausende Gedanken durch ihren Kopf schossen, während sie über die Autobahn donnerte und sich wünschte, gleich in einer vor Schaum überlaufenden Badewanne versinken zu können, um alle Sorgen von sich waschen zu können.

Gerade als sie sich wohler zu fühlen begann, hörte sie, wie ihr Telefon klingelte und erkannte auf dem Display die Vorwahl von Eckenförde.

Ihr erster Impuls war es, nicht ranzugehen.

Was, wenn es Sebastian ist?, dachte sie und erinnerte sich kurz daran, wie sie vor ihm gekniet hatte, als sie den Entschluss gefasst hatte, Eckenförde zu verlassen. Sie hatte versucht, ihm ein aufmunterndes, ein freundschaftliches Lächeln zu schenken. Ihm deutlich zu machen, dass es richtig war, dass sie ging. Ihre Stimme, brüchig und leise, mehr ein Hauch, war ihr leise über die Lippen gekommen.

„Ich melde mich, sobald ich zu Hause bin, ja? Ich vergesse dich nicht. Echt nicht. Hierbleiben aber, nein, das kann ich nicht.

Es tut mir leid."

Damit hatte sie sich erhoben und hatte ihr Heil in der Flucht gesucht.

Könnte es Sebastian sein?

Rief er sie an, um ihr zu sagen, dass er wollte, dass sie zurückkam?

Ein Kind, das nicht spricht? Mach dich nicht lächerlich, Mädchen, nannte sie sich selbst einen Narren und wünschte sich nichts sehnlicher, als dass der durch ihren Kopf hämmernde Gedanke endlich verklang: *Oder glaubst du wirklich, dass du es bist, der den Lütten heilen kann? Dass du es bist, der ihn dazu bringt, endlich zu sprechen?*

Komm schon, Prinzessin, das kannst du beim besten Willen nicht ernsthaft annehmen. Du bist nicht toll. Du bist in keinem Hollywoodfilm. Du bist ...

... ich bin wichtig für ihn und er für mich, unterbrach sie ihren Gedanken und fand, dass es sich gut anfühlte. Richtig gut. Bestens. Allein sich noch einmal die

Berührung ins Gedächtnis zu rufen, als ihre Finger über seine weichen, seine in letzter Zeit immer geröteten Wangen gestreichelt hatten. Oder wie er sie umarmte, fest, innig, voller Zuneigung und Liebe. Es waren Berührungen, Wertschätzungen, ehrliche, kindliche Liebesbekundungen, die ihr noch immer den Hals zuschnürten und Tränen in die Augen trieben. Und so waren die nächsten Fragen, die ihr durch den Kopf gingen, nicht mehr so schlimm, wie sie sie sich anfangs ausgemalt hatte.

War es Ralf, der ihr sagen wollte, dass sie noch ihre Hotel-Rechnung begleichen musste?

Michael, der sie noch einmal stammelnd und weinerlich darum bitten wollte, dass sie umkehrte und sie beide in Ruhe über alles sprechen konnten, was zwischen ihnen vorgefallen war?

Eher nicht, dachte sie mit einem Anflug von Bitterkeit. Er würde mir Vorwürfe machen und mir sagen, was für eine blöde Kuh ich bin.

Oder dass er jetzt doch auf das Geld besteht, das ihm rechtlich zusteht und dass er alles bis auf den letzten Cent ausbezahlt bekommen will.

Während ihr die Gedanken so schnell durch den Kopf rasten, dass sie diese kaum verfolgen konnte, stieg noch eine dritte Idee in ihr auf, die sie zusammenzucken ließ.

War es Lisa?

Könnte es Lisa sein, die versucht, mich anzurufen? Die mit mir reden will, um mir zu sagen, wie schwer es gerade für sie alle ist und die mich wieder auf den Boden der Tatsachen zurückholen will?

Wie bei meiner ersten Begegnung mit Linda?

Dass sie eine weitere Überraschung für mich plant, um mir zu zeigen, wo mein Platz ist?

Oder will sie mir nur sagen, wie wichtig ich für sie bin und dass sie nicht will, dass ich im Zorn weggehe?

Emma hatte diesen Gedanken noch gar nicht zu Ende gedacht, als sie den eingehenden Anruf entgegennahm und mit gezwungener Freundlichkeit sagte: „Na, was kann ich für dich tun?"

Stille und nur Atemgeräusche, während der Anrufer die Überraschung abschüttelte, das Emma sich fröhlich meldete.

„Hi", erklang es plötzlich freundschaftlich. „Du bist gerade auf dem Heimweg, wie ich erfahren habe."

Emma stutzte, sie bekam noch ein zögerliches „Ja", heraus, fragte sich aber, wer da am Telefon war.

„Schade, ich hatte gehofft, dass wir uns noch einmal zusammensetzen und klönen könnten."

Als Emma nichts sagte, sprach die Person auf der anderen Seite der Leitung weiter: „Ich habe von Denise erfahren, dass ihr euch um Michael gestritten habt und Denise ist bereit, mir ein volles Interview zu geben, um ihre Sicht der Dinge darzustellen. Nun wollte ich dir auch die Chance geben, etwas dazu zu sagen. Wie sieht es aus? Hättest du einen Moment Zeit für mich?"

In Emma gefror alles.

Sie telefonierte mit Linda Paulsen!

***

Emma könnte heulen. Am liebsten hätte sie, als sie den Wagen auf die Einfahrt von Marks Grundstück lenkte, irgendetwas kurz und klein geschlagen. Allein die Frechheit, sie auf ihrer Privatnummer anzurufen und so zu tun, als wären sie Freundinnen und sie dann mit unbequemen Fragen zu bombardieren, hatte das Fass endgültig zum Überlaufen gebracht.

Im ersten Augenblick hatte Emma ein leises, kaum verständliches „Klar", gemurmelt. Dann wurde ihr klar, dass sie es hier mit einer reißenden Bestie zu tun hatte, deren Verstand darauf gepolt war, Boshaftes in einem ans Tageslicht zu fördern.

Sie hatte gefragt, ob Emma in ihrer Kindheit schon aggressiv gewesen war, da ihre Eltern sich hässlich scheiden ließen.

Dann hatte Linda wissen wollen, wie es damals gewesen war, als Emma Michael Hals über Kopf verließ. Ob es nicht da auch schon zu Streitigkeiten gekommen war.

Am meisten aber hatte es Emma getroffen, als Linda ihren Vater in die Sache hineingezogen hatte. Als sie wissen wollte, ob sie es denn in Erwägung zog, eine schon fast in trockenen Tüchern befindliche Lesung abzusagen, obwohl sie doch genau wusste, dass sie damit ihrem einstigen Förderer einen gehörigen Imageschaden versetzen würde.

Emma hatte das Telefonat freundlich, aber bestimmt beendet und ihr gesagt, dass sie sich deren Fragen einmal gründlich durch den Kopf gehen lassen würde und dann hatte sie, als sie in Richtung Elbtunnel fuhr, laut angefangen zu schreien. Erst als sie in Stellingen von der Autobahn abbog und in Richtung Othmarschen fuhr, war ihr bewusst geworden, was Linda da versucht hatte.

Hinnerks Tochter hatte vor, Emma so wie jeden anderen in ihrer Zeitung erscheinenden Prominenten bloßzustellen.

Sie will eine Kampagne starten, und mich unter Druck setzen. Das Miststück hat mich praktisch vor die Wahl gestellt, glimpflich davonzukommen oder mit dem Arsch ins Feuer zu fallen.

Dann war ihr ein Gedanke gekommen, der sie dazu brachte, ihre in Zweifel gezogene Entscheidung, Mark zu besuchen, doch in die Tat umzusetzen.

Sie brauchte ihn. Ihn und seinen klaren, analytischen Verstand.

Als sie versucht hatte, ihn von der Autobahn aus anzurufen, hatte er sie weggedrückt.

Er hatte auf ihre Sprachnachricht ebenso wenig reagiert wie auf den Text mit der dringlichen Bitte, sich bei ihr zu melden.

Als sie jetzt aus dem Wagen stieg, wunderte sie sich darüber, dass das Haus in kompletter Dunkelheit dalag, obwohl sein Wagen in der Einfahrt stand und auch das Motorrad mit einer Plane bedeckt vor der Garage wartete. Die gut hundert Meter, die sie zurücklegen musste, da es auf der Straße keine Parkmöglichkeit mehr gab, störten sie nicht. So hatte sie die Möglichkeit, dass ihr die abendliche Luft des nächtlichen Hamburgs um den Kopf wehen konnte. Sie hoffte, dass sich ihre Gedanken klärten und sie eine Möglichkeit fand, aus dem Dilemma herauszukommen, in dem sie gerade steckte.

Ich kann Mark erklären, dass ich mich für ihn entschieden habe.

Dass er der Mann ist, mit dem ich den Rest meines Lebens verbringen möchte.

Dass er meine Versicherung ist für ein ruhiges, erfülltes und erfolgreiches Leben.

Mark ist der Mann meiner ...

... Träume?

Nachdem ihre Gedanken ins Stocken geraten waren, holte sie die Haustürschlüssel hervor.

Als sie die Tür aufschloss und in den dunklen Flur trat, der in einen weit angelegten Salon führte, fragte sie sich unwillkürlich, warum ihr diese Gedanken Magenschmerzen bereiteten. Wieso hatte sie plötzlich das Gefühl, dass sich ihr Hals zuschnürte und sie innerlich zerrissen wurde?

Als sie sich fragte, wo Michael – *Mark! Es ist Mark, nach dem du suchst* – um diese Uhrzeit stecken konnte, nahm sie den sterilen Geruch im Haus wahr.

Immer wenn sie zu Mark kam, zog sie als Erstes die Schuhe aus, weil sie den Fußboden nicht dreckig machen wollte.

Das Nächste, was sie wunderte, war, dass im ganzen Haus kein Licht brannte. Eigentlich waren überall Bewegungsmelder angebracht, die einem das nächtliche Heimkommen erleichtern sollten.

Aber jetzt waren die Bewegungsmelder deaktiviert, sodass Emma wie blind durch das finstere Schwarz der Nacht stolperte.

Erst als sie nach dem Lichtschalter tastete und dabei gegen den im Salon stehenden Sekretär stieß, fand sie ihn. Als das Licht den Salon durchflutete und der Lampenschein sich fächerartig im Raum ausbreitete, atmete Emma erleichtert auf.

Endlich, dachte sie und ging in Richtung Treppe, die sie in den ersten Stock führte, zum Bett, in das sie sich müde fallen lassen würde. Endlich bin ich in Sicherheit. Endlich habe ich die Chance, zur Ruhe zu kommen.

Endlich bin ich bei dem, der mich ...

... beschützt?

Wieder zögerte sie.

Wieder überkamen sie Zweifel.

Sie wischte diese Gedanken energisch beiseite, die ihr so ein unangenehmes Ziehen im Magen bescherten und sie, als sie im Bett lag und eindämmerte, unwillkürlich fragen ließen: *Was willst du, Mädchen?*

Wohin soll deine Reise gehen?

Sie blieb sich die Antwort schuldig.

***

Zuerst dachte Emma, sich geirrt zu haben.

Dann aber, als die ersten schweren Schleier der Müdigkeit sich lichteten und ihr Verstand zu arbeiten begann, richtete sie sich verschlafen auf.

Sie hatte etwas gehört.

Als sie tief und fest geschlafen hatte, erleichtert darüber, einmal nicht über alles nachdenken zu müssen, war ihr das erste Geräusch ins Bewusstsein gedrungen. Einem kaum bemerkten Insektenstich gleich, der langsam zu jucken begann. Als sie hörte, wie die Tür geöffnet wurde und ihr kichernde Stimmen an die Ohren drangen, hatte sie sich verwirrt gefragt: *Wo bin ich?*

Obwohl sie sich sicher gewesen war, dass sie nach Hamburg gefahren war und sich in Marks Haus befand, hatten sie kurz Zweifel beschlichen. Eine tief in ihr vergrabene Unsicherheit, dass sie sich doch noch in „Friedrichs Ruh“ befinden konnte, während auf dem Flur eine von Ralfs hoffnungslosen Romanzen kicherte, beschlich sie. Als sie den Kopf hob und ihr der vertraute Geruch von Marks Bettwäsche in die Nase stieg, begriff sie, dass sie in Hamburg war.

Sie war in Sicherheit.

In Sicherheit?

Sie schüttelte unbewusst den Kopf und blinzelte in der sie noch immer umgebenden Dunkelheit. Dann wurde ihr klar, dass ihr ein leises Lachen an die Ohren gedrungen war und dass sich eine Stimme unter das Lachen mischte und irgendetwas sagte.

War das Mark?

Schmerzen breiteten sich in Emmas Magen aus.

Sie merkte, wie sich alles in ihr zu verkrampfen begann.

Ihre eben noch im Dämmerschlaf liegenden Gedanken waren wie elektrisiert und ein unangenehmer Schwindel erfasste sie, als sie die Beine unter der Decke hervorstrampelte. Als sie aufgestanden war und sich sicher war, Marks Stimme gehört zu haben, war sie schon an der Tür angelangt und öffnete diese langsam.

In dem kleinen Salon, durch den sie heute Nacht geschlichen war, brannte jetzt ein dämmriges Licht und irgendwo aus Richtung der Küche klimperte es leise, als die Kühlschranktür geöffnet wurde.

Als Emma sich gerade bemerkbar machen und nach Mark rufen wollte, meinte sie, ihr Herz würde stehen bleiben. Sie hatte gehofft, sich das Kichern und Lachen nur eingebildet zu haben. Dann hörte sie, wie eine melodische, weiche Stimme ertönte und sagte: „Lass den Sekt doch. Komm lieber zu mir."

Keine zehn Sekunden später huschte Mark aus der Küche, eine Flasche Sekt in der Hand, deren grün schimmerndes Glas von kühlen Wassertropfen bedeckt war.

Emma schossen Tränen in die Augen.

Obwohl sie es hasste, zu heulen und es noch mehr verabscheute, ihre Fassung zu verlieren, konnte sie nicht anders. All ihre Zweifel und Ängste, den falschen Schritt getan zu haben, als sie Marks Heiratsantrag angenommen hatte, stiegen ebenso in ihr empor wie unfassbare Scham.

Sie hörte Angie innerlich sagen: „Ich habe dir doch gleich gesagt, dass er ein Idiot ist. Habe ich es dir nicht gesagt? Na? Habe ich es nicht gesagt?"

Unwillkürlich dachte sie daran, wie sich Linda Paulsen auf diese Sache stürzen würde.

Die perfekte Möglichkeit, ihren Rachefeldzug auszuweiten, um der Frau vor den Kopf zu stoßen, die es gewagt hatte, ihr die Stirn zu bieten. Allein zu wissen, dass es jemanden in Eckenförde gab, der nur darauf wartete, Emma das Leben zur Hölle zu machen, machte das alles hier noch schlimmer.

Sie wunderte sich, dass sie es schaffte, einen Fuß vor den anderen zu setzen und dass es ihr gelang, auf der Treppe nicht das Gleichgewicht zu verlieren.

Alles in ihr schwankte.

Nicht zum ersten Mal in ihrem Leben fühlte sie sich hintergangen und nicht zum ersten Mal musste sie mit einer ihr Leben verändernden Situation klarkommen.

Das hier war schlimmer als alles, was sie jemals zuvor durchgemacht hatte. Zu wissen, dass der Mann, den sie hatte heiraten wollen, es mit einer anderen Frau trieb, füllte eine neue Seite in ihrem Buch der Enttäuschungen.

Ist es wirklich die größte Enttäuschung?, fragte sie sich später, als sie wieder klar bei Verstand war. *Oder hat es noch etwas anderes gegeben?*

Etwas anderes?, hatte sie von sich selbst wissen wollen. *Was denn?*

Das Wissen, dass Michael …

Emmas Hals war staubtrocken, als sie die letzte Stufe passierte und ihr die Laute einer sich unter Marks Küssen und Berührungen windenden Frau an die Ohren drangen. Sie hörte das lustvolle Stöhnen ebenso wie die von Mark auf die Haut der Frau gehauchten Küsse.

Emma hatte davon gehört, dass man einen Blackout haben konnte und dass der Kopf abschaltete und der Körper wie von allein handelte.

Das passierte ihr.

Nicht so intensiv wie bei anderen Menschen, die dann etwas taten, was sie später bereuten.

Bei ihr war es das Durchqueren des Salons zum Wohnzimmer, in dem die Frau gerade aufstöhnte und anfing, sich in einem lustvollen Rhythmus zu bewegen, der sie einem Orgasmus entgegentrug.

Emma schluckte, als sie begriff, dass ihr Verstand wieder anfing zu arbeiten.

Da war keine Schwärze mehr in ihrem Kopf und keine Hoffnung, dass alles nur ein Irrtum war, dass das, was da an ihre Ohren drang, nicht der Wahrheit entsprach. Dass ihre überreizten und unter Dauerspannung stehenden Nerven ihr nur einen Streich spielten.

Was ja sein kann, dachte sie in einem Anflug von Panik. Ich habe viel durchgemacht in den letzten Tagen und habe so einige Höhen und Tiefen erlebt. Was, wenn mein Verstand jetzt einfach gesagt hat: Jetzt reicht es mir, Mädchen. Mach mal Urlaub, ich schalte mich aus. Was? Du willst immer noch nicht auf mich hören? Na dann sieh mal, was ich dir alles antun kann, wenn ich will.

Gefällt dir das nicht?

Mir stinkt das alles auch gewaltig.

Also schalte einen Gang runter!

Emma wusste selbst, wie albern diese Gedanken waren und dass sie nur verzweifelt versuchte, das Unabwendbare von sich fernzuhalten. Allein die Geräusche, die ihr aus dem Wohnzimmer an die Ohren drangen, reichten, um sie wissen zu lassen, dass der Traum ausgeträumt war, denn die junge Frau stöhnte immer lustvoller und Marks Laute der Erregung mischten sich darunter.

Emma wusste, was das bedeutete.

Sie hatte es selbst oft genug gehört.

Als sie den letzten, entscheidenden Schritt in das schummrig erhellte Wohnzimmer trat und ihr Blick zu der braunen Sitzecke wanderte, wo sie Marks nackten Hintern sah, der sich bei den sanften Stößen immer anspannte und entspannte, wollte sie sich am liebsten übergeben. Die um Marks Hüften geschlungenen Beine – so lang und braun gebrannt, wohlgeformt und glatt rasiert – endeten in sich verkrampfenden Zehen. Sie beobachtete, wie Mark sich in einem gleichmäßigen Rhythmus bewegte und sein Kopf immer wieder senkte, um die Brüste der Frau zu liebkosen, deren Hände sich in seinen Haaren vergraben hatten und diese zerzausten.

Habe ich wirklich nach den passenden Worten gesucht?, fragte sie sich später, als sie sah, wie sich Mark aufrichtete, und die junge Frau mit sich zog, damit sie ihn reiten konnte. Wollte ich ihm wirklich noch einen bedachten Spruch an den Kopf feuern?

Wollte ich das?

Emma wusste es nicht. Sie wunderte sich darüber, dass die lange, blonde Mähne, die so verwuschelt den Kopf seiner Affäre umspielte, so stürmisch und verführerisch aussah, als sie hervorstieß: „Was bist du nur für ein elendes Arschloch!"

Kapitel 6

Wasserherz

„Emma! Emma, so warte doch! Emma. Es ist nicht so, wie du denkst!“

Er hüpfte hinter ihr her, verzweifelt darum bemüht, seine über den Hintern gezogene Hose zu schließen und stieß dabei unentwegt ein: „Fuck! Fuck! Fuck!“, aus.

Emma ignorierte ihn.

Sie wollte nichts mehr mit dem Schwein, dem blonden Flittchen oder sonst wem zu tun haben. Sie wollte nur noch so schnell wie möglich zur Seitenstraße eilen, in ihr Auto springen und davonfahren.

Irgendwo hin, wo es still war ...

... wo es keine Probleme zu lösen, keine Hindernisse zu überwinden und keine Irrwege zu entschlüsseln gab.

Als sie die Haustür aufriss, hörte sie die schnellen Schritte nackter Füße hinter sich auf den Fliesen. Sie huschte hastig hinaus, wischte sich mit dem Handrücken unter den Augen entlang und schloss die Tür.

Sie war bereits die ersten Stufen hinuntergeeilt, als Mark die Tür aufriss und ihr hinterherrief: „Emma, bitte bleib. Wir können über alles reden.“

Sie ignorierte ihn weiter.

„Emma“, rief er leise, damit ihn niemand in der Nachbarschaft hörte.

Sie lief, ohne zu stoppen.

„Emma, jetzt mach doch keine Szene“, rief er und schaffte es, dass sie kurz innehielt. Sie spielte ernsthaft mit dem Gedanken, auf dem Absatz herumzudrehen und ihm mitten in die Fresse zu schlagen.

Aber als sie gerade ihre Faust ballte und sich sicher war, dass sie ihm hier und jetzt die Zähne aus der Visage schlagen würde, kam ihr ein beruhigender Gedanke, der ihr zuraunte: *Lass es bleiben, Mäuschen. Es bringt nichts. Quäl dich nicht.*

Er hat doch nur das getan, was du sowieso schon länger geahnt hast, oder?

Hat er dir nicht gezeigt, dass er nicht der Mann für dich ist, den du stets gesucht hast?

Er war nett, ja. Freundlich, gewiss. Aber ein guter Partner?

Nicht doch, oder?

Als ihr die letzte Frage durch den Kopf ging, saß sie bereits im Auto, während ihr eine Träne aus dem Augenwinkel lief, die sie hastig beiseitewischte. Mit einer in Fleisch und Blut übergegangenen Bewegung legte sie den ersten Gang ein und gab sich selbst eine Antwort auf die eben gestellte Frage.

Er wollte mit mir schlafen, als ich in Sorge um meine Heiratsurkunde war, erinnerte sie sich und nickte sich selbst zu. *Er hat gar nicht bemerkt, dass es mir schlecht ging. Er wollte nur Sex. Langweiligen, beschissenen Sex, bei dem immer nur er zum Höhepunkt gekommen ist.*

Als ich in Eckenförde war und ihn brauchte, hat er mir nicht zugehört. Er hat mich ignoriert und am Telefon abgewürgt.

An den Konflikt mit Hinnerk und Lisa will ich gar nicht erst denken.

Da hat er mich fallen gelassen wie eine heiße Kartoffel.

Ich war ihm scheißegal.

Weil ...

Weil ...

Weil ...

... er da schon die blöde Schlampe bumsen wollte.

Emma hatte sich so sehr in Rage gebracht und ihrer Gefühlswelt freien Lauf gelassen, dass sie erschrocken zusammenzuckte und leise aufschrie, als Mark plötzlich gegen die Fensterscheibe ihrer Fahrertür schlug und dumpf sagte: „Emma. Bitte. Lass uns reden. Ich weiß, dass ich einen Fehler gemacht habe. Wirklich. Ich bin ein Idiot gewesen."

Sie drehte den Zündschlüssel herum, trat die Kupplung durch und legte den ersten Gang ein.

„Emma, fahr nicht weg. Warum hast du mir denn nicht gesagt, dass du kommst?"

„Damit du deine kleine Maus nicht mit nach Hause bringst? Arschloch!"

Sie trat das Gaspedal durch und fuhr mit quietschenden Reifen davon. Im Rückspiegel sah sie gerade noch, wie Mark das Gleichgewicht verlor und in die Luft boxte, um seine Wut rauszulassen.

Sie fuhr davon ...

... ohne zu wissen, wohin ihr Weg sie führen würde.

***

„Wie geht es dir?", lautete Angies Sprachnachricht bei „WhatsApp" und Emma schaffte es nicht, den Antwort-Icon zu drücken und Angie zu sagen, wie es um sie bestellt war.

Ihr kurzes Hochgefühl der Freude und Genugtuung, das sie erfüllt hatte, als sie im Rückspiegel gesehen hatte, wie Mark das Gleichgewicht verlor und doch noch stürzte, war ebenso verschwunden wie die

Hoffnung darauf, dem Erlebten irgendetwas Gutes abzugewinnen.

Sie hatte gehofft, dass es ihr besser gehen würde, wenn sie alle Für und Wider gegeneinander abgewogen hatte und wenn sie sich vor Augen führte, dass Mark ein blöder Arsch war, der gerne mit dem Gesicht voran auf den Asphalt klatschen und sich dabei die Nase brach.

Trotz all dieser Gedanken und gewonnenen Erkenntnisse fühlte Emma sich leer und ausgelaugt. Sie wusste nicht, wie lange sie hier schon auf der Fensterbank saß, die Knie angezogen, und den Blick hinaus aufs Meer richtete. Sie wusste nicht, ob sich die Tür zu ihrem Zimmer in der Zwischenzeit wieder geöffnet hatte.

Manchmal, wenn sie aus ihren Grübeleien hochschreckte, ihr Blick sich klärte und sie zurück in die Wirklichkeit kam, sah sie auf dem kleinen Tisch eine frisch gefüllte Obstschale oder einen Teller mit Brötchen, die mit Käse und Marmelade belegt waren.

Ab und zu meinte sie, eine Stimme zu hören, die sie fragte, ob es ihr gut ging, ob man etwas für sie erledigen könnte oder ob sie etwas wollte.

Emma reagierte meistens nicht.

Sie starrte weiterhin aus dem Fenster, betrachtete die fliegenden Möwen und die in die Ferne fahrenden Boote.

„Ich wollte dir nur sagen, dass Mark sich bei mir ausgeheult hat. Er will, dass ich mit dir spreche. Aber ich habe ihm gesagt, er soll sich die Eier abschnüren und den Penis abschneiden. Aber mit etwas hat er doch recht“, sagte Angie in ihrer „WhatsApp“ Sprachnachricht. „Was ich nicht gerne zugebe, echt nicht. Aber er hat gemeint, dass du nicht verloren gehen darfst. Hörst du? Ich will das auch nicht. Ich würde es nicht ertragen können, niemals wieder ein Sterbenswörtchen von dir zu hören oder eine deiner bescheuerten Nachrichten lesen zu können. Mäuschen, ich würde unsere gemeinsamen Abende so sehr vermissen, dass ich schon losheulen könnte, wenn ich nur daran denke, dass du aus meinem Leben verschwindest. Melde dich bitte bei mir."

Emma schaffte es nicht.

Es war ihr unmöglich, mit Angie zu sprechen.

Warum?

Sie wusste es nicht.

Emma dachte darüber nach, versuchte, ihre Gedanken zu ordnen, um zu merken, wie der Wunsch in ihr wuchs, alle Zelte in Hamburg abzubrechen. Sie wollte wegfahren, um ihr Glück irgendwo anders zu suchen.

Finanziell werde ich über die Runden kommen. Ich kann unter Pseudonym schreiben. Einen neuen Agenten werde ich mit Leichtigkeit finden. Ich muss nur eine E-Mail schreiben oder einen kurzen Anruf tätigen und schon habe ich einen neuen Vertrag in der Tasche.

Die Verlage kaufen meine Bücher garantiert.

Diesen Ruf habe ich mir hart erarbeitet.

Ich könnte Deutschland ganz verlassen, sponn sie ihre Flucht weiter. Der Süden Europas hat mir schon immer zugesagt. Sonne, Meer und Strand. Das ist genau mein Ding. Mallorca wäre schön.

Die Urlaube dort habe ich immer genossen.

Ich bräuchte nicht mal eine neue Sprache lernen, reden ja viele Deutsch da.

Merkst du, wie leicht du es dir gerade machen willst, Prinzessin?, hörte sie plötzlich eine Stimme in ihren Gedanken, die wie die ihrer Mutter klang. Du willst weg, aber du willst dafür keine Unannehmlichkeiten auf dich nehmen. Du möchtest dich ducken und darauf hoffen, dass dich keiner sieht.

Nicht einmal das Wagnis Auswandern kannst du kritisch betrachten.

Selbst da suchst du nur den Weg des geringsten Widerstandes.

Du bist ein Feigling, Prinzessin. Ein riesengroßer, bemitleidenswerter Feigling, der es nicht schafft, seine Probleme aus der Welt zu schaffen.

Sie sind aber immer noch da, Prinzessin, selbst, wenn du wegrennst. Sie sind da und sie warten nur darauf, dich wieder anzuspringen.

Glaub mir, Prinzessin, du wirst ihnen nicht entkommen können.

Bist du Michael entkommen?

Hast du ihn jemals vergessen?

Emma hasste sich für ihre Gedanken. Sie wäre am liebsten eingeschlafen und niemals wieder aufgewacht. Sie wünschte sich nichts sehnlicher, als dass sie alles, was gerade in ihrem Kopf vor sich ging, vergessen und einfach beiseitewischen könnte.

Nur einmal nicht daran erinnert werden, dass sie sich in stillen Momenten oder beim Duschen – während ihre Gedanken auf Wanderschaft gingen – oft fragte, was Michael gerade tat ...

... ob er noch böse mit ihr war ...

... oder ob er das Glück fand, welches sie gemeinsam von der Straße hatten aufheben wollen.

Es kam ihr so vor, als habe sich eine Glocke über sie gestülpt, die keinerlei Geräusche von außen nach innen und keinerlei Gefühl von innen nach außen dringen ließ.

Das Einzige, was ihr auffiel, war, dass sie ab und zu an der Schulter berührt wurde oder eine Hand ihren Kopf streichelte. Immer dann, wenn sie die Nähe spürte und merkte, dass jemand bei ihr im Raum war, um ihr Trost zu spenden, schlossen sich ihre Augen mit einem weichen Schleier aus Tränen.

Sie hätte genug zu tun, um sich abzulenken.

Seit zwei Tagen häuften sich die E-Mails in ihrem Postfach, Nachrichten trudelten auf ihrem Handy ein und auch die Anrufe nahmen immer mehr zu.

Sie interessierte gar nichts mehr.

Sie wollte allein sein, hinaus auf das Wasser starren und sich ausmalen, wie es wäre, wenn sie ihr altes Leben hinter sich lassen und einen kompletten Neuanfang machen könnte.

Was würde ihr das bringen?

Ruhe, war ihr erster Gedanke, der sich nicht mit ihrem anderen, selbstzerstörerischen Ich beschäftigte. Der so verheißungsvoll war, dass sie ernsthaft in Erwägung zog, ihm wieder und wieder zu lauschen, um auf diese Weise den Mut zu finden, den sie brauchte, um etwas Neues zu beginnen. *Ich könnte endlich all das machen, was ich schon immer machen wollte. Ich könnte die Natur erkunden. Die Welt entdecken. Von meinem Laptop aus die eine oder andere E-Mail schreiben und meine Romanideen ebenso verwirklichen, wie die Geschichten schreiben, die ich schon lange zu Papier habe bringen wollen.*

Es gibt so viel, was ich schon mal schreiben wollte, aber aus Zeitmangel nie getan habe.

Wenn ich weg bin von alledem, kann ich das tun.

Dann gibt es keinen Mark mehr, der mich betrügt.

Keine Mutter, die mich nervt.

Keinen Vater, der …

Ihre Gedanken stockten und ihr wurde bewusst, dass sie dabei war, ihrem alten Herrn unrecht zu tun. Ohne es zu merken, hatte sie versucht, einen Menschen aus ihrem Leben zu verbannen, der immer nur das Beste für sie gewollt hatte. Der sogar zu ihrer Preisverleihung gekommen war, obwohl er sich in dem dichten Gedränge aus Journalisten, Juroren und Verlagsleitern unwohl gefühlt hatte.

Kein Ralf, der versucht, mich an seinen Sohn zu binden.

Dabei stockten ihre Gedanken wieder.

Es war gemein, so zu denken ...

... sich auf das Niveau herabzulassen, anzunehmen, dass Sebastian es in irgendeiner Form darauf abgesehen hatte, ihr Herz zu erobern.

Doch es war geschehen. Einfach so. Allein der Gedanke daran, wie sie ihn das erste Mal gesehen hatte, wie er dagestanden hatte, sie angeschaut und gemustert hatte, hatte etwas in ihr ausgelöst, das sie bis jetzt nur schwer in Worte hatte kleiden können.

Sebastian ist dein kleiner, persönlicher Held, sagte sie sich plötzlich. *Er hat dich an Stellen deines Herzens berührt, wo bisher noch kein anderer Mensch hingekommen ist. Weißt du noch, wie er beim Schaumkuss-Wettessen gelacht und gegluckst hat? Wie er dich mit leuchtenden Augen angeschaut hat und du dir ernsthaft gedacht hast, dass du das am liebsten tagtäglich erleben wollen würdest, wenn du nur könntest?*

Dass du durch ihn eine ganz neue Facette deiner Persönlichkeit entdeckt hast, die du jahrelang als verkümmert und abgestorben gesehen hast.

Kein Sebastian, Prinzessin, keine Lisa.

Was ihr mühelos mit Oller, Mark, Hinnerk, Linda und den ganzen anderen Pappnasen gelungen war, fiel ihr jetzt zunehmend schwerer. Sie wusste, dass sie Sebastian und Michael nur schwer vergessen und zurücklassen konnte. *Und was ist mit Angie, Prinzessin? Komm schon. Sag mir, was würdest du ohne deine Angie in der großen, weiten Welt tun?*

Du würdest aufgeben, oder?

Würdest du nach Mallorca fliegen und dir dort eine Finca kaufen? Was dann? Wärst du nicht vollkommen hilflos, wenn sie dich nicht zwei-, dreimal im Jahr besuchen würde, um dich aus deinem Haus zu entführen und in den Trubel, die Heiterkeit und das Leben hinauszuschleifen?

Komm schon, Prinzessin, sag mir, wie lange du ohne Angie auskommen könntest?

Los, sag es! Lass es mich hören!

Emma gab auf.

Sie konnte und wollte sich nicht vorstellen, fernab von Angie zu sein, die irgendwo in Deutschland verkümmerte, während Emma sich in Spanien eine Decke über den Kopf zog und darauf hoffte, dass die Welt ihr nicht mehr wehtat.

Wobei ich mir selbst wehtue, dachte sie, als sie merkte, wie eine andere Stimme in ihren Kopf einzudringen versuchte und ihr ebenso quälende wie marternde Fragen stellte, die sie nicht bereit war, zu beantworten. Wäre ich doch nur ehrlicher gewesen und wäre es nicht Oller, der Michael gesagt hat, dass ich die Scheidung will, weil ich kurz vor einer Hochzeit stehe. Er hätte dann bestimmt anders reagiert.

So wie du, als du herausgefunden hast, dass er zwanglosen, bedeutungslosen Sex mit vielen unterschiedlichen Frauen hatte?, fragte sie sich, um sich an Michaels negative, verwerfliche Eigenschaft zu erinnern, um sich selbst besser zu fühlen.

Was ihr nicht gelang.

So sehr sie die Erkenntnis auch getroffen hatte und sie sich bei dem Gedanken daran schlecht gefühlt hatte, wurde ihr klar, dass das alles nicht wichtig war.

Er hatte etwas gesagt, das ebenso mit dem über sie fallenden Schatten zu tun hatte wie mit den Gedanken, die sie beiseitegeschoben hatte.

„Ich liebe dich", hatte er zu ihr gesagt – ohne Scheu.

Ich muss Michael vergessen, sagte sie sich, schaute aus dem Fenster und merkte, wie sich ihre Augen wieder mit Tränen füllten, ihr Hals trocken wurde und sich eine Hand auf ihren Kopf legte.

Sie schaute weiter aus dem Fenster.

„Wie geht es dir?“, hörte sie jemanden fragen.

Sie lächelte milde, sagte noch immer nichts.

„Ich habe unten den DVD-Player angeschaltet. Ich wollte M.A.S.H. schauen. Mir ist eingefallen, dass du die Serie früher doch auch gern gesehen hast ...“ Ein kurzes, hilfloses Schweigen, dann ein Räuspern, schließlich ein Ruck. „Wenn du magst, könnten wir doch ein oder zwei Folgen gemeinsam schauen. Ich habe auch etwas gekocht. Nichts Gutes, du weißt ja, das ist nicht meine Stärke. Aber Nudeln mit Fleischwurst bekomme ich hin. So, wie du es gerne magst. Mit viel Ketchup, und so. Ich hab den guten gekauft. Den, von dem du als Kind immer gesagt hast, er schmeckt wie ein erfüllter Wunsch.“

„Ich habe Nudeln mit Fleischwurst immer geliebt.“

„Darum habe ich sie auch gekocht.“

Sie drehte den Kopf und schaute in das Gesicht ihres Vaters, der sie liebevoll anlächelte.

„Pa ...“

„Ja?“

Sie schluckte, als sie Verständnis in seinen Blick wandern sah. Es war wie damals, wenn es ihr schlecht gegangen war und sie sich auf ihr Zimmer zurückgezogen und auf dem Bett gelegen hatte, das Gesicht tief ins Kissen vergraben, hemmungslos schluchzend und schimpfend. Da war er auch immer zu ihr gekommen, hatte sich auf die Bettkante gesetzt, ihr den Rücken gestreichelt und ihr Nähe und Wärme geschenkt.

So wie jetzt.

„Wann warst du das letzte Mal wirklich glücklich?“

Er musste nicht lange überlegen. „Als ich wusste, dass es dir gut geht.“

Emma schaute ihn verwundert an.

Sie blinzelte eine Träne fort, schüttelte den Kopf, formte mit den Lippen eine Frage, die sie nicht laut stellte. Sie genoss es, als er sich zu ihr auf die Fensterbank setzte, ihre Hand nahm und sie sanft drückte.

„Als du mir das Bild von dir mit dem Jungen geschickt hast. Erinnerst du dich? Als ihr unter der Treppe gesessen habt ... beide lächelnd. Schatz, da ist mir das Herz aufgegangen, weil ich gesehen habe, dass du endlich das hattest, was du schon immer wolltest."

„Das wäre was?"

„Eine Familie! Schatz, ich ertrage es nicht, wenn du traurig bist. Ich möchte, dass du lachst. Nichts ist schrecklicher, als dich hier oben traurig sitzen zu wissen. Komm, lass uns etwas essen und M.A.S.H. gucken."

„Papa?"

„Ja?"

„Bist du über Mama hinweg?"

Er schüttelte den Kopf und sagte ernst: „Das werde ich niemals sein."

„Warum nicht?"

„Weil wir schöne Zeiten miteinander hatten, mein Schatz. Sehr schöne Zeiten. Ich meine, hey, ich habe mich Hals über Kopf in sie verliebt. Ich habe sie damals auf der Rollschuhbahn stehen sehen, beobachtet, wie sie sich zu einem Lied von Queen bewegt hat und habe mir gedacht: Das Mädchen musst du kennenlernen."

„Aber eure Liebe ist zerbrochen."

„Weil wir beide dumm waren", meinte ihr Vater lächelnd und nahm ihre Hand. „Darum musst du doch nicht auch dumm sein. Mäuschen, wir haben etwas zusammen, das ich niemals missen will."

„Und das wäre?"

„Dich!"

„Mich?"

„Natürlich. Was denkst du denn? Ich weiß noch, wie sie damals zu mir kam, so verschlossen und ernst ... mit ein wenig Angst in den Augen und einem Zittern in der Stimme. Ich habe sofort gewusst, was sie mir sagen wollte. Ich habe es gewusst und ich habe es so sehr genossen, als es dann tatsächlich aus ihrem Mund kam. Da wusste ich, dass ich komplett bin, mein Schatz."

„Aber ..."

„Was ist Glück?", wollte ihr Vater wissen und gab ihr gleich eine Antwort. „Das, was man daraus macht. Es klingt abgedroschen, aber es ist so. Ich war damals der glücklichste Mann auf der ganzen Welt. Ich hätte alles vollbringen können. Alles schaffen und jeden glücklich machen"

„Nur Mama nicht."

„Nein, sie nicht. Aber nur, weil ich dumm war. Ich habe alles als gegeben genommen. Dass sie morgens neben mir aufwacht, dass sie lächelt, wenn ich zu ihr komme. Ich habe sie als alltäglich genommen.

Aber das heißt doch nicht, dass du auch so dumm sein musst. Frag dich jeden Abend, bevor du ins Bett gehst: Habe ich das geschafft, was ich machen wollte?

Fehlt in deiner To-do-Liste ein Küsschen für die, die du liebst, dann ist dein Tag noch nicht vorüber. Erst wenn du den Geruch deines Partners gerochen hast, erst wenn du den sanften Atem hörst, während er einschläft und du zufrieden die Augen schließen kannst, weißt du, dass du glücklich bin.

Am Morgen den Nacht-Geruch lieben und am Abend den Tag-Geruch genießen. Schatz, ich habe nicht viel richtig gemacht in meinem Leben, nur eines, da bin ich mir sicher, war das absolut Beste, was mir gelungen ist."

Emma schaute zu ihrem Vater und wusste nicht, was sie denken oder fühlen sollte. Ihn jetzt neben sich sitzen zu haben, in sein Gesicht zu schauen, wo sonst immer nur ein trauriger Ausdruck zu lesen und nun so ein helles, schimmerndes Glänzen darin zu sehen war, irritierte sie. Nur um dann, als sie ihn lange und ausgiebig betrachtete zu merken, dass es keine Irritation war, die da nach ihr griff.

Hoffnung machte sich in ihr breit und sie fing an, sie zu genießen. Ein wohliger Schauer des Glücks jagte durch ihren Magen und sie begriff plötzlich, dass die Augen ihres Vaters deshalb schimmerten, weil er stolz auf sich und die Leistung war, die er erbracht hatte.

Stolz auf sein Leben, stolz auf seine Fehler und stolz auf seine Erfolge.

„Man darf nicht nur“, setzte er an, lächelte und griff nach ihrer Hand, „sehen, was gut läuft, denn dann verschließt man die Augen vor den Problemen.“

Emma presste die Lippen aufeinander. Obwohl sie etwas sagen wollte und ihr der Kommentar praktisch schon auf der Zunge lag, hielt sie sich zurück. Ihr Vater nickte ihr zu und murmelte dann, so als habe er ihre Gedanken erraten: „So war das zwischen deiner Mutter und mir, ja. Wir haben versucht, glücklich zu sein, ohne uns dabei unseren Kummer einzugestehen. Die Vergangenheit war uns egal. Das war unser Fehler.“

„Ihr habt so viel geschafft damals“, erwiderte Emma. Sie hasste es, an die Zeit erinnert zu werden, in der sie so hilflos gewesen war wie ein Neugeborenes und nicht sagen, geschweige denn handeln konnte, wie sie es gern wollte. Sie hatte mit dem Rücken zur Wand gestanden und gemerkt, wie die Stimmung Tag für Tag schlechter und schlechter geworden war.

Bis zu jenem Augenblick, als sie sich nach dem ohrenbetäubenden Streit traute, aus ihrem Zimmer zu treten, hin zu ihrem auf der Couch sitzenden Vater, der mit Tränen in den Augen, Hoffnungslosigkeit im Gesicht und ihr mit zitternder Stimme gesagt hatte: „Sie ist weg.“

Mehr hatte er nicht von sich gegeben. Nur diese drei Worte.

„Wir haben die Vergangenheit verdrängt. Sie wurde uns zum Verhängnis. Hätten wir uns darauf besonnen, woher wir gekommen sind, wäre uns der Schritt zurück nicht so schwergefallen, verstehst du? Wir hatten viel erreicht, das stimmt, und dann wurde es durch meinen Job schwerer, und deine Mutter war unzufrieden mit ihrer Arbeit. Das nahmen wir alles mit nach Hause und verloren uns darin."

Emma presste die Lippen aufeinander.

„Deshalb, mein Schatz, ist es so wichtig zu wissen, woher man kommt und zu akzeptieren, wo man gerade steht. Der Blick zurück darf sich niemals verklären und nur dann, mein Schatz, nur dann weißt du, dass du glücklich bist ..." Er lächelte sie liebevoll an, streichelte ihr mit der Hand über das Gesicht und sagte: „Die Nudeln warten, mein Engel."

Sie lächelte und schaute ihn aus tränenverschleierten Augen an.

„Nudeln, Fleischwurst und Ketchup stehen bereit ..."

***

Aus den Boxen des einen Bierstandes schallte Wolfgang Petrys „Wahnsinn", während ein Bratwurststand mit AC/DC „Highway to Hell" dagegenhielt. Während einige der Umstehenden sich zuprosteten, schoben andere sich durch die engen Gassen von Eckenförde und betrachteten die aufgebauten Stände und Bierwagen. Während einige Händler ihre überteuerten Produkte anpriesen und Kleindarsteller Kunststücke vorführten, kam eine ausgelassene und muntere Stimmung auf, die angenehm auf Emma wirkte, was sie zutiefst verwunderte.

Sie hatte es sich nicht leicht gemacht hierherzukommen. Besonders nach dem erst gestern erschienenen Artikel, in dem Denise interviewt worden war und diese scheinbar ohne Reue behauptet hatte, dass Emma schon tags zuvor damit angefangen hatte, Michael schöne Augen zu machen.

Sie hatte ihre Geschichte in die Welt hinausposaunt und sich darüber mokiert, dass Emma sich nicht bei ihr entschuldigt hatte, von ihrem Management einmal abgesehen, und das Michael weder für ein Gespräch noch für ein Telefonat zur Verfügung gestanden hatte.

Das hatte Emma gewundert.

Während in dem Artikel explizit darauf hingewiesen wurde, dass Emma seit Tagen nicht auffindbar war und niemand wusste, wo sie steckte, gestaltete sich die Sache mit Michael wesentlich einfacher. Da wurde einfach geschrieben, dass er keine Unterhaltung führen wollte. Schluss. Aus. Basta.

Bei Emma hingegen wurde spekuliert, ob sie sich vielleicht absichtlich versteckte und auf diese Weise Gras über die peinliche Aktion wachsen lassen wollte oder ob sie so arrogant war, dass es ihr schlichtweg egal war, was die Menschen über sie schrieben und dachten.

Emma hatte Linda zur Rede stellen wollen. Mir ihr klären, was die Meinungsmache sollte. Als Angie sich mit einer Sprachnachricht bei ihr meldete, war ihr klar geworden, dass Linda diesen Aufwand nicht wert war.

Sollte sie doch Dreck verspritzen, versuchen, ihrem Vater bei der anstehenden Kommunalwahl den Rücken zu stärken und sollte sie ihn zitieren: „Dass er der Meinung war, dass Emma eine liebenswerte, freundliche Person war, der er damals sehr gern unter die Arme gegriffen hatte, um ihr zu helfen. Dass er es ja war, der ihren ersten Schreibversuchen eine Plattform gegeben hatte und, dass er es schade fand, dass sie seine Einladung, in Eckenförde zu lesen, ausgeschlagen habe. Trotzdem würde er alles dafür tun, dass sein Traum, Emma in ihre Heimatstadt zurückzuholen, doch noch wahr werden würde."

„Ich kann sofort eine Gegendarstellung herausbringen, Engelchen. Das geht ruckzuck. Melde dich einfach bei mir. Ich überlasse der Tastatur-Schläger-Barbie nicht kampflos das Feld. Sie darf gern schreiben, was sie will, aber meiner besten Freundin gegen die Karre zu pissen, geht gar nicht. Bitte, bitte, melde dich bei mir!"

Was Emma nicht getan hatte.

Sie wollte das hier persönlich hinter sich bringen. Sie wollte die auf sie zurasende Welle überspringen, um sich dann der zweiten, am Horizont aufbauenden zu stellen.

Deshalb war sie hier.

Sie hatte angenommen, dass es ihr schwerer fallen würde, sich in ihren Wagen zu setzen und nach Eckenförde zu fahren – was nicht der Fall gewesen war.

Sie hatte einen unangenehmen, stechenden Druck im Magen verspürt, aber auch ein angenehmes Kribbeln im Bauch, das ihr sagte, dass sie ihre Chance nutzen würde.

Dafür musste sie nur ...

Emma lächelte.

So albern es klang und so nervös sie auch war, sie wollte es durchziehen. Sie hatte sich etwas in den Kopf gesetzt, und dazu hatte sie, wider ihrer Natur, jemanden um Hilfe gebeten.

Allein das Handy in die Hand zu nehmen, die Nummer aus dem Speicher herauszusuchen und sie dann auch noch zu wählen, war der blanke Horror für Emma gewesen. Hätte ihr Vater nicht neben ihr gesessen und sie dazu ermuntert und sie mit seinem strengen Blick dazu getrieben, es durchzuziehen, hätte sie ihre Chance am Ende ungenutzt verstreichen lassen.

Als das erste verwunderte: „Ja?", aus dem Telefon erklang, war Emma das Herz in die Hose gerutscht. Erst als sie sich geräuspert und leise und kaum verständlich gesagt hatte: „Ich bin es, Emma. Hi", und ein darauffolgendes: „Endlich meldest du dich. Es ist so toll, von dir zu hören", erklang, war ihr Mut zu ihr zurückgekehrt.

„Ob ich dir helfe? Aber klar doch", wurde ihr versichert.

Und jetzt, als Emma sich an einer Gruppe grölender Jugendlicher vorbeischob, die sich laut prostend ihr Bier entgegenreckten, war sie glücklich, so einen guten Freund in Eckenförde zu haben.

Was hätte sie nur ohne das Mädchen getan?

Dumm aus der Wäsche geguckt und dich nach dem Preis für eine Finca auf Mallorca erkundigt, dachte sie und hoffte, dass alles so klappte, wie sie es sich vorstellte und dass Lisa es geschafft hatte, mit ihrem Onkel zu sprechen und ihn dazu zu überreden, sich hier mit Emma zu treffen.

„Er soll mich nicht anrufen", hatte ihr Emma gesagt und Lisa darum gebeten, ihre Nummer nicht herauszugeben.

„Warum nicht?"

„Weil ich ihm weder eine Nachricht schreiben will, noch mit ihm sprechen möchte, ohne dabei sein Gesicht sehen zu können."

„Hä?", hatte Lisa verwirrt gesagt.

„Eine Nachricht kann schnell falsch interpretiert werden. Ein Telefonat kann dazu führen, dass man sich aufgrund der Distanz plötzlich Dinge an den Kopf wirft, die man in einem persönlichen Gespräch niemals sagen würde ... deshalb."

„Klingt logisch."

„Ist es auch."

„Bist 'ne richtige Leuchte, was?"

„Ich könnte dich praktisch blenden!"

Danach war alles einfacher gewesen. Das lockerere, ungezwungene Gespräch mit Lisa und der kurze

Austausch, der daraufhin mit Ralf folgte, hatte etwas Lockeres und Erlösendes für Emma gehabt.

All ihre Sorgen und Zweifel, einfach alles, was sie die letzten Tage an die Fensterbank ihres Gästezimmers gefesselt hatte, war wie eine Schneelast eines Dachs von ihr abgefallen.

Plötzlich war es für sie gar nicht schwer gewesen, sich auszumalen, wie sie mit Michael reden würde. Es war ganz einfach. Lisa würde ihn ohne Umschweife von seinem Stand wegholen, den er betrieb, um auf seine Seetouren aufmerksam zu machen, und würde ihm irgendetwas davon erzählen, dass sie mal dringend seine Hilfe bräuchte, weil am Stand ihres Vaters etwas mit der Bierkühlung nicht funktionierte. Während sie gemeinsam auf dem Weg waren, würde Emma am Rand des Festes nahe des Strandes stehen, wo sie sich damals das erste Mal gesehen hatten.

Alles klang so einfach.

Alles klang so perfekt.

Alles klang ...

... so schön kitschig.

Während sie sich durch das dichte Gedränge zwängte und dem Strandabschnitt entgegenging, fragte sie sich, ob ihr Plan so einfach in die Tat umzusetzen war oder ob ihre Begeisterung vielleicht die Rechnung ohne den Wirt gemacht hatte.

Nein, ich habe alles bedacht, überlegte sie jetzt, während sie in der Ferne Oliver mit seiner Frau zu sehen glaubte. *Ich habe mit Ralf gesprochen. Ich habe mit ihm geredet. Alle Vorwürfe und alle ihm gegenüber empfundene Wut habe ich fallen gelassen.*

Er hat zugegeben, dass er falsch reagiert hat, und dass er mir zur Seite hätte stehen müssen.

„Ich war komplett überfordert“, hatte er ihr gestanden, wobei seine Stimme leise und beinahe gebrechlich geklungen hatte. „Die Angst, mein Fest könnte ruiniert werden, hat mich blind handeln lassen. Ich wollte Michael doch nur schützen ... und dich natürlich."

„*Mich*?"

„Ich hatte Angst, dass ihr euch für die Eskalation später gegenseitig die Schuld gebt. Das wollte ich nicht. Ich wollte, dass ihr beide kurz Abstand zueinander gewinnt, um ... um ... um ..."

„Ja?"

„... um dann später in Ruhe miteinander darüber zu sprechen, wo ihr jetzt steht. Emma, jeder hier weiß, was zwischen euch los ist. Das wollte ich nicht kaputtmachen. Nicht für Michael ... und schon gar nicht für dich."

Emma, die von der Wendung des Gesprächs ebenso überrascht war wie über Ralfs Hilfsbereitschaft, war innerlich vor Freude auf und ab gesprungen.

„Ich werde ihm nichts sagen, ganz bestimmt nicht", schwor Ralf. „Auch wenn es mir schwerfallen wird."

„Wieso?"

„Weil er leidet."

„*Er* leidet?"

Sie hörte das leise Rascheln seines Hemdes durch das Telefon, als er nickte. „Er hasst und liebt dich zugleich. Er will dich niemals wieder sehen und doch will er dich nicht verlieren. Er hat viel getrunken in den letzten Tagen. Viel zu viel für meinen Geschmack. Aber dabei hat er nur eines versucht: dich zu vergessen."

***

Emmas Herz schlug bis zum Hals, als sie Michael erblickte.

So albern es auch war und so kitschig es auch klang, aber in dem Moment, als sie sah, wie Lisa mit ihm über den schmalen, an den Dünen entlangführenden Weg lief, kam es ihr vor, als breitete sich ein ganzer

Schwarm Schmetterlinge in ihrem Bauch aus. So als würden Hunderte und Aberhunderte von kleinen Füßchen über ihre Haut huschen und das Gefühl klitzekleiner in ihren Körper fahrender Blitze auslösen.

Während sie hier stand und die schweißnassen Hände an der Hose abwischte, fragte sie sich, ob sie alles bedacht hatte und ob sie die Worte ihres Vaters ebenso richtig interpretiert hatte wie ihre ins Ungleichgewicht geratenen Gefühle.

Sie hatte Mark dabei erwischt, wie er mit einer anderen geschlafen hatte. Sie hatte ihm die kalte Schulter gezeigt und darauf gehofft, niemals wieder etwas von ihm hören, geschweige denn ihn sehen zu müssen. Aber als sie sich auf den Weg hierher gemacht hatte, hatte sie wieder diese unangenehmen, an ihr nagenden Gedanken gehabt. Gedanken, die sie ernsthaft daran zweifeln ließen, ob es richtig gewesen war, Mark zu verlassen. Mark war ein erfolgreicher und auf der Sonnenseite des Lebens stehender Mann, der genau wusste, wie man den Kopf hochnehmen musste, wenn man mal einen Kinnhaken kassiert hatte.

Michael hingegen ...

... war ehrlich.

Hatte Emma diesen Gedanken damals absurd und beinahe schon lächerlich gefunden, so wuchs er stetig in ihr.

Hat er nicht im Standesamt gesagt, dass er mich immer noch liebt? Dass er es sich vorstellen könnte, es noch einmal mit mir zu versuchen?

Hat es mir nicht gefallen, das zu hören?

Waren seine Worte nicht auf fruchtbaren Boden gefallen und hatten angefangen, Wurzeln in dir zu schlagen?

Doch, das hatten sie, oder etwa nicht?

Auch während meiner ganzen Wut, in meiner Trauer und bei meinem Anflug von Resignation ist etwas in mir gewesen, das sich über die Worte von Michael gefreut hat. Sie haben eine Maschinerie in Gang gesetzt, der ich nicht Herr geworden bin. Die Gedanken sind zügellos durch mich hindurchgerast.

Ihn jetzt zu sehen, wie er sich mit einem Tuch die Hände abwischte, während er dem ununterbrochenen Geplapper von Lisa lauschte, ließ Emma unwillkürlich weiche Knie bekommen. Sie schluckte schwer, als sie dachte, dass er sie gesehen hatte. Ein angenehmes, sie in Erstaunen versetzendes Kribbeln fuhr ihr durch Magen und die Brust und breitete sich dann fächerartig über ihre Schultern bis in die Hände aus und ließ sie kurzzeitig glauben, ohnmächtig zu werden. Ihre Aufregung nahm so bizarre Ausmaße an, dass sie ernsthaft glaubte, hier und jetzt zusammenzubrechen; nicht mehr dazu in der Lage, irgendetwas Verständliches über die Lippen zu bekommen.

Alles in ihr war wie ferngesteuert.

Erst als Lisa winkte und „Huhu" rief, wich ihre Aufregung und machte einer ihr bis dahin nie gekannten Angst Platz.

Das Wechselbad der Gefühle, das sie jetzt durchlebte und sie dastehen ließ wie von einem plötzlichen Regenschauer überrascht, machte sie fertig. Schweiß legte sich ebenso auf ihre Stirn, wie er ihre Handinnenflächen bedeckte und unter ihre Achseln kroch.

Hunderte von verrückten und vollkommen unnötigen Gedanken rasten ihr durch den Kopf.

Sie fragte sich plötzlich, ob sie einen Deoroller dabei hatte, damit sie sich vor Michael nicht blamierte. Eine andere Stimme in ihr kreischte: „Du hast kein Kaugummi gekaut. Du hast keinen Bonbon gelutscht. Er wird vor deinem Atem zurückschrecken, wenn du ihn ansprichst. Er wird dich eklig finden." Eine dritte Stimme flüsterte ihr rau zu: „Das Hemdchen, das du trägst, betont deinen kleinen Bauch. Ist dir das schon aufgefallen, Prinzessin? Man trägt bei so einer Figur doch kein gelbes Trägerhemdchen." Während eine andere Stimme rief: „Arsch rein. Brust raus. Zackzack, zeig, was du hast!"

Es war das blanke Chaos, was ihr durch den Kopf schoss und es war unmöglich, auch nur für eine Sekunde Ruhe zu finden.

Auch dann nicht, als sie sah, wie Michael stehen blieb und Lisa finster anschaute. Diese rief nun, mit überdrehter Stimme: „Was für eine Überraschung. Da ist ja Emma."

Michael machte missmutig einen Schritt auf Emma zu, um dann innezuhalten. Er sagte irgendetwas zu Lisa, die daraufhin übertrieben den Kopf schüttelte und rief: „Woher denn? Ich habe ihre Nummer doch gar nicht. Willst du denn nicht kurz mit ihr reden?"

„An der Bierkühlung ist gar nichts kaputt, oder?", wollte Michael nun knurrend wissen.

„Keine Ahnung. Musst du schon selbst herausfinden. Dafür müsstest du aber *da* entlang!" Lisa zeigte mit dem Finger auf Emma und den schmalen Weg, der geradewegs zur Spaßmeile und damit auch zu Ralfs Bierwagen führte.

„Ich muss gar nichts", meinte Michael wütend, wischte sich noch einmal die Hände ab und setzte sich dann zu Emmas Verwunderung in die entgegengesetzte Richtung in Bewegung. „Soll dein Vater doch sehen, wo er bleibt."

Emmas Hals wurde staubtrocken.

Sie hatte das Gefühl, als hätte sie einen Schlag mit dem Hammer gegen den Kopf bekommen.

Michael tat etwas, womit sie niemals im Leben gerechnet hatte.

Er ging ...

Und damit waren all ihre Pläne und all das, was sie sich so sorgsam zurechtgelegt hatte dahin. Wäre er auf sie zugekommen, wäre alles sehr viel leichter gewesen. So musste sie aus ihrer Defensive heraus und Michael hinterherlaufen.

„Bitte!", rief sie. „Warte!"

Michael winkte ab. Er stapfte entschlossenen Schrittes den Weg entlang, um dann einen Bogen zu schlagen, der zur Festwiese führte, wo einige der Bühnen standen, auf denen in Kürze Bands aus der Region auftreten und die Masse in Stimmung für den nächsten Tanz und die nächste Runde Bier bringen sollten.

„Michael!", keuchte sie noch einmal. „Ich möchte mit dir reden."

„Worüber denn?", wollte er wissen, als er den Kopf drehte und sie aus zusammengekniffenen Augen anfunkelte. „Willst du mir mal wieder unter die Nase reiben, dass dein Anwalt die Scheidungspapiere fertig macht? Dass ich morgen Post bekommen werde, die mir den Tag verhageln wird?"

„Deshalb bin ich nicht hier."

„Warum dann?"

„Deinetwegen!"

Er lachte bitter auf. „Meinetwegen?"

Sie nickte und war erleichtert, dass Michael seinen stürmischen Gang unterbrochen und zum Stehen gekommen war. Als sie ihn eingeholt hatte, lächelte sie Lisa zu. Diese hatte in sicherem Abstand gewartet, um Michael daran zu hindern, sein Heil in der Flucht zu suchen.

„Warum sollte ich sonst hier sein? Weil es mir hier so gut gefällt? Eher nicht."

Michael schüttelte den Kopf und fragte: „Was willst du? Ich ... ich ... ich verstehe das alles nicht. Du warst so sauer auf mich. Was ich verstehen kann. Andererseits ..."

„... war ich eine selten dämliche Kuh. Es tut mir leid, dass ich dir nicht gesagt habe, dass ich wieder heiraten will. Aber ... aber ... die Zeit mit dir war ... so anders."

„Anders?", fragte er nach, als Emma ins Stocken geriet.

„Ich lebe in der Vergangenheit", hörte sie sich plötzlich sagen und damit zum ersten Mal öffentlich einen Fehler eingestehen. „Immer schon. Lass mich bitte ausreden", sagte sie, während sie die Hand hob und Michael darum bat, den Mund zu halten, damit sie sich dazu zwingen konnte, sich einzugestehen, dass nicht nur Michael Fehler gemacht hatte. „Ich habe mir immer die Zukunft ausgemalt, ohne zu sehen, auf was für ein Fundament ich diese gebaut habe. Damals, als ich gegangen bin, war ich der festen Überzeugung, dass es das Beste wäre, von hier wegzugehen und es gar nicht mehr weiter zu versuchen. Ich hatte hier keine Perspektiven mehr."

Michael senkte den Blick, er holte tief Luft und versuchte, sich nicht anmerken zu lassen, wie sehr ihn Emmas Worte trafen. Diese, noch ganz im Redefluss gefangen, machte einen Schritt auf ihn zu und streckte die Hand nach der seinen aus. „Ich habe sie nicht gesehen, weil ich so enttäuscht war. Es gab so viele Ideen und keine davon wurde umgesetzt."

„Das habe ich doch ..."

„Das hast du. Aber ich habe es nicht gesehen."

„Weil du zu schnell weg warst?"

„Weil ich zu ungeduldig war!"

Michael lächelte.

Emma redete weiter: „Da ist etwas zwischen uns, das richtig ist. Ich wollte es mir zuerst nicht eingestehen. Ich wollte nicht, dass ich wieder etwas für dich empfinde. Aber jetzt, wo ich hier stehe, weiß ich, dass sie immer noch da ist. Die gleiche Faszination von damals. Und ... und ... ich hoffe, dass du meinen Weg wieder mit mir gemeinsam gehen willst. Sag doch was ... lass mich nicht so zappeln." Sie trat nervös von einem Bein auf das andere, während Michael sie stumm betrachtete und nicht wusste, wie er mit ihr umgehen sollte.

Schließlich lächelte er und sagte: „Das heißt, wir beide ..."

„... sollten uns noch einmal ganz neu kennenlernen", bekräftigte sie.

„Kennenlernen?"

„Die letzten Jahre Revue passieren lassen."

„Das willst du nicht", erwiderte er lachend.

„Warum nicht?"

„Ich war nicht immer ein braver Bengel."

„Das musst du doch auch nicht. Ich war auch nicht immer artig."

„Oh", meinte er und zog die Augenbraue in die Höhe. „Wer hätte das von Frau Sommer erwartet?"

Sie stupste ihm sanft gegen die Schulter und hätte sich am liebsten von ihm in den Arm nehmen und küssen lassen. In dem Moment, als er albern die Schultern hochzog, jungenhaft grinste und meinte: „Was denn?", erklang ein Ruf, den Emma nicht zuordnen konnte und den sie zuerst gar nicht mit sich in Verbindung brachte. Erst als Michael einen Schritt zurücktrat und sich sein Gesicht verdunkelte, begriff Emma, dass der Ruf ihr galt.

Sie hob den Kopf, schaute den Weg hinab und erstarrte.

„Hier bist du also", hallte es ihr entgegen. „Mensch, dich zu finden, ist ja, wie eine Stecknadel im Heuhaufen zu suchen. Emma, ich bitte dich, lass uns noch einmal reden ... Bitte. Ich liebe dich doch!"

***

„Er liebt dich“, hörte Emma Michael sarkastisch sagen und sie merkte, wie sich seine gerade in ihre geschobene Hand wieder löste. „Nicht schlecht.“

„Mark? Hinnerk?“, fragte sie. „Was wollt ihr denn hier?“

Fassungslos schaute Emma zu ihrem Noch-Verlobten und ihrem ehemaligen Redakteur. Dieser, der Kopf puterrot, schaffte es kaum, mit dem durchtrainierten Mark Schritt zu halten. Als ihr die Worte über ihre Lippen kamen, klangen sie befremdlich leise.

„Ich habe dich überall gesucht. Echt. Zum Glück hat mich Herr Paulsen angerufen und mir gesagt, was für ein Arrangement ihr beide hier getroffen habt.“

„Du stehst hoffentlich noch zu deinem Wort“, meinte Hinnerk schwer atmend, während einige der umstehenden Menschen den Kopf drehten und dem kleinen Aufruhr neugierig folgten, der sich hier abzuspielen begann. „Wir hatten ja darüber gesprochen.“

Emmas Magen verkrampfte sich.

„Das ist nicht dein Ernst“, meinte sie, während sie Hinnerk aus zusammengekniffenen Augen betrachtete. „Nach allem, was deine Tochter mir versucht hat anzutun?“

„Wir hatten doch darüber gesprochen.“

„Mark wollte sich um alles kümmern, was er nicht hat“, hielt Emma ihm entgegen. „Der hatte Besseres zu tun.“

„Was soll das?“, sagte Mark und schüttelte den Kopf. „Das hat hier nichts zu suchen.“

„*Du* hast hier nichts zu suchen“, sagte Michael, der immer noch neben Emma stand und dafür sorgte, dass ihr eine Steinlawine von der Seele fiel. „Wenn ich mich recht entsinne, wollte Emma den Tag mit mir verbringen.“

Marks Gesicht verdunkelte sich zusehends. Er betrachtete Michael auf eine abschätzende, ekelhafte

Art und Weise, die Emma noch nie hatte leiden können. Als sie sah, wie er Michael mit einem abwertenden Lächeln bedachte und die Hand nach ihr ausstreckte, drehte sich ihr der Magen um. Als er dann auch noch sagte: „Ich bin so froh, dass es dir gut geht. Ich habe alle Hebel in Bewegung gesetzt, um dich zu finden. Wir haben doch noch so viel zusammen zu erleben. Ich meine, dass Filmprojekt, deine nächsten beiden Bücher. Ich ..."

„Deine Lesung", warf Hinnerk hastig ein.

„Klingt mir nicht so, als wäre er ernsthaft an dir als Person interessiert", kommentierte Michael trocken und brachte Emma zum Lächeln.

Ihre eben noch empfundene Angst, als er seine Hand zurückgezogen hatte, löste sich in Luft auf. Sie spürte, wie eine unbekannte Sicherheit in ihr wuchs. Ein Gefühl, als habe sie alles in ihrem Leben richtig gemacht, bemächtigte sich ihrer und ließ sie fragen: „Unsere Projekte? Um mehr geht es dir nicht?"

„Sie bringen Geld", meinte er. „Und sie bringen uns Sicherheit."

„Du hast mich betrogen!", erinnerte sie ihn.

„Ach, hat er das?", wollte Michael wissen, während er die Arme vor der Brust verschränkte. Marks Gesicht, eben noch voller Abscheu Michael gegenüber, verschloss sich.

Hinnerk, der neben ihm stand, wedelte mit den Händen durch die Luft und meinte: „Das ist etwas Privates, das uns nichts angeht. Wir sollten uns lieber alle darum kümmern, dass wir eine schöne Lesung organisiert bekommen. Was meinst du? Wie lange brauchst du etwa, um dich vorzubereiten? Zwei Stunden? Drei?"

„Ja, das hat er", bestätigte Emma und ignorierte Hinnerk.

Der fuchtelte mit den Händen durch die Luft und machte dabei ein schmatzendes, ekelhaftes Geräusch, als er nach Worten suchte, um die Unterhaltung in die

Richtung zu lenken, die er einschlagen wollte. Schließlich sagte er: „Ich habe extra einen kleinen Pavillon aufbauen lassen, in den du dich zurückziehen kannst, Emma. Das wäre doch jetzt was, oder? Da könnt ihr ganz in Ruhe alles ausdiskutieren."

„Du verstehst schon, dass Emma kein Bock auf dich und deine Veranstaltung hat, oder, Hinnerk?", fragte Michael ihn direkt.

Während Hinnerk rot anlief, einen Schritt zurückmachte und irgendetwas davon murmelte, dass er das an die Presse weitergeben würde, kam es Emma so vor, als starteten Raketen in ihr. Sie schaute dankbar zu Michael hinüber, der die Arme vor der Brust verschränkte, hinüber zu Hinnerk schaute und ihm deutlich machte, dass er nichts mehr von ihm sehen, geschweige denn hören wollte.

Als Hinnerk sich mit der Zungenspitze über die Lippen leckte, wusste Emma, was als Nächstes passieren würde.

Er würde zu einem Rundumschlag ausholen.

„Ich glaube, ihr verkennt hier den Ernst der Lage", flüsterte er. „Ich habe Plakate drucken lassen. Es ist überall angekündigt worden, dass Emma hier liest. Wer wird den größeren Schaden davontragen, wenn diese Lesung ausfällt? Ich oder Emma? Ich bin der festen Überzeugung, dass *ich* es nicht sein werde."

„Drohst du ihr schon wieder?", wollte Michael aufgebracht wissen.

„Drohen? Pah. Ich zeige ihr nur ihre Wege auf. Gesichtsverlust oder Schadensbegrenzung. Was ist dir lieber?" Er wandte sich direkt an Emma.

Diese lächelte verhalten, wunderte sich darüber, dass sie so locker blieb. Sie zuckte mit den Schultern und meinte: „Es gibt keinen Vertrag, Hinnerk. Und wie tief soll ich hier denn noch fallen? Hm? Was will deine Tochter noch alles über mich schreiben?"

Hinnerk schüttelte den Kopf. „Das kann nicht dein Ernst sein."

„Ich glaube, du hast dich da in etwas verrannt."

„Ich habe dir damals geholfen. Ohne mich wärst du nichts, Emma. Hätte ich dich nicht bei mir arbeiten lassen, wärst du niemals dorthin gekommen, wo du jetzt bist. Wo ist deine Dankbarkeit, verdammt noch mal?"

„Dankbarkeit?", fragte Emma. „Hörst du dich eigentlich selbst reden? Du versuchst, mich zu erpressen. Du hast schon angefangen, deine Muskeln spielen zu lassen, indem du deine Tochter auf mich losgelassen hast. Was erwartest du von mir?"

„Wie ... er hat seine Tochter auf dich losgelassen?", hörte Emma plötzlich jemanden aus der kleinen Menschentraube fragen. Hinnerk, der jetzt erst zu realisieren schien, was um ihn herum passierte, wedelte mit den Händen durch die Luft, lachte laut und rief: „Leute, Leute, das hier ist nur ein Gespräch unter alten Freunden. Ich bitte euch. Geht weiter."

„Was meint sie damit?"

„Dass seine Tochter Emma absichtlich in Misskredit zu bringen versucht. Sie will Emma zu etwas zwingen, was sie nicht machen will", erklärte Michael lauthals. „Sie wollte sie an Eckenförde binden und sie dazu zwingen, wieder hier heimisch zu werden, wo sie gar nicht heimisch sein will. Hinnerk und Linda haben beide eine kleine Rechnung mit Emma zu begleichen versucht."

„Das stimmt doch gar nicht", wehrte sich Hinnerk nun. „Ich möchte nur, dass Emma sich an ihren Vertrag hält."

„Den es gar nicht gibt."

„Den wollen wir ja gerade aushandeln. Nicht wahr?" Hinnerk warf Mark einen Hilfe suchenden Blick zu.

Mark, der merkte, dass er zwischen die Fronten zu geraten drohte, räusperte sich. Er wischte sich eine

Haarsträhne aus dem Gesicht, kaute auf der Unterlippe und überlegte, wie er irgendwie aus der Sache herauskommen könnte. Sein Körper wurde ganz steif, er strich sich die Krawatte glatt und meinte dann: „Wir müssen das ja nicht vor wildfremden Menschen ausdiskutieren."

„Ganz meiner Meinung", antwortete Hinnerk, dem mittlerweile die Schweißperlen auf die Stirn getreten waren. „Ziehen wir uns doch für eine weitere Beratung zurück."

„Ich will nicht für dich lesen", sagte Emma entschieden und sah mit einer inneren Genugtuung, wie Hinnerk zusammenzuckte.

„Du willst *was* nicht?"

„Für dich lesen."

„Dein Image", hielt er ihr leise entgegen, „wird zerstört werden."

„Nur, wenn du es darauf anlegst, mein Freund", entgegnete sie lächelnd und war erleichtert, dass die Menschenmenge immer größer wurde. Ihr Mut wuchs und es war eine Genugtuung zu hören, wie Hinnerk schließlich sagte: „Das werde ich dir niemals vergessen, Emma. Das macht uns zu Feinden."

„Dann ist es eben so", antwortete sie und hörte die ersten Buhrufe aus der Menge.

Hinnerk drehte sich auf dem Absatz um, schüttelte den Kopf und deutete dann mit dem Finger auf Mark. „Was ist nun? Bekomme ich Emmas Rückkehr nach Eckenförde oder nicht?"

„Wir ... wir haben keinen Vertrag", stammelte Mark, der Hilfe suchend zu Emma schaute und begriff, dass er von ihr keine erhalten würde. Seine Schultern sackten in sich zusammen, sein Kinn fiel ihm auf die Brust und seine Gesichtsfarbe wechselte von braun gebrannt zu leichenblass.

„Lass uns das nicht vor Fremden ausdiskutieren", bat Mark Emma, während Hinnerk wütend mit dem Fuß aufstampfte und mit dem ausgestreckten Finger auf Emma zeigte und etwas schnaubte, das klang wie: „Das wird heute Abend alles in der Zeitung stehen. Alles!"

„Michael ist nicht fremd", sagte Emma, die Hinnerk ignorierte.

„Nein, das bin ich nicht", stimmte er ihr lächelnd zu.

„Er ist mein Mann!"

„Der bin ich."

„*Was?*"

Marks Augen weiteten sich. Er starrte fassungslos zu Emma und versuchte, alles, was um ihn herum passierte, zu verstehen. Was ihm nicht gelang. Er starrte Michael sekundenlang an, bevor er meinte: „Emma, was denkst du dir denn da für einen Blödsinn aus?"

„Deshalb bin ich hierhergefahren, Mark", erklärte sie ihm und drehte sich zu der Menschenmenge um. Ein Gefühl der Erleichterung überkam sie. Das Wissen, endlich reinen Tisch machen zu können, ließ ihre Zunge ebenso locker werden, wie ihr Herz vor Freude springen. Sie griff nach Michaels Hand, drückte diese, lächelte und rief: „Um mich von Michael scheiden zu lassen. Ich wollte alles in die Wege leiten, um dich heiraten zu können. Doch du hast die Woche dafür genutzt, um ... um mich zu hintergehen und mich zu betrügen. Wie kann ich mir da sicher sein, dass du es nicht wieder tun wirst?"

„Du bist verheiratet?", rief er erneut und ging auf Emmas Vorwurf gar nicht ein. „Wann wolltest du mir das denn sagen?"

„Überhaupt nicht", erwiderte sie seufzend und senkte den Blick. „Weshalb ich ein schlechtes Gewissen habe. Ehrlich. Ich wollte dich nicht hintergehen. Ich wollte nicht, dass du meinetwegen in Verruf gerätst. Aber jetzt, wo ich weiß, was für ein Arsch du bist, denke ich mir: Scheiß drauf! Lass ihn doch ins offene Messer laufen."

„Wir haben Verträge", knurrte er, „die eingehalten werden müssen."

„Verträge kann man kündigen."

„Das wirst du nicht tun!", drohte er ihr und richtete den Finger auf Emma. „Das verbiete ich dir. Komm jetzt sofort her. Lass den Unsinn. Ja, ich habe einen Fehler gemacht. Das gebe ich zu. Es tut mir leid und es kommt nicht wieder vor, versprochen. Aber das hier lassen wir schön bleiben. Wir müssen Geld verdienen."

„Das müssen wir nicht", sagte Emma und schüttelte den Kopf. „Wir haben gar nichts mehr zusammen zu erledigen. Ich will nur noch eines."

„Ach? Du willst nur noch eines? Und das wäre?"

„Dass du mich in Ruhe lässt und dich von hier verpisst." Jetzt wandte sie sich an Hinnerk. „Und du gleich mit!"

***

Herbert von Karajan hat einmal gesagt: „Wer all seine Ziele erreicht hat, hat sie sich als zu niedrig ausgewählt", und damit hat er etwas gesagt, das Emma voll und ganz unterstreichen konnte. Hatte sie am Anfang ihrer Geschichte das Zitat als Angriff auf sich selbst gesehen, so begriff sie jetzt, was es in Wirklichkeit bedeutete: dass es falsch war, sich von anderen treiben zu lassen und nur deren Ziele und Erwartungen erfüllen zu wollen. Dass es einen kostbare Stunden kostete, wenn man hinter Zielen herlief, die gar nicht die eigenen waren.

Sie wollte schreiben, ja.

Sie wollte Geld damit verdienen, natürlich.

Aber um welchen Preis?

Damit sie sich in aller Öffentlichkeit angreifen lassen musste? Damit sie zur Zielscheibe irgendwelcher Kommunalpolitiker wurde, die sie vor ihren Karren spannen wollten?

Nein!

Sie musste das tun, was ihr Herz von ihr verlangte.

Und das war, hier in Eckenförde zu bleiben, in einem kleinen Strandhaus zu leben und den Blick auf das offene Meer zu genießen, wenn sie das Fenster von ihrem Schlafzimmer öffnete. Es war der Geruch des Salzes, der ihr ebenso ein Lächeln auf die Lippen zauberte wie das an ihre Ohren dringende Kreischen der Möwen ... und der Anblick eines ihr ans Herz gewachsenen Menschen, der mit einer Angel in der Hand bis zu den Knien im Wasser stand, während sich neben ihm ein kleiner, ihm bis zur Hüfte reichender Junge befand, der sich zu ihr herumdrehte und ihr fröhlich zuwinkte ... der es liebte, nach der Schule zu ihr zu laufen, sich auf die kleine vor dem Haus stehende Bank zu setzen und sie anzulächeln, während ihre Hand in der seinen lag.

Sie genoss es, wenn sein Vater anrief und fragte, ob Sebastian bei ihnen übernachten dürfte.

Sie liebte es so sehr, bei ihm zu sein und ihm Wärme und Geborgenheit zu geben, dass sie sich in manchen stillen Momenten fragte, wie sie jemals mit dem Gedanken hatte spielen können, dass es ihr an nichts im Leben fehlte.

Emma lächelte in sich hinein, während sie hinaus auf den Weg schaute und sah, wie Ralf, Lisa und Sylvester mit einem Korb zu ihrem Haus kamen, um einen gemeinsamen Ausflug zu machen.

Und so kam ihr ein letztes, passendes Zitat in den Sinn, das Berthold Auerbach einst niedergeschrieben hatte und in ihr Tür und Tor aufriss, dass er Emma damit stets ein Lächeln auf die Lippen legte, wenn sie daran dachte: „Wer nicht zufrieden ist mit dem, was er hat, der wäre auch nicht zufrieden mit dem, was er haben möchte.“

Ende